Promise au bûcher

KAREN ROBARDS

DÉSIRS FOUS	*J'ai lu* 2928/**5**
LA LUNE VOILÉE	*J'ai lu* 2979/**5**
MISSISSIPPI BELLE	*J'ai lu* 3070/**4**
LE BRIGAND AUX YEUX D'OR	*J'ai lu* 3142/**5**
PROMISE AU BÛCHER	*J'ai lu* 3221/**5**

Karen Robards

Promise au bûcher

Traduit de l'américain
par Jean-Paul Martin

Éditions J'ai lu

A Doug, Peter et Christopher,
mes trois amours

Titre original :

THIS SIDE OF HEAVEN

Published by Dell Publishing a division of
Bantam Doubleday Dell Publishing Group, Inc.

1

La chaloupe de *La Colombe* frappa accidentellement le premier des piliers du débarcadère. Les barils de sucre et de mélasse qui s'entassaient de la proue à la poupe vacillèrent et se heurtèrent bruyamment.

– Doucement, là ! lança sèchement le capitaine Rowse aux rameurs tandis que le déplacement inattendu de la cargaison faisait pencher l'embarcation.

Assise en face de lui – il se trouvait à l'arrière et elle presque au centre du bateau –, Caroline dut se cramponner au bord du siège de bois pour conserver son équilibre. Ses pieds chaussés d'escarpins glissèrent du couvercle de cuir de l'une de ses imposantes malles. Le grand panier qu'elle tenait sur ses genoux pencha dangereusement. Elle le rattrapa et le redressa avant que son précieux contenu ne se perde dans la baie. Les pieds de Caroline retrouvèrent leur perchoir. Une main posée sur le couvercle du panier, elle agrippa de l'autre l'épaisse poignée, la serrant si fort que ses doigts blanchirent. C'était là le seul signe qu'elle laissait apparaître de la nervosité qui lui nouait l'estomac au point qu'elle en avait du mal à conserver son petit déjeuner. Si seulement elle avait su combien cette crispation de la main était révélatrice, elle l'aurait relâchée.

Il serait par trop humiliant pour elle que ces hommes silencieux se rendent compte de son appréhension. Elle évita soigneusement leurs regards, solitaire et hautaine, tandis qu'elle découvrait, au-delà des matelots fourbus, le pays inconnu qui devait devenir le sien.

Ses yeux ne trahissaient rien. C'était préférable, avait-elle appris. On ne pouvait y lire sa consternation devant le littoral grisâtre et peu accueillant qui s'élevait en pente douce vers des fortifications de terre battue, et la laideur des débarcadères de bois brut. Au loin, on avait arraché à la forêt bleu-vert dominant le paysage une centaine d'arpents de pâturages parsemés de rangées de minuscules abris en forme de boîtes. Qu'était-ce donc ? Des cabanes de pêcheurs ? Elles étaient trop peu nombreuses, trop laides pour qu'il s'agisse de la ville qui était censée se trouver juste au-delà de la baie.

Le vent froid qui soufflait de la mer sentait le sel et le poisson. Une fine écume, décoiffée d'une vague taquine, vint cingler de son eau glacée les joues et le manteau de Caroline. Elle s'essuya le visage de ses doigts fins. En ce début de printemps de 1684, le temps, chez elle en Angleterre, devait être frais et brumeux. Mais ici, l'air de mars était tout à fait froid, bien que le soleil brillât avec une intensité insolente. Caroline se souvint, avec un certain accablement, que l'on n'était pas en Angleterre. Il était peu vraisemblable, d'ailleurs, qu'elle revît jamais l'Angleterre.

Ce n'était pas ainsi qu'elle s'était représenté Saybrook. Les lettres de sa demi-sœur, Elizabeth, avaient donné de chaleureuses descriptions de son foyer dans cette colonie du Connecticut. Pendant les années difficiles qui avaient précédé cet instant, où chaque coup d'aviron la rapprochait d'une expérience sans doute humiliante bien que méritée, Caroline avait cru chaque mot de sa sœur, et s'était imaginé un ver-

doyant paradis qu'elle pouvait retrouver en fermant les yeux.

Mais comme toujours, la réalité se révélait déjà moins séduisante que le rêve. Elle s'était sans doute trompée, également, en s'attendant à un accueil chaleureux de sa sœur. Encore qu'en toute justice, étant donné les circonstances, on ne pouvait en vouloir à Elizabeth de n'être pas ravie à l'idée de retrouver cette petite sœur dont elle se souvenait sans doute à peine.

– Ohé, là ! Daniel Mathieson !

Caroline sursauta au cri lancé par le capitaine à son oreille. Les deux mains crispées sur la poignée du panier, elle serra les lèvres dans un effort pour ne pas laisser échapper des paroles acerbes. Mais elle conserva ce masque d'impassibilité derrière lequel elle avait appris à se dissimuler, et se borna à jeter un coup d'œil par-dessus son épaule vers le capitaine qui faisait de grands gestes à l'intention d'un homme sur le quai. Au nom de famille de l'individu, elle devina qu'il devait s'agir d'un parent de sa sœur. Son cœur se mit à cogner, mais son expression ne changea guère. Elle avait appris qu'une affectation de dignité hautaine se révélait beaucoup plus efficace qu'une attitude craintive et timide.

L'embarcation vint de nouveau frôler les poutres, un peu plus loin le long du quai, et cette fois un matelot sauta à terre pour attraper l'haussière et immobiliser la chaloupe. Caroline serra les dents. L'instant était arrivé.

– A vous, miss, dit le capitaine Rowse, glissant sa main sous le coude de Caroline et la soulevant presque. Toi là-bas, Homer, viens aider miss Wetherby. *Ohé*, Daniel Mathieson !

Caroline grimaça sous ce nouveau cri, dédaigna l'aide du matelot et grimpa toute seule sur le quai. Les planches de bois lui semblèrent soudain fléchir sous elle et elle tituba. Une main d'homme vint lui prendre le bras.

– Doucement, conseilla une voix bourrue, vos jambes n'ont pas repris l'habitude du plancher des vaches.

Caroline se libéra d'un mouvement brusque. Le matelot haussa les épaules et retourna à d'autres tâches tandis qu'un homme coiffé d'un chapeau à large bord émergeait de la foule jacassante rassemblée pour assister au déchargement du navire. Le capitaine Rowse, sautant sur le quai à côté de Caroline, accueillit l'homme avec une solide tape sur l'épaule, cependant qu'à d'autres endroits du quai d'autres chaloupes de *La Colombe* accostaient et commençaient à décharger marchandises et passagers.

– Qu'est-ce que je peux faire pour vous, Tobias ? demanda aimablement Daniel Mathieson.

Grand, les cheveux auburn et le teint hâlé, Daniel était un homme séduisant malgré ses vêtements sobres et ses cheveux courts qui trahissaient le « Tête ronde », partisan de Cromwell. Il promena sur Caroline le regard curieux de ses yeux bleus. Elle resta de marbre. Pour rien au monde elle n'aurait laissé voir son anxiété, son angoisse, devenue si intense maintenant qu'elle devait serrer les dents pour s'empêcher de trembler.

– Est-ce que Matt est par là ?

– Non, il est à la maison. Il n'attend rien et il a trop de travail pour venir perdre son temps au spectacle d'un navire arrivant à quai, dit-il.

– Ça, c'est bien Matt, commenta le capitaine Rowse en riant. (Il redevint sérieux et ajouta, avec un coup d'œil sur Caroline :) En fait, j'ai quelque chose pour lui. Cette jeune dame, pour être exact.

– Quoi ? fit Daniel, se tournant, incrédule, vers Caroline qui soutint son regard sans ciller.

– Vrai de vrai ! Elle prétend être sa belle-sœur. Et dit qu'elle vient vivre avec lui.

– Première fois que j'entends ça !

Avant que Daniel n'exprime davantage une surprise qui lui écarquillait les yeux, Caroline expliqua, avec une dignité glaciale :

– Je suis Caroline Wetherby. Ephraïm Mathieson est le mari de ma sœur Elizabeth. D'après votre nom, je présume qu'elle est également votre parente. Voulez-vous être assez bon pour me conduire jusqu'à elle ?

– Le Seigneur nous protège ! s'exclama Daniel qui, sans répondre à sa requête, se livra à un examen rapide mais complet de sa personne.

Les yeux de Caroline se durcirent sous ce regard qui, manifestement, évaluait le peu qu'il en pouvait voir. A l'exception de son visage aux traits délicats et réguliers, aux grands yeux en amande d'un marron si doré qu'ils semblaient d'ambre, avec un aperçu de ses cheveux d'un noir de jais tirés en arrière – autant de détails qu'aucun gentilhomme n'avait jusque-là trouvés désagréables –, le grand manteau à capuchon dissimulait le reste de sa personne. Mais ce manteau même, de velours écarlate, acheté à une époque où son père était fortuné et conservé durant les années de vaches maigres, suffisait peut-être à provoquer la consternation de l'homme. A en juger par les tristes vêtements marron, gris ou noirs, de fabrication locale, qui semblaient être la règle ici, la teinte seule du manteau était sans doute déjà déplacée. De fait, plusieurs personnes parmi la foule jetaient à Caroline des regards sévères. Les plus désobligeants étaient probablement ceux des autres passagers de *La Colombe*, qui avaient dû apprendre, à la façon mystérieuse dont les nouvelles circulent parmi les petites communautés, dans quelle situation elle se trouvait. L'histoire n'allait sans doute pas tarder à faire le tour de Saybrook, se dit Caroline en regardant les habitants de la colonie qui venaient accueillir les arrivants. Déjà, certains lançaient des regards furtifs dans sa direction. Caroline se raidit mais ne manifesta en aucune manière qu'elle en était consciente.

– Et encore vous n'avez pas entendu le plus beau, continua le capitaine Rowse, amusé et sans aucun doute soulagé à la perspective d'être bientôt débarrassé de ce fardeau. Miss Wetherby me doit le prix de son passage. Elle a passé le plus clair de la traversée à m'assurer que son beau-frère paierait pour elle.

– Comment cela ? demanda Daniel, qui paraissait atterré.

– La jeune dame a embarqué au dernier moment et trompé mon second en le convainquant d'accepter un bijou pour prix de son billet. Par malchance pour elle, nous avions un bijoutier à bord, sans quoi nous n'aurions appris la duperie qu'au moment de rentrer dans nos fonds. Ce qu'elle espérait, sans aucun doute.

– Je vous l'ai dit et redit : je n'en savais rien ! La broche avait appartenu à ma mère. Je la croyais vraie ! éclata Caroline avant qu'elle ne puisse s'en empêcher.

Elle posa sur le capitaine Rowse un regard brûlant d'indignation, puis elle se reprit et afficha de nouveau sa façade glaciale.

– Combien ? demanda Daniel d'une voix quelque peu caverneuse. (Et il ajouta, après la réponse du capitaine :) Matt ne va pas aimer cela du tout.

– C'est bien ce que je pensais. Mais que faire ? Je suppose que je pourrais la traîner devant la justice...

– Non, non, fit vivement Daniel. Si c'est vraiment une parente de Matt...

– Si vous vouliez bien cesser de parler de moi comme si je n'étais pas là et me conduire auprès de ma sœur ! Je suis sûre qu'elle, au moins, sera heureuse de me voir, dit Caroline, moins convaincue qu'elle ne le paraissait.

Mais elle était la seule à ressentir son estomac nauséeux et la moiteur de ses mains.

Daniel parut complètement perdu. Il échangea des regards avec le capitaine Rowse qui haussa les épaules.

– A votre place, je laisserais Matt régler ça.

– Ouais, dit Daniel en s'apprêtant à prendre le panier de Caroline. Suivez-moi, miss. Je suis le frère de Matt – d'Ephraïm, je veux dire. Encore qu'il n'aime pas beaucoup ce nom.

– Je porterai mon panier moi-même, merci. Si vous le voulez bien, vous pourriez vous occuper de mes malles.

– Ses malles ? demanda Daniel tandis que Caroline passait devant les deux hommes, la tête haute.

– Trois, qu'il y en a, dit le capitaine avec un sourire contraint, montrant les bagages que ses hommes avaient déposés à côté. Elle a de grands airs, la petite dame, hein ? Je me demande ce que Matt va en faire.

Daniel hissa une malle sur son épaule.

– Il ne sera pas très content, je peux vous le dire.

2

Le chemin de terre sur lequel Caroline trottait péniblement derrière Daniel et le capitaine Rowse conduisait au centre de l'amas de bâtisses aperçu depuis le navire. En y regardant mieux, elle vit qu'il s'agissait bien de petites maisons de bardeaux qui n'avaient pas encore eu le temps de vieillir. Des carrés de papier jauni, ou peut-être de peaux, couvraient les fenêtres. De la fumée s'élevait de presque toutes les cheminées. De jeunes enfants, sous la surveillance d'une sœur aînée qui paraissait épuisée, gambadaient d'une maison à l'autre. Ils se mirent à glousser en voyant passer les deux hommes et Caroline avec son accoutrement bizarre. Une femme, en vêtements de coton filé à la maison, avec un bébé sur la hanche, les cheveux pudiquement dissimulés sous une coiffe de drap blanc, leur adressa un geste de la main, pleine de curiosité, depuis sa véranda.

– 'Jour, Mary ! lança Daniel, saluant aussi de la main.

– 'Dame Mathieson, dit à son tour le capitaine Rowse, portant deux doigts à sa casquette.

En entendant le nom de famille, Caroline se dit que la jeune femme devait être également une parente de sa sœur. Une belle-sœur, peut-être ? Elle fut heureuse que Daniel ne s'arrête pas mais continue d'un pas vif vers les limites du village.

Les maisons, remarqua-t-elle, semblaient disposées un peu au petit bonheur autour de ce qu'elle prit pour la place du village. En son centre se dressait un grand bâtiment rectangulaire, doté de véritables vitres aux fenêtres. A en juger par le clocher carré qui le surmontait et par le petit cimetière qui le jouxtait, Caroline conclut qu'il devait s'agir de l'église. Un pasteur en robe noire et perruque blanche en sortit et se planta en haut des marches, confirmant ce qu'elle pensait.

Il les regarda, sans un sourire, bien que répondant d'un geste de la main au salut de Daniel.

– On dirait que le révérend Miller a avalé quelque chose qui ne veut pas passer, aujourd'hui, commenta le capitaine Rowse quand l'autre fut hors de vue.

– Matt et lui se sont un peu fâchés, et depuis il ne déborde d'affection pour aucun d'entre nous. Il prétend que Matt est un mécréant.

– Je doute qu'il le lui ait dit en face, fit le capitaine Rowse en riant.

– Il n'est pas complètement fou. Mais il ne va sans doute pas tarder à venir fourrer son nez dans le coin pour s'enquérir à *son* sujet.

Un geste du pouce indiquait qu'il s'agissait de Caroline. Elle se raidit mais ne dit mot. En fait, plus ils approchaient de leur destination, et plus grande se faisait son appréhension. Elle se sentait bien trop nerveuse pour se quereller avec ces hommes. Elizabeth allait-elle être heureuse de son arrivée ? Sinon, qu'allait-elle devenir ? Elle redressa le menton et refusa de se laisser aller à broyer du noir.

Une fois la place derrière eux, il ne restait plus grand-chose à voir à l'exception de vastes champs arrachés à la forêt qui s'élevait, sombre et froide, à un mille environ de part et d'autre de la route. Dans ce pays civilisé qu'était l'Angleterre, les abords de la campagne étaient bien ordonnés et propres, avec de grasses prairies et des fermes tout en cultures, bordées par des murets de pierre ou des haies soigneusement entretenues. Ici – ici c'était la luxuriance sauvage. Caroline avait été surprise de découvrir que les baraques de bois étaient bien des habitations, mais elle le fut davantage encore en comprenant que Saybrook – *tout* Saybrook – se limitait à l'église et aux petites maisons en forme de boîtes. A l'exception des fermes situées à l'extérieur, la ville se terminait là.

Ils croisèrent un homme en pourpoint de cuir qui menait un cheval boiteux vers le village. Daniel et le capitaine Rowse saluèrent l'homme mais ne s'arrêtèrent pas pour bavarder, malgré le regard intéressé de l'étranger, manifestement curieux de savoir qui était cette inconnue. De nouveau, Caroline se sentit soulagée de la réticence des deux hommes. Dans son brillant plumage écarlate, qui ne lui aurait même pas valu un deuxième regard chez elle, elle se sentait aussi voyante qu'un cardinal au milieu d'une volée de moineaux. Elle refréna son envie de baisser davantage encore son capuchon sur son visage. Mais sa fierté lui interdisait de se cacher.

– Par là, indiqua Daniel qui marchait un peu devant, une malle sur chaque épaule, tournant dans un sentier qui partait dans les bois.

Le capitaine Rowse, avec la troisième malle, suivit. Caroline, après qu'un coup d'œil consterné lui eut indiqué où s'enfonçait le sentier, comprit aussi qu'elle n'avait pas le choix. Elle suivit donc, serrant son panier contre elle.

Des ombres sinistres l'enveloppèrent dès son premier pas hésitant vers la forêt ; les arbres étaient immenses, leurs frondaisons entrelacées comme des doigts pour empêcher le passage du soleil. Des espèces de plantes glacées venaient lui caresser la peau ; l'air même semblait vivre sous les gazouillis des oiseaux et les cris des animaux. Mais les hommes avançaient d'un bon pas. Déjà, ils avaient presque disparu. Reprenant son courage – elle n'était pas venue de si loin et n'avait pas tant risqué pour avoir peur d'un simple bois, aussi intimidant fût-il –, Caroline hâta le pas pour les rattraper. Aucun des deux hommes ne se soucia d'écarter pour elle les branchages, de sorte qu'avec une main – et parfois les deux – accrochée au panier, elle devait les esquiver de son mieux. Une petite branche souple, entraînée au passage par le capitaine Rowse, vint lui cingler le visage : avec un petit cri, elle porta la main à sa joue cuisante et jeta un regard mauvais à l'homme, qui poursuivit sa route sans se préoccuper d'elle. Il disparut à un détour du sentier et elle se retrouva seule. Ses cheveux se hérissèrent sur sa nuque à l'idée des diverses bêtes sauvages qui, à cet instant même, la guettaient peut-être férocement depuis le sous-bois. Y avait-il des ours dans le Connecticut, ou des loups ? Elle regarda autour d'elle et frissonna. Elle releva ses jupes pour libérer ses pieds et courut presque après les deux hommes.

Toute sa vie, avec son père, elle avait parcouru l'Angleterre de long en large, et pas souvent dans le luxe. Mais son père gagnait sa vie aux cartes ou aux dés et une telle profession, de par sa nature même, exigeait d'être exercée en pleine civilisation. Caroline possédait une solide expérience de la vie citadine mais ignorait à peu près tout des fermes et de la campagne. Elle se sentait perdue en ces lieux sauvages et primitifs. La chair de poule lui hérissa la peau en regardant cette forêt pleine d'ombres autour d'elle. Depuis des semaines couvait en elle la conviction qu'elle avait été folle de venir dans ce pays. Jamais ce sentiment n'avait été plus fort qu'en cet instant.

Mais avait-elle eu le choix ? Elle s'était retrouvée sans ressources, sans personne vers qui se tourner et sans aucun lieu où aller. La seule autre solution eût été de se prostituer, et elle s'y refusait.

Daniel s'était arrêté à la limite d'une clairière. Le capitaine Rowse le rattrapait à peine quand Caroline, songeant à sa pudeur, laissa retomber ses jupes et émergea derrière eux d'entre les arbres.

– Nous y voilà. Nous allons laisser ces malles ici jusqu'à ce que Matt décide de ce qu'il convient de faire, dit Daniel qui les posa avec un soulagement visible.

– Cela me semble raisonnable, dit le capitaine en faisant de même.

Pour Caroline, leur répugnance à porter ses malles plus avant témoignait de leur crainte d'avoir à les remporter. De nouveau, elle se sentit nauséeuse ; ils ne pensaient pas qu'elle serait la bienvenue et ils avaient probablement raison. Mais Elizabeth, sa sœur, l'accepterait sans doute, bien qu'elles ne se soient pas revues depuis les sept ans de Caroline – y avait-il vraiment quinze ans de cela ?

Caroline s'arrêta un instant derrière les deux hommes, rajustant discrètement son capuchon et brossant sa jupe pour la débarrasser des feuilles et des petites branches recueillies en route. Le premier aperçu, plutôt rassurant, de sa destination lui révéla une maison, des communs et des terres tout autour. Les habitations de la ville n'étaient guère plus que des cabanes. Cette demeure paraissait confortable et prospère.

La maison comportait un étage, avec de longues fenêtres étroites en vitraux et une porte d'entrée massive. L'étage débordait un peu du rez-de-chaussée, sans doute pour abriter du mauvais temps les pièces de dessous. Et probablement, aussi, pour servir de point stratégique d'où ouvrir le feu en cas de besoin, ce qui devait se produire bien trop souvent dans un pays aussi sauvage. Toute la construction était faite de rondins grossièrement taillés, avec, à chaque extrémité, une énorme cheminée de pierres du cru. Derrière la maison, on apercevait une étable avec une clôture, destinée à accueillir un bon nombre de chevaux et de vaches. Un garçonnet en manches de chemise donnait à manger à des poulets dans la cour et, un peu plus loin, deux hommes travaillaient dans le plus proche des deux vastes champs conquis sur la forêt. A côté de la maison, un jeune garçon remuait une marmite fumante suspendue au-dessus d'un feu. Un gros chien noir et blanc, couché à ses pieds, se leva et se mit à aboyer follement dès qu'il repéra Daniel, le capitaine Rowse et Caroline.

– C'est Matt, là-bas dans le champ, annonça Daniel en faisant un geste de la main à l'intention du gamin à la marmite, avant de se remettre en marche suivi par les deux autres.

Le gamin lui retourna son salut tandis que le chien bondissait vers eux.

– Tu veux être poli, Raleigh, le gronda gentiment Daniel alors que l'animal grognait férocement à l'adresse des jambes du capitaine.

Celui-ci le repoussa de sa botte, impassible, comme s'il avait coutume d'être attaqué par des chiens gros comme de petits poneys. L'animal, contrarié, se mit à tourner autour des trois arrivants sans cesser d'aboyer. Et, au désespoir de Caroline, il reporta son attention sur elle.

Jamais elle n'avait eu affaire à des chiens et celui-ci, outre sa taille, semblait être doté d'un nombre insolite de dents acérées et luisantes. Et toutes découvertes à l'intention de la jeune femme sur laquelle il fonça.

– Oh ! fit-elle.

Malgré tous ses efforts pour garder son calme, elle n'avait pu réprimer un cri.

– Ce serait bien triste que vous ayez peur des chiens, observa Daniel, quelque peu amusé en la voyant serrer davantage contre elle son panier et se tourner pour présenter son dos à l'horrible bête.

– Vraiment ? répliqua-t-elle, d'une voix qui d'ordinaire aurait été douce et presque mélodieuse et pour laquelle on l'avait plus d'une fois complimentée.

Mais là, dans son effort pour conserver sa sérénité alors que l'animal mordait et secouait le bas de sa robe, cette voix était montée dans l'aigu.

Aucun des deux hommes ne fit le moindre geste pour venir à son secours. En fait, ils arboraient l'un et l'autre un large sourire en observant la lutte inégale. Allaient-ils continuer à rester là, tout joyeux, quand le monstre était sur le point de planter ses dents dans sa chair ? se demanda-t-elle avant de conclure que ce serait sans doute le cas. Serrant les dents, essayant de ne montrer ni sa fureur croissante ni la panique qui la gagnait, Caroline tira avec précaution sur sa robe. Le chien tint bon. L'ourlet se déchira, l'animal tira plus fort encore – et l'inimaginable se produisit alors. La légère attache qui fermait le panier céda, ainsi qu'elle menaçait de le faire depuis le début de la matinée, et jaillit du panier une tête noire tout ébouriffée. Caroline voyant ce qui allait se passer tenta de repousser le chat à l'intérieur de son abri, mais trop tard. Il ne fallut à Millicent qu'un instant pour évaluer la situation. Elle bondit et fila dans un miaulement.

– Qu'est-ce que... ? demanda Daniel, et Caroline n'en entendit pas davantage.

Après une fraction de seconde de surprise, Raleigh lâcha le manteau pour bondir à la poursuite du chat. Ses aboiements frénétiques se mêlaient aux cris de Caroline qui avait renoncé à toute dignité. Elle laissa tomber le panier, retroussa ses jupes et courut au secours de son animal. Mais de toute évidence, Millicent n'avait nullement l'intention d'attendre du secours. Elle se glissa sous la barrière de l'étable pendant que Raleigh, qui suivait à quelques pas, bondissait par-dessus.

– Millicent ! Arrête !

Le chat ne prêta nulle attention à ses cris. Des poulets s'égaillèrent en gloussant tandis que les deux animaux zigzaguaient follement au milieu. Le gamin qui était en train de leur donner à manger laissa tomber sa boîte quand Millicent fila entre ses jambes ; Raleigh s'écarta juste à temps pour ne pas renverser l'enfant qui battait des bras pour retrouver son équilibre, et continua la poursuite. Le gamin, avec un cri, se joignit à la chasse.

– Millicent ! Oh, est-ce que quelqu'un va rappeler ce maudit chien ?

Caroline posa la main sur le haut de la clôture et sauta par-dessus pour se retrouver au milieu de la mêlée, avec poulets, gamin, chien et chat. Derrière elle, Daniel rappelait Raleigh tout en riant. Là-bas, dans le champ, les hommes s'arrêtèrent de travailler pour regarder la scène. L'un d'eux lança quelque chose que Caroline ne comprit pas.

Millicent se précipita sous la barrière opposée, suivie par le chien et l'enfant. Suivit également Caroline, ses jupes retroussées révélant jupon blanc et mollets. L'enfant s'arrêta, apparemment satisfait de rester accroché à la barrière à regarder le chien et le chat foncer à travers le pré. Il cria quelque chose à Caroline qui enjambait la barrière. Elle était déjà au milieu du champ quand elle comprit les paroles du gamin. « Attention au taureau ! » avait-il lancé.

Le taureau ?

Caroline marqua une hésitation. Elle quitta le chien et le chat des yeux pour regarder autour d'elle.

Ce qu'elle vit la fit s'arrêter net et relâcher ses jupes, bouche bée, les yeux agrandis sous l'horreur.

De fait, il y avait bien un taureau.

Aussi noir que Satan et aussi gros qu'un colosse. Et qui la regardait, à une vingtaine de pieds à peine !

Pendant un instant qui parut une éternité, Caroline et la bête se regardèrent. Et, avec un hochement de tête signifiant que la prudence était mère de sûreté, elle retroussa à nouveau ses jupes, fit demi-tour et fila vers l'étable, son manteau écarlate flottant au vent comme une bannière. Derrière elle, avec un horrible mugissement, le monstre chargea.

– Courez ! lança le gamin depuis la clôture.

Mais Caroline l'entendit à peine, assourdie par la peur. Ses yeux ne voyaient que la barrière, ses oreilles n'entendaient que les ébrouements de la créature derrière elle.

– Plus vite ! Plus vite !

L'enfant lui prodiguait ses encouragements, mais ils n'étaient guère nécessaires. Le plus véloce des Londoniens n'aurait pu rattraper Caroline en cet instant. Pareille à un lévrier, elle filait vers la barrière avec, derrière elle, les beuglements et le bruit sourd des sabots du taureau.

Caroline poussa un cri. L'enfant sur la barrière se mit à hurler. Des hommes et des enfants convergèrent vers l'étable, arrivant de toutes parts, sembla-t-il.

Elle eut l'impression de sentir le souffle tiède de l'animal dans son cou.

– Votre manteau ! Laissez tomber votre manteau !

A quelques pas de là, Daniel lui lança ce conseil tout en se précipitant à son secours.

Caroline agrippa sa jupe de toutes ses forces – à ce stade, tout faux pas pouvait lui être fatal – et de sa main libre défit les cordons de son manteau. Une seconde plus tard, le vêtement tombait.

– C'est ça !

La terreur lui donna des ailes tandis qu'elle bondissait vers la sécurité de la barrière, à trois pas de là. Daniel, se penchant depuis l'autre côté, lui saisit le bras et tira. La jupe resta prise quelque part, on entendit un bruit de tissu qui se déchirait, et Caroline fut projetée en l'air et atterrit avec un cri de douleur, le visage dans la saleté de l'étable.

Alors qu'elle gisait là, tentant de retrouver son souffle, Millicent sortit de nulle part et vint frotter sa tête contre sa maîtresse. Depuis les bois, au-delà de l'enclos du taureau, Raleigh continuait à aboyer frénétiquement, recherchant toujours le chat qui, à la mystérieuse façon de ceux de sa race, était parvenu à l'éviter. Caroline n'eut même pas la force de gémir et l'animal se mit à ronronner doucement.

3

Pendant ce qui lui parut une éternité, Caroline demeura inerte, avec à son oreille le ronronnement consolateur de Millicent. La chute lui avait coupé le souffle ; elle avait le visage et les mains égratignés et son cœur battait à tout rompre. Pis encore, elle était certaine qu'en ouvrant les yeux elle allait se retrouver face à une énorme gueule béante prête à la dévorer, sous l'œil amusé des maîtres du fauve dont aucun ne semblait décidé à lever le petit doigt pour la défendre.

Mais elle ne put finalement retarder davantage l'inévitable. Elle allongea le bras, cueillit Millicent et la serra contre sa poitrine douloureuse. Elle se décida à ouvrir les yeux et se tourna avec précaution sur un coude pour regarder autour d'elle. Pas de chien. Elle poussa un soupir de soulagement. Elle était seule sous le regard renfrogné du gamin aux poulets. Elle se redressa, prudemment.

– Elle est vivante, pa, lança l'enfant par-dessus son épaule avant de ramener sur Caroline son regard bleu profond.

Sur son front, ses cheveux noirs, fins comme de la soie, formaient une frange inégale ; ils avaient besoin d'un coup de peigne, vit-elle, tout comme l'accroc à sa culotte, à hauteur du genou, avait besoin d'une reprise. Il paraissait quelque peu négligé et ses manières laissaient sans aucun doute beaucoup à désirer. Mais ce n'était pas là son affaire.

Clignant des yeux, éblouie par le soleil, elle découvrit, un peu plus loin, cinq adultes et le jeune garçon qui à son arrivée touillait la bouilloire, appuyés contre la barrière qu'elle venait de sauter. Plus loin encore, le taureau s'ébrouait et piétinait le sol, déchiquetant ce qui restait de son manteau. Les cinq hommes suivaient des yeux la sale bête avec des regards qui eussent été réconfortants s'ils avaient été destinés à Caroline. Mais s'inquiéter ainsi d'un taureau, c'était inconvenant.

A l'exclamation du gamin, les six paires d'yeux se posèrent sur elle, exprimant divers degrés de reproche. L'attention de Caroline se porta principalement sur le plus âgé des trois hommes qu'elle n'avait pas encore rencontrés, celui que Daniel avait appelé Matt, si elle ne se trompait pas. Le regard hostile, elle s'approcha d'Ephraïm Mathieson.

L'homme était grand, plus grand même que Daniel ; il avait les épaules et la poitrine larges, mais la taille mince et de longues jambes puissantes. Tout comme les deux garçons, il ne portait ni veste ni gilet, mais une chemise blanche à manches longues sans col, une culotte noire et ample qui s'arrêtait juste au-dessus du genou. Ses jambes étaient couvertes de bas de laine gris et il était chaussé de simples souliers de cuir à bout carré. Il ne portait pas de chapeau et ses cheveux étaient si noirs qu'ils en paraissaient presque bleus sous la lumière du soleil. Tout comme ceux de Daniel, ils étaient coupés à la « Tête ronde », mais les boucles et ondulations semblaient bien décidées à faire fi de cette mode austère.

Avant même de voir son visage, Caroline sut que le mari de sa sœur était un homme des plus séduisants.

Ce ne fut que lorsqu'il s'approcha qu'elle se rendit

compte qu'il boitait. Sa jambe gauche, à l'articulation du genou sans doute bloquée, se balançait curieusement à chaque pas. Il devait être exaspérant pour un homme aussi vigoureux d'être ainsi handicapé.

Il s'arrêta à quelques pas d'elle, les mains aux hanches, la détaillant, le front rembruni. Naturellement grande et mince, elle avait été naguère plus ronde là où les femmes doivent être rondes. Les rigueurs du voyage et tous ces mois d'angoisse qui l'avaient précédé avaient quasiment fait disparaître ces rondeurs, la laissant presque maigre. Malheureusement, sa robe – sa meilleure robe, de soie émeraude – avait été coupée lorsque son corps présentait plus de féminités. Maintenant, elle flottait un peu sur elle, le décolleté tombait davantage qu'il n'aurait dû, les manches et la taille étaient trop larges, la jupe un peu trop longue. En fait, le vêtement semblait appartenir à une femme beaucoup plus forte, outre que la chute de Caroline l'avait souillé et déchiré. Avec son chignon défait, ses cheveux cascadant autour de son cou et dans le dos, son jupon qui exposait ses jambes presque jusqu'aux genoux, elle offrait un bien triste spectacle.

L'homme eut pour les jambes de Caroline un regard désapprobateur. Leur première hostilité revint, chez l'un et l'autre.

– Ephraïm Mathieson ? demanda-t-elle, glaciale.

Il confirma d'un signe de tête, tandis que, malgré ses muscles douloureux, elle se remettait péniblement debout et essayait sans trop de succès d'ôter la saleté de sa robe tout en conservant Millicent dans ses bras. La chatte regardait l'étranger ; Caroline eut du mal à s'empêcher d'en faire autant, alors qu'elle tentait de reprendre une apparence convenable.

Le décolleté carré de son corsage avait glissé sur une épaule, exposant le haut de sa chemise et une surface de peau crémeuse beaucoup plus importante qu'elle ne le souhaitait. Avec irritation, elle tira sur l'offensant corsage jusqu'à lui rendre un minimum de décence. Elle ne pouvait rien pour l'accroc à sa jupe qui laissait voir par instants, à hauteur de la taille, un jupon blanc de dentelle. Quant à ses cheveux, avec Millicent dans les bras, elle était contrainte de les laisser pendre à leur gré. Elle redressa le menton – tentant de ne pas trop penser que son visage devait être aussi sale que sa robe – et croisa le regard de l'homme. Jamais elle ne s'était trouvée dans une situation aussi peu à son avantage, mais elle préférait être pendue que de le laisser voir !

– Vous pouvez dire que vous avez de la chance de ne pas avoir fait de mal à mon taureau, lui dit-il avec rudesse.

Après tout ce qu'elle venait de connaître, c'en fut trop. Caroline respira profondément – et douloureusement –, essayant désespérément de conserver son sang-froid.

– Que *moi* je n'aie pas fait de mal à votre taureau ! s'indigna-t-elle. Cette bête a failli être la cause de ma mort. Au diable, votre sacré taureau, voilà ce que je dis !

– Assez, femme ! tonna une voix derrière elle qui fit sursauter Caroline au point qu'elle faillit en lâcher Millicent.

Elle se retourna pour découvrir le pasteur, à une dizaine de pas à peine, figé par la leste réplique de la jeune femme. On lisait la réprobation sur ses traits austères. Sous les boucles blanches et denses de la perruque, le visage était tout rouge.

– Au diable ! murmura de nouveau Caroline, surprise, et ses paroles la mortifièrent autant qu'elles horrifièrent le pasteur.

Elle avait cru qu'après ce qu'elle avait connu, sa tendance à s'emporter et à parler avec trop de spontanéité aurait disparu. Pourquoi fallait-il que ce fichu pasteur et sa nouvelle famille soient les témoins de cet excès ?

– Ainsi, outre le fait que vous êtes une voleuse, une catin et une menteuse, vous blasphémez ! éclata la voix du pasteur. Ephraïm Mathieson, si tu n'as pas encore rejeté cette femme impudente, je te presse de le faire publiquement ! Quand l'une de mes brebis m'a narré ses iniquités à bord de ce navire, j'en ai frissonné et je me suis hâté de venir te mettre en garde ! Mais c'est inutile, semble-t-il : elle s'est condamnée par ses propres paroles !

La diatribe du pasteur frémit dans l'air. Les yeux de Caroline lancèrent des éclairs et elle ouvrit la bouche pour se défendre. Mais avant qu'elle ne puisse dire un mot, elle fut arrêtée par une grosse et forte main qui se referma sur son bras, avec une pression de mise en garde.

– Et bonne journée à vous aussi, monsieur Miller, railla Matt, mais Caroline ressentait trop le contact de sa main pour remarquer le sarcasme.

Le contact d'une main d'homme sur elle cesserait-il jamais de lui faire horreur ? se demanda-t-elle en se dégageant. L'esprit plus libre, elle put suivre l'échange entre les deux hommes.

Son regard passant du pasteur tout hérissé à Matt, Caroline remarqua que son beau-frère affichait une attitude plus désagréable encore que son ton. Elle découvrit autre chose, également, par ce premier regard. Matt considérait le pasteur avec une répugnance glaciale, mais sans que cela altère la beauté de ses traits. On aurait dit une statue grecque, avec son menton et ses pommettes taillés par le ciseau d'un maître. Il avait le nez droit, la bouche longue et bien modelée, avec une lèvre inférieure à peine un peu plus pleine que la lèvre supérieure, des yeux profonds sous des sourcils épais et noirs, des yeux d'un bleu céleste et lumineux, clairs au point d'en jurer presque avec la matité de sa peau. Le seul défaut était cette cicatrice, blême et irrégulière, qui lui barrait la joue gauche, du coin de l'œil jusqu'au-dessus de la bouche. Sans cela, Caroline l'aurait considéré comme l'homme le plus séduisant qu'elle ait jamais rencontré.

Fort heureusement, il ne remarqua pas la réaction de la jeune femme, son attention exclusive étant réservée au pasteur.

– Je te somme de mettre de l'ordre dans ta maison, Ephraïm Mathieson, et de dénoncer cette pécheresse ! éclatait l'homme d'Eglise.

Les lèvres de Matt se pincèrent, ses yeux s'assombrirent.

– Il ne vous appartient pas de me dire comment je dois mener ma maison, Joachim Miller, répliqua-t-il. Ni de condamner une inconnue sans preuve.

– Sans preuve ? De mes propres oreilles je viens d'entendre une preuve de son blasphème. Quant aux preuves que c'est une voleuse et une menteuse, j'ai la parole de ceux qui ont voyagé avec elle sur *La Colombe* ! Demande à Tobias, si tu le souhaites ; je ne doute pas qu'il confirme ! Pour preuve qu'elle est une catin, il suffit de regarder par toi-même comment elle expose son corps dans cette robe choquante ! C'est une injure à la pudeur, voilà ce que c'est ! Il faut la renvoyer par-delà les mers vers la Gomorrhe d'où elle vient !

– Je crois être capable de régler mes affaires moi-même sans avoir besoin de votre intervention.

– Tu oses t'élever contre la parole de Dieu ?

– J'écouterai volontiers la parole de Dieu, mais j'ai assez entendu vos sornettes ! Hors de ma vue, monsieur Miller, pendant que vous le pouvez encore !

– Tu vas donc maintenant jusqu'à menacer un ministre de Dieu ! Tu devras rendre compte de tes actes, Ephraïm Mathieson ! éclata le pasteur qui se détourna, le menton tremblant de colère. Tu te repentiras de cette journée, je te le promets !

Et, robe au vent, il traversa l'écurie et se hâta de gagner le sentier qui partait à travers les arbres.

– Ce n'est peut-être pas très sage de ta part, Matt, de te faire davantage encore un ennemi de ce pasteur, observa Daniel.

Chacun se tourna vers lui. Caroline n'avait pas remarqué que les autres s'étaient approchés : il y avait là un troisième homme qui, par sa ressemblance avec Daniel, devait être encore un frère, un autre homme aux cheveux blond-roux et au sourire menaçant, ainsi que les deux jeunes garçons. Tobias Rowse se tenait un peu en retrait, hochant la tête, le visage sombre.

– Daniel a raison, tu sais, dit l'homme aux cheveux blond-roux.

Matt haussa les épaules, manifestement indifférent à la mise en garde. Son attention revint à Caroline. Le regard bleu fixa le regard d'ambre.

– Vous provoquez toujours autant d'ennuis ? demanda-t-il après un instant.

Caroline redressa le menton. Bien évidemment, Ephraïm Mathieson était tout aussi peu civilisé que la terre où il vivait !

– Je provoque rarement des ennuis lorsque je ne suis pas agressée par des chiens monstrueux ni attaquée par des taureaux furieux ou des hommes grossiers, répliqua-t-elle.

Matt grogna. Derrière lui, Daniel commença à dire quelques mots, inquiet. D'un geste de la main, Matt le fit taire.

– D'après ce que m'ont dit mon frère et Tobias, j'ai cru comprendre que vous étiez arrivée d'Angleterre ce matin et que vous prétendez être une de nos parentes. Peut-être, maintenant que vous nous avez tous tirés de notre travail et provoqué tout ce remue-ménage, allez-vous nous expliquer comment ?

Les yeux de Caroline jetèrent des éclairs et elle allait vertement lui répondre quand elle se reprit, se rendant compte qu'il serait imprudent de s'aliéner le seul homme dont le soutien lui serait vraiment utile. Que faire si, en sa qualité de mari de sa sœur, il la renvoyait ? Mieux valait ne pas y penser.

– Je suis la sœur d'Elizabeth, dit-elle d'une voix égale. Je suis Caroline Wetherby.

Le jeune homme qui ressemblait à Daniel fit entendre une exclamation étouffée tandis que les deux enfants la regardaient avec de grands yeux. Matt sourcilla, la regarda de nouveau et observa :

– Vous ne lui ressemblez guère.

– Vous pouvez me croire. J'ai des papiers qui le prouvent. Encore qu'Elizabeth me reconnaîtra sûrement.

– Ah, vous l'avez donc vue récemment ?

– Vous devez savoir que je ne l'ai pas vue depuis quinze ans environ, dit-elle avec une certaine irritation dans la voix. Depuis qu'elle a fui avec vous, pour être précise.

Il eut une grimace fugitive, mais son visage demeura impénétrable.

– Elle parlait de vous, dit-il.

Cet aveu, bien qu'il représentât peu de chose à côté de ce qu'elle attendait de lui, fut un soulagement pour Caroline.

– Elle *parlait* de moi ? demanda-t-elle doucement, soudain glacée par une prémonition. Elle ne le fait donc plus ?

– Vous n'avez donc pas reçu ma lettre ?

– N-non. Je n'ai reçu aucune lettre de vous.

– Je vous ai écrit l'an dernier. A vous et à votre père. Il ne vous accompagne pas ?

– Il est mort il y a un peu plus de deux mois.

– Ah ! Eh bien, je vous fais toutes mes condoléances.

– Merci.

Le regard bleu de Matt se fit circonspect et il sembla hésiter, pesant ce qu'il allait dire. Sa réticence, ajoutée au silence des autres, confirma les pires appréhensions de Caroline.

– Elizabeth est morte, n'est-ce pas ? demanda-t-elle d'une voix calme alors qu'une énorme main semblait lui broyer le cœur.

Il pinça les lèvres et eut un unique signe de tête.

– Oui, dit-il.

– Oh, non, fit Caroline, fermant très fort les yeux pour lutter contre la nausée qui remontait de nouveau en elle avec insistance. Oh, non ! De quoi – de quoi est-elle morte ?

– Elle s'est noyée, répondit laconiquement Matt. Il y aura deux ans en mai.

– Oh, non ! répéta-t-elle alors que soudain, devant elle, tout devenait flou – les enfants, les hommes.

En songeant à ce long voyage qu'elle avait fait et à ce qu'elle avait risqué pour y parvenir, la tête lui tourna. Tout cela en vain, en vain – ces mots résonnaient dans sa tête. Son estomac se révulsa. Elle serra les dents, bien décidée à ne pas céder. Mais cette fois, elle ne put juguler ses haut-le-cœur. Avec un petit cri étouffé, elle jeta Millicent dans les bras de Matt, surpris. Elle porta une main à sa bouche, se détourna et trébucha dans sa hâte pour gagner un coin discret.

L'étable était toute proche ; elle eut à peine le temps de tourner le coin avant de tomber à genoux et de vomir avec violence. Après quoi elle alla se traîner dans l'ombre et la fraîcheur, la tête appuyée contre le bois de la construction. Jamais elle ne s'était sentie aussi abattue, tant physiquement que moralement.

Elizabeth était morte. Il ne restait plus à Caroline

la force de pleurer sa sœur. Pour l'instant, elle se souciait surtout d'elle : sans ressources, rejetée, dans un pays étranger, sans pouvoir se tourner vers quiconque. En Angleterre, elle avait brûlé ses vaisseaux, mais même sans cela elle n'avait pas de quoi payer son voyage de retour. Que pouvait-elle faire sinon s'en remettre à la miséricorde de son peu accueillant beau-frère ?

Elle eut un mouvement de recul à l'idée d'une telle humiliation.

L'objet de ses pensées tourna le coin de l'étable et arriva vers elle. Elle le regarda approcher, remarquant vaguement cette claudication qu'il devait haïr. Il se planta à côté d'elle. Elle demeura muette un instant, levant seulement sur lui un regard trouble. Il lui fallut un effort pour revenir à la situation présente.

– Qu'avez-vous fait de mon chat ?

Millicent était tout ce qui lui restait au monde, et le premier souci de Caroline fut de s'en inquiéter.

– Il est avec Daniel. En sécurité.

Il la regarda quelques secondes puis tira de sa manche un carré de toile qu'il lui tendit.

– Essuyez-vous le visage.

Après une brève hésitation, Caroline prit le mouchoir. Quand elle en eut terminé, elle lui tendit machinalement le linge souillé et en boule. Il n'eut qu'une légère grimace avant de le glisser à sa ceinture.

– Voilà qui est mieux, dit-il, la regardant. Je me souviens très bien de votre père. Physiquement, vous lui ressemblez. Je doute malheureusement que la ressemblance s'arrête là, mais je veux bien que l'on me prouve le contraire. Tobias me dit que vous êtes venue vivre avec nous. Et aussi que vous lui devez le prix de votre passage. Il m'a également raconté une histoire que j'ai du mal à croire. Je n'ai aucune patience avec les voleurs, mais je ne peux, en toute justice, vous condamner sans vous laisser une chance de vous défendre. Aussi, miss Caroline Wetherby, voici votre chance : racontez-moi ce que vous voudrez et je vous écouterai. Je ne puis vous promettre davantage.

4

– Je vous interdis de parler ainsi de mon père ! lui lança Caroline, furieuse, défendant l'honneur d'un homme qui, bien qu'il ait fait montre d'une instabilité certaine et de milliers d'autres défauts, n'en demeurait pas moins son père bien-aimé.

– Vraiment. Je ne dis que la vérité, encore que nous ne soyons pas là pour évoquer les défauts de Marcellus Wetherby.

Caroline se releva péniblement, les poings serrés, lui retournant un regard de colère.

– Je ne vous écouterai pas salir sa mémoire. C'était un homme délicat, bon et généreux !

– C'était un libertin irresponsable, qui professait une fidélité déplacée pour un roi débauché, entre autres traits déplaisants de son caractère, corrigea sèchement Matt.

– En voilà un beau discours pour le rejeton d'une famille de régicides ! Je suis bien convaincue que vous chanteriez une tout autre chanson si le roi Charles n'avait pas jugé opportun de confisquer les biens de tous les traîtres !

D'après ce que lui avait dit son père, la famille de Matt avait perdu ses terres et sa fortune à la restauration du monarque légitime, après la mort de Cromwell. Pendant les années qui avaient suivi, les naguère puissants Mathieson avaient tiré leur subsistance de la culture d'un sol qui avait été celui d'un de leurs métayers. Et puis Mathieson père, demeuré un puritain convaincu, était mort, et Ephraïm, ou Matt comme on l'appelait semblait-il, avait décidé d'émigrer. Avec lui étaient partis un certain nombre de membres de sa famille – ainsi qu'Elizabeth Wetherby, âgée alors de vingt ans. Il n'était pas du meilleur goût de jeter de tels souvenirs au visage d'un homme dont elle attendait de l'aide, se dit Caroline, mais la colère l'avait poussée à lui lancer ces mots avant qu'elle ne puisse les arrêter.

Fort heureusement, il demeura calme.

– Les régicides avaient raison. C'était Charles Ier qui se trouvait gravement dans l'erreur, et le fils est du même bois que le père. Mais je ne souhaite pas discuter politique avec une gamine qui n'était même pas née quand tout ce désordre a commencé. Dites-moi plutôt ce qui vous a poussée à venir dans cette colonie du Connecticut. N'aviez-vous personne en Angleterre vers qui vous tourner après la mort de votre père ?

Caroline lui jeta un regard plein de ressentiment, mais la prudence lui commanda de ne pas poursuivre la discussion.

– Non.

– Une jeune personne aussi séduisante devait avoir au moins un prétendant. N'auriez-vous pu vous marier ?

– Je n'en avais pas la moindre envie.

– Vous avez préféré quitter votre foyer et votre pays pour entreprendre un voyage périlleux vers un pays sauvage afin de vivre avec des inconnus ? demanda-t-il avec un haussement de sourcils sceptique.

– Elizabeth est – était – la seule parente qui me restait. J'ai souhaité la revoir, vivre avec elle. Et je suis partie. Si j'avais su cela – si j'avais été au courant de sa mort –, j'aurais pris d'autres dispositions.

– Je vois. Nous en arrivons donc au cœur de la question. Une fois décidée, vous avez choisi de payer votre passage avec un faux bijou. J'aimerais savoir si vous étiez au courant qu'il s'agissait de toc ?

– Non.

– La vérité, je vous prie. Je n'aime pas les menteuses.

– Je ne suis pas une menteuse !

– Tobias m'a montré la broche, dit Matt, songeur. C'est un bien bel objet, très particulier. Si particulier, même, qu'il m'a rappelé un souvenir : il y a quelques années, Elizabeth m'avait parlé d'une jolie broche, représentant un paon tout comme la vôtre, et que votre père proposait en gage quand il jouait et qu'il se trouvait à court de fonds. Heureusement, il gagnait, d'ordinaire, car les pierres étaient fausses et on l'aurait pendu si on l'avait découvert. Que l'on ait pu façonner deux broches du même modèle, voilà une curieuse coïncidence, vous ne croyez pas ?

Ses yeux semblaient la transpercer. Caroline dut réprimer une envie de baisser les paupières devant ce regard brûlant. Mais elle serra les dents et redressa la tête.

– Très bien. Je le savais, avoua-t-elle.

– Ah.

– Qu'est-ce que cela veut dire ?

– Cela veut dire que vous feriez mieux de me raconter toute l'histoire alors que vous le pouvez encore. Je serais plutôt enclin à me laver les mains de toute responsabilité en ce qui vous concerne. Ainsi que je vous l'ai dit, je n'ai aucune sympathie pour les menteuses, et moins encore pour les voleuses.

– Vous voulez toute l'histoire ? dit-elle avec de l'amertume dans la voix. Très bien, je vais vous la dire. Mon père a été malade pendant deux ans avant de mourir, et il était incapable de pourvoir à nos besoins. Je me suis mise à coudre pour gagner un peu d'argent, mais cela ne suffisait guère pour garder un toit au-dessus de nos têtes, et moins encore pour manger. Il nous a fallu vendre tous les objets de quelque valeur que nous possédions. Ce ne fut toujours pas suffisant. Le propriétaire de nos chambres s'est entiché de moi et a cessé de nous réclamer le montant du loyer. Lorsque mon père est mort, il a demandé à être payé. Avec – avec ma personne.

Caroline se tut, incapable de poursuivre l'évocation de si horribles souvenirs. Les mains de Simon Decker courant sur son corps, sa bouche, fétide et humide, lui imposant ses baisers. Les poings serrés, elle refoula les larmes qui lui brûlaient les yeux. Elle s'était assez donnée en spectacle ; elle ne pleurerait pas.

Matt, les lèvres pincées, le regard songeur, l'observait.

– Il est inutile de me regarder ainsi ! éclata-t-elle. Qu'auriez-vous fait à ma place ? Me servir de la broche porte-chance de papa ne m'a pas paru si horrible.

Il parut réfléchir à ses mots. Puis il hocha la tête.

– De deux maux, vous avez choisi le moindre. Il aurait tout de même été préférable de ne pas mentir quand je vous ai posé la question.

Caroline poussa un gros soupir tremblant. Comme chaque fois qu'elle évoquait les souvenirs de ce jour, elle se sentait curieusement faible et nauséeuse. Elle vacilla un peu sur ses jambes, se reprit, s'appuya à la paroi de l'étable. Elle se sentit pleine de ressentiment pour ce beau-frère qui se permettait de la juger. Il était facile de parler de morale quand on ne se trouvait pas désespérément dans le besoin !

– Est-ce que vous êtes naturellement moralisateur, monsieur Mathieson, ou vous faut-il faire un effort ?

– A votre place, je ferais attention à cette langue

de mégère, dit-il, légèrement amusé. Et ne vous souciez pas de vous trouver mal, si c'est le prochain truc que vous avez l'intention d'utiliser pour gagner ma compassion. J'ai déjà décidé de rembourser Tobias du prix de votre passage.

– Comme c'est gentil à vous, dit-elle, avec une politesse que le sarcasme rendait glaciale. (Elle abandonna le support du mur et demeura bien droite. Elle n'allait pas s'effondrer, même si elle devait mourir sur ses pieds.) Mais ce ne sera pas nécessaire, après tout, ajouta-t-elle. Je pense que je n'aurai plus besoin de votre aide.

Cette froideur hautaine fut un véritable baume sur son humiliation. Peut-être se laissait-elle emporter par l'orgueil et la colère, mais sur l'instant Caroline était sincère.

– Si je ne rembourse pas Tobias du montant de votre passage, il vous traînera devant le juge et vous fera vendre comme servante pour rentrer dans ses fonds.

Caroline était fière mais pas stupide, et la calme déclaration de Matt lui fit un choc.

– Ce n'est certainement pas légal ?

– Je vous assure que si.

– Evidemment, dans un pays aussi barbare ! Est-ce que vous, les Têtes rondes, pratiquez d'autres abominations que l'esclavage ? demanda-t-elle, amère.

– Un conseil, ma petite dame, dit-il, le regard dur. Ne venez pas débiter vos balivernes royalistes de ce côté-ci de l'Océan. Nos lois punissent sévèrement ce genre de propos.

– Est-ce que je dois donc vivre dans la crainte de votre pasteur à la triste figure et de ses semblables ?

– Assez ! Je ne tolérerai plus d'insolences de votre part, je vous en avertis. Si vous devez vivre chez moi, il faudra vous comporter décemment. Ce qui signifie, pour le moins, plus de vols, plus de mensonges, plus de blasphèmes, et plus de harangues royalistes.

Si elle avait été en état de le remarquer, elle aurait lu dans les yeux de Matt un certain humour.

– Vous serez peut-être surpris d'apprendre que je n'ai plus le moindre désir de faire partie de votre famille, cracha Caroline, qui en fut soulagée.

– Vous préférez être vendue comme servante ?

– Je préfère trouver un quelconque emploi. Le dur labeur ne me fait pas peur. Je sais faire la cuisine, tenir une maison et coudre. Si vous payez le capitaine Rowse, je vous rembourserai sur mes gages dès que je le pourrai. Il ne s'agira que d'un prêt.

Matt ricana.

– Qui, par ici, irait employer une femme avec un tel langage, aussi curieusement habillée et royaliste de surcroît ? Vous seriez morte de faim avant même d'avoir pu gagner un quignon.

– Vous manquez singulièrement de courtoisie, monsieur !

– Dans ce cas, je dirai que nous faisons bien la paire. Puisque vous êtes la sœur de ma défunte femme et la tante de mes enfants, je veux bien vous donner un toit. Vous travaillerez pour gagner votre vie et pour rembourser la somme que j'aurai payée à Tobias pour votre passage. Nous avons besoin d'une cuisinière et d'une femme qui tienne la maison, et c'est là ce que vous ferez. Vous voudrez bien, seulement, vous efforcer de ne pas être une source d'ennuis. Je ne tolérerai pas d'entendre quotidiennement les idioties de ce matin.

– Des idioties ! éclata Caroline, mais avant qu'elle puisse en dire davantage, un bruit retentit de l'autre côté de l'étable et Millicent déboula en trombe, le chien hurlant derrière elle.

En apercevant sa maîtresse, elle vint droit sur elle et lacéra sa robe en grimpant sur son épaule, crachant à l'intention de l'horrible bête qui la poursuivait.

– Va-t'en ! Ouste ! cria Caroline au chien, une main tenant le chat, l'autre étendue devant elle dans une frénétique tentative pour maintenir l'animal à distance.

– Raleigh, non ! tonna Matt, mais il était trop tard.

Raleigh s'élança, pattes en avant, et percuta Caroline à la vitesse d'un chariot fou, l'envoyant bouler au sol. Elle poussa un cri : Millicent dégringola, cracha et lacéra le museau du chien d'une griffe tranchante comme un rasoir ; Raleigh glapit ; Matt hurla. A quelques pas de là arrivait en courant la horde des autres Mathieson.

Et tandis que Caroline, une fois encore, se retrouvait étalée dans la poussière, Millicent fila, poursuivie par le chien et ses aboiements hystériques, alors que l'un criait, qu'un autre riait et qu'un troisième tentait d'attraper le chien furieux.

Pour la deuxième fois de la journée, elle était la cause d'un véritable tohu-bohu.

5

– Couché, Raleigh ! Assez de ces idioties ! cria Matt, exaspéré, tout en empoignant l'animal furieux par la peau du cou.

Le chien, reconnaissant la voix de l'autorité, cessa ses aboiements assourdissants et se laissa tomber en grognant aux pieds de son maître. Depuis le toit de l'étable, Millicent observait avec une satisfaction malveillante son tourmenteur traité comme il le méritait. Et puis, assurée qu'il était convenablement tenu en respect, elle entreprit de faire sa toilette, calmement. Caroline s'efforça de se redresser en position assise et massa discrètement un derrière endolori. Se rendant soudain compte qu'elle était l'objet d'un extrême amusement, elle cessa, gênée.

– Foutu chat ! J'aurais dû le faire jeter par-dessus bord par un des matelots. Dès le début, nous n'avons connu que des ennuis avec lui, dit le capitaine Rowse – le seul, avec Matt, à ne pas s'étouffer sous un rire réprimé – qui vint offrir une main secourable à Caroline tout en parlant.

Elle lui jeta un regard noir – Rowse s'était montré aussi contrarié d'avoir Millicent à bord que d'être payé d'une broche sans valeur – et refusa son aide. Elle se releva seule.

– Millicent n’a provoqué aucun ennui à bord, protesta-t-elle vertement.

– Oh, non ? Et les quatre jours pendant lesquels nous sommes restés encalminés et où nous avons dû avancer à la rame ? Et la farine qui a moisi et qu’il a fallu jeter ? Et le fauteuil sur mesure de Goody Shoemaker qui a eu le dos brisé quand un tonneau est tombé dessus ! Et mon maître de manœuvre qui s’est entaillé la jambe jusqu’à l’os alors qu’il faisait quelque chose d’aussi simple que de sectionner un cordage ? Hein, ma petite dame ?

– Millicent ne peut être tenue pour responsable de tout cela !

– Un chat à bord d’un navire, ça porte malheur ; tout le monde sait cela. Surtout les chats noirs. Jamais je n’ai connu une telle succession de calamités en un seul voyage. C’était le chat.

– Quelle stupidité ! s’écria Caroline, méprisante.

– Ce serait plutôt la maîtresse, elle a semé assez de pagaille ici, murmura Matt dans sa barbe, et Caroline se demanda si quelqu’un d’autre l’avait entendu.

Il avait passé une corde au cou de Raleigh. Alors que Caroline tournait vers lui un regard furieux, il fit un signe au plus âgé des deux enfants. Comme son plus jeune frère, le gamin avait d’épais cheveux noirs coupés court et des yeux bleus. Mais il était beaucoup plus grand que son cadet et mince comme un roseau. Pour autant que Caroline puisse en juger, il devait avoir une dizaine d’années.

– Va l’attacher derrière la maison, demanda Matt en passant la corde à son fils.

– Mais, pa... !

– Jusqu’à ce que le calme revienne un peu. Il n’en souffrira pas. Fais ce que je te dis.

Le gamin obéit de mauvaise grâce, et Raleigh fut entraîné, un peu avec des cajoleries, un peu en tirant sur la corde. Caroline poussa un soupir de soulagement parfaitement audible tandis que disparaissait l'animal.

– Vous ne pouvez me tenir pour responsable du remue-ménage de ce matin ! lança-t-elle, véhémente, à Matt. Tout cela était la faute de votre monstre mal dressé.

– Vous devriez vraiment dominer votre peur des chiens, observa Daniel en riant, avant que Matt ne puisse répondre.

– Il faudrait être fou pour ne pas avoir peur d'une grosse bête aussi féroce ! répliqua Caroline, foudroyant du regard Daniel et ses deux frères, ainsi que l'homme aux cheveux blond-roux.

– Féroce ! Raleigh n'est pas féroce ! Vous n'êtes qu'une poltronne, voilà la vérité ! accusa le plus jeune des gamins, et Caroline se retint de riposter vertement.

L'enfant ne devait pas avoir plus de cinq ans et elle n'allait pas prendre ombrage de sa réflexion, mais elle commençait à en avoir assez de tous et de chacun de ces mâles arrogants.

– Tiens ta langue, David Mathieson, gronda Matt avec un regard sévère. Tu vas être poli avec ta tante ou tu auras ma main sur ce qui te sert pour t'asseoir.

– Ce n'est pas ma tante ! Non ? demanda l'enfant, tout à la fois fasciné et consterné.

– Mais si. C'est ta tante Caroline qui va vivre avec nous, confirma Matt avec un regard sur la jeune femme, aussi déconcertée à l'idée de leur parenté que l'enfant aux yeux écarquillés.

S'ils étaient les enfants d'Elizabeth, elle était bien leur tante. Ou leur demi-tante puisque Elizabeth et elle étaient nées de mères différentes.

– Je suis enchantée, David, lui dit-elle d'une voix qu'elle parvint à rendre agréable, ce dont elle se félicita étant donné les circonstances.

– Je ne veux pas de tante qui vienne vivre avec

nous ! éclata l'enfant. On est très bien comme ça, rien que des hommes !

– Silence !

L'éclat de voix de Matt avait eu effet sur Raleigh et il eut aussi effet sur David. Confus, l'enfant se tut, mais son expression ne perdit rien de son hostilité.

– Elle prétend savoir faire la cuisine, le ménage et coudre, et nous en avons besoin. En outre, c'est notre parente. Elle va rester et je n'ai rien à ajouter ! dit Matt avec un regard circulaire sur les trois hommes et son fils, comme s'il s'attendait à une réflexion.

Les adultes parurent incertains, l'enfant toujours aussi rebelle. Sur la droite, le capitaine Rowse fit entendre une exclamation étouffée qu'il changea rapidement en toux, mais nul ne fit attention à lui.

– Vous connaissez Daniel, et voici notre frère Thomas à sa gauche – Matt indiquait l'homme aux cheveux blond-roux –, et Robert à sa droite. Ils vivent ici, travaillent à la ferme avec mes garçons et moi. Mon fils aîné c'est John. Celui-ci c'est David. (Il se tourna vers le capitaine Rowse et ajouta :) Tobias, si vous voulez me suivre à la maison, je vais régler notre affaire et vous offrir un verre.

– Cela me semble parfait, dit Rowse avec un sourire à Daniel et aux autres derrière le dos de Matt.

– Caroline, vous pouvez venir également. Je vais vous montrer où nous mettons chaque chose et comment nous souhaitons que chaque chose soit faite. Les autres, retournez au travail. Toi aussi, Davey. Va chercher du maïs et finis de donner à manger aux poulets.

– Et ses malles ? demanda Daniel.

– Ses malles ? répéta Matt en regardant Caroline, le sourcil interrogateur.

– Il y en a trois, précisa Daniel. Et lourdes. Et un panier.

– Apportez-les, grogna Matt qui ajouta, hochant la tête : Trois malles !

Il gagna la maison, tournant au coin de l'étable avec le capitaine Rowse tandis que les autres retournaient à leur tâche. Mais au lieu de le suivre aussi, comme il le lui avait demandé, Caroline leva les yeux sur son chat perché sur le toit.

– Descends, Millicent, dit-elle d'une voix câline.

Millicent la regarda de ses yeux d'or, sans ciller.

– Millicent, descends !

Millicent cligna une fois des yeux, lentement, puis se dressa sur ses pattes et s'étira. Son corps noir eut un mouvement d'ondulation et elle leva bien droit sa queue.

– Où êtes-vous ? Vous venez ? lança Matt d'une voix agacée, faisant sursauter Caroline.

– Un instant ! répondit-elle, ajoutant, pressante, à l'intention du chat qui avançait d'un pas nonchalant le long du toit : Millicent, descends !

– Laissez tomber ce maudit chat ! Il descendra bien tout seul quand cela lui chantera, dit Matt qui, revenu sur ses pas, la tira par le bras et lui dit : J'ai assez perdu de temps pour aujourd'hui. Je n'ai pas l'intention d'en perdre davantage à cause de l'humeur d'un chat.

– Mais le chien va l'attraper ! protesta Caroline en se libérant.

Matt s'arrêta, les poings sur les hanches, et la regarda.

– Il est attaché. Et de toute façon il ne lui ferait pas de mal. Nous avons des tas de chats autour de l'étable et tous ont survécu. Il aime simplement donner la chasse à tout ce qui fuit en courant.

– Elle va se perdre. Je l'ai depuis que c'était un tout petit chaton et...

Matt pinça les lèvres. Il hésita, visiblement mécontent. Puis il soupira.

– Si je vais chercher votre infernal poison de chat, viendrez-vous à la maison et éviterez-vous de nous créer d'autres ennuis pour le reste de la journée ?

La proposition – malgré sa formulation peu gracieuse – la surprit. Elle adressa à Matt un sourire de gratitude.

– C'est promis.

– Parfait. Attendez-moi un instant, Tobias.

Il pénétra dans l'étable, en ressortit avec une échelle qu'il appuya contre le bâtiment et entreprit d'y grimper, plutôt maladroitement du fait de sa jambe raide. Millicent le regarda s'avancer vers elle. Au moment où il allait la prendre, elle cracha, fila le long du toit et bondit agilement sur le sol.

– Millicent !

Le chat se précipita vers Caroline qui le cueillit dans ses bras. Le capitaine Rowse fut pris d'un rire silencieux.

Matt, depuis son toit, considéra l'homme, la femme et le chat avant de redescendre. Il alla ranger l'échelle et revint, fixant Caroline et Millicent d'un regard noir.

– Je ne vous avais pas dit que c'était un infernal poison de chat ? demanda-t-il, et sans attendre de réponse il se dirigea vers la maison, suivi de Rowse, puis de Caroline avec Millicent dans les bras.

Il avait essayé de se montrer aimable. Le moral de Caroline remonta très légèrement. Peut-être, peut-être seulement, la vie avec les Mathieson ne serait-elle pas si terrible, après tout.

6

Même si Matt s'était montré gentil à propos du chat, ses manières ne valaient guère mieux que celles de Daniel ou du capitaine Rowse. Caroline le vit pousser de l'épaule la porte qui n'était pas verrouillée et franchir le seuil sans même un regard pour elle qui avançait à quelques pas derrière les deux hommes. Avait-elle vraiment cru qu'il allait s'effacer pour la laisser entrer ? Non, se dit-elle, compte tenu de ses expériences de la matinée. Tous les habitants de la colonie qu'elle avait rencontrés jusqu'alors, depuis le pasteur et son visage de carême jusqu'au plus jeune des Mathieson, avaient fait montre d'une rare grossièreté. Apparemment, les signes extérieurs de politesse n'avaient pas cours au Nouveau Monde.

– Entrez, Tobias, et venez boire une bière. Elle vous fera tourner la tête, je vous le promets. Combien vous doit la gamine ?

– Ça fait une belle somme.

– Je m'en doute, dit Matt, dissimulant mal son agacement. Combien ?

Il grogna en entendant le chiffre et jeta à Caroline un regard noir. Puis, hochant la tête, il disparut par une petite porte à l'autre extrémité de la pièce, le capitaine Rowse sur les talons.

Se sentant quelque peu exclue, Caroline demeura

où elle était, clignant des yeux en regardant tout autour d'elle dans la pénombre de la maison.

Il lui fallut quelques instants pour s'accoutumer à ce changement. Puis ce qu'elle vit l'effara.

Partout régnait le plus grand désordre – des selles et des chapeaux, des bottes et des outils de ferme, un tronc à demi taillé, apparemment destiné à faire un tabouret, un coffre de marin ouvert où gisaient des couvertures. Les meubles étaient jonchés de vêtements, propres ou sales, Caroline n'aurait su le dire. Le sol de bois laissait voir une espèce de sentier circulaire plein de boue, tout autour de la pièce, marquant de toute évidence le passage coutumier des habitants. A gauche de la porte, un étroit escalier grimpait, abrupt, avec une collection d'objets divers empilés sur chaque marche, du côté du mur. Il faisait frisquet dans la maison, recouverte en outre d'une épaisse couche de poussière. Caroline eut les narines agressées par une odeur de moisi se mêlant à celle des oignons qui avaient dû faire partie du dîner de la veille. Plissant le nez, elle avança d'un pas prudent. Si cette maison avait été à elle, elle eût été impeccable. Elle ne parvenait pas à imaginer comment on pouvait – même des barbares comme les Mathieson – laisser une habitation dans un tel état.

Elle entendait Matt parler à voix basse au capitaine Rowse dans la pièce voisine. Convaincue qu'elle était le sujet de la conversation, elle n'avait nulle intention de les laisser discuter hors de sa présence. Elle se fraya un chemin au milieu des objets variés qui jonchaient le sol et arriva à destination. Elle s'arrêta sur le seuil, regarda autour d'elle. Comme elle le pensait, la cuisine était un désastre.

Un feu ridicule brûlait dans une immense cheminée qui occupait la moitié d'un des côtés de la pièce. Faite de galets, elle était noircie jusqu'au plafond de n'avoir pas été nettoyée régulièrement, et à en juger par la fumée qui piquait les yeux elle avait besoin d'un ramonage. Au-dessus du foyer, où s'entassaient les cendres de feux précédents, pendait une collection de marmites. Là, l'odeur de la fumée couvrait celle des oignons. La table de bois rude, devant le feu, avait été débarrassée, mais le sol n'avait pas été balayé, et les écuelles de bois, bien que nettoyées (pour autant qu'elle pût en juger), étaient empilées dans un seau près de la porte avec des gobelets et des cuillères. Apparemment, quelqu'un avait eu l'intention de les emporter dehors pour les laver, mais avait oublié ou jugé qu'une autre tâche l'appelait.

Matt, les bras croisés sur le dos d'une chaise et penché en avant, parlait avec le capitaine Rowse. Celui-ci, l'air satisfait, allait se lever de son banc quand apparut Caroline. Les deux hommes se turent brusquement en l'apercevant. Après une hésitation à peine perceptible, le capitaine Rowse avala une gorgée de son gobelet. Il devait contenir une bière particulièrement savoureuse à en juger par le claquement de langue qu'il fit entendre.

– Heureux que cette question soit réglée au mieux, dit-il, reposant son gobelet avec un signe de tête tout à fait aimable à l'adresse de Caroline. Matt s'est chargé de payer votre passage, madame Wetherby. J'espère que ne demeure aucune acrimonie entre nous.

– Pas la moindre, répondit sèchement Caroline, qui serra Millicent contre elle pour réprimer son envie de faire savoir à cet homme ce qu'elle pensait de la façon dont elle avait été traitée à bord de *La Colombe*. Le capitaine lui avait si clairement manifesté son mépris, que les passagers et l'équipage l'avaient traitée comme une paria. L'aurait-il vraiment traînée devant le juge pour être vendue comme servante s'il n'avait pas été payé ? En le regardant, carré, bien en chair et d'excellente humeur comme il semblait maintenant, elle sut que si Matt n'avait pas voulu d'elle il l'aurait fait. Elle se sentit soudain envahie par un sentiment de gratitude à l'égard de son beau-frère. Sentiment qu'elle refoula aussitôt car il la rendait dangereusement vulnérable. Et elle ne voulait plus jamais se montrer vulnérable.

– Parfait, parfait ! dit le capitaine Rowse, d'un ton légèrement trop enjoué.

Caroline le considéra, impassible. Sa gratitude céda la place à un immense soulagement. Elle était libérée de cet homme et de son navire, libérée de l'inquiétude de ne pas savoir ce qui l'attendait au bout de son voyage. Finie l'angoisse qui avait été sa compagne pendant six semaines.

– Oh, au fait, ceci vous appartient, si vous le voulez.

Fouillant dans la bourse qui pendait à son côté, le capitaine Rowse en tira la broche en forme de paon. Les lèvres pincées, la tête haute, Caroline tendit la main. Avec un rapide coup d'œil en direction de Matt, qui lui signifia sèchement son accord d'un signe, le capitaine laissa tomber le bijou dans la main de la jeune femme. Toc ou pas, c'était le dernier souvenir de son père. Elle ressentit un pincement au cœur en évoquant le visage bien-aimé, mais elle se refusa à s'abandonner à sa douleur. Même ce chagrin devait être oublié. Sur cette nouvelle terre, elle allait commencer une vie nouvelle. Elle allait tout simplement s'interdire de penser à l'Angleterre et à tout ce qu'elle y avait connu.

Mais pendant ces quelques secondes, ses doigts se crispèrent sur la broche. Millicent s'agita et Caroline la posa par terre. Et puis elle glissa la broche sous sa ceinture. Elle la remettrait dans une de ses malles et ne la regarderait plus jamais.

– Je n'aime pas voir les animaux dans la maison,

observa Matt, qui se redressa en regardant Millicent renifler un seau de lait retourné.

Caroline se mit à rire, d'un rire crispé tandis qu'elle luttait encore pour chasser le chagrin qu'elle ne voulait pas se permettre.

– Quel mal voulez-vous que fasse cette pauvre chatte, dites-moi ? Elle est beaucoup plus propre que bien d'autres qui vivent ici.

Matt se rembrunit et Caroline regarda autour d'elle avec un mépris manifeste. Le capitaine se racla la gorge, gêné, et ses yeux passèrent de l'un à l'autre.

– Eh bien, maintenant que tout cela est terminé pour le mieux, je crois que je vais regagner mon navire, dit-il.

Matt hocha la tête. Il foudroya Caroline du regard et raccompagna le capitaine jusqu'à la porte. Elle entendit leurs voix, puis le bruit de la porte que l'on ouvrait et refermait. Elle fit le tour de la cuisine, de plus en plus consternée par les toiles d'araignée, les moutons de poussière et d'évidentes traces de souris que Millicent renifla avec intérêt. Pour une femme qui, comme elle, adorait faire la cuisine, une pièce aussi mal tenue était une abomination. Quelle espèce de gens étaient les habitants des lieux, qui possédaient autant et s'en souciaient manifestement si peu ?

Quand Matt revint, Caroline se tenait près de la cheminée, avec un regard incrédule pour une marmite à demi pleine de nourriture complètement brûlée. Sans paraître remarquer l'expression écœurée de la jeune femme, il alla jusqu'à une huche de bois dans un coin. Millicent, qui était assise dessus, rejeta ses oreilles en arrière avec des mouvements convulsifs de la queue. Avec un grognement impatient, il la chassa.

– C'est du pain de maïs qu'il y a là-dedans, dit-il, soulevant brièvement le couvercle pour laisser Caroline y jeter un rapide coup d'œil. Il y a de la viande et de la graisse dans le fumoir, là-bas, et du beurre et du fromage au printemps. Vous n'aurez pas de mal à trouver, c'est juste là-dehors. La farine est ici, ajouta-t-il, ouvrant un nouveau coffre, et vous trouverez des pommes et des pommes de terre dans le cellier. Si vous avez besoin d'autre chose, demandez. Ça se trouve probablement par là quelque part.

Il s'arrêta, repoussant du pied une pièce de harnais, sans paraître considérer qu'elle n'avait rien à faire sur le sol de la cuisine.

– Nous allons continuer à travailler. Nous avons perdu beaucoup de temps, mais nous serons prêts pour le dîner au coucher du soleil. Nous sommes six, et, à l'exception de Davey, nous avons bon appétit. J'espère que vous disiez vrai en prétendant que vous savez faire la cuisine.

Et, avant que Caroline puisse donner la moindre réponse, il tourna les talons et gagna la porte, la laissant apparemment se débrouiller.

7

– Un instant, je vous prie ! lança Caroline, la voix frémissante de colère. Vous n'espérez tout de même pas que je vais préparer un repas dans cette... cette porcherie !

Le dos de Matt se raidit et il se tourna pour toiser la jeune femme.

– Si les lieux ne conviennent pas à Madame la comtesse, dit-il, irrité, vous avez ma permission pour tout nettoyer.

Caroline se mit à rire.

– Il faudrait six femmes travaillant du matin au soir pendant quinze jours pour nettoyer tout cela ! Je ne ferai pas la cuisine dans des marmites sales et je ne servirai pas de repas dans une cuisine où je ne peux même pas voir à travers la fenêtre ! Simplement pour rendre cette pièce à peu près convenable, il faudrait le reste de la journée ! Si je dois préparer un repas mangeable d'ici au coucher du soleil, il me faut de l'aide !

– Paresseuse, hein ? J'aurais dû m'en douter.

– Je ne suis pas paresseuse ! grinça Caroline.

Matt haussa les sourcils, mais avant qu'il puisse répondre on entendit la porte extérieure s'ouvrir et le bruit sourd de quelque chose de pesant que l'on posait sur le sol. Matt gagna la pièce principale où Daniel traînait à l'intérieur la dernière des malles de Caroline.

– Tu m'as dit, avant de partir ce matin, que tu avais terminé l'abri pour les veaux, lui dit Matt.

– Ouais, répondit Daniel qui se redressa pour regarder son frère. Et alors ?

– Très bien. Comme tu n'auras rien de plus urgent à faire, tu pourras consacrer le reste de la journée à aider la duchesse à la maison. Elle a besoin d'aide pour nettoyer cette porcherie, dit-elle.

– Nettoyer la maison ? dit Daniel qui paraissait atterré. Mais, Matt...

– Occupe-t'en.

Sur quoi Matt sortit. Daniel se tourna pour le regarder partir puis revint à Caroline, la considérant d'un œil si sombre qu'elle en aurait ri si elle avait été dans une meilleure disposition d'esprit.

– J'ignore tout du travail des femmes, annonça Daniel, d'une voix quelque peu caverneuse.

– Il est évident qu'aucun d'entre vous n'y connaît rien.

– C'est la saison des semailles et des plantations, observa Daniel, comme pour s'excuser. D'habitude, ce n'est pas si moche.

– Oh ? fit Caroline, haussant les sourcils. Je serais surprise que le sol ait vu un balai au cours des six derniers mois. Mais inutile de gémir. Si vous voulez bien porter mes malles où je vais coucher, nous nous mettrons au travail. En commençant par la cuisine, je crois que c'est le plus urgent – et le plus sale.

– Ouais, il y a un autre problème. Je ne sais pas où vous allez dormir. Il y a quatre pièces en haut, mais Davey et John en partagent une, Thomas et Robert une autre. J'occupe la troisième et Matt la quatrième.

– Dans ce cas, vous et Matt partagerez une chambre, non ? dit Caroline avec un sourire faussement aimable. Car je n'ai nullement l'intention de coucher dans les escaliers.

– Mais il n'y a qu'un lit dans chaque. Je doute que Matt sera content de partager son lit avec moi. Nous l'avons déjà fait et il disait qu'il préférerait dormir avec un grizzli. Et moi aussi.

– Ne vous occupez pas de Matt, commença Caroline qui soupira, se sachant vaincue. Très bien, portez mes malles en haut pour qu'elles n'encombrent pas le chemin. Nous arrangerons cela au retour de *Matt*.

L'ironie qu'elle mit dans le ton en prononçant le nom de son frère, considéré comme quelque être supérieur, échappa totalement à Daniel ou il ne s'en soucia guère. Quoi qu'il en fût, il parut soulagé en chargeant sur son dos la première des malles pour la monter à l'étage.

Le temps qu'il en ait terminé, Caroline était déjà au travail. Elle avait découvert une petite pièce de débarras à côté de la cuisine avec toute une variété de provisions et un lavabo. Le miroir, au-dessus, était minuscule et ne permettait de voir qu'une partie du visage à la fois, mais ce fut suffisant pour mettre un peu d'ordre dans sa toilette après les dégâts provoqués par ses rencontres avec les animaux de la ferme. Elle se lava le visage et les mains, épingla ses cheveux, et – avec un soupir de regret pour la ruine de sa plus belle robe – entreprit de nettoyer la cuisine. Du moins n'aurait-elle pas à s'inquiéter d'abîmer davantage sa robe. Avec une partie de l'ourlet glissée dans sa ceinture pour cacher l'accroc, la robe pouvait passer pour ce qu'elle avait l'intention d'en faire, mais avec la déchirure irrégulière, impossible de la sauver. Elle n'allait pas tarder à finir aux chiffons.

– Qu'est-ce que vous voulez que je fasse maintenant ? demanda Daniel, lugubre, depuis le seuil.

Caroline l'envoya allumer le feu, puis porter les ustensiles de cuisine jusqu'au ruisseau, où il devrait les gratter jusqu'à ce qu'on en revoie le fond puis les récurer avec du sable. A côté de lui, les bras plongés dans l'eau glacée, elle s'efforça de chasser ce sentiment d'irréalité qui l'assaillait chaque fois qu'elle laissait vagabonder son esprit. Etait-ce bien elle, Caroline Wetherby, la vedette de centaines de salles de jeu enfumées, qui était en train de récurer des ustensiles de cuisine, les doigts gourds ? Combien riraient tous les hommes qui avaient souhaité coucher avec elle, sinon l'épouser, s'ils pouvaient la voir ! Mais curieusement, elle se sentait satisfaite. Le travail honnête lui semblait soudain préférable aux duperies qui, il fallait bien l'admettre, avaient été son lot. Pendant des années, elle n'avait été que le séduisant appât qu'utilisait son père pour tondre les sots. Les victimes de Marcellus Wetherby couvaient sa jolie fille d'un regard de convoitise pendant qu'il abattait une carte ou brandissait un as oublié, sans jamais se rendre compte, avant que leur bourse ne soit considérablement allégée, qu'ils n'allaient pas trouver la consolation de leurs pertes à la façon dont ils l'avaient imaginé. Cependant, bien que jusqu'à la dernière maladie de son père elle ait dû faire l'objet, presque tous les soirs, de regards lubriques, elle était demeurée physiquement pure. Son père avait été un coquin, certes, mais pas au point de permettre le déshonneur de sa fille. Pourtant, en grandissant, elle avait pris conscience de ce que pensaient d'elle tous ces hommes avec leurs regards impudiques, et elle s'était sentie souillée. Sur cette nouvelle terre, jamais plus elle n'aurait à supporter cela, et cette pensée lui mit du baume au cœur. Elle accomplirait les tâches les plus rudes tant qu'elle pourrait, ce faisant, garder la tête haute.

– Ça va comme ça ? demanda Daniel, brandissant une marmite bien récurée, et Caroline, tirée de ses rêveries, hocha la tête, heureuse de se replonger dans son travail.

Malgré son aversion initiale, Daniel se révéla un ouvrier adroit. La corvée terminée, Caroline le chargea de ranger à leur place tous les outils de ferme qui traînaient tandis qu'elle triait les vêtements en trois piles destinées au lavage, au raccommodage ou au repassage. Presque tous devaient faire l'objet de son attention et elle eut envie de gémir en considérant les piles qui s'élevaient. Garder six hommes à peu près présentables allait se révéler une tâche sans fin. Mais elle pouvait le faire, et le faire bien.

De même qu'elle savait cuisiner et tenir une maison, elle avait appris à coudre depuis l'enfance. Sa mère, qui s'était lassée des incessants déplacements de Marcellus une fois passé les premières félicités du mariage, et qui se retrouvait avec une enfant à élever, habitait une petite maison du village de Bishop's Lynn. C'est là que Caroline avait vécu heureuse jusqu'à ce que sa mère trouve la mort sous les roues d'un chariot fou. Son père, que l'on ne voyait que rarement, vint la chercher pour l'emmener avec lui. Elle avait près de douze ans, à l'époque, et Marcellus, avec son visage séduisant, ses beaux vêtements et ses manières élégantes, lui parut un être merveilleux. De grand cœur, elle était partie à l'aventure avec lui, le laissant faire d'elle le genre de femme qu'il souhaitait qu'elle devînt. Mais ces derniers temps elle avait commencé à trouver leur existence errante à la fois lassante et indigne, et elle avait souhaité s'arrêter quelque part. Comme elle aimait profondément son père, jamais elle ne lui avait fait part de ce sentiment, de crainte de le blesser. Maintenant, elle se sentait tellement enthousiasmée à la pensée d'avoir de nouveau un foyer, avec des repas à préparer, une maison à tenir propre et des habitants dont il fallait s'occuper, qu'elle avait presque peur d'oser y croire.

Au cours de ces années douloureuses, elle avait appris toute la valeur d'un foyer, d'une maison, et elle en avait eu envie comme un homme affamé d'une assiette de soupe. Malgré sa fatigue après tout ce qu'elle avait connu, elle se plongea dans les tâches qui l'attendaient avec une énergie qui fit gémir Daniel.

Quelques heures plus tard, balayées, nettoyées et dépoussiérées, les deux pièces de devant étaient à peu près présentables. Restait encore à cirer et à encaustiquer, et Caroline avait décidé que les fenêtres et la lessive devraient attendre le lendemain, mais le changement était spectaculaire. Même Daniel, qui coupait des pommes de terre d'un air las sur le buffet de la cuisine, en fut impressionné.

– Je crois que nous nous sommes montrés quelque peu négligents, dit-il, piteux. Aucun d'entre nous n'est très doué pour les travaux domestiques, alors nous nous sommes bornés à l'indispensable. Et avec la saison des semailles et des plantations, cela se limite à faire un repas chaud de temps en temps. Mais je dois reconnaître que c'est chouette de pouvoir traverser la pièce sans buter dans quelque chose.

Caroline, debout devant une marmite d'eau fumante, y laissait tomber des morceaux de viande qu'elle coupait en dés. Au menu du soir, il y aurait du ragoût de lapin et des crêpes épaisses ; elle avait préparé la pâte du pain qui était en train de lever, mais elle ne serait prête que le lendemain matin. C'était là une nourriture simple, mais savoureuse et substantielle, et elle n'avait pas le temps de préparer quelque chose de plus élaboré. Heureusement, elle possédait une grande habitude de cuisiner des repas agréables avec ce qu'elle avait sous la main.

– On comprend que la tenue de la maison ait souffert depuis le décès d'Elizabeth, répondit Caroline.

Daniel et elle, après des débuts plutôt difficiles, étaient maintenant en excellents termes. C'était un homme aimable, à condition de ne pas le placer dans des situations où il se serait trouvé en conflit avec son frère aîné. Il semblait même prêt à tolérer Millicent, qui ronronnait au-dessus de la bouilloire. De temps à autre, sans y prêter attention, il lui caressait la tête.

– Elizabeth ne s'occupait guère de la maison. Elle... commença-t-il avant de jeter un regard en coin à Caroline et de se taire.

– Elle quoi ? demanda Caroline, curieuse de savoir et se tournant vers lui.

– Rien. Elle n'aimait pas beaucoup les travaux de la maison, c'est tout, murmura Daniel, coupant une carotte comme si sa vie en dépendait.

Caroline lui jeta un regard songeur.

– Daniel, dit-elle, si je dois faire partie de cette famille, il me serait utile d'en connaître le plus possible à son sujet. Existait-il une quelconque raison pour qu'Elizabeth ne s'occupe pas de sa maison ? Dites-le-moi, s'il vous plaît.

Daniel, les sourcils froncés sur la carotte qu'il réduisait en charpie, se décida :

– Elle était malade... vraiment malade, depuis la naissance de Davey, dit-il à la carotte. Elle quittait rarement son lit. Matt devait dormir avec moi pour ne pas la déranger. Elle ne pouvait dormir quand il était là, disait-elle.

– Ainsi, elle a été longtemps malade... mais votre frère a dit qu'elle s'était noyée. Si elle quittait rarement son lit, comment cela a-t-il pu se produire ?

– Elle l'a quitté, ce jour-là. Elle est sortie pour aller à la source. Et elle s'est noyée. Je ne saurais vous en dire davantage. J'étais absent. A mon retour, elle était déjà enterrée.

Quelque chose, dans sa voix, provoqua un froncement de sourcils chez Caroline.

– Vous ne l'aimiez pas, Daniel ?

– C'était la femme de Matt. Il ne m'appartenait pas de l'aimer ou de ne pas l'aimer.

A son ton, elle sut qu'elle n'obtiendrait rien de plus. Elle jeta les derniers morceaux de viande dans l'eau et vint prendre les légumes. Elle grimaça devant la façon dont ils étaient coupés mais alla les rajouter au bouillon.

– Qui diable a pu faire la cuisine pour vous tous ? Certainement pas vous, c'est évident.

Manifestement soulagé que l'on ne parle plus d'Elizabeth, Daniel se tourna sur son tabouret et haussa les épaules.

– Rob ne se défend pas mal comme cuisinier, quand il veut. Et Mary – c'est la femme de James, notre frère qui habite en ville – nous invite parfois tous. La veuve Forrester a des vues sur Matt et elle nous envoie toujours du pain, des tartes et autres, grand bien lui fasse. Quant à Patience Smith, elle a un œil sur Rob, et elle nous fait une bonne soupe. Thom a des tas de filles autour de lui qui se disputent pour le séduire – et nous aussi, par la même occasion – avec leurs talents culinaires. Pour le reste, on se débrouille. Personne n'est mort de faim.

Caroline mélangeait le babeurre à la farine pour les crêpes.

– Je suis surprise qu'aucune de ces dames ne se soit proposée pour tenir la maison. Ce n'est pas aussi efficace, pour gagner le cœur d'un homme, que la cuisine, mais c'est certainement un moyen.

– Matt n'aime pas beaucoup voir des femmes traîner dans la maison. Il leur a dit de garder leurs distances.

– C'est un vrai gentilhomme, votre frère, observa Caroline, surprise.

Puis elle mit la pâte à épaissir, se tourna et fit signe à Daniel.

– Il reste encore une heure avant le souper. Allons commencer à travailler là-haut.

Daniel la suivit tandis qu'elle quittait la cuisine.

8

– Je ne veux pas manger de sa cuisine !

Caroline put entendre la voix aiguë de Davey depuis le cellier où elle était allée chercher un pot de conserve de fruits. D'après ce que Daniel lui avait dit, c'était sans doute là un présent d'une des admiratrices de ses frères. Quand elle y goûta, d'un doigt prudent, elle se rendit compte qu'il s'agissait d'une espèce de baie qu'elle ne sut identifier, mais qui était à la fois aigrelette et douce et serait parfaite avec les crêpes. En été, quand les fruits et les baies mûriraient de nouveau, elle ferait des confitures. Elle fronça les sourcils en songeant à tout le plaisir que lui donnait cette pensée ; peut-être d'ici là serait-elle déjà partie. Elle ne devait pas s'imaginer avoir trouvé un foyer permanent. Davey ne l'aimait pas, et aucun des autres Mathieson ne semblait très heureux de sa présence. En outre, elle pourrait bien, elle-même, choisir de partir ailleurs. Elle n'avait certainement pas l'intention de demeurer plus qu'il ne faudrait à s'occuper de ces hommes impossibles. Elle pourrait partir quand cela lui chanterait – ils pouvaient également la renvoyer.

– Tais-toi, Davey ! Elle va t'entendre ! dit John qui, tout comme son frère, avait conservé une voix juvénile et aiguë.

Caroline posa une main au creux de ses reins et étira ses muscles douloureux. Dieu, qu'elle était fatiguée ! Trop pour prendre ombrage de la réflexion d'un enfant mal élevé, ou de quiconque d'ailleurs. Trop fatiguée pour penser, quoi qu'il en soit. La transpiration avait collé des mèches de cheveux à ses tempes et sur sa nuque, et de grands cercles maculaient sa robe verte aux aisselles. Elle avait la tête douloureuse, ses jambes lui faisaient mal et elle brûlait de trouver un lit.

Alors, elle se souvint qu'elle n'avait pas de lit. Et, de nouveau, qu'elle n'était pas chez elle. On la tolérait ici, seulement.

– Tu mangeras ce qu'on te mettra dans ton assiette et tu vas te taire en attendant, dit Matt à l'enfant au moment où elle revenait dans la cuisine.

Davey et lui l'accueillirent avec le même regard sombre. Derrière eux se tenaient John, les mains curieusement glissées dans sa ceinture, ainsi que Thomas. Chacun paraissait aussi las que Caroline. D'après le bruit des voix qui arrivaient jusque-là, Robert parlait avec Daniel dans la pièce de devant. Eux aussi ne voulaient vraisemblablement rien avoir à faire avec elle.

– Vous pouvez aller vous laver et vous asseoir, dit sèchement Caroline. Le repas est prêt.

– Nous laver ! s'exclama Davey, horrifié, mais à l'expression de chacun des autres on voyait qu'ils étaient tout aussi atterrés.

Caroline s'arrêta au moment où elle allait faire cuire une autre crêpe.

– Si vous voulez manger dans cette cuisine, il vous faudra tous vous laver les mains et la figure avant de vous asseoir. Je ne servirai pas des porcs.

Et, s'essuyant le front d'un revers de main, elle se retourna pour rajouter de la pâte dans la poêle brûlante. Derrière elle, elle sentit un flottement. Mais elle était bien décidée à tenir sa promesse : s'ils essayaient de passer à table sans être lavés, elle jetterait le dîner au feu ! Et si cela ne leur plaisait pas, ils pourraient la flanquer dehors ! Ce n'était pas parce qu'elle n'avait nul lieu où aller qu'elle allait se laisser enfermer dans la servitude. Elle s'était déjà sortie de situations impossibles avant cela et, si nécessaire, elle recommencerait !

– Davey, John, votre tante a raison. Retournez à la pompe l'un et l'autre. Et vous tous aussi. Thomas, va chercher Robert et Daniel.

La voix de Matt était celle de l'autorité, mais même ainsi les enfants protestèrent.

– Mais, pa... !

– Vous allez faire ce qu'on vous a dit, coupa-t-il en les poussant jusqu'à la porte.

Caroline se redressa, soulagée. Elle avait gagné pour cette fois. Il eût été plus facile de ne rien dire et de les laisser faire à leur guise. Simplement pour ce soir, alors qu'elle était si fatiguée, il n'y aurait pas eu de mal à leur permettre de s'asseoir avec toute leur crasse devant un repas qu'elle avait préparé. Mais mieux valait partir d'un bon pied, se dit-elle, et elle n'allait pas se laisser faire.

Un instant plus tard, Thomas, Robert et Daniel franchissaient le seuil, jetant des regards noirs à Caroline au passage. Elle continua à cuire ses crêpes comme si elle n'avait rien remarqué. A leur retour, ils s'installèrent, silencieux autour de la table, les mains et le visage propres.

Caroline apporta les assiettes où s'empilaient les crêpes odorantes. Si elle se sentait quelque peu triomphante, elle prit soin de ne pas le montrer.

– Nous disons les grâces, dans cette maison, annonça Matt, en bout de table, et ses paroles constituaient bien évidemment un défi.

– Très bien, dit Caroline, posant les assiettes sur la table et joignant les mains. Allez-y.

Les autres se jetèrent des regards en coin, puis se levèrent et inclinèrent la tête. Matt dit une brève prière et tout le monde se rassit dans le même silence gêné.

Les lèvres de Caroline se pincèrent alors qu'elle servait le ragoût dans des écuelles de bois qu'elle porta à table, deux par deux, dans un silence de mort. Quand chacun eut devant lui son assiette et son gobelet d'eau, elle se servit et s'approcha de la table. Hommes et enfants dévoraient, mais nul ne dit mot ni ne leva les yeux.

Il y avait un banc de chaque côté de la table et une grande chaise de bois à chaque extrémité. Matt et Daniel occupaient les chaises, tandis que David et Thomas étaient assis sur l'un des bancs et John et Robert sur l'autre. Il n'y avait pas de place pour Caroline.

Elle resta là, son assiette et son gobelet à la main, attendant que quelqu'un remarque son inconfortable situation. Mais personne ne se manifesta.

– Si cela ne vous gêne pas, *messieurs*, j'aimerais m'asseoir.

Là, ils levèrent les yeux. Matt, les sourcils froncés, fit le tour de la table du regard.

– Pousse-toi, Davey ! ordonna-t-il.

– Je ne veux pas qu'elle vienne s'asseoir à côté de moi ! gémit le gamin.

– Fais ce que je te dis, et vite !

– C'est pas juste, grommela Davey, boudeur, mais devant le regard de son père il obéit et se rapprocha de Thomas.

– Eh bien, asseyez-vous, dit Matt en se replongeant dans son assiette.

Les lèvres pincées, Caroline fit semblant de ne pas remarquer que Davey se collait le plus possible contre Thomas, sans doute pour ne pas avoir à subir le contact de la jeune femme.

– Il y en a encore ? demanda Thomas, sauçant avec sa crêpe le fond de son assiette avant de regarder autour de lui comme s'il attendait que, par magie, une nouvelle marmite apparaisse.

– Dans la marmite, répondit Caroline, sa cuillère à mi-chemin de ses lèvres.

Elle n'avait pu encore avaler une seule bouchée.

– C'est fameux, dit Daniel, s'arrêtant de manger suffisamment longtemps pour lui adresser son compliment tandis que Thomas lui passait son assiette.

Tout comme ses frères et ses neveux, Thomas avait les yeux bleus et un visage agréable. Il se différenciait des autres par ses cheveux et sa peau, mais la ressemblance redevenait manifeste quand il parlait ou faisait un mouvement. Caroline se dit qu'il devait être le plus jeune des quatre, encore dégingandé comme le sont les adolescents qui n'ont pas fini de grandir. Robert était davantage en os qu'en muscles, tandis que Daniel était plus solide. Matt, le plus grand, était aussi le plus musclé. Il donnait l'impression d'être à la fois solide et puissant. A une certaine époque, le pouls de Caroline se fût accéléré devant un tel homme, mais plus depuis qu'elle s'abritait sous sa coquille glaciale.

– Eh bien, j'en reprendrai un peu... s'il vous plaît.

La politesse contrainte de Thomas lui valut ce qu'il en espérait. Caroline reposa sa cuillère dans son assiette intacte et alla remplir celle de Thomas qui la remercia d'un signe de tête. Elle se rassit et se mit à manger. Cette fois, elle put avaler une bouchée avant que Matt n'en redemande. Après quoi, elle parvint à avaler quelques cuillerées entre deux voyages vers la marmite. Bientôt, elle vit avec un certain soulagement que la marmite était vide. Peut-être allait-elle pouvoir finir son assiette !

– J'en veux encore, dit Davey qui, mangeant plus lentement que les autres, terminait à peine.

– Désolée, il n'y en a plus, répondit Caroline qui en était encore à la moitié de sa première assiette.

Comment ces Mathieson pouvaient-ils avaler aussi vite autant de nourriture ?

– Il n'y en a plus ! répéta Davey comme s'il allait pleurer tandis que les cinq autres affichaient des mines tout aussi contrites.

– Il n'y en a plus ? demanda la voix grave de Matt.

– Non. Fini, terminé, répondit Caroline, comme si elle avait affaire à une bande de demeurés.

Ne comprenaient-ils pas l'anglais ?

– Mais je vous avais dit que nous étions six et que nous avions bon appétit.

– A part David, vous avez tous été resservis deux fois ! dit-elle, reposant sa cuillère pour regarder Matt, indignée.

– Oui, et nous avons travaillé toute la journée. Un travail rude, à l'extérieur, et sans déjeuner. Nous sommes des hommes et nous avons faim. A l'avenir vous voudrez bien ne pas l'oublier.

Ce n'était pas très méchant mais Caroline vit tout de même rouge.

– A l'avenir, je préparerai de quoi nourrir toute une portée de gorets, puisque c'est ce que vous semblez être ! lança-t-elle, essayant de bondir sur ses pieds, mais elle en fut empêchée par le banc qui, lourdement chargé, refusa de bouger.

Furieuse, elle se glissa à l'extrémité du banc et, les poings serrés, les dévisagea.

– Inutile de vous mettre en colère. Nous voulons bien passer là-dessus puisque c'est votre premier jour avec nous. Nous nous lesterons avec les crêpes. Est-ce qu'il reste des crêpes ? demanda Matt comme un homme raisonnable à quelqu'un de déraisonnable.

– Non, il n'y en a plus. J'en ai fait deux douzaines

et vous avez tout englouti ! répondit Caroline, qui avait envie de crier, de jurer, de piétiner ces ingrats.

Avoir travaillé si dur pour être ainsi remerciée ! Elle était furieuse.

– Plus de crêpes !

C'était de nouveau Davey, et cette fois il éclata en larmes. Caroline le regarda, prise aussi de l'envie de pleurer. Elle était lasse, et elle avait faim, car elle n'avait même pas pu finir son assiette, lasse car elle n'avait pas de lit, et il fallait encore débarrasser la table, faire la vaisselle et...

C'en était trop. Les lèvres pincées, elle tourna les talons et, très digne, traversa la cuisine, le cellier et sortit par la porte de derrière.

Il faisait presque nuit. Les étoiles commençaient à apparaître. Un quartier de lune flottait à la limite du ciel, masqué par les nuages qui défilaient. On entendait des bruits d'insectes et les coassements des grenouilles. De quelque part, dans le lointain, arriva un ululement lugubre.

Ce fut ce ululement qui décida de tout. Rien, en Angleterre, ne criait de la sorte. Frissonnant dans sa robe légère, Caroline gagna la barrière proche de l'étable. Elle appuya son front sur sa main, et se mit enfin à pleurer.

9

Bien qu'elle lui tournât le dos, Caroline le sentit approcher. C'était comme un sixième sens qui l'avertit qu'il était là.

Elle se redressa, essuya les larmes de ses joues d'un geste irrité, espérant que l'obscurité cacherait sa faiblesse. La dernière chose au monde qu'elle souhaitait était la pitié, la sienne ou celle de quiconque.

– Dieu merci, vous avez cessé de pleurnicher. Je ne peux supporter les femmes qui pleurent.

Elle se raidit encore davantage. Les poings serrés, elle se tourna vers lui.

– Je ne pleure pas ! Je ne pleure jamais !

La nuit enveloppait Matt, et elle ne put lire son expression. Elle distinguait bien sa grande taille, sa chemise blanche, son parfum musqué d'homme, mais aucun autre détail, alors même qu'il se tenait à une dizaine de pas à peine. Elle se prit à espérer qu'il n'en voyait pas davantage en ce qui la concernait.

– Toutes les femmes pleurent comme des arrosoirs, espérant inspirer de la compassion. Je ne le tolérerai pas dans ma maison.

– Vous n'avez manifestement pas grande expérience des femmes.

– J'ai été marié treize ans.

– Voulez-vous dire qu'Elizabeth était une pleurnicheuse ? Cela ne m'étonnerait pas après vous avoir rencontrés, vous, vos fils et vos frères.

– Vous ignorez tout de moi ou de ma famille.

– Croyez-moi, j'en sais bien assez comme cela. Je pars demain matin. Il doit bien y avoir, en ville, quelque travail que je puisse faire.

– Vous ne partirez pas, dit-il avec une conviction qui décontenança Caroline.

– Oh, si, certainement ! Vous ne pourrez m'en empêcher. Vous êtes sales, grossiers et indifférents, pour ne pas dire plus ! Je préférerais travailler comme... comme... comme n'importe quoi plutôt que de m'échiner pour vous !

– Nobles paroles, mais je crains que la décision ne vous appartienne pas.

– Et pourquoi pas ? Que voulez-vous dire ?

– Vous oubliez que j'ai payé pour votre passage. Légalement, vous m'en devez le montant. Vous pouvez soit travailler pour nous, comme membre de la famille, soit vous retrouver devant le juge qui officialisera la chose. Cela ne me gênerait pas de vous prendre comme servante obligée.

– Comme esclave !

– Je suis convaincu que Tobias accepterait volontiers de témoigner que j'ai réglé votre dette.

– Vous ne feriez pas cela !

– Je le ferai – si vous m'y contraignez. Mais je souhaite que vous ne m'y forciez pas. Il serait préférable, pour nous tous, que nous en arrivions à un compromis, à un accord mutuel. Je reconnais que lorsque je vous ai vue et que l'on m'a parlé de vos... euh... difficultés, je n'étais pas très content. Mais je me rends compte maintenant que la situation pourrait nous être profitable à tous. Vous avez besoin d'un foyer. Nous avons besoin de la main d'une femme dans cette maison. Mes enfants, notamment, ont besoin d'une mère. Vous êtes leur tante. Qui pourrait faire l'affaire mieux que vous ?

– Si vous voulez une mère pour vos enfants, pourquoi ne pas simplement vous remarier ? demanda Caroline avec du ressentiment dans la voix.

– Je n'ai pas le moindre désir de me remarier. Jamais, dit-il calmement.

– Je suis une voleuse et une menteuse, et royaliste de surcroît, vous vous souvenez ? Vous ne voudriez certainement pas de quelqu'un comme moi pour risquer de corrompre des enfants innocents ?

– Je ne crois pas que vous leur appreniez à voler ou à mentir, dit-il, et à l'instant où Caroline se remettait de sa surprise devant ce qu'elle prit pour un compliment, il ajouta : L'enseignement moral qu'ils ont reçu est bien trop enraciné en eux. En outre, ils ont une crainte salutaire de ma colère. Quant à vos inclinations royalistes, il est évident que vous les tenez de votre père et que vous n'êtes donc pas entièrement responsable. Il nous faudra simplement vous rééduquer.

– Vous pouvez toujours essayer !

– Nous pourrions bien réussir.

– C'est peu probable !

– La vie est pleine de choses improbables, ai-je remarqué. Tenez, votre arrivée par exemple. J'ai passé le plus clair de mon après-midi à y réfléchir et j'en suis arrivé à la conclusion que vous étiez peut-être un don de la Providence. Selon les Ecritures, les voies du Seigneur sont impénétrables, ajouta-t-il avec une pointe d'humour dans la voix. Je dirai même particulièrement impénétrables, dans votre cas.

– Merci, répondit Caroline, glaciale.

– Allons, je ne faisais que vous taquiner. (Il se tut un instant, essayant de deviner son expression malgré l'obscurité. Quand il reprit, son ton était presque enjôleur :) Ce soir, pour la première fois depuis longtemps, je suis entré dans une maison propre et j'y ai trouvé un repas prêt. C'était agréable d'avoir une femme dans la cuisine, même si vous avez insisté pour que nous allions nous laver. J'ai été frappé, alors, par le fait que vous pouviez offrir à mes garçons quelque chose dont ils ont besoin et que je ne peux leur donner moi-même : les soins et la gentillesse d'une femme.

Bien qu'elle répugnât à l'admettre, elle fut touchée par le tableau de six hommes brûlant de connaître les bons soins et la gentillesse d'une femme. Il était en train de lui dire qu'ils avaient besoin d'elle. En le découvrant, elle découvrit aussi qu'il lui offrait un baume pour son cœur meurtri : le foyer et la famille dont elle avait admis, cet après-midi, avoir désespérément besoin.

– Je suis prête à faire ce que je pourrai pour mes neveux, mais je n'admettrai pas que l'on me manque de respect ni que l'on me traite comme une servante.

– Nous vous traiterons avec tous les égards, je vous le promets. Mais en revanche, n'allez pas faire une tragédie pour un mot mal venu ou un geste irréfléchi. Voilà un moment que nous vivons seuls et nos manières sont peut-être plus rudes qu'il ne conviendrait. C'est ainsi que mes paroles ce soir ne visaient pas à vous blesser. Le repas était bon ; ce fut le meilleur, en fait, que j'aie fait depuis longtemps.

– J'aime bien faire la cuisine, dit Caroline, baissant encore un peu sa garde.

Les cajoleries de Matt produisaient l'effet escompté. Elle se rendit compte qu'il usait de belles paroles pour obtenir d'elle ce qu'il voulait, mais elle ne s'y opposa pas. Ce fut presque avec avidité qu'elle envisagea de s'occuper de cette famille.

– Eh bien, comme nous aimons bien manger, c'est le Ciel qui vous envoie.

Il lui sourit alors, d'un petit sourire contraint

qu'elle découvrit quand la lune émergea de derrière un nuage. Cela apaisa quelque chose en elle, quelque chose qui était là, figé, depuis la mort de son père. Jusqu'à cet instant, elle n'aurait jamais cru qu'il pût sourire. Cela le faisait paraître plus jeune, beaucoup plus jeune qu'elle ne l'aurait imaginé, et presque extraordinairement séduisant. Jadis, oh, jadis, comme il aurait pu lui plaire !

– Quel âge avez-vous ? demanda-t-elle.

La question lui échappa et elle rougit aussitôt de l'avoir posée. Son âge ne la regardait pas et sa question impliquait un intérêt pour lui qu'elle ne ressentait certainement pas !

Le sourire s'effaça ; ses yeux se plissèrent et on sentit une distance nouvelle dans sa voix quand il répondit :

– Trente-deux ans.

– Mais Elizabeth a... aurait... commença-t-elle, si surprise qu'elle ne put finir.

– Elle avait trois ans de plus que moi.

– Vous deviez avoir dix-sept ans quand vous l'avez épousée et que vous avez quitté l'Angleterre !

– Ne vous a-t-elle pas raconté tout cela dans toutes ces lettres qu'elle vous écrivait, à vous et à votre père ?

Il y avait dans sa voix une critique sous-jacente qu'elle ne comprit pas. Etait-ce de l'amertume, de la douleur, de la colère ou une combinaison des trois ?

– A vrai dire, elle parlait rarement de vous, dit Caroline qui, aussitôt, se rendit compte du manque de tact de sa réponse.

– Ni des enfants, j'imagine.

Là, il y avait incontestablement de l'amertume.

– Non, avoua Caroline, surprise.

Jamais encore cette singularité ne l'avait frappée. Mais elle n'avait pas fait la connaissance de la famille de sa sœur et ignorait tout d'eux. Comment une femme avait-elle pu ne pas se montrer fière de deux robustes enfants et d'un si séduisant mari ? Mais les lettres d'Elizabeth, fréquentes au début, puis de plus en plus rares avec les années, disaient surtout la fascinante beauté du Nouveau Monde et combien il était différent de l'Ancien. Caroline se rembrunit en s'avisant que, dans sa correspondance, sa sœur avait donné si peu de renseignements personnels. Jamais elle n'avait parlé de l'âge de Matt – ou de M. Mathieson, comme elle l'avait toujours appelé – ni de sa remarquable beauté, ni de sa claudication. Elle n'avait rien dit de ses beaux-frères, qui vivaient avec eux, et pas grand-chose de leur vie. Occasionnellement, Elizabeth avait fait vaguement référence à ses enfants, mais elle n'avait jamais rien écrit qui pût donner une idée de la vigueur et de la vitalité de ces deux garçonnets. Comment avait-elle pu faire si peu de cas de choses aussi importantes dans sa vie ? S'il existait une réponse à cette question, Caroline ne la percevait pas pour l'instant.

Au loin, un animal hurla de nouveau. De derrière la maison, où il était toujours attaché, Raleigh se joignit à ce concert lugubre. Caroline frissonna soudain, sous la morsure du froid. Ou était-ce pour quelque autre cause ?

– Il faut que j'aille détacher ce chien, dit Matt dans sa barbe avant de se tourner vers Caroline et de lui demander : Venez avec moi. Si vous devez vivre avec nous, Raleigh et vous devez devenir des amis.

– Non, merci, dit Caroline, soudain pressée de se retrouver en sécurité dans la maison.

Quand elle s'était précipitée dehors, elle avait à peine remarqué que la forêt et ses ténèbres gagnaient sur les environs. Maintenant, elle se dressait là, menaçante, toute proche, bien plus sinistre dans l'obscurité qu'au grand jour. Le concert de hurlements se poursuivit, auquel se joignirent de plus en plus de créatures. Caroline croisa ses bras sur sa poitrine et regarda nerveusement autour d'elle.

– Qu'est-ce que c'est ? demanda-t-elle, sans pouvoir tout à fait cacher son appréhension, malgré tous ses efforts.

Matt étendit la main vers elle, dans un geste tout naturel pour la rassurer, et il lui prit le bras, juste au-dessus du coude. Caroline ressentit la chaleur de sa paume, la force de ses doigts solides à travers la soie de sa robe, et elle essaya de lutter contre ce qu'elle savait devoir arriver. Mais malgré toute sa détermination, le dégoût monta en elle, comme de la bile, embrumant ses pensées. Elle eut envie de s'arracher à la main de Matt dont le contact était plus agaçant encore que le chœur qu'elle entendait autour d'elle. Incapable de s'en empêcher, elle se dégagea. A son grand soulagement, il parut ne pas le remarquer.

– Cela ? dit-il d'un ton désinvolte. Ce sont des loups. Pas très loin.

– Des loups ! répéta-t-elle, toute son attention revenue, jetant un regard craintif vers les bois.

Plus effrayée maintenant par les fauves que par lui, elle rechercha davantage la solidité et la chaleur de son corps. Sans qu'il y eût aucun contact, elle se borna à marcher à ses côtés, mais il était réconfortant de le sentir si proche. Si les loups les attaquaient, elle n'aurait pas juré qu'il ne l'abandonnerait pas. Il semblait se soucier tout aussi peu des femmes que des hommes.

– Oui. Mais ne vous inquiétez pas. En général, ils ne s'approchent pas des zones habitées. Et même lorsque la faim les pousse par ici, ils ne dévorent pas les jeunes femmes, d'ordinaire. Ils préféreraient Jacob, et c'est pourquoi nous l'avons enfermé dans l'étable pour la nuit.

– Jacob ?

– Le taureau. Vous n'avez sûrement pas oublié le

nom de Jacob dans les Ecritures ? Il était particulièrement prolifique et nous espérons bien que son homonyme le sera tout autant, dit-il, jetant un regard amusé à Caroline.

Celle-ci sut qu'il se rappelait sa mortifiante rencontre avec l'animal. Si elle n'avait pas eu aussi peur de ce qui pouvait rôder dans les bois, elle aurait filé en courant pour marquer sa légitime indignation. Compte tenu des circonstances, elle se contenta de lui jeter un regard noir.

– J'espère que les loups dévoreront votre maudit Jacob. Et je rentre.

Ils venaient de tourner le coin de la maison et se trouvaient maintenant suffisamment proches de la porte pour qu'elle puisse se permettre une telle réflexion. En les voyant, Raleigh cessa de hurler à la mort pour aboyer, tout excité, bondissant au bout de sa corde. Instinctivement, Caroline alla s'abriter derrière Matt, qui hocha la tête.

– Vous avez peur des chiens, des taureaux et des loups. C'est encore une chance que vous n'ayez pas peur des hommes.

Ses paroles la suivirent tandis qu'elle s'éloignait pour gagner la sécurité de la maison avant qu'il détache le chien.

Puis il ajouta quelque chose qui la figea un instant :

– Ou peut-être que si ? crut-elle l'entendre murmurer, mais quand elle se retourna pour le regarder, lui-même lui tournait le dos et il libérait son monstre de chien.

Sachant que la créature allait se retrouver libre d'un instant à l'autre, elle ramassa ses jupes et fila vers la maison. Cependant, les derniers mots qu'elle avait cru entendre la hantaient. Matt les avait-il vraiment dits – ou était-ce seulement le vent ?

– Couché, Raleigh ! ordonna Matt après avoir défait la corde, tandis que le chien, ravi, manquait de le renverser.

Le maître dut subir quelques coups de langue sur les joues malgré ses tentatives pour éviter l'animal. Au moment où Raleigh bondit encore, Matt lui attrapa les pattes et le repoussa. Ce nouveau jeu enthousiasma le chien. Il se mit à courir en tous sens, en aboyant comme un fou, tout à sa joie de se retrouver libre.

Matt eut un petit sourire en suivant les facéties de l'animal. Comme chien de garde – son rôle, en fait –, Raleigh laissait à désirer. Malgré sa taille colossale, jamais il n'avait fait le moindre mal à quiconque, même au plus effronté des écureuils. Les gosses l'adoraient, les frères de Matt le traitaient comme leur animal de compagnie. Restait maintenant au plus récent membre de la famille à découvrir que celui qu'elle considérait comme un monstre se contentait en fait d'aboyer beaucoup, mais ne mordait guère.

A cette pensée, Matt reporta son regard sur la porte de derrière où venait de disparaître Caroline. Il grimaça au souvenir des événements de la journée. Peut-être avait-il commis une erreur monumentale. Caroline Wetherby n'était pas le moins du monde une puritaine réservée, mais la fille d'un joueur, une royaliste, une menteuse, une voleuse et Dieu savait quoi encore. Cependant, il avait été d'accord pour qu'elle reste et était même allé jusqu'à lui demander de s'occuper de ses enfants. Pourquoi cela ? Il voulait bien être pendu s'il le savait.

Ce qui, bien sûr, n'était pas tout à fait vrai, et il le savait parfaitement. Il avait toujours constitué une proie facile pour une jolie femme. C'était ainsi qu'il était tombé sur son épouse défunte et guère regrettée, commettant ce qu'il considérait comme la plus grossière erreur de sa vie, n'étaient les enfants qu'elle lui avait donnés.

Tout comme Elizabeth, sa demi-sœur était un beau brin de fille, bien que dans un style différent. Caroline était grande, pour une femme, et beaucoup trop mince, ce qui, se dit-il, était sans doute dû à la récente mauvaise passe qu'elle venait manifestement de connaître. Elizabeth était plus petite, et bien en chair, avec des rondeurs voluptueuses, encore qu'il y eût dans ce mot une connotation qu'il préférait ne pas évoquer. Certains souvenirs étaient si désagréables que mieux valait les oublier.

Tandis que Caroline avait des cheveux raides, d'un noir aile-de-corbeau, tout comme les siens, Elizabeth était auburn et frisée. De même était-elle ronde de visage comme de corps, avec un teint de pêche. Caroline avait un visage à l'ossature et aux traits délicats, avec une peau si douce et si blanche que Matt était dévoré par l'envie d'y toucher, une fois simplement, pour voir si elle était aussi veloutée qu'il y paraissait. Il ne ferait jamais une chose pareille, bien sûr. Il n'était plus un jeune sot mais un homme, trempé par les aléas de la vie. Plus jamais il ne succomberait au désir sans amour car une telle folie entraînait des dommages irréparables.

Encore que rien ne fût irréparable chez lui ni chez ses enfants.

Restait maintenant à leur faire comprendre que toutes les femmes n'étaient pas comme leur mère. Et c'était cela, en fin de compte, qui l'avait convaincu de permettre à Caroline de rester, crut-il. Il fallait faire quelque chose pour éviter que la peur ne s'installe dans l'esprit de ses enfants. Leur mère n'avait pas été une mère pour eux, mais plutôt une source de gêne et de crainte. Il leur fallait apprendre que toutes les femmes n'étaient pas comme Elizabeth. Il avait négligé d'y penser plus tôt. Mais il lui aurait fallu faire abstraction de ses pénibles souvenirs. Peut-être Caroline était-elle, ainsi qu'il le lui avait dit, envoyée par le Ciel.

Ainsi donc, sa décision de permettre à la sœur d'Elizabeth de rester lui avait-elle été dictée par un souci paternel. Pas un seul instant il n'avait été influencé par ces yeux d'or en amande, provocants, aux cils noirs, ni par cette bouche aux lèvres pleines, prometteuse de plus de sensualité que toutes les courbes du corps d'Elizabeth.

Pas trop influencé, du moins. Il se demanda si c'était une femme facile. Il se souvint de sa façon de se détourner de son contact et il ne se posa plus la question. Quels que fussent les défauts de Caroline Wetherby, et il était bien convaincu qu'ils devaient être nombreux et variés, elle n'avait pas celui-là.

Il en ressentit un profond soulagement. Il ne pensait pas pouvoir faire face une nouvelle fois à un tel problème.

Un vague trait de lumière, dans les bois, sur la droite, attira son attention. Pas un seul trait, en fait, mais deux ou trois, tout au fond de la forêt. Près de la source.

Les aboiements joyeux de Raleigh se firent également plus menaçants, presque féroces. C'est ce que durent penser aussi les ombres dans les bois car les lumières disparurent brusquement.

On venait de souffler des lanternes, se dit Matt.

Voilà qu'ils recommençaient, les disciples de Satan qui hantaient les bois, le diable les emporte ! Ils pratiquaient leurs maléfiques rites de sorciers dans la forêt la nuit, seuls à savoir qui ils étaient, encore que Matt connût, ou eût connu, le nom d'au moins l'une d'entre elles : Elizabeth Mathieson.

Wica était leur religion, lui avait-elle dit une fois comme elle lui disait tout, lui lançant cela à la tête en hurlant, furieuse, au plus fort d'une dispute. Ils avaient le pouvoir terrestre de faire venir les esprits et de jeter des sorts. Au-delà de leurs feux démoniaques – chaque nuit ils choisissaient un lieu différent pour échapper aux poursuites, marquant l'endroit d'une incantation écrite en leur langue, de sorte que l'initié sache où les retrouver quand la lune était favorable –, elle avait elle-même vu le diable qui se tordait dans la fumée.

La descente d'Elizabeth dans la folie avait commencé quand elle s'était imaginé être une sorcière. Quand il avait découvert ses errances nocturnes et leur but, il en avait été horrifié, révolté et, oui, il devait bien l'avouer s'il était honnête avec lui-même, un peu terrifié aussi. Il lui avait interdit ces sorties, bien sûr, et comme elle avait refusé il avait été contraint de la boucler dans sa chambre, la nuit. Quand elle avait vu qu'il demeurait plus que jamais déterminé à l'empêcher d'aller dans les bois, elle l'avait maudit, d'une véritable malédiction de sorcière, devant ses frères et un voisin qui leur rendait visite. Déclamant des choses incohérentes, ses cheveux fous lui tombant sur les épaules et dans le dos, simplement vêtue d'une chemise de nuit, elle s'était penchée à la fenêtre de la chambre et s'était mise à hurler pour appeler la juste vengeance de Satan sur Matt. C'était après cela qu'avait commencé à se répandre la rumeur selon laquelle elle était une sorcière. Quand un ou deux des villageois à peine s'étaient montrés assez audacieux pour le dire, il avait répondu par un rire méprisant. Mais jusqu'à la mort d'Elizabeth, il avait vécu dans la crainte qu'un jour on ne l'arrête, ne la juge et ne la condamne pour sorcellerie. C'était la peine de mort. On pendait ou on brûlait les sorcières sur un bûcher, ainsi qu'on l'avait fait dans les colonies voisines. Malgré tout le mépris qu'il avait fini par nourrir pour sa femme, il n'avait pu souhaiter une telle fin pour elle. Quant aux enfants, un tel dénouement les aurait hantés tout le reste de leur vie. Pour cette raison, et bien que reconnaissant à quel point la grâce de Dieu était absente de son cœur, il n'avait pu ressentir qu'un immense soulagement lorsqu'elle s'était noyée et il n'avait pas trop cherché à savoir dans quelles circonstances exactes. Si, comme il le soupçonnait, une bande de la ville avait voulu vérifier l'exactitude des rumeurs en soumettant Elizabeth à l'épreuve de l'eau, rien de ce qu'il aurait pu faire ne lui aurait rendu la vie. Il s'était contenté de veiller à ce qu'elle eût une sépulture chrétienne, sans plus.

Mais les adeptes du serpent continuaient à hanter la forêt, et leur existence même était une abomination pour tout bon chrétien. Matt avait simplement davantage de raisons encore de les haïr et de les craindre.

Une volée de plombs n'allait certainement pas dissiper une assemblée de sorcières, mais Matt alla décrocher le mousquet qu'il gardait toujours près de la porte de derrière et tira tout de même dans la direction où avaient disparu les lumières. L'éclair jaune et la violente détonation lui firent du bien, tout comme le sec recul de l'arme contre son épaule et l'odeur âcre de la poudre. Bien dérisoire avait été son intervention, mais du moins avait-il fait quelque chose.

Il resta là un moment, à scruter l'obscurité, mais sans rien voir d'autre. Au bout de quelques instants, Raleigh vint bondir autour de lui, langue pendante, demandant à jouer. Pour lui, apparemment, l'incident était clos.

Et pour Matt aussi. Elizabeth disparue, il n'avait

aucune raison de se retrouver mêlé à ce qui se passait dans la forêt. Tant que personne de sa famille n'y était mêlé non plus, cela ne le regardait pas.

Il posa le mousquet au creux de son bras et regagna la maison.

10

Un cocorico sonore annonça l'arrivée de l'aube. Caroline serait bien restée plongée dans son sommeil insouciant, n'eût été le formidable bruit qui s'éleva et emplit soudain la maison. Après un instant de surprise, elle comprit que l'affreuse cacophonie était l'œuvre d'un homme qui chantait de toute la puissance de ses poumons. Elle crut être au lit dans une de ces tavernes où son père et elle avaient passé tant de nuits. Puis elle se souvint et se dit que le chanteur devait être Matt. Il chantait horriblement faux et rythmait sa chanson de grands coups de quelque objet métallique contre les murs et les portes. Millicent, blottie sur l'oreiller de Caroline, bondit, le poil hérissé, et disparut sous le lit. Caroline souhaita pouvoir disparaître aussi facilement.

Que chacun sur la terre se rassemble ! Bang !
Pour chanter les louanges du Seigneur ! Bang !

Un concert de cris et de grognements s'éleva. Caroline gémit, se couvrant la tête d'un oreiller. Ses corvées terminées, la veille, elle était tombée de fatigue. Et voilà qu'à la toute première lueur du jour elle était contrainte de se réveiller ! Ce n'était pas juste !

– Pour l'amour de Dieu, Matt, faut-il que tu fasses tant de bruit ? grogna Thomas ou Robert, Caroline ne sut le préciser.

– Il est l'heure de vous lever, paresseux ! *Que chacun sur la terre se rassemble !* Bang !

– Oh, pa, est-ce qu'il faut qu'on se lève maintenant ? gémit John.

– Tu le sais bien. Davey, sors de ton lit. Je ne veux pas de retard à l'école. *Pour chanter les louanges du Seigneur !* Bang !

– Est-ce qu'on ne peut pas rester à la maison aujourd'hui, pa ? La plupart des autres aident aux semailles. Tu as dit que nous avions été très utiles, hier.

– Hier, vous aviez congé parce que le maître se mariait. Aujourd'hui, tout le monde retourne à l'école. Tes oncles et moi nous débrouillerons très bien. Je préfère que vous appreniez à lire, à écrire et à compter quand vous en avez l'occasion.

Et le bang ! retentit cette fois contre la porte de Caroline qui sursauta.

– Debout, madame Traîne-au-Lit ! Nous ne sommes pas chez les royalistes, ici. C'est l'heure du petit déjeuner.

Caroline songea à répliquer vertement mais s'en abstint. Après tout, Matt s'était montré assez gentil pour lui laisser son lit (en précisant bien, cependant, qu'il ne dormirait avec Daniel que jusqu'à ce que l'on trouve une autre solution), et assez généreux pour lui offrir d'abord un foyer, même si l'offre était intéressée.

L'objet cogna de nouveau contre la porte.

– Je me lève ! Je me lève ! cria-t-elle.

Elle entendit les pas de Matt qui s'éloignaient au milieu de ses bang ! et de sa chanson.

Un quart d'heure plus tard, à demi habillée, elle se trouvait dans la cuisine à préparer le porridge. Elle avait noué ses cheveux comme elle avait pu et, déjà, des mèches s'étaient échappées autour de ses oreilles et sur son dos. Dans sa hâte à s'habiller, elle avait mal boutonné son chemisier, qui faisait une curieuse grimace sous sa poitrine. Sa jupe trop longue la gênait et il lui tardait de trouver un moment pour la remonter avec des épingles. Mais de moment, elle n'en avait guère. La maison était en émoi, et Matt lui avait précisé qu'elle disposait d'une demi-heure pour préparer le petit déjeuner et envoyer les enfants à l'école.

A l'intérieur de la maison, il faisait toujours noir. Elle dut se contenter d'une paire de chandelles crachotantes pour faire la cuisine. Daniel était parti chercher le beurre et le lait tandis que les enfants étaient dehors à la pompe. Matt, Thomas et Robert se bousculaient pour pouvoir jeter un coup d'œil dans le petit miroir tout en essayant de se raser. De l'eau bouillait maintenant dans le chaudron de fer-blanc utilisé par Matt pour son concert matinal. Caroline alla récupérer la bouilloire abandonnée dans l'évier tout en essayant d'éviter tout regard ou tout contact avec ces hommes à demi nus. Ce n'était pas facile, étant donné l'exiguïté de la cuisine et le nombre de personnes qui s'y trouvaient. Elle leva les yeux et fut surprise de croiser le regard attentif de Matt. Pendant un instant, avant qu'il ne baisse les yeux, elle put y lire une lueur admirative bien masculine, celle d'un homme pour une femme désirable. Le charme se rompit et elle se détourna. Elle se sentit tremblante et son cœur battait la chamade tandis qu'elle remplissait la bouilloire et la reposait sur le feu. Il lui fallut quelques instants pour retrouver son calme. Jamais elle n'aurait admis que ce bref échange de regards l'avait affectée. Bien droite, elle tourna résolument le dos à la pièce. Mais il était impossible d'oublier totalement la vision de ces hommes. Ils étaient tous les trois nus jusqu'à la taille et ne paraissaient guère se soucier de sa présence. Mais l'excès de pudeur, comme elle l'avait déjà appris, n'était pas un défaut masculin.

– Vous nous apporterez notre repas aux champs, à midi. Nous aurons trop de travail pour rentrer, lui dit Matt, rasé maintenant et ayant apparemment oublié le bref instant où ils avaient frissonné ensemble.

Caroline essaya de ne pas voir la toison noire qui lui couvrait la poitrine, ni les muscles de ses épaules et de ses bras alors qu'il allait prendre sa chemise pendue au dos d'une chaise. Elle dut bien admettre que l'homme était physiquement séduisant. En d'autres circonstances, elle eût été éblouie par la nudité de ce torse. Mais elle se contenta d'un regard fugitif et entreprit de remuer le porridge.

– Je ne sais pas ce que c'est, mais ça sent bon, observa Thomas dont elle avait déjà appris qu'il était doté d'un solide coup de fourchette.

Il avait le torse mince et musculeux, presque glabre, rien à voir avec la carrure massive de Matt, ni avec son effet sur Caroline. Robert, avec sa toison auburn, ne pouvait pas non plus être comparé à son frère. Certes, ils étaient attirants, ces Mathieson, mais Matt avait de quoi couper le souffle à une femme.

Du moins si elle avait été ce genre de femme. Ce qu'elle n'était certainement pas, s'affirma-t-elle en touillant le porridge avec beaucoup plus d'énergie que nécessaire.

– J'ai faim ! annonça David qui arrivait avec John.

Les deux enfants s'arrêtèrent sur le seuil et jetèrent un regard hésitant sur Caroline. A leur façon de se comporter en sa présence, comme Thomas et Robert d'ailleurs, Caroline se faisait l'effet d'être quelque créature venue d'ailleurs. Avaient-ils si peu l'expérience des femmes pour les considérer comme dangereuses ? Matt et Daniel, plus âgés, semblaient moins circonspects avec elle, bien qu'on ne puisse dire qu'ils se montrassent chaleureux.

– Vous pourrez passer à table dès que votre oncle reviendra avec le lait, répondit-elle avec un essai de sourire à l'adresse des deux gamins.

– Je veux manger *tout de suite* !

– Un peu de patience, Davey. Et sois poli, gronda Matt.

– Est-ce qu'elle va partir aujourd'hui ?

– Je vous ai dit que votre tante Caroline allait rester avec nous.

– Je ne veux pas ! Je veux qu'elle s'en aille !

– Silence ! tonna Matt, à bout de patience, et David n'insista pas, bien que conservant une moue boudeuse.

Caroline soupira intérieurement en emplissant les bols de porridge. De toute évidence, il allait lui falloir du temps pour gagner l'affection de David.

– Tu as appris ta leçon ? demanda plus gentiment Matt à l'enfant qui répondit d'un hochement de tête. Eh bien récite, dit Matt qui s'assit et regarda son fils.

– « Avec la chute d'Adam, nous sommes tous devenus pécheurs », commença l'enfant, et Caroline n'écouta pas la suite.

En regardant le garçonnet réciter sa leçon à un père dont il était le modèle réduit, elle ressentit une espèce de pincement au cœur. Qu'ils le veuillent ou non, ces enfants étaient ses neveux, les derniers parents par le sang qui lui restaient au monde.

Aujourd'hui, chacun portait une chemise froissée d'une toile bleu et blanc tissée à la maison, sur des culottes dont les taches révélaient que c'étaient celles de la veille. Les chaussettes de David avaient été maladroitement reprisées ; celles de John ne l'étaient pas du tout. L'un et l'autre s'étaient passé un peigne dans les cheveux et avaient un visage propre. Cela mis à part, ils avaient sérieusement besoin qu'on s'occupe d'eux. Cette tâche lui appartenant désormais, Caroline avait l'intention de s'y employer au plus tôt. D'abord, il allait falloir laver et raccommoder leurs vêtements.

Daniel arriva avec le lait et le beurre, Caroline posa les bols de porridge fumant sur la table et toute la gent masculine se jeta dessus.

– Qu'est-ce que cela ? demanda Caroline qui, en commençant à débarrasser la table, était tombée sur une petite pièce de bois à laquelle était fixé un morceau de précieux papier.

La surface de l'objet était recouverte d'une lame de corne transparente. En haut, on y avait copié l'alphabet, et en bas le *Notre Père*.

– Davey, tu oublies ton pense-bête ! lança Robert qui courut après son neveu pour lui remettre l'objet.

La porte demeura ouverte derrière lui et le soleil entra, baignant la pièce d'une douce lumière.

– Nous serons dans le champ sud, dit Matt à Caroline tandis qu'il se préparait à partir avec Daniel et Thomas. Ce n'est pas loin et vous pourrez sans crainte y venir seule. Longez le ruisseau, vous ne pourrez nous manquer. Si vous avez le moindre ennui, criez et nous vous entendrons. De la viande froide, du pain et quelques pommes, ainsi que de la bière légère, cela fera l'affaire jusqu'au dîner.

– Oui, maître, répondit Caroline, acerbe, les bras chargés des bols vides.

La tête pleine d'idées pour améliorer la garde-robe des enfants, elle avait totalement oublié les autres tâches apparemment sans fin qui l'attendaient. Et Matt qui semblait croire qu'elle n'avait rien de mieux à faire que d'interrompre sa journée pour aller leur porter un repas. C'était fou ! Outre les vêtements des enfants, restaient les vitres à nettoyer, les chambres à faire, les meubles et le sol à frotter et à cirer, et bien d'autres corvées encore. Aujourd'hui, elle allait être seule, et à la pensée de tout ce qui l'attendait, elle était déjà lasse. Mais pour Matt sa requête paraissait des plus raisonnables. Ce qui, supposa Caroline, devait l'être pour quelqu'un qui n'avait pas à se soucier de préparer et d'apporter le repas.

– Si vous avez quelque objection à formuler, faites vite. Je n'ai ni le temps ni la patience d'écouter des jérémiades de femme.

– Des jérémiades ! éclata Caroline, laissant tomber les bols dans le seau avant de se tourner vers lui, les mains aux hanches. Il ne s'agit pas de jérémiades mais de votre manque total de considération !

– Oh, je vois. C'est trop que de vous demander de nous porter un repas froid au milieu de la journée, hein ? Dans ce cas nous reviendrons à la maison pour un repas chaud.

Leurs regards se rivèrent l'un à l'autre. Gênée, Caroline dut admettre qu'il avait raison. Il ne serait pas drôle de leur porter un repas, mais ce serait bien plus de travail encore s'ils rentraient pour déjeuner.

– C'est inutile, j'apporterai le repas, dit-elle entre ses dents.

– Comme vous voudrez, dit Matt, haussant les épaules, avant de suivre Robert et Thomas.

Caroline fut tentée de donner un coup de pied à la table, mais comme le seul résultat serait de se faire mal, elle y renonça. Vraiment, ces Mathieson étaient exaspérants, et Matt plus que les autres.

Avec personne sur qui passer sa colère, mieux valait y renoncer. Caroline gratta au fond de la marmite ce qui pouvait y rester de porridge pour elle-même, versa une soucoupe de lait à Millicent et s'assit devant la table débarrassée pour prendre son petit déjeuner. La tâche consistant à s'occuper d'une maison d'hommes et de garçons allait être inépuisable. De toute évidence, elle allait devoir travailler de ses doigts du matin au soir, tous les jours, sans en espérer grande récompense. Mais tout de même... c'était bon d'avoir un foyer. Elle n'avait connu pareille stabilité depuis la mort de sa mère. Devant la certitude d'avoir de quoi manger sur la table à tous les repas, de dormir dans le même lit pendant les innombrables nuits à venir, en sachant que rien ne la menacerait, elle ressentit un soulagement si profond qu'elle ne put que le savourer. Il allait lui falloir faire des efforts pour s'habituer à tant d'hommes, mais elle y parviendrait. Il lui faudrait, tout comme à ses nouveaux parents, le temps de se faire à la situation. En attendant, il allait lui falloir refréner ses instincts.

Quelques heures plus tard, elle enveloppait du pain fraîchement cuit dans un linge et le déposait dans le seau, par-dessus les tranches d'un talon de jambon qu'elle avait trouvé dans le fumoir. Quatre adultes devaient beaucoup manger et elle ne voulait pas risquer à nouveau la triste expérience du dîner. Les sourcils froncés, elle enveloppa une autre miche de pain qu'elle ajouta au reste, ainsi que plusieurs pommes et un bon paquet d'oignons verts. Il était manifeste qu'elle allait passer sa vie à faire la cuisine. Elle roula les yeux en regardant les deux miches qui restaient sur la table. Quatre pains cuits le matin même et déjà, pour un seul repas, il en avait fallu la moitié. Eh bien, elle devrait remettre de la pâte à lever dès son retour.

Le seau dans une main et le pot de bière dans l'autre, Caroline sortit dans l'air frais, sous un soleil aussi brillant que les jours précédents. D'habitude, elle se serait coiffée d'un béguin pour protéger sa peau du soleil, mais elle n'avait pas envie de remonter pour aller fouiller dans ses malles. Elle avait finalement trouvé le temps de se brosser les cheveux et de les coiffer comme d'habitude, en un simple chignon sur la nuque. Sa robe portait déjà un certain nombre de taches, mais du moins était-elle correctement fermée. C'était la robe la plus ordinaire, mais elle était encore trop fine pour ces rudes travaux. Le corsage d'épais coton rose était bordé de mousseline blanche autour d'un grand décolleté ovale, et les manches de mousseline blanche de sa chemise dépassaient au coude. La jupe, du même coton que le corsage, marron rayée de blanc, avait été naguère une robe élégante, commandée en même temps que le reste de sa garde-robe. Toutes ses robes avaient été destinées tout autant à attirer l'attention qu'à mettre sa beauté en valeur. Mais Caroline avait maigri et la robe était devenue trop grande, outre qu'elle commençait à s'user à l'ourlet. Elle avait renoncé aux escarpins à hauts talons qui allaient avec au profit de chaussures plus plates, de cuir marron. L'ourlet n'en traînait donc que davantage. Heureusement, elle avait légèrement relevé jupe et jupon, les faisant tenir avec des épingles, et nul, sans doute, ne se formaliserait si elle découvrait un peu sa cheville. Le vent frisquet lui fouetta la peau et elle regretta la perte de son manteau. Elle n'en avait pas d'autre, et avant l'arrivée de l'hiver il allait lui falloir trouver du drap pour en faire un. A moins qu'elle ne puisse utiliser quelque vêtement ayant appartenu à Elizabeth. Caroline ressentit une peine fugitive à la pensée de la disparition de sa sœur qu'elle avait à peine connue. Elle chassa cette émotion ; jamais plus, se rappela-t-elle, elle ne se tournerait vers le passé.

Tout en avançant, elle jetait des coups d'œil furtifs à la forêt qui lui paraissait beaucoup plus menaçante maintenant qu'elle s'y trouvait seule. Suivez le ruisseau, lui avait dit Matt. Eh bien, c'est ce qu'elle ferait, tant que ce ruisseau coulait à découvert. Mais pour rien au monde elle ne s'enfoncerait dans les bois. Les Mathieson pourraient bien mourir de faim !

Heureusement, le ruisseau resta à découvert. Caroline se hâta, essayant de ne pas sursauter à chaque bruit insolite. Ses épaules lui faisaient mal sous le poids du seau et du cruchon, plus lourds à chaque pas. Le paysage était vaste, les arbres hauts comme des montagnes. Tout, dans ce Nouveau Monde, semblait plus grand qu'en Angleterre ! Même les hommes, se dit-elle en pensant à la taille et aux muscles de ces Mathieson.

Quelque chose bougea dans la forêt. Quelque chose de gros, qui semblait avancer parallèlement à sa route. Elle jeta un coup d'œil rapide sur sa gauche mais ne vit rien. Cependant, ce n'était pas son imagination, elle en était certaine. Elle hâta le pas, ne songeant plus au poids de ses fardeaux. Elle jetait des coups d'œil rapides et constants sur la forêt, sans résultat.

Le ruisseau conduisait à une butte herbeuse. Caroline se dit que si, du sommet, elle n'apercevait pas les hommes, elle s'en retournerait. Mais serait-elle plus en sécurité à la maison ? Celui qui la suivait – si, de fait, quelqu'un ou quelque chose la suivait – ne manquerait pas de faire demi-tour en même temps qu'elle.

La peur s'installa en elle alors qu'elle escaladait le talus. La paume de ses mains en était tout humide et glissante alors que sa gorge était sèche. Elle arriva au sommet de l'éminence, regarda par-dessus son épaule – et découvrit avec horreur que quelqu'un l'observait.

Un sauvage nu, à l'exception d'un morceau de tissu lui couvrant les reins et de quelques raies de peinture vive, se tenait là sous les arbres, avec sa peau couleur d'argile, ses cheveux noirs qui lui tombaient sur les épaules et son visage aquilin. Il avança vers elle à grands pas gracieux.

Caroline étouffa un cri puis commença à reculer. Le seau lui glissa de la main et dégringola la pente, répandant son contenu. Le cruchon glissa aussi, avec un bruit sourd, mais grâce à son bouchon, la bière ne se répandit pas.

– Unnhh ! fit l'homme dans sa direction, avec des gestes farouches.

C'en fut trop pour Caroline qui porta ses poings à sa bouche et se mit à hurler.

Elle entendit derrière elle toute une série d'exclamations, et se rendit compte avec soulagement que les Mathieson devaient être proches. Le sauvage entendit aussi et s'arrêta, hésitant. Caroline hurla encore et se tourna pour fuir. A cet instant, Raleigh arriva en courant, aboyant férocement, et fonça vers le sauvage qui, après un unique regard pour le monstrueux animal, tourna les talons et disparut.

– Que diable se passe-t-il ? demanda Matt qui, malgré sa claudication, fut le premier à arriver.

Elle se jeta contre lui, haletante, incapable d'articuler un mot, le visage enfoui dans la tiédeur de sa poitrine, les doigts agrippés à sa chemise. Contre ses seins, elle pouvait sentir toute la force de son torse ; contre ses cuisses les muscles de fer de ses jambes. Elle respirait son odeur – et puis les bras de Matt qui, instinctivement, s'étaient refermés sur elle, retombèrent. Ses mains remontèrent sur les coudes de Caroline et la repoussèrent. Geste inutile car, déjà, Caroline se reculait, le rouge aux joues. Son regard croisa celui de Matt.

Pendant un bref instant, le souvenir de ce qui s'était passé le matin revint entre eux. Les yeux de Caroline s'ouvrirent tout grands devant ce que, de nouveau, elle crut lire dans ceux de Matt, d'un bleu éclatant – et, avant qu'elle en ait la certitude, le regard changea. Alors que Robert, Thomas et Daniel arrivaient, toute chaleur disparut des profondeurs de ce bleu qui se fit froid, distant. Caroline avait-elle seulement imaginé la lueur de désir qu'elle avait cru y lire ?

– Que s'est-il passé ? demanda Daniel, haletant.

– Un sauvage, répondit Caroline, quittant le regard de Matt pour se tourner vers son frère. Il est sorti des bois, par là.

– Tout cela pour un Indien ? fit Robert, acerbe.

Caroline se tourna vers lui, mais avant qu'elle puisse dire un mot, le cri de Thomas la fit bondir.

– Notre repas ! lança-t-il dans l'aigu, montrant le bas du talus où, de tout le déjeuner préparé avec soin, seuls demeuraient les pommes et les oignons. Raleigh, l'air ravi, était en train d'engloutir la moitié d'une miche de pain. Tandis que les hommes criaient en chœur après lui, le chien finit cette première miche et attaqua la seconde qu'il sortit de la serviette en la secouant.

– Lâche ça ! Lâche ça ! Espèce de sale bête !

Les quatre hommes dégringolèrent la butte et Raleigh, sentant que son butin allait lui échapper, partit en courant dans les bois, la miche dans la gueule. Matt et Daniel, déjà convaincus de l'inutilité de la poursuite, avaient renoncé. Se sentant vaguement coupable, Caroline regarda Matt qui, sans même un coup d'œil vers elle, ramassait les pommes et les oignons. La viande avait apparemment suivi le chemin du pain.

– C'était vraiment un sauvage, dit Caroline, succombant à l'absurde besoin de se justifier tandis que Matt revenait, les bras chargés des pommes et des oignons, et s'arrêtait près d'elle.

– En règle générale, les Indiens du coin sont plutôt amicaux. Nous faisons même du commerce avec eux, de temps en temps. Il voulait probablement quelque chose et vos cris l'ont fait fuir, expliqua Matt, impassible, à Caroline qui se sentait plus coupable que jamais.

Elle se sentait aussi un peu stupide, à la fois pour sa panique à la vue du sauvage (encore que cela ne lui eût pas paru du tout stupide sur l'instant) et à l'idée que Matt eût pu manifester pour sa personne un intense intérêt bien masculin. Là, il était plus glacial et lointain que jamais.

– Du moins la bière n'a pas souffert, constata Daniel, toujours gai, en venant les rejoindre avec le cruchon récupéré.

– Merveilleux. Nous allons déjeuner de pommes, d'oignons et de bière, dit Robert, amer, qui arrivait avec Thomas, le seau vide à la main.

– Parce qu'elle a eu peur d'un Indien, dit celui-ci, méprisant.

– Parce que votre chien mal dressé a dévoré le repas qui vous était destiné, plutôt ! répliqua Caroline.

– Vous ne pouvez rejeter la faute sur Raleigh alors que c'est vous qui avez lâché le seau !

– Ah non ? Cette bête pourra s'estimer heureuse si elle ne finit pas dans un de mes ragoûts !

– Faites-lui le moindre mal et...

– Assez ! hurla Matt, faisant grimacer Caroline et taire Thomas et les autres. Nous nous contenterons de pommes et de bière jusqu'au dîner. Bien des fois nous nous sommes satisfaits de moins. Mais ce serait gentil de votre part de vous souvenir, quand vous préparerez le dîner, que nous n'aurons pas eu grand-chose dans l'estomac aujourd'hui.

– Oh, vous pouvez être assuré que j'en ferai assez pour nourrir toute l'armée du roi !

– Plutôt celle de Cromwell, rétorqua Matt en souriant d'un sourire qui illumina son visage.

Tête ronde ou pas, exaspérant ou pas, homme ou pas, il était un splendide spécimen. Si le cœur de Caroline n'avait été blindé contre les hommes, celui-ci aurait représenté un véritable danger.

– Eh bien, je vais vous laisser à votre repas,

murmura-t-elle avec un effort pour le quitter des yeux.

– Et quel repas ! grogna Thomas alors qu'elle commençait à descendre la petite colline.

– Caroline ! lança Daniel, et elle s'arrêta pour lui jeter un regard par-dessus son épaule. Si vous avez peur de rentrer seule, je serais heureux de vous raccompagner.

A voir l'expression de ses frères, cette proposition allait valoir à Daniel une bonne dose de ridicule. Le souvenir du sauvage revint, pour effrayer un peu Caroline, mais Matt avait dit qu'il était inoffensif et elle lui faisait confiance. En outre, elle voulait bien être pendue si jamais elle avouait de nouveau devant eux qu'elle avait peur.

– Merci, mais je n'ai pas peur, dit-elle plutôt sèchement avant de se remettre en route.

Elle avait fait quelques pas quand la voix de Matt l'arrêta.

– Caroline !

– Quoi encore ? demanda-t-elle, surprise de le voir descendre la butte.

Il n'allait certainement pas se montrer chevaleresque au point de la raccompagner ? Son pouls s'accéléra curieusement à cette pensée.

– Maintenant que vous nous avez tous fait bénéficier du rare spectacle de vos chevilles... commença-t-il assez bas pour qu'elle fût la seule à l'entendre, mais d'une voix où perçait le courroux, vous pourrez songer à consacrer votre après-midi à vous confectionner quelques robes plus convenables. Celle que vous portiez à votre arrivée révélait tout autant votre poitrine.

– L'autre était trop grande, répliqua Caroline, en se redressant, indignée. Et je n'ai fait que relever l'ourlet de celle-ci avec des épingles pour pouvoir marcher sans être gênée !

– Quoi qu'il en soit, dit-il, souriant toujours, nous sommes ici dans la colonie du Connecticut et nous sommes habitués à voir nos femmes plus pudiquement vêtues.

Et, avant que Caroline ne puisse lui renvoyer une de ses répliques cinglantes, il tourna les talons et alla rejoindre ses frères qui, déjà, disparaissaient de l'autre côté.

11

Ce soir-là, après le souper, leur petit groupe ressemblait à une famille heureuse, en apparence du moins. Tandis que Caroline nettoyait les écuelles et débarrassait la cuisine, bien consciente du ridicule qu'il y avait à tirer satisfaction d'une telle tâche, mais ne l'en goûtant pas moins, les enfants faisaient leurs devoirs à la lueur d'une chandelle. John se trouvait plongé dans ce qui semblait être une liste sans fin d'additions, tandis que Davey peinait sur son alphabet. Daniel réparait des harnais et Thomas affûtait des lames. Robert travaillait sur ce qui devait être une chaise, disait-il, mais qui n'y ressemblait guère pour l'instant. Matt était dehors, occupé à des corvées. Il était sorti immédiatement après le repas et Caroline ne l'avait pas revu depuis. Ils n'avaient pas échangé un seul mot depuis l'incident sur la colline, et elle portait toujours la robe qui avait provoqué sa colère. Pendant tout le temps qu'elle s'était occupée de la vaisselle, elle l'avait arborée comme un symbole d'indépendance. Mais si Matt s'en était rendu compte, il n'en avait soufflé mot. Caroline, prête à la bataille, en avait été presque déçue.

Pour l'instant, en répandant du sable propre sur le sol, elle regardait Davey, qui se mordait la lèvre inférieure afin de mieux s'appliquer dans son écriture. A côté de lui, un gobelet retourné abritait sa dernière découverte : une petite grenouille. A chaque instant, il rejetait les mèches qui lui tombaient sur les yeux. Caroline avait déjà passé l'après-midi à laver, à raccommoder et à repasser ses vêtements et ceux de John. Les deux garçons auraient meilleure allure en partant pour l'école le lendemain. Manquait une coupe de cheveux, décida-t-elle.

– Ouf ! fit Davey en reculant brutalement le banc en signe de soulagement.

– Tu m'as fait faire une tache ! fulmina John à l'autre bout de la table.

– Tu as fini ? demanda Caroline qui avait déjà préparé ciseaux, chaise et peigne. (Comme elle pouvait s'y attendre, l'enfant ne lui répondit pas.) Parfait, continua-t-elle, nous avons le temps de t'arranger les cheveux avant d'aller au lit. Et à John aussi, bien sûr.

– Quoi ? demanda celui-ci qui en demeura bouche bée tandis que Davey réagissait avec plus de véhémence.

– Je veux pas qu'on me coupe les cheveux ! grommela-t-il, s'abritant stratégiquement derrière Daniel.

– Tu seras bien mignon avec tes cheveux coupés, le cajola Caroline, s'approchant de lui comme un chasseur d'un lapin. On pourra voir ton visage.

– Non !

– Allons, Davey... dit calmement Daniel.

– Laissez-le tranquille, intervint Thomas. Pourquoi lui couper les cheveux s'il ne veut pas ?

– Empêche-la de me toucher, oncle Thom ! Je la déteste !

– David Mathieson ! gronda Matt depuis le seuil, ôtant son manteau et faisant entrer avec lui une bouffée d'air froid de la nuit. Tu vas être poli avec ta tante Caroline, tu m'entends ?

– Mais, pa, elle veut me couper les cheveux ! gémit

Davey qui se précipita vers son père et s'accrocha à sa jambe.

Matt posa une main apaisante sur la tête de l'enfant.

– Et à moi aussi ! s'empressa d'annoncer John.

– Je crois que vous en auriez bien besoin, l'un et l'autre, dit Matt.

– Pa ! s'écrièrent en chœur les deux enfants, protestant du même ton contre cette trahison.

– En fait, je crois que nous en aurions tous besoin. Moi y compris, dit Matt en se tournant vers Caroline. Vous croyez que vous pourrez y arriver ?

– Mais... oui, bien sûr, dit Caroline, surprise d'avoir à se livrer à une tâche aussi intime sur Matt – et sur ses frères aussi, évidemment –, mais qui n'en laissa rien paraître.

– Parfait, dans ce cas. Qui commence ?

– On tire à la courte paille ! lança John, soudain plein d'enthousiasme.

– Bonne idée, dit Matt qui alla récupérer quelques brins d'un balai cassé. La plus petite commence. John ?

John tira une paille, puis tous les autres.

– Alors ? Qui a tiré la plus courte ? demanda John, et chacun brandit sa paille.

– C'est pa ! s'exclama Davey, ravi.

Matt se tourna vers Caroline qui le regardait. Si elle se sentait un peu nerveuse, elle était bien décidée à ne pas le montrer.

– Eh bien, asseyez-vous, dit-elle, d'un ton aussi désinvolte que possible. Nous allons nous y mettre. Et cela ne fait pas mal du tout.

– Voilà qui me tranquillise !

Caroline ne prit pas cette réflexion en mauvaise part. En fait, elle était ravie de tenir Matt à sa merci, ne fût-ce que quelques instants. Qu'il dise seulement un seul mot désagréable et elle lui laisserait le crâne comme un œuf.

Matt avait dû lire dans ses pensées, qui planta son regard bleu dans le sien.

– Une boucle de trop, et vous aurez le crâne rasé avant le lever du jour, menaça-t-il dans sa barbe.

– Vous ne me faites pas confiance ? demanda Caroline d'une voix douce, tout en faisant claquer les ciseaux.

Les cinq autres Mathieson firent cercle, fascinés, pour assister à la tonte du premier mouton.

Caroline prit le peigne et passa derrière Matt, hésitant devant l'opulence de l'épaisse chevelure noire. Les épaules et le dos de l'homme écrasaient la chaise à l'étroit dossier. Ses longues jambes étaient allongées devant lui et il avait croisé ses bras sur sa poitrine en une attitude presque menaçante. En regardant cette nuque vulnérable, où brillaient un millier de boucles bleu-noir, d'une beauté presque féminine, Caroline ressentit une émotion bizarre. Pendant un bref instant, elle fut saisie de l'envie d'y passer les doigts. Elle se raidit en évoquant cette image, se détourna, faillit en laisser tomber son peigne. Et puis, consciente des regards des autres, elle prit une profonde inspiration et commença à coiffer les cheveux de Matt.

Chaque boucle et chaque cran revenaient immédiatement en place, ne gardant aucune trace du passage du peigne. Elle renonça, et le remplaça par ses doigts. Elle sentit la tiédeur de Matt sous son contact tandis que les cheveux étaient frais et doux.

Clic. Elle tailla les pointes pour qu'elles ne tombent pas plus bas que l'oreille droite. *Clic.* Elle fit de même de l'autre côté. Et elle repassa derrière lui, se persuadant qu'il n'était ni plus grand ni plus menaçant pour la paix de son esprit que Davey. Elle passa les doigts dans les boucles de sa nuque, sans pouvoir toutefois maîtriser totalement ses mains.

Curieusement, elle ne ressentait pas la moindre répulsion. Parce qu'elle savait qu'il ne représentait aucune menace pour elle, parce qu'il y avait là le reste de la famille, ou parce qu'elle contrôlait la situation, elle n'aurait su le dire. Mais il parut sentir que quelque chose, dans l'attitude de Caroline, avait changé alors qu'elle lui coupait les cheveux. Quand elle se plaça devant lui pour arranger les boucles qui lui tombaient sur le front, il leva les yeux pour croiser son regard.

– A toi, Davey, dit-il, rompant le charme alors que son regard se tournait vers son fils et qu'il se levait aussitôt.

Caroline ne dit rien. Il lui fallait réfléchir à ce qui s'était passé – ou ne s'était pas passé – en elle quand elle avait touché Matt. Mais certes, il ne lui fallait pas recommencer.

Songeant toujours à Matt, elle passa les doigts dans la chevelure de Davey qui se dégagea brutalement de son contact. Elle lui coupa les cheveux de façon très professionnelle, essayant de ne pas se sentir blessée. Dès qu'elle en eut terminé, il bondit avec un soupir de soulagement et battit en retraite à l'autre bout de la pièce. Il n'allait pas être facile de gagner son affection. En fait, il semblait la détester davantage encore qu'à son arrivée.

Ce fut ensuite le tour de Robert, puis des autres. En une demi-heure elle en eut terminé et Matt ordonna aux enfants d'aller au lit. Tombant de sommeil, mais toujours plein de ressentiment, Davey commença par défier son père, refusant de quitter le coin où il était confortablement installé. Les mains aux hanches, Matt regarda son fils et Caroline grimaça en constatant la forme que pouvait prendre sa colère. Pendant un instant, le père et le fils se regardèrent. Puis, soudain, le visage de Matt se radoucit. Il se baissa, cueillit l'enfant sous les bras et le projeta en l'air avant de le rattraper. Riant et passant ses bras autour du cou de son père et ses jambes autour de sa taille, Davey ne protesta plus tandis qu'on l'emportait vers les escaliers. John, qui suivit, souriait, et Caroline sourit aussi, touchée par la scène. En les regardant partir, elle admira son travail sur les trois têtes brunes et se sentit toute fière devant la beauté de l'homme et de ses fils. Elle se hâta d'attribuer ce sentiment à la simple satisfaction du travail bien fait, et se refusa à analyser ses émotions plus avant.

Elle finit de nettoyer la cuisine, mit de la pâte à lever et monta à l'étage. Personne ne l'ayant informée du contraire, elle se dit qu'elle allait encore coucher dans le lit de Matt.

Mais pas seule, ainsi qu'elle le découvrit en entrant dans les draps. Ses orteils tombèrent sur quelque chose – et qui bougeait ! Quelque chose de vivant ! De froid, de vaguement humide... ce ne pouvait tout de même pas être un serpent !

Elle sauta à bas du lit. Seul l'instinct l'empêcha de hurler – au souvenir de la façon dont ses cris avaient été accueillis à midi. Elle battit le briquet, alluma la chandelle de son chevet et rejeta brutalement les couvertures.

Tout au fond du lit, à la place de ses pieds, une grenouille sauta jusqu'au milieu du matelas.

Caroline resta un instant à la regarder. Les grenouilles ne lui faisaient pas particulièrement horreur – mais comment celle-ci était-elle arrivée dans son lit ? Elle se souvint de Davey et de sa récente capture.

La grenouille coassa et bondit de nouveau, atterrissant tout au bord du matelas. Encore un bond et elle se retrouverait par terre. Caroline se saisit du broc qui se trouvait sur la table de nuit et emprisonna la grenouille – elle savait ce qu'elle en ferait le lendemain.

Retour à son légitime propriétaire, bien sûr. Car Davey avait sans doute espéré l'entendre hurler et fuir pour ne jamais revenir. Il devait tendre l'oreille en ce moment, attendant le cri.

Elle sourit. L'enfant devrait se lasser d'attendre, avant d'avoir une surprise.

Elle se sentait beaucoup mieux qu'elle ne l'aurait imaginé vingt-quatre heures plus tôt, et remonta dans son lit. Cette fois, à peine sa tête eut-elle touché l'oreiller qu'elle s'endormit.

12

Caroline attendit l'instant propice pour laisser tomber la grenouille sur les genoux de Davey, le lendemain matin, sans que personne le remarque. Les hommes étaient assis autour de la table, engloutissant leur petit déjeuner comme à leur habitude. Seul Davey ne paraissait pas dans son assiette. Il regardait Caroline, nerveux, depuis qu'il était descendu et l'avait découverte, sereine, remuant le porridge. Elle l'accueillit normalement, et c'est alors qu'il parut perturbé. Maintenant, alors que les hommes quittaient la table, Davey semblait vraiment inquiet. Caroline choisit cet instant pour restituer la grenouille.

Hop ! La créature bondit et coassa, mais déjà la main de Davey se refermait sur elle, la coinçant sur son genou, tandis que dans le brouhaha général personne n'avait rien remarqué.

Davey jeta à Caroline un regard coupable. Celle-ci se pencha sur lui et lui murmura :

– Si tu veux la conserver, tu ferais mieux de ne pas la laisser revenir dans la maison. Millicent aime bien les grenouilles, je suis désolée de te le dire.

Davey parut consterné. Caroline, veillant à garder un visage impassible, se redressa – et vit que Matt la regardait, les sourcils froncés.

– Quelque chose qui ne va pas ? demanda-t-il alors

que son regard passait de Caroline à son fils qui semblait plus coupable que jamais, mais tenait toujours fermement la grenouille.

– Rien du tout, répondit gaiement Caroline.

Elle aurait juré qu'il y avait de la reconnaissance dans les yeux de Davey quand il quitta son banc.

– Viens, John, il ne faut pas être en retard à l'école, rappela-t-il à son frère alors que la main qui emprisonnait la grenouille se glissait dans sa poche.

– Rien, hein ? dit Matt qui quitta son fils du regard pour revenir à Caroline. (Celle-ci confirma, d'un signe de tête.) Nous serons de nouveau dans le champ sud, ajouta-t-il. Et cette fois essayez de protéger notre repas du chien.

Ainsi il fallait de nouveau leur apporter leur repas ! Au souvenir de la mésaventure de la veille, et compte tenu de sa fatigue et de tout ce qui l'attendait encore, Caroline gémit. Mais les hommes étaient partis et seule Millicent put l'entendre. Elle versa donc à la chatte une soucoupe de lait, gratta pour elle les restes du porridge et essaya de voir le bon côté des choses : du moins avait-elle donné une leçon à Davey. Il allait peut-être la respecter après cela, même si les autres n'en faisaient rien.

Elle prépara un repas assez semblable à celui de la veille, si ce n'est qu'elle remplaça le jambon par de la venaison. Quand l'heure arriva, elle suivit le ruisseau mais d'un pas plus vif cette fois, marchant sur le bord du cours d'eau, le plus loin possible de la forêt bien qu'elle eût à traverser le gué. L'eau était froide, le vent soufflait et elle fut rapidement glacée. Avec le seau et le cruchon de bière qui lui semblaient peser une tonne, avec ses pieds mouillés, elle n'était pas de bonne humeur. Et elle avait peur. Elle ne pouvait s'empêcher de jeter des regards inquiets sur la forêt. Que faire si l'Indien revenait ? Elle en frissonna et sut qu'elle ne pourrait réprimer un cri.

Et ces maudits Mathieson qui riraient de nouveau d'elle !

Elle était tellement occupée à garder un œil sur la forêt qu'elle ne se rendit compte du chemin parcouru que lorsqu'elle entendit le bruit rythmé d'une hache et une voix qui chantait faux. Elle était arrivée.

Elle soupira de soulagement, presque surprise de n'avoir pas été agressée. Elle n'avait pas vu l'Indien et aucune bête n'avait jailli des bois pour la dévorer – pour le moment du moins.

Elle passa la petite colline et aperçut Daniel et Robert au milieu du champ. Daniel traçait des sillons avec une charrue à main, et Robert, avançant derrière lui, laissait tomber les semences et les recouvrait de terre. Au bout du champ, Matt chantait, frappant un chêne gigantesque de sa hache tandis que Thomas poussait contre le tronc. L'arbre dominait ses voisins et son ombre s'étendait, empêchant les rayons du soleil d'arriver jusqu'au champ.

Malgré le froid, Matt avait retiré sa chemise et son torse luisait de sueur. Même à cette distance, on voyait saillir les muscles de son dos quand il balançait la hache. Caroline apprécia. Contrariant ou pas, c'était un fort bel homme.

Raleigh, qui devait être en train d'explorer les bois alentour, fut le premier à déceler sa présence. Il traversa le champ en courant et en aboyant. Les quatre hommes se retournèrent pour voir ce qui provoquait ce remue-ménage, tandis que Caroline, incapable de s'en empêcher, commençait à reculer. Il lui fallut un terrible effort de volonté pour s'arrêter et se camper fermement au sol. Elle allait vaincre sa peur de ce chien, même si c'était la dernière chose qu'elle devait faire au monde ! D'ailleurs, il n'avait même pas dévoré l'Indien...

– Holà, voilà le déjeuner ! lança Daniel en repérant Caroline.

Robert et lui posèrent leurs outils et vinrent à sa rencontre. Matt, après un bref regard, continua à frapper l'arbre de sa hache mais s'arrêta de chanter. Thomas resta près de lui. Raleigh, qui arriva le premier, se mit à bondir autour de Caroline, aboyant à l'assourdir. Elle s'attendait à ce qu'il lui saute dessus et la renverse d'un instant à l'autre. Serrant l'anse du seau, elle s'apprêta à s'en servir pour sa défense si besoin était.

Ce fut à cet instant que le vent s'engouffra sous ses jupes et les gonfla. Ses deux mains occupées, elle ne pouvait rien pour empêcher les deux hommes qui arrivaient de voir ses jambes jusqu'aux genoux. Pour être juste, il faut dire que ni Daniel ni Robert ne sourcillèrent. Elle fut heureuse que Matt fût occupé avec l'arbre. Elle n'était pas d'humeur à supporter encore ses réprimandes.

– Assez, Raleigh ! lança Daniel qui ne parut pas tellement convaincant.

Le chien ne l'écouta pas, ce qui ne surprit guère Caroline. Daniel éloigna l'animal et prit le seau des mains de la jeune femme tandis que Robert la soulageait du cruchon. Le vent était tombé, comme on pouvait s'y attendre maintenant qu'elle avait les mains libres pour maîtriser sa robe. Elle massa ses épaules endolories. Manifestement, elle n'était pas faite pour les travaux manuels. Si elle voulait continuer à faire sa part, il allait lui falloir s'endurcir.

– Du pain tout frais ! Et de la venaison ! C'est un vrai festin ! Tu vois ça, Rob ? s'exclama Daniel, comme un gamin triomphant.

– Du moins le chien ne l'a pas mangé, cette fois, répondit Rob, acceptant le morceau de pain que lui tendait Daniel et l'enfournant dans sa bouche.

Il l'avala et se tourna pour inviter ses frères à venir les rejoindre. Une grande entaille, pareille à un immense sourire, marquait le tronc du chêne, mais l'arbre gigantesque tenait toujours. Matt et Thomas allaient sûrement s'y remettre avec une énergie décuplée après avoir mangé, se dit Caroline.

– Hé, laissez-en un peu ! lança Thomas qui arrivait en se hâtant, précédant Matt de quelques pas.

– Vous auriez intérêt à vous dépêcher ! répondit Robert avant d'enfourner une nouvelle bouchée de pain dans un geste surtout destiné à taquiner son frère.

Thomas protesta et se mit à courir.

Une nouvelle rafale de vent souleva les jupes de Caroline et ébouriffa les cheveux des hommes. Cette fois, elle plaqua ses deux mains sur le devant de sa robe. C'est alors qu'un grand bruit déchira l'air.

Elle demeura perplexe un bref instant. Puis elle vit le grand chêne s'abattre lentement vers le champ. Le vent avait apparemment fini le travail commencé par les hommes. Les yeux écarquillés, elle vit le géant tomber avec une majestueuse dignité d'abord, puis avec une extraordinaire force.

A côté d'elle, Daniel poussa soudain un cri. Caroline suivit son regard horrifié et en comprit la raison. Pris dans l'ombre de l'arbre qui descendait, Matt, qui comme Thomas s'était mis à courir au premier craquement, trébucha et tomba. Il se releva presque immédiatement, mais sa mauvaise jambe le ralentit. Avec un grondement à faire trembler la terre, l'arbre toucha le sol, rebondit une fois et, frémissant de toutes ses branches, s'immobilisa.

A l'instant où Caroline poussa son cri, Daniel et Robert couraient déjà vers l'endroit où Matt avait disparu.

13

– Matt ! Matt ! Bon Dieu, où est-il ?

– Ici ! Vite, aide-moi à retirer ces branches !

– Ô mon Dieu, est-ce qu'il est... ?

Caroline se précipita sur le lieu de l'accident mais ne fut pas aussi rapide que Daniel ou Robert. Ils arrivèrent à l'arbre un instant à peine après Thomas, plus proche, et les trois hommes cherchèrent pendant d'angoissantes secondes au milieu des frondaisons encore tremblantes. Caroline arriva, haletante, au moment où ils le découvraient. Daniel se mit à quatre pattes, se glissant entre les branches, luttant pour atteindre son frère.

– Il est vivant ! annonça-t-il d'une voix étouffée, et Caroline respira. Vite ! Il faut le dégager ! Il est coincé et il est blessé !

Robert et Thomas s'étaient glissés au milieu de l'enchevêtrement de branches jusqu'à l'endroit où Daniel, agenouillé, était presque dissimulé à la vue. Caroline arriva derrière eux, le cœur battant de terreur. L'arbre était énorme, son poids immense. Matt devait sûrement être écrasé dessous. Mon Dieu, faites qu'il soit inconscient pour ne pas souffrir, se dit-elle. Mais elle l'entendit gémir. S'il avait été inconscient, il ne l'était plus.

Caroline sentit son cœur douloureux en arrivant à hauteur des hommes où elle put voir, à travers le lourd rideau de verdure, la tête brune de Matt sur la terre riche du champ fraîchement retourné. Gisant sur le ventre, d'après ce qu'elle en voyait, les bras étendus, les yeux clos, la peau d'une pâleur de papier, les lèvres entrouvertes laissant échapper d'affreux gémissements.

Autour de lui, ses frères s'activaient furieusement, le visage presque aussi pâle, alors qu'ils essayaient de soulever l'arbre.

– Rob, passe de l'autre côté. Thom, tire-le de là quand on soulèvera. Rob, je compte jusqu'à trois, dit Daniel, pressant mais calme.

Il compta et Robert et lui y allèrent de toute leur force. L'arbre bougea à peine, puis retomba.

Matt poussa un cri. Caroline frissonna et porta ses mains à sa poitrine. Si la douleur faisait crier un homme aussi solide et aussi stoïque, elle devait être insupportable. Etait-il en train de mourir alors qu'on essayait de le tirer de là ? Mon Dieu, pria-t-elle, ne le laissez pas mourir ! Cette seule pensée lui perça le cœur.

– Ce n'était pas suffisant ! Je n'ai pas eu le temps de le sortir ! Oh, doux Jésus, nous l'avons blessé davantage encore, cria Thomas alors que l'on n'entendait plus Matt.

Il avait dû de nouveau perdre connaissance. Du moins Caroline l'espérait-elle. Toute autre raison était impensable.

– Mon Dieu, donnez-nous la force en cet instant où nous en avons besoin ! pria Daniel à haute voix avant de se baisser de nouveau, avec Robert, de passer leurs bras autour du tronc massif sans se soucier des branches qui leur lacéraient le bras.

– Attendez ! lança Caroline, enjambant les dernières branches qui la séparaient de Thomas. Je vais vous aider à tirer.

Ni lui ni son frère ne discutèrent. Caroline se baissa et prit un des bras de Matt tandis que Thomas se saisissait de l'autre.

– A trois ! dit Daniel qui compta et, grognant, Robert et lui soulevèrent l'arbre.

De quelques pouces à peine ; leur visage était devenu rouge et congestionné comme si leur cœur allait éclater tandis qu'ils décollaient du sol l'énorme chêne. Caroline tira de toute sa force, tout comme Thomas. Matt était un homme grand et lourd, et dans son état c'était un poids mort. Il semblait que jamais ils ne parviendraient à le bouger, pourtant Matt glissa vers eux – et l'arbre retomba.

Cette fois, Matt ne cria pas.

– Il est dégagé ! Nous l'avons dégagé ! lança Robert qui vint prendre la place de Caroline, la repoussant sans cérémonie.

– Tirons-le de là ! dit Daniel qui se saisit également de Matt, et les trois hommes le sortirent complètement.

Lorsqu'il fut allongé sur le sol, ses frères se penchèrent sur lui. Raleigh se joignit à eux, venant renifler anxieusement jusqu'à ce que Daniel le repousse avec un mot d'impatience. Caroline vint également voir la gravité des blessures.

Matt avait les yeux clos, ses cils noirs baissés sur des joues d'une pâleur de mort, sauf où sourdait le sang. Son visage était couvert d'égratignures, sa poitrine lacérée et le sang en dégoulinait. Du sang, encore, maculait sa culotte. Caroline dut se mordre la lèvre en venant l'examiner de plus près. Il avait la jambe droite brisée au-dessous du genou ; la fracture ouverte laissait voir la blancheur d'un os qui traversait la chair. Caroline se sentit nauséeuse.

– Est-ce qu'il est... ? commença-t-elle, incapable de finir.

– Il est évanoui, répondit Daniel, ses grosses mains étonnamment délicates tandis qu'il palpait le crâne et le cou de son frère, puis les épaules et la poitrine. La seule blessure sérieuse que je puisse voir, c'est la jambe, mais elle est très sérieuse. Pour les blessures internes, je ne peux rien dire. Quoi qu'il en soit, il va beaucoup souffrir quand il va reprendre connaissance. Ramenons-le rapidement à la maison. Thomas, va chercher M. Williams.

– C'est le médecin ? demanda Caroline, la voix rauque.

– L'apothicaire. Nous n'avons pas de médecin à Saybrook pour l'instant. Va, Thomas !

Thomas se leva et partit en courant vers le village. Matt battit des paupières et gémit.

– Ne bouge pas, Matt, murmura Daniel. Rob, il nous faut une branche pour faire une attelle à cette jambe avant de le bouger...

Mais déjà Robert dépouillait une des branches qui s'étaient brisées dans la chute du chêne.

– Tiens, dit-il, la passant à Daniel qui hésita un instant, regardant son frère blessé.

Il leva les yeux sur Caroline.

– Il faut tailler dans cette culotte, dit-il d'un ton ridiculement guindé étant donné les circonstances. Il serait préférable que vous rentriez et que vous lui prépariez un lit.

– Oui. Oui, bien sûr, dit Caroline.

Peu lui importait de voir la jambe nue de Matt, mais Daniel avait raison. Elle se détourna et, alors qu'elle filait vers la maison, elle entendit un bruit de tissu que l'on déchirait et un gémissement. Le pauvre homme, songea-t-elle en partant en courant.

Le temps qu'ils le ramènent, une marmite d'eau était en train de bouillir, Caroline avait déchiré en bandes son meilleur jupon (le linge le plus propre de la maison) et le lit de Matt était prêt. Dans l'une de ses malles se trouvaient les restes des divers médicaments utilisés pour soigner son père. Elle sortit les plus utiles. Elle entendit les hommes entrer.

Ils firent à peine attention à elle alors qu'ils transportaient Matt à l'étage. Malgré toutes leurs précautions, ils ne pouvaient éviter de lui cogner la jambe contre le mur dans l'étroit escalier.

– Oh, attention ! lança Caroline en reculant, grimaçant de la douleur de Matt.

Mais s'il souffrait, il ne le manifestait pas. La tête roulant sur la poitrine de Robert, il avait les yeux clos et Caroline se dit qu'il devait de nouveau avoir perdu connaissance. Du sang dégouttait sur le sol avec un bruit rythmé depuis la blessure de la jambe brisée. Ses lèvres avaient pris une teinte bleuâtre.

– Nous *faisons* attention ! râla Robert en lançant un regard peu amène à Caroline qui se sentit remise à sa place.

Il lui rappelait que Matt était leur frère alors qu'elle n'était guère plus qu'une étrangère qu'on tolérait. Ils s'attendaient à ce qu'elle ne se soucie guère des souffrances de Matt et elle se demanda, de fait, pourquoi elle partageait autant sa douleur. Mais le moment n'était pas à ce genre de question. On avait besoin d'elle.

Tandis qu'on déposait avec soin le blessé sur le matelas, elle plongea une bande de toile dans l'eau fumante qu'elle avait mise avec les médicaments sur la table de nuit.

– Qu'est-ce que vous allez faire ? demanda Daniel, inquiet, alors que Caroline tordait le linge et s'approchait de Matt.

Il était nu jusqu'à la taille, le visage, le cou, les épaules et la poitrine maculés de sang. L'attelle glissée dans sa culotte, et qui allait de la taille au genou, laissait voir une portion de ventre musclé et poilu et une cuisse solide alors que le reste de la jambe droite disparaissait sous le bandage retenant l'attelle. Outre ce qu'il restait de culotte, il portait toujours son bas et sa chaussure gauches qui avait déjà maculé le drap de terre.

– Qu'est-ce que vous croyez, je vais d'abord enlever tout ce sang pour que nous puissions voir l'étendue des blessures.

Et, sans attendre de réponse, elle passa le linge sur le front couvert de sueur de Matt, puis sur ses tempes et ses joues, ôtant doucement le sang. Certaines des coupures étaient assez profondes, d'autres moins ; elle espéra qu'il ne garderait pas davantage de cicatrices au visage. Celle qui le marquait déjà, bien que ne le défigurant pas, constituait une injure à une beauté qui, sans cela, eût été parfaite.

Quand elle passa le linge sur sa joue blessée, Matt tourna la tête pour échapper à son contact. Elle insista. Il grommela quelque chose et lui prit le poignet. Malgré sa blessure, ses longs doigts avaient conservé une force considérable. Caroline était incapable de se libérer et, ne voulant pas le faire souffrir davantage, elle ne bougea plus. C'était la première fois qu'il la retenait contre sa volonté et elle attendit de voir si la répulsion allait la gagner. Curieusement, il n'en fut rien. Parce qu'il était blessé et guère dangereux, ou simplement parce que c'était Matt ?

– Qui... ? murmura-t-il, ouvrant les yeux pour voir à qui appartenait le poignet qu'il avait saisi et cette féminine douceur.

Pendant un instant, il parut ne pas la reconnaître ; il fronça les sourcils, puis son étreinte se relâcha.

– Caroline, dit-il, et il laissa retomber sa main.

– Si vous lui faites mal... commença Robert, farouche, et Caroline leva sur lui un regard surpris.

– Pourquoi diable lui ferais-je mal ? Et comment, je vous prie ? répliqua-t-elle, agacée.

Daniel, lui aussi, surveillait ses moindres mouvements, comme s'il la soupçonnait de vouloir planter un couteau entre les côtes de son frère. Qu'avaient donc ces deux-là ? Ils devaient avoir l'esprit dérangé quand il s'agissait de femmes, et elle ne manquerait pas de le leur dire à une meilleure occasion !

– Bien sûr qu'elle ne va pas lui faire de mal, dit Daniel, dont le visage se détendit et dont le coup d'œil à Robert signifiait : « Ne sois pas idiot. »

Leur comportement la laissait perplexe, mais Caroline n'avait guère le temps de s'appesantir. Son attention revint à Matt et, très doucement, elle essuya le sang de sa poitrine. Elle fut heureuse de constater qu'il n'y avait pas, là, de blessure béante, mais les écorchures étaient nombreuses et sanglantes. Le pire était le côté droit, où le bas des côtes commençait à virer au noir et au bleu ; craignant de provoquer des douleurs inutiles, elle laissa les choses en l'état. Une profonde éraflure sous le sein droit, qui saignait abondamment, attira son attention. Les poils couvrant la poitrine de Matt effleurèrent les doigts de Caroline qui s'employait à arrêter l'épanchement. Elle remarqua, vaguement, combien cette toison était soyeuse et douce et pas du tout rude comme elle l'avait imaginée.

– Que fait cet idiot de Williams ? demanda Daniel entre ses dents, la faisant sursauter.

Elle se tourna vers lui et vit que ses mains étaient crispées sur le bois du lit. Robert, lui, allait et venait.

La question n'appelait pas de réponse et elle continua à éponger doucement le sang et la sueur du corps de Matt. Il s'agita et murmura, mais n'essaya pas de se dérober.

A l'exception de lésions internes, que l'on ne pouvait exclure, la plus grave blessure était celle de la jambe droite, qui avait triplé de volume. Caroline grimaça devant la hideuse contusion qui s'étendait sur la cuisse au-dessus de l'attelle de fortune. Le sang avait détrempé la chemise déchirée qui maintenait la jambe à la branche, et continuait de couler. Si l'apothicaire n'arrivait pas rapidement, il allait falloir faire quelque chose pour arrêter l'hémorragie. Mais, sauf s'il le fallait absolument, Caroline ne voulait pas toucher à l'attelle et provoquer des souffrances supplémentaires. Et il serait pratiquement impossible d'arrêter le sang tant que l'os fracturé ne serait pas remis en place.

– Doux Jésus, mais on dirait que nous *sommes* maudits ! Penses-tu que tout ce que l'on raconte en ville sur ces sorcières est vrai ? demanda Robert qui cessa d'arpenter la chambre pour frapper du poing dans la paume de son autre main.

– Tiens ta langue ! gronda Robert, menaçant, et pendant un instant les deux frères se regardèrent.

Puis avec un coup d'œil en coin sur Caroline, et pinçant les lèvres, Robert reprit son manège. Des sorcières, songea-t-elle, méprisante. Quelle idiotie !

– Vos discussions ne m'aident pas beaucoup ! dit-elle. Si vous voulez vous rendre utiles, commencez plutôt par retirer sa chaussure ! Elle est pleine de boue !

Malgré la sécheresse du ton, leur inquiétude pour leur frère l'emporta sur leur hostilité manifeste à l'égard de la jeune femme. Misogynes ou pas, les Mathieson avaient de l'affection les uns pour les autres.

Robert cessa d'arpenter la chambre et les deux frères se tournèrent vers Caroline.

– Elle a raison. Ça ne sert à rien de nous disputer,

déclara Daniel après un instant en s'approchant du lit.

Tandis qu'il empoignait la chaussure gauche de Matt, Caroline ramassa la cuvette et quitta la pièce. Elle savait qu'il allait falloir davantage d'eau chaude quand l'apothicaire arriverait.

14

Lorsque Caroline revint, quelques instants plus tard, on avait couvert Matt, jusque sous les bras, d'un édredon maculé de taches. On avait soigneusement dégagé sa jambe brisée, et Caroline vit que l'on avait retiré ce qui restait de culotte ainsi que le bas et la chaussure. Sur le drap blanc, ses épaules paraissaient sombres et très larges. Ses cheveux noirs contrastaient avec la pâleur grisâtre de son visage.

Tandis qu'elle s'approchait du lit, il se mit à s'agiter, à gémir, à se débattre jusqu'à ce qu'il se soit complètement débarrassé de l'édredon. Avec un regard sombre à Caroline, Daniel remit l'édredon en place. Caroline évita soigneusement de se tourner de ce côté ; elle préférait ne pas voir la nudité de Matt. Bien que sa répulsion pour les hommes ne semblât pas concerner Matt, elle n'avait aucun désir qu'elle se manifeste de nouveau. La seule pensée de voir un sexe d'homme, même en de telles circonstances, la faisait frissonner de crainte.

Matt continua à s'agiter inconsciemment. Robert et Daniel se placèrent chacun d'un côté du lit, essayant de leur mieux de calmer leur frère et le retenant pour qu'il ne se blesse pas davantage.

– Si l'apothicaire n'arrive pas bientôt, je crains

que nous ne devions nous passer de lui, bien que nous n'y connaissions pas grand-chose, dit Daniel, le regard anxieux.

– Je m'y connais un peu, déclara Caroline, presque à regret.

Elle avait appris de sa mère le plus clair de ce qu'elle savait ; Judith Wetherby avait été une guérisseuse réputée, avec une grande connaissance des herbes et des potions. Mais tous les efforts de Caroline n'avaient pu sauver son père. Souvenirs douloureux. Si Matt n'avait pas eu si évidemment besoin de son aide, elle aurait chassé tout cela de son esprit.

Elle s'avança et vint poser sa main sur le front de Matt. Reprenant confiance en constatant que sa secrète répulsion ne se manifestait pas, elle l'y laissa. La peau était humide et tiède sous sa paume – trop tiède ? Avait-il déjà de la fièvre ? Des mèches de soyeux cheveux noirs vinrent s'enrouler autour de ses doigts ; machinalement, Caroline les lissa pour les remettre en place.

Son regard passa du visage de Matt, avec ses yeux clos et ses traits accusés autour de sa bouche, à son corps. Les deux jambes étaient manifestement débarrassées de l'édredon qui ne recouvrait plus que son ventre. Sa jambe gauche, bien droite et solide, était couverte de poils noirs, sauf autour du genou, marqué d'une hideuse cicatrice, qui rappela à Caroline sa claudication. Et l'horrible vérité se fit jour dans son esprit : c'était sa bonne jambe qui était si vilainement brisée. Comment allait-il pouvoir marcher s'il ne guérissait pas ? Elle sut, d'instinct, qu'il préférerait mourir que de passer le reste de sa vie confiné dans un lit ou dans un fauteuil.

– Je vais faire ce que je pourrai, dit-elle, se tournant vers ses fioles et ses onguents sur la table de nuit.

Matt gémit et ouvrit des yeux où on lisait toute sa

souffrance, tandis qu'il serrait les dents avec une telle force que le pourtour de ses lèvres en était blanc. Mais on ne pouvait douter qu'il fût parfaitement conscient.

– C'est... grave ? demanda-t-il d'une voix faible à Daniel, qui vint se pencher sur lui.

– Tu t'es bien cassé la jambe droite. Thomas est allé chercher M. Williams.

– Williams n'est... qu'une vieille femme, dit Matt, si pâle que Caroline craignit qu'il ne perde de nouveau connaissance. C'est toi qui vas t'occuper de moi, Dan.

– Oui, ne t'inquiète pas.

L'effort l'épuisa. Il ferma les yeux à l'instant même où un bruit, en bas, annonçait l'arrivée de Thomas avec M. Williams. Le soulagement de Daniel et de Robert fut presque palpable. M. Williams, suivi de Thomas, pénétra dans la chambre, l'air important. Et Caroline comprit l'inquiétude de Matt en découvrant ce vieux bonhomme grassouillet, aux cheveux longs qui tombaient en désordre sur ses épaules mais laissaient son crâne rose dégarni. Il avait les traits délicats, le teint fleuri. Et des vêtements pas trop propres. Caroline regarda ses mains et grimaça. Tout comme ses vêtements, elles auraient eu besoin d'un bon nettoyage. Dans les soins aux malades, lui avait appris sa mère, la propreté était essentielle.

– Couteau, fut le seul mot que prononça M. Williams, après un coup d'œil condescendant sur Caroline et Daniel.

Et, les lèvres pincées, il s'approcha du lit. Daniel lui passa le couteau, comme demandé. Caroline et les autres le regardèrent tailler dans les bandages de la jambe brisée.

– Pas beau, observa Williams, hochant la tête devant la blessure dégagée.

Caroline essaya de laisser son regard posé sur le

visage de Matt plutôt que sur la jambe horriblement mutilée. Sa peau avait pris la couleur du mastic et la sueur lui dégoulinait des tempes. Il ouvrit de nouveau les yeux. Un instant, son regard croisa celui de Caroline ; malgré la souffrance qu'elle y lut, elle parvint à esquisser un petit sourire. Il eut un battement de paupières pour la remercier. Puis il tourna ses yeux, avec effort, sur M. Williams qui palpait les blessures de son torse.

Alors que la main de Matt la plus proche d'elle se serrait convulsivement, Caroline céda à son impulsion et y posa ses doigts. Il ne dit mot, ne la regarda même pas, mais les siens se refermèrent sur la main de la jeune femme.

– Les côtes sont sévèrement contusionnées, mais cela passera assez bien. Pour la jambe... c'est une autre question, diagnostiqua l'apothicaire. Il serait peut-être préférable de continuer et de la lui couper. Si la putréfaction s'y met...

– Remettez-la seulement en place, coupa Matt, entre ses dents, et Caroline eut du mal à s'empêcher de grimacer sous la pression soudain intense de ses doigts.

– Si l'infection s'installait...

– En place seulement !

– Très bien, dit M. Williams, fâché par la sécheresse du ton. Mais je ne veux pas être tenu pour responsable des conséquences. (Son regard passa à Daniel.) Si vous voulez bien le tenir, monsieur Mathieson, ainsi que votre frère, tandis que votre autre frère m'aidera à tirer... (Son regard passa maintenant à Caroline.) Il serait préférable que vous nous laissiez, miss.

Il était clair, à son ton, qu'il avait entendu parler d'elle, et non moins clair que ce n'était pas en bien.

Caroline était beaucoup trop inquiète pour se sentir offensée. Elle regarda le visage gris de Matt, éraflé et en sueur, ses larges épaules nues et sa jambe hideusement gonflée et sanglante. Ses doigts se serrèrent sur la main qui les retenait, en un besoin inconscient. Elle se rendit compte que malgré sa sagesse si chèrement acquise, ce qu'elle avait décidé d'éviter à jamais se produisait : voilà qu'elle s'inquiétait de nouveau pour quelqu'un d'autre qu'elle-même.

Au cours des dix années écoulées, elle avait perdu tous ceux qu'elle aimait : sa mère, son père, sa sœur. Même les quelques jeunes hommes dont elle avait cru être amoureuse, adolescente, avant d'avoir appris à mieux garder son cœur, s'étaient éclipsés quand elle leur avait fait savoir qu'elle ne partagerait pas leur lit hors du mariage. Bien qu'étant restée d'une pureté virginale, force lui avait été d'admettre que sa seule présence dans les établissements où jouait son père l'avait fait classer par les hommes parmi les femmes de mœurs légères. Ce qui l'avait profondément blessée, mais elle avait dissimulé son sentiment derrière une façade de distance hautaine. Elle en avait tiré une leçon bien simple : l'affection avait comme inévitable corollaire la douleur. La mort de son père et tout ce qui s'était ensuivi avaient tué ses dernières capacités à s'émouvoir, pensait-elle. Mais Matt... il y avait en lui quelque chose qui menaçait de faire fondre cette glace qui protégeait son cœur. Elle en fut effrayée. Jamais plus elle ne céderait devant la douleur.

– Oui, bien sûr, dit-elle, impassible, dégageant ses doigts de ceux de Matt aussi doucement que possible.

Matt leva sur elle un regard voilé par la souffrance et, crut-elle, par la peur. Son instinct lui disait qu'il souhaitait qu'elle reste. Pinçant les lèvres, elle tenta de faire fi de ce qu'elle ressentait, dans son cœur.

Il la regarda, ne paraissant pas comprendre qu'elle l'abandonnait. Leurs regards se croisèrent. Caroline eut du mal à détourner le sien. Il s'était montré bon pour elle, à sa façon ; ce serait peu de chose que d'essayer d'apaiser sa souffrance, sans qu'il soit besoin de se demander si intervenaient d'autres sentiments.

Elle regarda l'apothicaire.

– J'ai quelque chose qui pourrait lui rendre plus supportable la remise en place de sa jambe. Une médecine lui permettant de passer le plus mauvais moment.

Elle se tourna vers la petite trousse à médicaments qu'elle avait posée sur la table de nuit et y prit une fiole brune.

– Qu'est-ce là ? s'inquiéta M. Williams d'une voix si insolitement perçante que Caroline se demanda ce qu'il craignait exactement.

S'imaginait-il qu'elle voulait empoisonner Matt ? Parlait-on d'elle comme d'une meurtrière en puissance, outre qu'on la considérait comme une voleuse ?

– Je vous l'ai dit. Une médecine. Qui le fera dormir, répondit-elle tout en en versant une dose sous les regards tout aussi inquiets de Daniel, de Robert et de Thomas.

– Un instant ! dit Robert. Nous ne permettrons pas...

– Si cela doit rendre la douleur plus supportable, donnez-le-moi, coupa Matt, levant la main vers le verre.

Mais il ne put le porter à ses lèvres et Caroline dut l'aider. Il l'avala rapidement puis se laissa retomber sur l'oreiller, les yeux clos.

Pendant un instant, personne ne souffla mot tandis que tous les regards restaient braqués sur Matt.

– Si cela le rend malade, vous en serez responsable, déclara M. Williams, et Caroline ne fut pas surprise de saisir comme de la haine dans sa voix.

– Il s'agit de quelque chose qui le fera dormir, rien de plus.

Elle reposa le verre sur la table de nuit et sortit, très digne, tandis que quatre paires d'yeux la suivaient.

15

Le cri de douleur de Matt quand on lui remit la jambe en place fit serrer les dents à Caroline. Même la légère brume dans laquelle avait dû le plonger sa médecine n'avait pu le protéger totalement de ce qu'on lui faisait. Elle pria pour qu'il retombe dans le sommeil dès que serait passé l'instant de plus intense douleur. Elle refusa de céder à son impulsion de retourner dans la chambre à côté de Matt. Il y avait avec lui l'apothicaire et ses frères. Il ne pouvait avoir besoin d'elle.

Mais malgré sa résolution, elle attendait, fébrile, le départ de M. Williams, tout en travaillant la pâte du pain qu'elle couvrit d'un linge et mit à monter. Il était curieux de voir avec quelle rapidité elle s'était faite à sa routine. Déjà, elle parvenait à terminer ses corvées sans même y penser. L'après-midi était bien avancé et il fallait songer au dîner. Pour Matt, s'il pouvait manger, un bouillon léger. Mais les autres voudraient un vrai repas. Leur déjeuner, à moins qu'il n'ait profité à Raleigh ou à quelque autre animal, gisait, oublié, dans le champ.

Elle éplucha une véritable montagne de pommes de terre qu'elle mit à bouillir avec quelques poignées de pois auxquelles elle ajouta un morceau de venaison pris au fumoir. Elle laissa tomber un petit morceau de viande dans une autre marmite où elle allait bouillir jusqu'à se défaire toute seule. Cela constituerait le repas de Matt.

Il fallait bien du temps à M. Williams pour partir, se dit-elle enfin. Il était là-haut depuis près d'une heure déjà. La curiosité l'emporta et Caroline laissa son dîner à cuire pour monter à l'étage. Elle s'arrêta sur le seuil de la chambre de Matt et eut le souffle coupé par ce qu'elle découvrit.

M. Williams tenait le bras de Matt au poignet, au-dessus d'une bassine que présentait Thomas, agenouillé au bord du lit et qui détournait les yeux du sang écarlate qui s'écoulait de la veine de Matt. Daniel et Robert, appuyés au mur, regardaient intensément. Les trois frères étaient presque aussi pâles que Matt, qui gisait blême et toujours inconscient.

– Arrêtez ! lança-t-elle. Il n'a pas besoin d'être saigné ! Il a déjà perdu un baquet de sang !

Thomas, Robert et Daniel se tournèrent vers elle avec la même expression de surprise. M. Williams leva sur elle un regard de dédain hautain.

– La saignée est nécessaire pour ôter les poisons du système, déclara-t-il, tout en continuant.

Et Caroline, horrifiée, vit que déjà se trouvait sur le sol une cuvette qui contenait environ un quart de pouce de sang. Apparemment, M. Williams avait jugé opportun de saigner Matt plus d'une fois.

– Si vous continuez, vous allez le tuer ! lança-t-elle en se précipitant au pied du lit de Matt.

– S'il meurt, ce sera le fait de la potion que vous lui avez administrée et non pas de quelque chose que j'aurai fait ! aboya M. Williams qui lui tourna le dos, délibérément injurieux.

Le sang de Matt s'écoulait toujours.

– Daniel !... dit Caroline dont le regard se tourna vers celui des frères qu'elle connaissait le mieux. On prescrit une saignée de deux onces dans des cas comme celui-ci, et Matt en a perdu bien davantage rien que des mains de M. Williams. Il serait fatal qu'il continue !

– Et comment cette gamine y connaîtrait-elle quelque chose ? demanda M. Williams, irrité, à Daniel.

Le visage de Daniel se rembrunit sous l'inquiétude. Pendant un instant, il hésita. Et, avec un regard à Robert, qui fixait farouchement Caroline, puis à la forme inerte de Matt, il s'avança et posa la main sur le bras de l'apothicaire.

– Inutile d'en prendre davantage, hein ? S'il y avait du poison dans son système, il est certainement évacué maintenant.

– Vous préférez donc le conseil de cette... de cette femme, au mien ? Ce sera comme vous voulez, et vous en supporterez les conséquences ! Inutile de m'appeler si son état s'aggrave ! lança M. Williams tout en posant un pansement sur la blessure ouverte au poignet de Matt, ce qui provoqua l'arrêt du saignement.

Caroline ne se soucia même pas du regard venimeux que lui lança l'apothicaire tandis qu'il rangeait ses affaires dans son sac.

– Ce n'est pas que nous préférons son conseil, mais nous pensons simplement que cela suffit comme ça. La saignée lui a certainement fait du bien, mais il faut lui laisser un peu de sang pour qu'il puisse se rétablir, expliqua Daniel, apaisant.

– Mes honoraires, s'il vous plaît, se borna à répondre M. Williams.

– Oui, bien sûr, dit Daniel en le raccompagnant.

Caroline s'approcha de Matt, chercha et trouva son pouls. Robert vint se placer à côté d'elle, comme pour protéger son frère.

– Williams est peut-être en grande partie un âne, mais il a posé la bonne question : que pouvez-vous bien connaître à la médecine ? demanda-t-il, hostile, le regard froid.

– Ma mère était une guérisseuse réputée. C'est d'elle que je tiens ce que je sais.

Et Caroline compta silencieusement les pulsations. Le pouls de Matt était faible et lent, et elle craignit que toute cette perte de sang ne l'ait sérieusement affaibli.

– Il est curieux que votre sœur n'ait pas été dotée des mêmes vertus, observa Robert, presque sarcastique.

Caroline lâcha le poignet de Matt et fixa Robert. Bien qu'un peu plus petit que Matt, il la dépassait d'une demi-tête. Son regard demeurait hostile, méfiant.

– Elizabeth n'était que ma demi-sœur. Nous sommes de même père, mais si sa mère était de noble lignage, la mienne était une bohémienne que mon père avait rencontrée au cours de ses voyages. Elle connaissait parfaitement les herbes et les médecines et elle m'a enseigné ce qu'elle savait. Maintenant, voulez-vous me laisser faire ou préférez-vous rester là à regarder votre frère mourir ?

Malgré les efforts de Caroline pour garder son calme, son ton trahissait l'emportement et son regard ne faiblit pas sous celui de Robert. Elle était consciente de la présence de Thomas, derrière elle. Il alla poser la main sur l'épaule de son frère. Ils échangèrent un regard puis se tournèrent vers elle.

– Nous n'avons d'autre choix que de vous laisser faire ce que vous pourrez pour lui puisque vous avez chassé l'apothicaire, dit Thomas. Mais attention : nous vous surveillons.

Daniel, qui revenait dans la chambre, se rendit aussitôt compte de l'hostilité de ses frères.

– Vous n'avez pas honte, tous les deux ? Elle ne vous a donné aucune raison de vous méfier d'elle.

– Les fautes des pères retomberont sur les fils, répliqua Robert.

– Il n'est pas question des filles, et Caroline n'est pas Elizabeth, rappela Daniel.

De toute façon, il était clair que pour quelque obscure raison les frères de Matt avaient détesté Elizabeth et s'étaient méfiés d'elle. Et ils reportaient sur Caroline leur ressentiment. Elle aurait voulu leur poser des questions, savoir ce qui s'était passé pour valoir à sa sœur une telle inimitié, mais il faudrait attendre un meilleur moment.

– Si l'un de vous voulait bien rester près de lui et m'appeler s'il se réveillait ou si son état semblait empirer, je pourrais aller finir de préparer le repas.

Les trois hommes se regardèrent.

– Je reste, dit aussitôt Daniel. Rob, Thomas et toi vous allez retourner au travail. Avec Matt au lit nous n'avons pas de temps à perdre si nous voulons finir de semer à temps.

Les deux frères hésitèrent, et aux regards qu'ils jetèrent sur Caroline en gagnant la porte, on en comprenait la raison.

– Pour l'amour de Dieu, lança-t-elle, exaspérée. Si vous vous méfiez de moi à ce point, je doute que vous mangiez le repas que j'ai préparé. J'aurais pu l'empoisonner, ou y jeter un sort pour vous changer en ânes. Encore que ce ne soit guère nécessaire, non ? ajouta-t-elle avec un sourire moqueur.

16

– Est-ce que pa va mourir ?

Caroline, qui baignait d'eau fraîche le front brûlant de Matt, leva les yeux pour découvrir John au seuil de la chambre. Il était aux environs de minuit, le lendemain de l'accident, et les enfants, sur l'insistance de leurs oncles, étaient allés se coucher depuis longtemps. John était en chemise de nuit et pieds nus. A la lueur de l'unique chandelle qui grésillait sur la table de nuit, il paraissait très jeune et vulnérable tandis que, les yeux agrandis par la peur, il regardait son père qui gisait inconscient sur le lit. Caroline en eut mal au cœur pour lui : elle connaissait le désespoir que l'on ressent à voir fuir la vie d'un parent bien-aimé.

– Non, il ne va pas mourir.

Du moins priait-elle pour qu'il n'en fût rien. La saignée avait laissé Matt très faible, et il avait eu une terrible fièvre au cours de la journée. Elle n'avait pu le tirer de sa torpeur que pour lui faire avaler quelques cuillerées de bouillon et un peu de sa médecine. A part cela, il demeurait inconscient.

Sa jambe était énormément gonflée et on voyait l'inflammation au-dessus et au-dessous de la nouvelle attelle, plus solide. Quand elle avait ôté les pansements pour voir comment était la blessure là où l'os avait percé la chair, elle avait découvert qu'elle saignait doucement. La perte de sang constituait un danger ; elle n'y pouvait rien sinon répandre de la poudre de basilic sur la plaie et comprimer aussi fermement que possible avec des linges propres. Quand, après quelques heures, le sang ne perla plus à travers le bandage, elle se dit – elle espéra – que l'hémorragie s'était enfin arrêtée.

La fièvre constituait la première menace, maintenant, ainsi que l'infection qui ne laisserait pas grande chance de survie à Matt, avec ou sans sa jambe. Mais il était inutile de dire cela à son fils.

Parce que John avait l'air si pitoyable, elle lui sourit. Elle n'avait pas souri souvent au cours de ces derniers mois. Mais si elle avait espéré toucher en lui la corde de l'amitié, rien n'indiquait qu'elle eût réussi. Il ne lui retourna pas son sourire, regarda son père de ses yeux inquiets.

– Si je lui disais bonne nuit, tu crois qu'il m'entendrait ?

– Oh, oui, je le crois, répondit Caroline, d'un ton plus confiant qu'elle ne l'était vraiment.

Son sourire disparut, mais pas sa compassion pour l'enfant. Si la pensée que son père pouvait l'entendre était pour lui un réconfort, quel mal y avait-il ? Elle fit signe à John d'approcher. Il était si maigre qu'elle pouvait voir, par l'ouverture du col de sa chemise de nuit, ses clavicules saillir sous la peau.

– Bonne nuit, pa, murmura John à voix si basse qu'on l'entendit à peine, tout en posant un doigt timide sur la main de Matt.

Celui-ci n'eut pas la moindre réaction. Caroline voulut dire quelque chose, n'importe quoi pour apaiser l'enfant. Mais avant qu'elle ne puisse souffler un mot, les yeux de John, déjà rouges d'avoir pleuré, s'emplirent de larmes.

Malgré ce que put lui dire Caroline et un suprême

effort pour garder son calme, John eut un seul sanglot avant de se reprendre et de mordre sa lèvre inférieure. Caroline en eut mal pour lui. Instinctivement, elle le prit par les épaules et le serra contre elle. Mais au lieu de réagir positivement à sa volonté de le consoler, il fit entendre un cri étouffé, la repoussa rudement et quitta la pièce en courant.

Elle comprit sa réaction. Rembrunie, elle écouta le bruit de ses pas dans les escaliers. Au lieu de retourner au lit, il s'était précipité en bas, probablement pour pleurer de tout son cœur sans réveiller David. Dans sa détresse, il avait besoin d'une compagnie, mais manifestement pas de celle de Caroline.

Serrant davantage sur elle son peignoir – elle portait, dessous, sa chemise de nuit, et des chaussons aux pieds –, elle avança sans bruit à travers le couloir plongé dans l'obscurité pour s'arrêter devant la porte de Daniel et hésita un instant. Etant donné les circonstances, elle aurait mieux fait de ne pas se déshabiller pour aller au lit, se dit-elle. Mais la robe qu'elle avait portée toute la journée était tachée de sang et sale, et elle aussi s'était sentie sale. Quand les hommes s'étaient retirés, elle s'était rapidement lavée à l'éponge dans le cellier dont, par nécessité, elle avait fait sa chambre. Après quoi elle avait souhaité mettre quelque chose de propre dans lequel elle se sentirait à l'aise et elle avait passé ses vêtements de nuit. Elle dormirait comme elle le pourrait sur une paillasse à côté de Matt.

Mais en dansant là d'un pied sur l'autre devant la porte de Daniel, elle songea que, tout comme ses frères, ce n'était pas un parent par le sang mais un étranger. Elle ne croyait pas vraiment qu'en la voyant en déshabillé il pouvait lui venir des pensées impures, mais...

Le dilemme fut résolu quand Daniel ouvrit soudain la porte. Ils restèrent un instant à se regarder, surpris. Dans l'obscurité du couloir, qu'éclairait seulement la faible lueur émanant de la chambre de Matt, Caroline avait aperçu qu'il dormait nu. Heureusement, il s'était drapé dans un édredon avant d'ouvrir la porte.

Comme s'il ne se rappelait pas très bien qui elle était, il cligna des yeux deux ou trois fois. Son regard se posa sur son corps puis remonta vivement au visage. Cette fois, il était tout à fait réveillé.

– Matt ? demanda-t-il brutalement, et Caroline fit non de la tête.

– C'est John, souffla-t-elle pour ne pas réveiller les autres. Il est en bas et il pleure. Il est venu voir son père et il a filé en courant. Il ne veut pas de mon réconfort, mais je crois que quelqu'un devrait aller le voir.

– Oui, dit Daniel qui se retourna et lui ferma la porte au nez.

Caroline, déjà trop habituée aux manières rudes des Mathieson pour en prendre offense, se dit qu'il avait l'intention de s'habiller et elle retourna dans la chambre de Matt. Effectivement, un instant plus tard elle entendait la porte de Daniel s'ouvrir de nouveau puis le bruit de ses pas, d'abord dans le couloir puis dans les escaliers.

Elle se sentit mieux en songeant que l'on s'occupait de John et ramena son attention vers Matt.

Il était couché sur le dos, les bras le long du corps, les mains crispées sur l'édredon que l'on avait soigneusement disposé autour de sa jambe brisée. Ses mains, larges, solides, durcies par le travail, la touchèrent par leur apparente vulnérabilité. Elles n'étaient pas faites pour le repos. Un feu, que l'on avait allumé, sur l'insistance de Caroline, dans une cheminée depuis longtemps inutilisée, dispensait une certaine tiédeur dans la chambre. Matt n'avait donc pas besoin que l'on recouvre ses bras, ses épaules et sa poitrine. Mais Caroline dut s'avouer son trouble à veiller cet homme, même s'il s'agissait de Matt. Les muscles qui saillaient sur ses bras, ses épaules larges, l'épaisse toison sur sa poitrine, ses bras et ses jambes velus la gênaient profondément quand elle y pensait. Elle se sentit plus mal à l'aise encore en songeant à ce que cachait l'édredon. Elle refoula fermement ces pensées. Matt était impotent, livré à ses soins, et le fait qu'il fût un homme particulièrement viril ne devait pas l'émouvoir. Elle ne le permettrait pas. Il s'était montré bon pour elle, à sa façon, et sans lui sa position dans la maison ne serait pas confortable. Pour cette raison sinon pour d'autres – qu'elle se refusait à envisager – il méritait tous ses soins et il les aurait. En outre, elle ne pouvait laisser mourir un homme que ses fils aimaient à ce point. Son cœur se brisait à la pensée de ces enfants privés de leur père.

Mais ce serait sans doute une formidable tâche que de lui sauver la vie, pour ne rien dire de sauver sa jambe. Elle voulait rester optimiste, mais Matt paraissait bien faible. Une barbe bleu-noir ombrait maintenant ses joues et sa mâchoire, soulignant plus encore la pâleur de sa peau. Détail inquiétant, il ne transpirait plus ; il avait la peau sèche et chaude.

Elle posa doucement ses doigts sur le front du malade, fronça les sourcils et retira sa main brûlante. Si la fièvre ne tombait pas rapidement, il allait falloir prendre des mesures plus énergiques, avec tous les risques que cela comportait.

Matt n'avait pas rouvert les yeux depuis que l'apothicaire avait remis sa jambe en place. Caroline n'aurait su dire s'il était inconscient ou profondément endormi sous l'effet de la drogue qu'elle lui administrait régulièrement. Sa respiration était courte et rapide, plus proche du halètement que d'une respiration normale. Les lèvres entrouvertes, et déjà craquelées sous la dessiccation, il paraissait lutter pour capter de l'air.

Caroline versa un peu d'eau dans une coupe, y plongea son linge et lui humecta les lèvres. Il parut ne pas le remarquer, respirant toujours aussi difficilement. Mais, alors que l'eau glissait sur sa langue, il l'avala et elle continua, encouragée. A ce stade, c'était un exploit que de l'empêcher de s'agiter, et de faire en sorte qu'il se sente le moins mal possible. Caroline ne pouvait qu'attendre que la fièvre monte, ou tombe.

– Comment est-il ? demanda Daniel depuis le seuil, faisant sursauter Caroline.

– Pas beaucoup de changement, répondit-elle, la voix rauque.

Daniel avait passé une culotte et une chemise, celle-ci déboutonnée, laissant voir une large surface de sa toison. Ses mollets et ses pieds étaient également nus. Dans la crachotante lueur de la chandelle, ses yeux brillèrent, fugitivement, quand son regard se posa sur elle. En une réaction instinctive, Caroline baissa les yeux et découvrit que son peignoir s'était ouvert jusqu'à la taille, dévoilant la batiste délicate de sa chemise de nuit en un grand V. Hâtivement, elle le referma et se sentit presque nauséeuse. Il lui fallut un effort pour vaincre sa répugnance sous ce regard, et un effort plus grand encore pour regarder l'homme de nouveau.

– John est retourné au lit. Il ne pleurait plus quand je suis allé le trouver. C'est un petit dur, John, dit Daniel, fixant son visage.

Si son regard s'était permis de descendre au-dessous du cou, instinctivement, il était clair que cela ne se reproduirait plus. Caroline se sentit un peu moins tendue. Daniel était un homme correct, se rappela-t-elle. Il n'avait rien voulu signifier par ce regard et ne représentait certainement aucune menace pour elle.

– John n'a pas plus de dix ans. Il ne devrait pas avoir à être un dur.

– Tout le monde, ici, doit être dur pour survivre – et John a neuf ans.

– Il est bien grand pour son âge. Mais maigre.

– Oui. Mais Matt était également ainsi quand il était petit. Comme nous tous. Je devais avoir dix ou onze ans la première fois que j'ai rencontré Elizabeth – j'ai six ans de moins que Matt – et je me souviens qu'elle a ri de moi en disant que je n'étais qu'un sac d'os.

C'était la première fois que Caroline entendait quelqu'un évoquer Elizabeth. Au ton de Daniel, le souvenir n'était pas des plus heureux.

– Vous n'aimiez pas Elizabeth, n'est-ce pas ? Et si vous me disiez pourquoi. Vous devez savoir que je ne me souviens guère d'elle.

Daniel devint soudain impénétrable. De toute évidence, il regrettait d'en avoir dit autant.

– Il faut demander à Matt, dit-il. Quand il sera guéri, je veux dire.

– Je ne voudrais pas faire revivre son chagrin en lui parlant d'elle.

Daniel se mit à rire, d'un rire amer.

– Je crois que vous n'avez rien à craindre.

– Voulez-vous dire qu'il n'a pas de chagrin ?

– Je ne veux rien dire du tout. Je vous le répète : demandez à Matt, dit Daniel qui se détourna brusquement, ajoutant : Si vous avez besoin de moi, appelez. J'ai le sommeil léger. Comme Matt, là encore.

Et il disparut dans le couloir vers sa chambre. Caroline, les sourcils froncés, écouta sa porte s'ouvrir et se refermer. Il s'était passé quelque chose, avec Elizabeth. Elle n'aurait de cesse qu'elle ne découvrît quoi.

Elle sentit plus qu'elle ne vit que Matt se réveillait. En se tournant, elle vit qu'il avait levé à demi la tête de son oreiller, le corps rigide, les yeux ouverts, le regard intensément bleu. Et une espèce de peur dans les profondeurs de ce regard qui fixait quelque chose derrière elle.

– Matt... commença-t-elle, se retournant instinctivement pour voir la cause de cette terreur.

Avant qu'elle puisse en dire davantage, il poussa un cri.

17

Il poussait des cris rauques, des cris de terreur, luttant désespérément pour échapper à ce qui, imaginait-il, le menaçait. Il frappait le matelas, ruait de sa jambe valide et s'agitait au point qu'il risquait de tomber du lit.

– Matt, arrêtez ! Vous allez vous blesser ! cria Caroline en se plaquant sur lui dans un effort pour l'empêcher de se faire mal. (Et elle cria :) Daniel ! Daniel, à l'aide !

Matt luttait maintenant avec elle, repoussant ses épaules, son dos, ses hanches pour tenter de se libérer, lançant des coups de tous côtés. Effrayée par sa force, Caroline tint tout de même bon, enserrant son cou de ses bras et sa jambe valide de ses jambes. Elle avait la tête au creux de l'épaule de Matt, essayant de se protéger le visage des coups qui risquaient de l'atteindre à tout instant. Il pourrait facilement lui faire mal – et malgré cela elle ne pouvait le lâcher et le laisser se blesser.

– Le feu ! Le feu ! lança-t-il d'une voix rauque, frappant de nouveau le matelas de ses poings frénétiques.

Dans son délire, il imaginait que le lit était en feu.

– Matt, tout va bien ! Il n'y a pas de feu ! Arrêtez, je vous en prie !

La voix de Caroline était étouffée par le creux de l'épaule de Matt. Elle respirait l'odeur âcre de son corps fiévreux, elle sentait sa peau brûlante, la douceur de la toison de sa poitrine sous son menton, la puissance de ses muscles durcis par le travail alors qu'il luttait contre la terreur qui le menaçait. Le seul poids de Caroline aurait été insuffisant pour le maintenir. Mais l'attelle à sa jambe et la terrible douleur que devaient lui causer ses mouvements incontrôlés permirent de le clouer sur le lit pendant les quelques instants précédant l'arrivée de Daniel.

– Que diable se passe-t-il... ? Matt, pour l'amour de Dieu ! Matt !

Tandis que Caroline se dégageait, Daniel se débattait contre son frère. Mais, seul, il ne pouvait lutter contre la force d'un Matt rendu fou. Heureusement arrivèrent Thomas et Robert, et les trois hommes parvinrent à maîtriser leur frère.

Il se débattait toujours quand Caroline versa dans sa gorge une bonne dose de la potion destinée à le faire dormir. Elle attendit là, tremblante, pendant ce qui lui parut une éternité, que la médecine fasse son effet. Il fallut les trois frères pour le clouer au lit. Finalement, ses efforts se firent plus faibles et il s'apaisa totalement. Ses frères ne le lâchèrent cependant qu'avec un luxe de précautions et demeurèrent près du lit à l'observer. On lisait sur leur visage qu'ils craignaient pour sa vie.

– Que lui avez-vous fait ? demanda Thomas, se tournant vers Caroline, ses yeux lançant des éclairs, et seulement alors Caroline se rendit compte qu'il était nu.

Elle recula, détourna vivement le regard. Il lui fallut un instant pour se justifier de l'accusation à peine voilée.

– Ce que je lui ai fait ! souffla-t-elle quand elle comprit enfin.

Elle s'apprêtait à lui répondre vertement quand Daniel intervint :

– Caroline ne lui a rien fait, bien sûr, dit-il. (Et puis il sembla découvrir la nudité de son frère pour la première fois et il ajouta :) Pour l'amour de Dieu, Thom, il y a une dame ! Couvre-toi !

Thomas se regarda et rougit en prenant conscience de son état. Il saisit un coin du couvre-lit que Robert avait drapé autour de sa taille, manquant de lui faire perdre l'équilibre. Robert trébucha et faillit tout lâcher. D'un geste rapide, il conserva sa part du couvre-lit, devint tout aussi rouge que Thomas et lança un coup d'œil furtif vers Caroline pour voir si elle avait remarqué quelque chose.

La colère de celle-ci s'était en partie dissipée en les regardant se pousser de l'épaule et du coude. Ce spectacle ainsi que le fait que Daniel venait de prendre sa défense lui firent ravaler les mots très durs qu'elle allait lancer à Thomas. La chambre où gisait Matt n'était pas un lieu pour une querelle, encore qu'elle l'oublierait rapidement si l'un d'entre eux osait de nouveau la moindre réflexion.

– Et si vous nous disiez ce qui s'est passé ? demanda Daniel, revenant à Caroline maintenant que son frère avait retrouvé sa décence.

– Je ne sais pas, lui répondit-elle sans se préoccuper des deux autres qui luttaient toujours pour la plus grande surface de couvre-lit. Quand vous l'avez quitté, il s'est réveillé. Il a regardé quelque chose derrière moi et il a eu l'air... effrayé. J'ai cherché, mais il n'y avait rien, du moins n'ai-je rien vu. Et puis il s'est mis à hurler et à se débattre et j'ai pensé qu'il allait se faire du mal. Je l'ai donc retenu jusqu'à ce que vous arriviez pour m'aider. Oh, et il semblait croire que le matelas brûlait. Il cognait dessus sans cesse et par deux fois il a crié : « Le feu ! »

Un silence s'abattit soudain sur les trois hommes qui l'écoutaient. Thomas et Robert cessèrent leur manège et les trois frères échangèrent un regard dont Caroline ne comprit pas le sens.

– De quoi s'agit-il ? demanda-t-elle vivement.

Ils se tournèrent vers elle, mais ne répondirent pas.

– Il faut me le dire. Si j'ignore tout de la cause de cette attitude, comment pourrai-je la prévenir la prochaine fois ?

Il y eut un nouvel échange de regards entre les trois frères, et Daniel se décida :

– Matt a été sévèrement brûlé, il y a plusieurs années. C'est ce qui a provoqué sa claudication et sa cicatrice au visage. Depuis, il a pour le feu une aversion qui se comprend. Il a toujours évité d'avoir du feu dans sa chambre et souhaite que les autres feux indispensables de la maison soient le plus légers possible. Vous aurez remarqué que jamais il n'en allume un lui-même, qu'il ne les entretient pas ni ne s'en approche beaucoup. Il a dû ouvrir les yeux et voir le feu dans la cheminée. Il était sonné et cette vision a fait resurgir le souvenir. On comprend sa panique. Le feu est pour lui une abomination.

– Pourquoi ne m'a-t-on pas prévenue ? demanda Caroline, tournant son regard vers la cheminée où les flammes dansaient joyeusement sur un amas de bûches.

Elle revint à Matt, plongé dans l'inconscience par sa drogue, du moins l'espérait-elle. Sa poitrine se soulevait, ses doigts s'y crispaient comme si, même dans son sommeil, il luttait pour échapper à sa terreur.

– Aucun d'entre nous n'y a pensé, je suppose, répondit Daniel. En outre, il a besoin de chaleur. Dans ces conditions, un feu dans sa chambre apparaissait comme une nécessité.

– On peut le dissimuler à sa vue, fit observer Caroline avec une certaine aigreur tout en allant tirer le pare-feu qui, à voir la poussière qui le couvrait, n'avait pas servi depuis longtemps.

Il était léger et elle put l'installer entre le lit et le foyer. Quand Daniel s'avança pour l'aider, elle en avait terminé.

– Y a-t-il autre chose qu'il me serait utile de savoir ? Quelque chose qui pourrait le bouleverser ?

– En dehors du feu, Matt ne craint que Dieu, et il est peu vraisemblable qu'Il vienne vous faire des ennuis, dit Daniel avec un léger sourire. Pourquoi ne pas aller vous coucher et nous laisser le veiller à tour de rôle ? S'il reprenait connaissance, vous ne seriez pas de taille à lui résister.

Caroline regarda Matt, immobile maintenant à part quelques occasionnels mouvements convulsifs des doigts. Le lit dans lequel il se trouvait était grand, mais il l'occupait presque en totalité, ses larges épaules couvrant la moitié du matelas et ses pieds arrivant jusqu'au bout. Sa peau paraissait très sombre contre le drap blanc. Même la barbe qui lui couvrait le menton et la cicatrice de sa joue contribuaient à cette beauté qui émanait de lui et à cette impression de virilité. Caroline savait, d'expérience, qu'elle aurait dû avoir terriblement peur de lui. Mais non. C'était un homme doux, certes pas accoutumé aux mots ou aux gestes aimables, mais un homme sur lequel on pouvait compter, elle le savait d'instinct. Déjà elle avait commencé à se sentir en sécurité dans cette maison, à y planter ses racines et à en faire son foyer.

Qu'aurait-elle fait s'il avait été du genre de ces hommes qu'elle avait fuis, en Angleterre ? La question la fit frissonner.

Avec tout ce qu'elle avait appris de sa mère, elle lui rendrait ce qu'il avait fait pour elle. Elle le tirerait de là, lui sauverait la vie, et la jambe si c'était possible. Elle leva les yeux et croisa le regard de Daniel.

– Il vaut mieux que je reste auprès de lui, du moins jusqu'à ce que la fièvre tombe. Si une crise se prépare, je le verrai aussitôt, tandis que vous et vos frères ne vous en rendrez peut-être pas compte.

– Une crise ? demanda Robert, les sourcils froncés.

– La fièvre devrait tomber bientôt, sans quoi il faudra la faire tomber.

– Et sinon ?

– Sinon il va mourir, répondit brutalement Caroline qui les vit blêmir.

– Est-ce qu'il faut rappeler Williams ? demanda Robert, s'adressant à Daniel.

– Je doute qu'il consente à venir, répondit Thomas avec un regard pour Caroline qui laissait peu de doute quant aux raisons de son scepticisme.

– Il ne ferait que le saigner de nouveau, car c'est le traitement courant contre la fièvre. Une nouvelle perte de sang tuerait votre frère aussi sûrement que la fièvre qui habite son corps, dit Caroline à Daniel.

– Vous avez une meilleure solution ? demanda Thomas, acerbe.

– Oui, j'en ai une.

– Eh bien, je vous en prie, dites-la.

La raillerie dans la voix de Thomas fit étinceler le regard de Caroline, mais l'enjeu était trop important pour qu'elle se permette de se mettre en colère. Elle ignora Thomas et se tourna de nouveau vers Daniel.

– S'il ne se met pas à transpirer seul, pour faire ainsi baisser sa fièvre, nous devrons le faire pour lui. Le meilleur moyen est de l'envelopper dans des draps mouillés d'eau froide.

– Et le faire mourir de cela plutôt que de la fièvre ! railla Thomas.

– C'est ridicule !

– Suffit, maintenant ! coupa Daniel, agacé. Nous savons tous que Williams n'est pas médecin. La question est : Caroline peut-elle faire mieux pour Matt ? (Il se tourna vers Caroline et lui demanda :) Le pouvez-vous ? Vous savez ce que représente notre frère pour nous.

– S'il meurt de ce que vous lui aurez fait, nous vous pendrons, menaça Thomas.

– Thomas ! lança Daniel. (Il revint à Caroline et demanda :) Alors ?

– Je ne puis vous assurer qu'il vivra, quoi qu'on fasse pour lui, répondit-elle doucement, voulant se montrer aussi honnête que possible devant la confiance de Daniel. Mais je suis certaine que ce que je ferai pour lui aura davantage de chances de succès que de faire revenir cet affreux bonhomme pour le saigner encore.

– M. Williams est un pieux membre de notre Eglise, fit observer Robert. Tandis que vous... nous ne savons rien de vous, sinon que vous êtes la sœur d'Elizabeth.

Ce qui, à son ton, était loin d'être un compliment. Les trois frères la regardèrent comme si cette déclaration méritait qu'on s'y arrête.

– Votre frère est le père de mes neveux, et il m'a donné un toit. Vous pouvez être certains que je ferai pour lui tout ce qui est en mon pouvoir.

Et c'était bien là un euphémisme. La réponse sèche de Caroline ne trahissait rien de la complexité de ses sentiments pour Matt. Certes, il l'exaspérait, mais sa force de caractère et la tendresse qu'elle savait cachée en lui l'attiraient comme la flamme attire le papillon. Son père avait été charmant, amusant, et il l'avait aimée autant qu'il était capable d'aimer quelqu'un, mais c'était elle qui avait été la plus forte des deux. Elle qui avait feint, au cours de ces dernières années, d'être heureuse de la vie qu'il lui faisait mener, alors même que de toute son âme elle appelait la respectabilité mais ne voulait pas froisser son amour-propre. C'était elle qui avait géré leur argent quand ils en débordaient, mettant prudemment de côté de quoi supporter les inévitables mauvaises passes qui allaient suivre. Quand les temps étaient difficiles, c'était elle qui avait marchandé avec les cochers et les aubergistes. Sur la fin, quand son père avait été si malade, c'était elle qui avait porté le fardeau de s'occuper de lui. Mais Matt était tellement différent de son insouciant et joyeux luron de père. Car malgré ses manières plutôt rudes, il avait fondé un foyer solide pour lui et sa famille dans ce Nouveau Monde si hostile. C'était lui qui maintenait la cohésion de ce groupe difficile, c'était vers lui que chacun se tournait instinctivement comme vers le chef de la famille. Ses fils et ses frères l'aimaient profondément, comme il le méritait. Elle brûlait de se plonger elle aussi dans la sécurité qu'il représentait, et elle l'admirait et le respectait. Cela, elle devait l'admettre.

Ils la regardèrent, Thomas et Robert d'un œil circonspect, Daniel plus songeur. Caroline tint bon, mâchoires serrées, tête haute. S'ils refusaient ses soins, elle n'y pourrait rien. Elle n'allait pas se jeter à leurs pieds pour tenter de sauver la vie de Matt. En outre, même si l'on faisait de nouveau appel à Williams et qu'il saignait encore Matt, peut-être celui-ci, avec sa constitution robuste, se refuserait-il à mourir.

Dieu fasse qu'il en soit ainsi !

Daniel, les sourcils froncés, les bras croisés sur la poitrine, allait dire à ses frères d'aller quérir M. Williams, elle en était persuadée. Elle retint son souffle, priant en silence. Ce qui était assez rare, car elle ne priait pas souvent ni facilement. Daniel lui fit un petit signe de tête assez sec et elle soupira.

– Nous vous confions Matt. Pour l'instant du moins. Si besoin est, ajouta-t-il en se tournant vers ses frères, nous pourrons toujours faire appel à Williams plus tard.

18

Vers le milieu de la matinée, il était clair que la crise était là. Matt gisait, toujours inconscient, marmottant, sa tête s'agitant sur l'oreiller, la peau brûlante. Sans cesse il repoussait l'édredon du pied et Caroline avait finalement renoncé à le lui remettre. Pour préserver sa pudeur, elle lui avait seulement drapé les hanches d'une serviette de lin. Mais, alors que les mouvements de Matt se faisaient plus frénétiques, la serviette le découvrit bientôt autant qu'elle le couvrait. A sa grande surprise et à son grand soulagement, Caroline constata que la répulsion qu'elle pensait ressentir à un tel spectacle ne se manifestait pas. Apparemment, elle comprenait d'instinct que Matt, malade et inconscient même de sa présence, ne représentait aucune menace.

Daniel avait envoyé John et David à l'école, malgré leurs protestations. Caroline fut heureuse qu'ils ne soient pas là quand Matt commença à haleter pour pouvoir respirer. Daniel et Thomas – celui-ci sans doute pour la tenir à l'œil, se dit-elle – se trouvaient déjà dans la pièce. On rappela Robert, qui était sorti couper du bois pour le feu. Caroline leur fut reconnaissante d'être restés là, tout près, malgré ses assurances qu'elle ferait appel à eux si besoin était. La crise était arrivée beaucoup plus vite qu'elle ne l'avait pensé.

– Il me faut des seaux d'eau, de l'eau la plus fraîche que vous trouverez. Vite ! leur lança-t-elle tout en essayant d'apaiser Matt.

Robert et Thomas se précipitèrent tandis que Daniel restait à ses côtés. Quand les deux frères revinrent avec quatre seaux d'eau glacée de la source, Caroline était prête. Avec l'aide de Daniel, elle plongea les draps dans l'eau pour bien les imbiber. Robert et Thomas soulevèrent et tournèrent Matt – tâche délicate avec son attelle à la jambe –, tandis que Daniel et elle l'enveloppaient dans les draps dégoulinants. Dès que le corps brûlant de Matt absorbait toute la fraîcheur du drap, un autre drap le remplaçait. Et, pendant tout ce temps, Matt continuait à gémir et à s'agiter.

Après un quart d'heure, la fièvre était toujours élevée. Il geignait, essayant de repousser Caroline et ses frères avec des gestes dérisoirement faibles, la peau si brûlante que Caroline se prit à désespérer.

– Ça ne marche pas ! constata Thomas entre ses dents, ses yeux bleus pleins d'animosité. Ça empire !

Caroline ne répondit pas et enveloppa Matt dans un nouveau drap. Que répondre ? Malgré tous ses efforts, ce que disait Thomas était exact. Après avoir aidé Robert à recoucher Matt sur le matelas, il se redressa.

– Je vais chercher M. Williams. Cette farce a assez duré, dit-il, défiant ses frères de l'en empêcher.

– D'accord, dit Daniel, inquiet. C'est peut-être préférable. Si c'est la saignée qu'il recommande, eh bien, nous essaierons la saignée.

Bien que son ton fût neutre, Caroline ressentit le reproche. Elle se sentait également frustrée et elle avait peur. Le corps de Matt était si brûlant que les draps tiédissaient avant même de l'envelopper suffisamment longtemps pour faire baisser la fièvre. Il fallait trouver un moyen de garder davantage l'eau fraîche sur le corps.

– L'abreuvoir ! lança Caroline, l'idée lui venant au moment où Thomas passait la porte. Nous allons le plonger dans l'abreuvoir !

Pour la première fois depuis des heures, lui sembla-t-il, elle se dressa, bien droite, la main au creux du dos pour soulager sa douleur. Thomas, qui s'était arrêté en l'entendant, revint pour la regarder. Tout comme Daniel et Robert, maintenant, mais il y avait dans leurs yeux plus de questions et moins d'aversion.

– Nous allons emplir l'abreuvoir d'eau de la source et l'y plonger ! C'est la solution, je le sais !

Matt gémit, s'agita. Tous les regards se tournèrent vers lui. Sa peau était écarlate sous la chaleur, ses lèvres parcheminées et crevassées. Son cas semblait désespéré. Même le moins perspicace ne pouvait s'y tromper.

– Pure folie ! s'exclama Thomas, écœuré, en se tournant pour repartir.

– Attendez ! Nous allons essayer, lança Daniel, l'arrêtant. Cela me paraît plus sensé qu'une nouvelle saignée.

– Ce qui me paraît évident, c'est que tu t'es entiché d'elle, lança Thomas, avec un geste du menton vers Caroline, l'air furieux.

– Mensonge ! se défendit Daniel dont les pommettes s'empourprèrent.

– Vraiment ?

– Sacré mensonge, même, et irresponsable ! Est-ce que j'irais mettre en danger la vie de Matt pour une quelconque femelle, même si j'avais le béguin pour elle, ce qui n'est pas le cas !

– Tu acceptes bien vite ses ordres !

– Assez ! tonna Robert, de la même voix de stentor que Matt, ce qui surprit Caroline.

Les autres aussi le regardèrent, étonnés.

– Allez-vous vous battre au lit de mort de Matt ? demanda-t-il, farouche. Et c'est bien ce que vous allez faire si vous ne cessez immédiatement. Allons, Thom, viens m'aider à remplir l'abreuvoir. Si ça ne marche pas, tu pourras aller chercher M. Williams. Tu sais aussi bien que moi qu'il ne vaut pas grand-chose comme médecin.

Tout en parlant, Robert s'approcha du lit. Thomas le regarda d'un œil mauvais tandis qu'on le poussait dans le couloir.

– Mais elle...

Le reste de ses paroles se perdit, ce qui était sans doute aussi bien, se dit Caroline. Car le « elle » la visait probablement et ce qui suivait ne devait pas être un compliment.

Lorsque Robert et Thomas revinrent un quart d'heure plus tard environ pour annoncer qu'ils en avaient terminé, Matt n'émettait plus le moindre son et ne bougeait même plus. Son souffle, rapide et superficiel, avait de quoi inquiéter et Caroline craignait de ne pas pouvoir le sauver. Daniel se pencha sur lui, l'encourageant par des mots rendus bourrus par l'émotion.

– Tiens bon, Matt. Pense à Davey et à John, et à nous tous, et tiens bon.

Caroline et Daniel avaient déjà prévu une civière de fortune, faite de couvertures, pour le transport du malade jusqu'à l'écurie, ce qui, avec les trois hommes, ne se révéla guère difficile. Mais quand ils y arrivèrent, Daniel et Thomas semblèrent hésiter à plonger Matt dans l'eau, comme indiqué par Caroline.

– Et sa jambe ? L'attelle et le pansement vont se mouiller, objecta Daniel, cachant d'autres pensées.

– Cela peut se changer. Plongez-le, s'il vous plaît !

Malgré leurs doutes, et même une grimace de la part de Thomas, les trois hommes descendirent tout doucement le corps inerte de Matt et ses couvertures dans l'abreuvoir, avec un soin tout particulier pour sa jambe. Il était trop grand, bien sûr. Sa jambe raide sous l'attelle sortait à l'une des extrémités tandis que l'autre pendait par-dessus, le pied traînant sur le sol. La tête et les épaules sortaient à l'autre extrémité. Thomas, derrière lui, soutenait sa tête ballottante tandis que Caroline, prenant de l'eau dans ses mains, lui baignait le cou et les épaules. Le torse, le bas du corps et les cuisses étaient presque entièrement sous l'eau. Caroline pria pour que cela suffise.

A l'exception de son attelle, Matt était complètement nu. L'eau claire ne dissimulait rien de son corps. Cette nudité ne la gênait cependant plus, malgré tout son désir de préserver sa pudeur, et les autres ne s'en souciaient guère non plus. Tous savaient qu'ils luttaient pour la vie de Matt.

Au début, la peau de celui-ci demeura terriblement brûlante et Caroline faillit désespérer. Puis, peu à peu, si lentement qu'elle crut d'abord à un effet de son imagination, la température de la peau commença à baisser. Finalement, elle posa une main sur le front du malade et ne le trouva que modérément chaud. Les muscles des épaules de Caroline se détendirent, et à cet instant seulement elle se rendit compte à quel point elle avait été crispée.

– Je crois que le pire est passé, dit-elle doucement, ses yeux passant de Daniel à Robert, puis à Thomas.

Ils lui retournèrent son regard un instant, Thomas les sourcils froncés, Robert songeur. Et Daniel éclata d'un large sourire.

– Bon sang, vous avez réussi ! Vous avez réussi, Caroline !

Avant qu'elle se rende compte de ce qu'il allait

faire, il la serra contre lui dans une étreinte de fer, la souleva et la fit tournoyer, plein d'exubérance. Caroline, surprise, le repoussait aux épaules pour se libérer. Cette étreinte contre le corps solide d'un homme faisait resurgir en elle l'ancienne répulsion familière ; son estomac se révulsait.

– Lâchez-moi ! hurla-t-elle, beaucoup plus fort qu'il n'était utile.

Daniel cessa immédiatement et la reposa. Caroline le repoussa, frissonnant de dégoût.

– Je suis désolé. Je ne voulais pas vous offenser, dit-il tranquillement, et Caroline sut que l'offense ne méritait pas une telle réaction, mais elle n'avait pu s'en empêcher.

Avec la meilleure volonté du monde, elle ne pouvait cacher sa répulsion.

– Ce n'est rien. Ramenons-le à la maison, parvint-elle à dire sans regarder aucun des trois hommes.

Le temps d'arriver à la chambre, ils étaient trempés de l'eau des couvertures. Après qu'on eut installé dans son lit un Matt toujours inconscient mais moins fiévreux, Daniel, Robert et Thomas se retirèrent pour aller changer de vêtements. Caroline, au bord du lit, ôtait les bandes mouillées retenant l'attelle pour en mettre des sèches. Un édredon, glissé sous la jambe blessée, empêchait le matelas de s'imbiber d'eau ; un autre couvrait Matt jusqu'aux épaules. Caroline était recrue de fatigue, n'ayant pas pris le moindre repos la nuit précédente. Quand elle en aurait terminé avec la jambe de Matt, elle irait faire un somme, se promit-elle.

Elle dodelinait de la tête alors qu'elle rejetait de côté les bandages humides qu'elle remplaçait par des secs. Elle faisait cela par morceaux, ce qui limitait les risques de déplacement de l'os. La jambe était toujours grotesquement enflée, et la plaie provoquée par le percement de l'os toujours ouverte et laide. A peine capable de se relever, elle alla chercher de la poudre de basilic qu'elle répandit sur la blessure avant de terminer de replacer le bandage. A l'instant où elle en finissait, nouant les extrémités de la bande sous le genou, elle entendit un bruit derrière elle et se retourna.

Surprise, elle découvrit M. Williams et, derrière lui, un homme grand, les cheveux aussi noirs que ceux de Matt, sobrement vêtu à la manière des puritains de la communauté, suivi d'une toute petite femme en bonnet blanc et robe grise de rude tissu local. Leurs yeux étaient fixés sur Matt, non sur elle, inquiets.

Derrière eux se tenait le pasteur.

19

– Alors on est en train de saboter mon bon travail, hein ? demanda M. Williams, courroucé, son double menton tremblant tandis qu'il traversait la pièce pour venir à côté de Caroline.

– Fille de Bélial, quel mal es-tu en train de faire ? lança le pasteur qui se glissa devant le couple pour suivre M. Williams. Mais vous ne tarderez pas à être châtiée de vos péchés. Comme tu le vois, James, c'est bien ce que je t'ai dit.

– Je suis la fille de Marcellus Wetherby et pas du tout de votre Bélial, dont j'ignore qui il peut être. Le bonjour, monsieur Miller, monsieur Williams, répondit Caroline, qui se leva pour leur adresser une petite révérence.

La prudence lui dictait de ne pas se montrer trop vive avec ces deux-là, mais elle ne put tout à fait cacher l'ironie de son ton. Les deux hommes lui portaient déjà une grande inimitié ; peu lui importait l'opinion de M. Williams, mais Daniel avait mis Matt en garde contre le danger qu'il y avait à se faire un ennemi du pasteur. Caroline serait fâchée d'apporter le trouble dans la famille simplement parce qu'elle n'aurait su tenir sa langue.

– Bélial est le diable, cracha le pasteur, scandalisé de son ignorance.

Avant qu'il puisse en dire davantage, Robert apparut dans le couloir, boutonnant sa chemise. Son air rembruni se dissipa alors qu'il saluait d'une claque vigoureuse sur l'épaule l'homme resté sur le seuil.

– Bonjour, James. Bonjour, Mary.

– Je rentre de Wethersfield et l'on m'annonce que Matt est à l'article de la mort. Pourquoi ne m'a-t-on pas fait appeler ? demanda James, d'un ton vif.

Maintenant qu'elle pouvait mieux le regarder, Caroline découvrait en lui un autre frère Mathieson. Il ressemblait beaucoup à Matt, bien qu'un peu plus petit et beaucoup plus mince. Mais les traits étaient les mêmes, tout comme le teint. James avait les yeux plus clairs, plus gris que bleus, et ses cheveux noirs, un peu moins frisés, avaient des reflets roux. Sans la cicatrice et la claudication de Matt, il aurait dû être plus séduisant que son frère, mais il n'en était rien, aux yeux de Caroline du moins.

– Eh bien, je suppose que nous n'y avons pas pensé. Nous avons été pas mal occupés, tu vois, répondit Daniel qui sortait de son lit. Bonjour, Mary, ajouta-t-il à l'adresse de la jeune femme qui lui sourit.

Caroline la reconnut alors : c'était la femme que Daniel et le capitaine Rowse avaient saluée alors qu'ils l'accompagnaient. La femme de James, de toute évidence.

– Mais sois certain que nous t'aurions avisé aussitôt s'il était mort, lança Robert à son frère en souriant.

Mary parut choquée. James fronça les sourcils.

– J'en déduis donc que Matt ne va pas mourir ? dit James, surpris, en jetant un regard en coin à M. Williams qui se hérissa.

– Peut-être pourrons-nous encore éviter cela si nous lui coupons la jambe, répondit-il tout en palpant la chair enflée et rougie de la cuisse de Matt au-dessus de l'attelle.

Il paraissait presque déçu de s'entendre dire que Matt n'allait pas mourir. Celui-ci gémit sous les manipulations de l'apothicaire et Caroline se dit que Williams devait lui provoquer une douleur considérable malgré son apparente inconscience.

– Il ne va pas mourir ni perdre sa jambe, dit fermement Caroline à James, luttant pour ne pas repousser l'apothicaire.

Elle avait reculé un peu pour leur adresser sa révérence et Williams en avait profité pour s'engouffrer jusqu'au chevet de Matt. Une erreur, sans doute, mais du moins l'apothicaire lâchait-il maintenant la jambe de Matt pour lui prendre le pouls, ce qui aurait l'avantage de ne pas être douloureux.

– C'est à Dieu qu'il appartient d'en décider, pas à vous, déclara M. Miller, plein de mépris et avec un reniflement dédaigneux.

Ce qui rappela à Caroline son aspect : des cheveux en désordre, qu'elle n'avait même pas eu le temps de brosser et qui descendaient jusqu'à la taille, noués en une tresse aussi épaisse qu'un poignet d'homme, noirs et brillants, mais qui ne pouvaient être portés ainsi dans la journée ni sous les yeux d'étrangers. Pis encore, elle avait passé ce matin la première robe qui lui était tombée sous la main. Suivant le regard du pasteur, elle la regarda vraiment pour la première fois depuis des mois. Le basin blanc avec ses rubans couleur cerise ne l'était plus guère : il avait jauni avec le temps et était maculé d'eau, de médecines, de terre et de Dieu savait quoi d'autre encore. En outre, elle était tristement froissée. Mais à voir le froncement de sourcils du ministre, c'était son corsage, elle en était convaincue, qui lui donnait cet air scandalisé. Un corsage trop ouvert pour le puritanisme local. Le décolleté ovale révélait à peine la naissance des seins, mais M. Miller y plongeait un regard aussi horrifié que si elle eût été nue. Vilain bonhomme, se dit Caroline.

– Au fait, connaissez-vous Caroline ? demanda Daniel à James et à Mary. C'est la toute dernière arrivée dans la famille.

– Heureuse de faire votre connaissance, fit Mary avec un sourire, et Caroline se dit qu'avec son visage rond, son air serein et ses yeux marron et doux, elle devait être bonne.

James, de son côté, la considéra avec méfiance et se borna à une brève inclination de la tête. Etait-il inné, chez les Mathieson, de se méfier des femmes ? se demanda Caroline en lui retournant son signe de tête avec une légère exaspération.

– Ainsi elle a déjà réussi à se faire accepter, hein ? commenta M. Miller. Je ne devrais pas m'en montrer surpris. Le malin est toujours rusé.

– Je ne suis pas le malin ! protesta Caroline avec un regard furieux pour le pasteur, et avant que l'un ou l'autre puisse en dire davantage, une voix les interrompit :

– Je ne me souviens pas de vous avoir invité chez moi, monsieur Miller.

La stupéfaction les cloua tous pendant un bref instant. Et Caroline se tourna. Cette voix, rauque et faible, était celle de Matt. Deux heures plus tôt à peine, ils luttaient pour le tirer du seuil de la mort. Et voilà qu'il était non seulement tout à fait vivant, mais encore parfaitement conscient. Ses yeux, ouverts, se fixaient sur le pasteur, leur bleu rendu plus sombre par l'antipathie.

– Matt ! crièrent-ils tous ensemble alors que Thomas arrivait dans la chambre.

– Je suis venu en ma qualité de représentant de Dieu pour t'aider à passer à la vie éternelle, répondit M. Miller, avançant vers le chevet, la piété de ses paroles démentie par le regard qu'il posa sur Matt.

– C'est tout à fait prématuré, dit celui-ci sans quitter le pasteur des yeux.

Caroline se rendit compte que même ces quelques mots le fatiguaient.

– Et c'est heureux, pour le salut de ton âme. Il te faut beaucoup te repentir avant de pouvoir pénétrer dans le Jardin des cieux, Ephraïm Mathieson ! Le fait que tu donnes asile à cette fille du serpent ne te rehausse en rien aux yeux de Dieu.

– Vous calomniez un membre de ma famille à vos risques et périls, monsieur Miller. Nous avons des lois contre cela, vous savez, dit Matt, la voix rendue plus dure par la colère. Et je voudrais que vous sachiez, comme chacun dans notre communauté, que Caroline *est* un membre de ma famille. Je ne tolérerai aucune offense contre elle.

Cette déclaration réchauffa le cœur de Caroline et elle adressa un rapide regard de gratitude à Matt, mais son attention allait toute au pasteur.

– Ainsi, un autre ange du puits sans fond t'a de nouveau séduit. Tu es un faible, Ephraïm Mathieson, une proie facile pour les serviteurs de Lucifer. Ton seul espoir de salut est de la rejeter, ainsi que ta faiblesse !

– C'est plutôt vous et vos balivernes que je vais rejeter. Entendez-moi et entendez-moi bien. Si vous renouvelez vos insinuations malveillantes contre Caroline, je vous traînerai devant les autorités pour avoir répandu de vils mensonges. La punition prévue est la flagellation publique, je vous le rappelle, monsieur Miller.

On aurait dit que le pasteur allait s'écrouler sous une attaque d'apoplexie. Son visage devint tout rouge, ses yeux saillirent.

– Tu oses pour la deuxième fois menacer un serviteur du Seigneur ! dit-il, soufflant profondément et se tournant vers James et Mary, les bras au ciel. Je crains que ton frère ne soit perdu pour nous, James. Mais il est inutile que vous le soyez aussi, ta chère épouse et toi, ni tes frères, ni tes pauvres neveux innocents. Je vous appelle tous à lui tourner le dos ainsi qu'à la tentatrice qui le dévoie, et à lui laisser supporter les légitimes afflictions qui frappent les méchants. Je...

James se raidit, mais Mary intervint. Avec un doux sourire, elle vint prendre le pasteur par la manche pour le tirer dans le couloir.

– Descendez donc et laissez-moi vous préparer une tasse de thé, dit-elle. Après quoi James et moi vous serions reconnaissants de bien vouloir prier avec nous pour le salut de tous ceux qui se trouvent sous ce toit, révérend Miller. Je suis convaincue que ni Caroline ni Matt ne peuvent être insensibles aux prières d'un aussi auguste disciple de l'Eglise que vous. Songez donc : peut-être avez-vous été élu par Dieu pour être l'instrument de leur salut ! Et vous connaissez Matt : il peut se montrer très irritable, mais il ne pense pas vraiment ce qu'il dit. Je vous en prie, n'en prenez pas offense.

A la surprise de Caroline, Mary réussit, avec ses bonnes paroles, à faire quitter la pièce à M. Miller. Sa voix s'estompa tandis qu'ils s'éloignaient dans le couloir et commençaient à descendre les escaliers.

– Ta femme est vraiment une sainte, James, dit Thomas à son frère, dans sa barbe.

– N'est-ce pas ? répondit James en s'approchant du lit de Matt avec un regard mécontent pour M. Williams à qui il demanda : Quelque chose qui ne va pas ?

– Je crains que ces énormes contusions et enflures n'annoncent un empoisonnement du sang. Je vous le répète, il faut couper la jambe.

– Je tue le premier qui essaie ! lança Matt, avec un regard féroce pour M. Williams.

– C'est cela ou la mort !

– Monsieur Williams, si vous vouliez bien descendre rejoindre ma femme et le révérend Miller pour une tasse de thé, je vais tâcher de raisonner mon peu raisonnable frère, dit James, posant la main sur le bras de l'apothicaire et l'éloignant du lit. Vous ne gagnerez rien à le mettre en colère, ajouta-t-il à voix plus basse.

M. Williams, boudeur, quitta la chambre et James revint vers le lit.

– Eh bien, Matt, je sais combien il doit être pénible d'envisager de perdre une jambe, mais si cela doit permettre de sauver ta vie... commença-t-il, d'un ton qui se voulait persuasif.

– Je ne perdrai pas ma jambe, coupa Matt, obstiné, et au son de sa voix on se rendait bien compte qu'il était épuisé.

Caroline s'avança, de l'autre côté du lit, fronçant les sourcils à l'intention de James. Mais ce fut Daniel qui parla :

– Après ce qui s'est passé aujourd'hui, j'ai la plus grande confiance dans les dons de guérisseuse de Caroline, et elle dit que l'amputation n'est pas indispensable. Je lui fais confiance, James.

– Elle l'a tiré d'une fièvre qui aurait dû normalement le tuer, ajouta Robert. Pas vrai, Thom ?

– Oui, concéda Thomas sans hésiter beaucoup.

L'aveu, bien que donné à contrecœur, n'en était pas moins un. Caroline jeta à Thomas un regard de surprise et de légère gratitude. Un peu plus tôt, au cours de cette journée, il s'était montré méfiant et hostile ; maintenant, il semblait qu'il fût au moins d'accord pour lui laisser une chance.

– C'est la sœur d'Elizabeth, n'est-ce pas ? demanda James, comme s'il voulait le leur rappeler.

– Sa demi-sœur, et il n'y a pas de mal à cela d'après ce que j'ai vu, corrigea fermement Daniel.

– Vous devez avoir la langue fourchue pour dire autant de bêtises ! déclara Matt, renfrogné, à ses frères qui se querellaient au-dessus de lui.

– Si vous voulez bien m'excuser, messieurs, je crois que votre frère se sentirait beaucoup mieux si vous alliez poursuivre vos discussions ailleurs. Il a besoin de repos, gronda Caroline en voyant le regard noir de Matt et la sueur qui perlait de son front et de sa lèvre supérieure.

James la regarda avec une surprise hautaine tandis que les autres, davantage habitués à ses éclats, approuvèrent d'un signe de tête.

– Vous avez raison, bien sûr, dit Daniel qui fit signe à ses frères de sortir.

Même James ne protesta pas, bien qu'il ne parût pas particulièrement ravi d'être chassé par une intruse comme Caroline. Mais, heureusement, il se souciait davantage de son frère que de manifester son indignation.

– Je ne perdrai pas ma jambe, déclara de nouveau Matt à Caroline quand elle revint près de lui avec, à la main, une nouvelle dose de son somnifère.

– Non, dit-elle, s'asseyant au bord du lit à côté de lui avant de glisser sa main sous la tête du malade pour le soulever et l'aider à boire.

– Je ne suis pas un bébé, protesta-t-il, avançant la main pour prendre le verre. (Mais il était trop faible et la main retomba.) Et qu'est-ce que vous voulez me faire avaler, après tout ? demanda-t-il, comme si Caroline était en quelque sorte responsable de sa faiblesse.

– C'est pour vous aider à vous reposer, dit-elle, portant le verre à la bouche de Matt dont les lèvres restèrent obstinément closes. Buvez !

– Je ne perdrai pas ma jambe ! répéta-t-il, farouche, détournant la tête, et Caroline comprit qu'il craignait qu'une fois endormi il ne puisse plus se défendre.

– Je vous assure, lui dit-elle doucement, que c'est inutile. Et vos frères vous portent trop d'affection pour vous laisser mutiler sans raison. N'ayez crainte, vous ne vous retrouverez pas amputé quand vous vous réveillerez.

– Vraiment ?

– Oui. Maintenant, buvez, je vous prie. Si vous ne vous reposez pas, je crains un retour de la fièvre, ce qui pourrait vous tuer. S'il vous plaît.

Une nouvelle fois, elle porta le verre à sa bouche. Leurs regards se croisèrent, celui de Matt d'un bleu intense, brûlant. De fait, Caroline craignait un retour de la fièvre, mais sa peau ne lui parut pas particulièrement chaude quand elle lui caressa la tempe du bout des doigts.

– Promettez-moi de ne pas les laisser me couper la jambe, demanda-t-il encore, et malgré sa faiblesse sa main réussit à agripper le poignet de Caroline.

La force qui demeurait dans ces longs doigts la surprit.

– Promis, dit-elle en se libérant doucement. (Elle n'aurait pas été assez forte pour le contraindre à lever la tête et pour le faire boire s'il avait refusé. Mais il se laissa aller, lentement.) Promis ! répéta-t-elle en portant le verre à ses lèvres et, après un long regard, il ouvrit enfin la bouche et avala le contenu du verre.

– Brave garçon, murmura Caroline machinalement.

Il but le médicament et frissonna sous son amertume. Quand elle se leva pour aller rincer le verre avec ce qu'il restait d'eau dans le broc et l'essuyer, il la suivit des yeux, les sourcils froncés, songeur.

– Je ne suis pas un petit garçon. Blessé ou non, dit-il tranquillement.

Surprise, Caroline se tourna vers lui. Et puis elle se souvint de ses paroles.

– Non, dit-elle, reposant le verre sur la table de nuit.

– Et malgré cela vous n'avez plus peur de moi.

Elle faillit lâcher la jatte qu'elle venait de vider dans la cuvette. Elle le regarda. Il l'observait intensément, comme si elle était une énigme qu'il était bien décidé à résoudre.

– Jamais je n'ai eu peur de vous, prétendit-elle, et ce demi-mensonge rendit ses mains maladroites.

Elle dut tenir fermement la jatte qui faillit lui glisser de nouveau des doigts.

– Oh, que si ! Ou du moins de mon contact.

A cela, Caroline ne trouva rien à répliquer. Soudain, elle se mit à ranger furieusement les fioles et les flacons de médicaments sur la table de nuit. Il ne dit rien, mais elle sentait qu'il l'observait toujours. Finalement, elle ne put plus le supporter. Elle se tourna vers lui, les bras croisés sur la poitrine, prête à se défendre. Mais il ne paraissait plus intéressé par la discussion. Ses paupières se fermaient sur des yeux dont le regard avait perdu son acuité. Soudain, il bâilla. Désarmée, Caroline se radoucit. Elle laissa retomber ses bras et s'approcha du lit pour arranger la couverture que l'examen de M. Williams avait déplacée.

– Ne me laissez pas, dit-il tout à coup, ouvrant les yeux, de sorte qu'en se penchant sur lui Caroline lut toute la force de son regard bleu.

Surprise, elle ne put répondre aussitôt. Elle comprit qu'il avait besoin d'elle. Son cœur, bien gardé, bondit, frissonna, et elle eut du mal, en dépit de toutes ses bonnes résolutions, à empêcher que ne s'effondrent les barrières soigneusement édifiées pour sa protection. En le regardant, elle ressentit une sorte d'épanouissement, comme les fleurs du printemps après un long et froid hiver.

– Je ne vous quitterai pas. N'ayez crainte, répondit-elle d'une voix dont la raucité la surprit.

Et puis, spontanément, elle lui sourit, d'un vrai sourire cette fois, pas le moins du monde timide. Mais Matt avait fermé les yeux et ne le vit pas.

Elle resta un moment à le regarder dormir, et ce qu'elle ressentait ne lui plaisait pas du tout. Comme s'il était de sa responsabilité de le sauver, ce qui n'était absolument pas le cas. Et puis elle se souvint des autres et de la discussion qui, sans aucun doute, devait faire rage dans la cuisine à cet instant même.

Elle tira une chaise près du lit et s'installa, sourcils froncés, lèvres pincées, bras croisés sur sa poitrine, le regard fixé sur la porte ouverte, si farouche que Millicent, qui venait de s'approcher de la chaise dans l'évidente intention de bondir sur ses genoux, renonça et préféra aller se glisser sous le lit où elle s'accroupit, ses yeux brillant d'un jaune aussi intense que ceux de sa maîtresse.

Ainsi prête à la lutte, Caroline attendit. Ils devraient lui passer sur le corps pour faire à Matt le moindre mal inutile !

20

– Caroline !

Caroline était parvenue au pied de l'escalier quand Matt la rappela en hurlant. Une semaine s'était écoulée depuis la bataille à propos de sa jambe, au cours de laquelle on avait persuadé James de se ranger aux côtés de ses frères et de Caroline contre le révérend Miller et M. Williams, repartis furieux. Caroline s'était retrouvée pleinement acceptée par sa nouvelle famille, du moins en ce qui concernait les corvées domestiques, mais ce n'en était pas moins presque une bénédiction. Matt était un malade grincheux et exigeant, et Caroline était épuisée de s'occuper de lui. Il ne lui plaisait pas du tout de se retrouver cloué au lit, et il voulait que Caroline soit à sa disposition à longueur de journée. Exaspérée, elle fit demi-tour.

– Caroline ! Je crois que je sens le pain qui brûle !

La voix de Daniel l'arrêta sur la première marche. Elle jeta un coup d'œil vers la cuisine et s'apprêta à répondre.

– Tante Caroline ! Est-ce qu'il reste du porridge ? brailla Davey, qui commençait à se faire à sa présence depuis quelques jours.

Parce qu'elle s'occupait de son père, parce qu'elle était gentille pour lui et John, ou pour sa cuisine,

Caroline n'aurait su le dire. Mais pour l'instant, c'était surtout sa cuisine qui l'intéressait.

– Vous voulez bien les raccommoder avant le culte de dimanche ?

La tête tournée vers la cuisine, Caroline ne découvrit Robert que lorsqu'il se trouva à deux marches au-dessus d'elle, tenant une culotte de laine grise avec un gros trou au genou.

Caroline jongla avec son plateau, prit la culotte et s'effaça machinalement pour le laisser passer.

– C'est une bénédiction que vous sachiez coudre. C'est ma meilleure culotte et je déteste avoir le genou à l'air pendant le culte. Le Seigneur le verrait, même s'il était le seul.

Robert se dirigea vers la cuisine où les autres étaient assis en train de manger. Caroline venait juste de monter à Matt son petit déjeuner et il avait refusé d'en avaler une bouchée parce qu'elle lui avait apporté du thé et non de la bière. En conséquence, son humeur n'était pas au beau fixe. Elle plissa le nez en une protestation silencieuse devant la culotte qui n'avait pas été lavée.

– Caroline ! Mais où diable êtes-vous donc ? Ramenez-moi ce plateau ! brailla de nouveau Matt.

– Le pain est en train de brûler. Aïe ! Ce que c'est chaud ! lança Daniel.

– J'ai encore faim ! gémit Davey.

Ouah ! Ouah ! ajouta Raleigh à ce chaos général. Raleigh ? Dans la maison ? Caroline voua Matt au diable et se hâta vers la cuisine d'où émanaient les aboiements. Que faisait ce fichu chien dans la maison ?

Elle passa la porte et jeta un rapide regard circulaire.

– *Ouille !* Dieu merci ! Caroline, le pain est en train de brûler et je me suis brûlé la main en essayant de le sortir ! annonça Daniel qui se suçait la main comme un gamin blessé.

– Tante Caroline, oncle Thom a mangé tout le porridge et j'ai encore faim ! cria Davey qui, assis avec John et Thomas à la table, paraissait abattu.

– Si tu te tais je t'en donnerai un peu du mien, dit John en poussant son bol vers lui.

– Je veux le mien !

– Je n'ai pas mangé tout le porridge ! se défendit Thomas, d'une voix presque aussi enfantine que celle de Davey.

– Et comment ! Regardez-moi ça, on ne peut trouver plus vide ! Et je n'en ai pas même eu une cuillère ! protesta Robert en regardant le fond de la marmite.

– Le pain... répéta Daniel avec des signes frénétiques de la main qu'il n'avait pas portée à sa bouche en direction du four de brique.

– Caroline ! lança Matt depuis l'étage.

Ouah !

– Où diable est ce chien ? demanda Caroline, posant bruyamment le plateau sur la chaise la plus proche et laissant tomber la culotte avant de se précipiter sur le four, d'empoigner un linge au passage et d'ouvrir la porte de fer juste à temps pour sauver une paire de pains légèrement roussis.

– Ils sont brûlés ! cria Davey.

– Tante Caroline va en refaire, dit Daniel pour le consoler.

– Je voudrais qu'elle refasse du porridge, grommela Robert.

– Tu n'avais qu'à descendre à l'heure, si tu en voulais, observa Thomas.

Ouah ! Ouah !

Caroline, cherchant d'un regard féroce un Raleigh qui paraissait ravi, à en juger par ses aboiements, perdit patience.

– *Où est ce chien ?*

Sans attendre de réponse, elle se précipita vers le cellier qui, faute de mieux, était devenu sa chambre. Encore qu'elle n'eût pas beaucoup le temps d'y dormir, bien sûr, avec Matt dont il fallait s'occuper et tout ce qui restait à faire dans la maison. Contre toute logique, c'était de là que semblaient émaner les aboiements. L'animal ne pouvait certainement pas se trouver dans cette pièce...

Elle ouvrit la porte et resta stupéfaite devant le spectacle. La porte donnant sur l'extérieur était ouverte ; les premières lueurs de l'aube éclairaient à peine assez pour laisser voir l'énorme forme de Raleigh couchée au milieu du lit gigogne qu'elle s'était dressé dans un coin. Les pattes de devant bien à plat sur le matelas, agitant furieusement la queue, il était en train de dévorer l'une de ses meilleures chaussures !

– Dehors ! Dehors ! Dehors ! hurla-t-elle, saisissant un balai qui se trouvait dans un coin. (Sa chaussure, de fin cuir noir avec un haut talon délicat, était déjà sévèrement mâchonnée.) Dehors, espèce de maudit chien. Qui a laissé cette porte ouverte ?

Raleigh, enchanté de ce nouveau jeu, bondit du lit alors qu'elle essayait de l'atteindre et se mit à courir autour de la pièce en aboyant follement. Millicent, blottie devant le feu de la cuisine, jeta un seul coup d'œil et fila vers les escaliers. Raleigh, qui l'aperçut, lui donna la chasse avec des aboiements assourdissants.

– Fichez-moi cet animal dehors ! cria Caroline, le balai menaçant, partant à la poursuite du chien, qui lui-même poursuivait Millicent.

Celle-ci, arrivée en haut des escaliers, se précipita par la seule porte ouverte, celle de la chambre de Matt. Raleigh suivit, les pattes griffant le parquet dans un dérapage.

– Qu'est-ce que... ? commença Matt, dont la protestation étouffée se termina par un cri.

– Dehors ! Dehors ! Dehors ! continuait Caroline qui passa la porte, brandissant son balai, au moment où Raleigh et ses cent et quelques livres sautaient sur le lit de Matt. Un trait noir et crachant jaillit du matelas et disparut sous le lit ; Caroline abattit le balai sur le chien qui sauta du lit à la poursuite du chat. Le balai frappa le matelas à la place du chien. Fort heureusement, elle rata Matt qui se couvrit la face pour échapper à cette furie vengeresse.

– Arrêtez tout de suite ! Caroline, ça suffit ! Couché, Raleigh ! Foutu chat !

– N'allez pas imputer cette... cette catastrophe à Millicent ! hurla Caroline qui essayait, à l'aide du balai, de déloger le chien de sous le lit où il s'était glissé pour poursuivre le chat.

Malheureusement, elle délogea également Millicent qui traversa la pièce, Raleigh à ses trousses. Caroline frappa du balai, sans beaucoup se soucier de voir sur quoi il tombait, parquet ou meubles. Un coup particulièrement appuyé frappa le lavabo, renversant la cuvette et le broc qui se brisèrent sur le sol. Hurlant sa fureur, Caroline réussit du moins à toucher le chien, et à se retrouver renversée sur le lit pour sa peine, quand l'énorme animal, avec un jappement de surprise, la heurta en bondissant vers la porte.

– Je vais tuer ce foutu chien ! haleta Caroline contre la poitrine de Matt.

Avec son balai, elle était tombée en travers du corps de celui-ci et il la retenait par le bras pour l'empêcher de se relever. La poitrine de Matt se soulevait et s'abaissait. Lui avait-elle fait mal ? Elle leva les yeux, inquiète, pour découvrir qu'il était en train de rire d'elle !

– Elle a frappé Raleigh !

– Ici, Raleigh ! Ici, mon chien ! Tante Caroline ne l'a pas fait exprès.

– Il ne fera pas de mal au chat... !

– Vous allez cesser de vous comporter comme si Raleigh était une espèce de bête sauvage ?

Tel un chœur antique, les cinq Mathieson, regroupés à la porte, lançaient leurs invectives et des regards réprobateurs à Caroline. Elle se raidit, tandis que la main de Matt se faisait plus ferme sur son bras.

– Je te déteste, tante Caroline ! Je te déteste !

Ce fut la goutte d'eau qui fit déborder le vase. Toute la matinée avait été une vraie catastrophe, et le jour n'était même pas encore complètement levé ! Elle s'était échinée à s'occuper de cette bande d'ingrats, à laver, à faire la cuisine, à coudre et à soigner, et pour quel résultat ? Une chaussure mâchonnée et Davey qui lui disait qu'il la détestait ! Elle sentit monter les larmes. Clignant frénétiquement des yeux, elle essaya de les refouler, mais elle craignit fort de se rendre ridicule devant tous ces hommes.

– Allons, lui souffla Matt à l'oreille. Davey, tu pourras présenter tes excuses à ta tante plus tard. Pour l'instant, il est grand temps que ton frère et toi partiez pour l'école. Tu sais bien que ta tante n'a pas fait de mal à Raleigh. D'ailleurs, il fait au moins sept livres de plus qu'elle ! Daniel, veille à ce qu'ils partent pour l'école, veux-tu ? Et fiche le camp toi-même, avec Rob et Thom par la même occasion.

– Mais, pa... !

Caroline pouvait sentir tous leurs regards sur elle, mais elle se refusa à lever les yeux. Pour cacher ses larmes, elle tourna la tête et se retrouva le visage contre la poitrine musclée et duveteuse de Matt. Elle retint un reniflement. Les mains de Matt étaient posées sur ses bras, mais il ne lui faisait pas mal.

– Filez maintenant, tous. Daniel, referme la porte.

Daniel avait dû sentir que quelque chose n'allait pas – de fait, avec Caroline en travers du corps de Matt, le visage caché, immobile, et Matt qui leur disait de les laisser seuls et de refermer la porte, il eût été difficile de penser autre chose. Sans commentaire, Daniel fit sortir ses frères et neveux de la chambre. Caroline se laissa aller et ses épaules s'affaissèrent quand elle entendit le bruit de la porte qui se fermait. L'étreinte des mains de Matt sur ses bras se fit plus douce, plus apaisante.

– Allez-y, pleurez si vous en avez envie. Avec moi, personne n'en saura rien, dit-il d'une voix douce et quelque peu taquine.

– Je ne pleure jamais, dit-elle, ses paroles étouffées et accompagnées d'un sanglot.

– Vous me l'avez déjà dit.

– J'ai cassé la cuvette et le broc.

– Ça se remplace.

– Et le pain a brûlé.

– Nous avons tous déjà mangé du pain brûlé. Ce n'est pas mauvais si l'on coupe les morceaux les plus touchés.

– Et je n'ai pas fait assez de porridge.

– Alors là, vous devriez avoir honte, dit-il, et elle put percevoir l'amusement dans son ton.

Il la taquinait, elle le savait, mais elle ne put s'en empêcher : malgré tous ses efforts, elle éclata en sanglots bruyants.

21

– Allons, allons. Je ne faisais que vous taquiner. Je voulais vous faire rire, pas pleurer !

Malgré les protestations de Matt et sa propre mortification, Caroline ne paraissait pouvoir endiguer ses pleurs. Elle sanglota, suffoqua et pleura jusqu'à ce que, sembla-t-il, ne lui reste plus la moindre larme dans le corps. Après quelques vaines tentatives, Matt renonça à essayer de la calmer par des plaisanteries. Il la prit dans ses bras et l'installa plus confortablement contre lui pendant qu'elle déversait tous ses chagrins refoulés depuis deux ans. Elle ne songea même pas qu'il était un homme, et nu sous la couverture. Dans l'explosion de sa peine, il n'était que Matt.

– Eh bien, c'est parfait, mon chou. Allez-y et pleurez.

Caroline, sous le murmure de Matt, se blottit davantage encore. Ses mains trouvèrent les épaules de l'homme, s'y accrochèrent comme si sa vie en dépendait. Ce qu'elle lui avait dit était exact : elle ne pleurait jamais. Elle n'en avait jamais vu l'utilité. Son père, malgré tout l'amour qu'elle lui avait porté, n'avait jamais montré beaucoup de patience devant les manifestations de la sensiblerie féminine, et même lorsqu'elle était enfant, Caroline avait appris à ne pas pleurer devant lui. Après la mort de sa mère, alors qu'elle avait douze ans, elle n'avait plus eu personne vers qui courir pour pleurer. Elle avait donc appris à garder ses larmes. Mais quelque chose, peut-être le fait qu'elle n'ait plus peur, ou la sécurité retrouvée, ou Dieu savait quoi, avait libéré les larmes accumulées depuis des années. Elle ne pouvait s'arrêter de pleurer.

C'était sans doute une bonne chose. Cependant, si elle avait pu en décider, elle serait allée pleurer n'importe où, sauf sur la poitrine de Matt. Mais elle n'y pouvait rien et elle pleura tout son soûl, jusqu'à ne plus avoir de larmes. Et puis elle pleura encore.

– Allons, mon chou, allons, lui dit Matt qui, manifestement, avait une certaine expérience des larmes.

Il lui tapotait le dos et elle ressentit la tiédeur de sa main même à travers la soie bleue de sa robe. Il dégagea les boucles brunes de son visage chaud et bouffi, lui murmura des mots apaisants et la laissa pleurer. Caroline se demanda vaguement d'où il tenait cette compétence puis elle se rendit compte, avec un sanglot et un hoquet, qu'il la traitait probablement comme Davey et ses cinq ans dans un pareil cas.

– Je ne suis pas Davey ! lança-t-elle, indignée, mais un sanglot étranglé rendit sa protestation dérisoire.

– J'en suis tout à fait conscient, vous pouvez me croire.

Il y avait dans sa réponse une certaine sécheresse qu'elle ne comprit pas. Après un nouveau hoquet, elle parvint enfin à maîtriser ses larmes. Elle resta encore un instant immobile, sans énergie. Peu à peu, sa pleine conscience revint et elle découvrit, horrifiée, qu'elle était étendue de tout son long contre lui, un bras autour de son cou, l'autre en travers de sa poitrine. Et l'oreille posée contre son cœur, dont elle percevait le battement régulier sous sa joue.

Ses seins, son ventre, ses cuisses étaient étroitement pressés contre la tiédeur du corps de Matt, nu jusqu'à la taille car la couverture avait glissé sur ses jambes. Elle pouvait sentir son odeur d'homme, goûter le sel de sa peau – celui de ses propres larmes, peut-être ? Un des bras de Matt était passé autour de sa taille, l'autre autour de ses épaules, la serrant contre lui tandis qu'il lui caressait les cheveux, la joue, le dos. Et malgré cela, elle ne ressentait aucune répulsion. Sa peau ne se hérissait pas, son estomac ne se soulevait pas, son corps ne frissonnait pas.

En fait, à part une certaine gêne, elle était heureuse de se trouver là.

– Je suppose que vous allez maintenant me considérer aussi comme une fontaine, lui dit-elle, alors que la toison de la poitrine de Matt lui chatouillait les lèvres.

Au-dessus d'elle, elle devina son sourire plus qu'elle ne le vit.

– Il y avait eu provocation, dit-il.

Cet honnête aveu lui fit lever la tête pour le regarder. Il souriait bien, comme elle le pensait, d'un sourire amusé qui donnait à ses yeux une chaleur irrésistible.

Caroline cligna des yeux, éblouie, puis se raidit aussitôt sous la peur ressentie en se rendant compte de ce qui lui arrivait. Seigneur, elle ressentait toute une confusion d'attirance, de sympathie et... et de désir. Pour Matt – pour un homme !

– Un instant. Il n'y a pas le feu, dit-il, ses bras se resserrant sur elle, une main venant caresser sa joue. Je ne veux pas vous faire de mal, vous savez. Inutile de me regarder comme si, tout d'un coup, j'étais devenu Oliver Cromwell.

– Je n'ai pas peur d'Oliver Cromwell. Ni de vous en fait, répliqua Caroline qui sentit sa résistance instinctive commencer à mollir.

Il y avait si longtemps qu'on ne l'avait pas tenue

ainsi, sans aucune menace, simplement pour la réconforter – depuis combien de temps ? Depuis la mort de sa mère ?

– Eh bien, dites-moi donc pourquoi vous m'avez subitement regardé ainsi ? Est-ce que des cornes ont poussé de chaque côté de ma tête ?

– Non, dit Caroline avec un petit sourire.

– Alors quoi ?

– Je voudrais que vous me lâchiez.

– Je vais le faire. En fait, si vous m'assurez que c'est bien ce que vous souhaitez, je le fais immédiatement.

– C'est bien ce que je souhaite.

– Menteuse.

Le mot était doux et elle perçut le sourire qui l'accompagnait. Elle ne le vit pas car, de peur qu'il ne puisse lire dans ses yeux combien il avait raison, elle avait baissé la tête. Mieux valait qu'elle se sorte de là, à l'instant même. Elle savait parfaitement qu'il la lâcherait. Matt Mathieson, elle en était convaincue, n'était pas homme à retenir une femme contre sa volonté.

Mais pour être tout à fait honnête, il lui fallait bien admettre qu'il ne la retenait pas contre sa volonté.

– Il faut que j'envoie les enfants à l'école.

Elle ne fit cependant pas le moindre mouvement. Appuyée contre lui, elle respirait son odeur, ressentait son goût, son contact. Il avait la poitrine bronzée et noircie par sa toison, des muscles qui se soulevaient et retombaient, se soulevaient et retombaient. Elle resta là, immobile contre cette poitrine, à regarder, fascinée, le jeu des muscles à chaque souffle.

– Daniel va s'en occuper. Ils réussissaient parfaitement à partir pour l'école avant votre arrivée, vous savez.

– Oui, répondit-elle distraitement, son attention

captivée par la pure beauté de cette poitrine d'homme sur laquelle elle reposait.

Jamais, dans ses rêves les plus fous, elle n'aurait cru trouver aussi enivrante la nudité d'un homme.

– Caroline.

Il s'était écoulé quelques instants de silence. La respiration de Matt se faisait plus profonde.

– Mmm ?

Il avait le ventre plat comme une planche et strié de muscles. Tout comme sa poitrine, une toison sombre le rendait plus rude et il ondoyait sous sa respiration.

– Vous devriez peut-être vous lever, après tout.

Quand elle eut compris, elle le regarda, surprise. Le sourire était toujours là, mais il y avait autre chose également dans la profondeur du bleu du regard, quelque chose qui brillait comme un feu. Et Caroline fut soudain frappée par le fait que ce qu'elle avait éprouvé, cette attirance soudaine, intense, avait été partagée. Lui aussi l'avait ressentie. On le lisait dans ses yeux, sans erreur possible cette fois. Elle avait assez vu de tels regards chez des hommes pour ne pas s'y tromper.

Mais cette fois, parce que l'homme qui la regardait *ainsi* était Matt, elle n'en ressentit aucun dégoût, pas même de la peur.

Parce qu'il était l'homme qu'il était, il ne fit rien d'autre que la regarder. En fait, son étreinte s'était faite délibérément plus lâche. Il la désirait, l'expression de son regard le disait assez clairement. Et cependant il était prêt à la laisser partir, il la pressait même de le faire.

Ce qui eut pour effet pervers de la faire rester où elle était. Peut-être se colla-t-elle même davantage à sa poitrine, s'arrangeant pour pouvoir le regarder, goûtant pleinement le spectacle de sa virilité et des effets sur son propre corps. Après Simon Denker, elle avait cru ne jamais pouvoir ressentir de nouveau quelque chose de semblable. Elle avait cru que cette partie d'elle-même destinée à réagir au contact d'un homme était morte à jamais.

– Caroline... répéta Matt dont le sourire paraissait contraint.

– Je vous l'ai dit, je n'ai pas peur de vous, répondit-elle, avançant doucement ses mains sur la poitrine de Matt pour y reposer le menton. (Elle sentit sous ses paumes la rugosité de sa toison. Sensation inattendue et agréable. Et elle ajouta :) Inutile d'essayer de me faire croire que vous me feriez du mal, Matt Mathieson. Je sais bien quel imposteur vous faites.

– Elizabeth est morte voilà près de deux ans. Avant cela, elle était malade, vraiment malade, depuis la naissance de Davey.

Pendant un instant, Caroline ne parvint pas à voir le rapport de cette déclaration avec leur situation. Et puis elle comprit ce qu'il voulait lui dire. Ses yeux s'ouvrirent tout grands et elle releva son menton.

– Est-ce que vous êtes en train de me dire que vous n'avez pas... qu'il n'y a pas eu... que vous... bafouilla-t-elle, ne parvenant pas à formuler la chose aussi clairement qu'elle la voyait dans son esprit.

Mais il parut comprendre.

– Je ne suis pas le genre d'homme à tromper mon épouse.

Caroline en eut le souffle coupé. L'idée qu'il n'avait pas connu de femme depuis plus de cinq ans était incroyablement excitante. Elle poussa un lent soupir.

– Vous comprenez ce que je vous dis ? demanda-t-il avec une certaine rudesse dans le ton.

Caroline hocha la tête tandis qu'elle regardait extasiée le visage de Matt qui rougissait. Ses seins se durcirent contre la poitrine de l'homme – et ce qu'elle ressentit la surprit. Ses yeux plongèrent simplement un long moment dans le regard de Matt.

– Caroline, si vous avez le moindre bon sens, vous allez quitter ce lit immédiatement, dit-il, se contraignant visiblement tandis que déjà ses mains la lâchaient pour aller se poser sur le matelas, le long de son corps, poings serrés.

Ses yeux rivés aux siens, les lèvres entrouvertes, Caroline sentit une chaleur envahir son corps comme jamais encore. Jamais elle n'aurait cru cela possible : elle prit peur et quitta le lit.

Elle sentait ses genoux trembler tandis qu'elle se redressait, lui tournant le dos pour qu'il ne puisse voir toute l'étendue de son trouble. Elle pouvait sentir son regard sur elle, entendre sa respiration rauque.

– J'ai du travail, si vous voulez bien m'excuser, dit-elle sans se retourner.

Et, après la décision la plus dure de sa vie, elle sortit de la pièce, bien droite, la tête haute.

Ce ne fut que lorsqu'elle se retrouva dans le calme de la cuisine qu'elle remarqua que ses mains, comme ses genoux, s'étaient mises à trembler d'une manière incoercible. Elle eut juste le temps d'arriver à une chaise pour s'asseoir.

22

– Caroline !

La voix puissante de Matt trahissait son agacement. Cela faisait au moins une demi-douzaine de fois qu'il l'appelait depuis que son estomac lui avait soufflé que l'heure du déjeuner était passée, et il n'avait obtenu aucune réponse. S'il n'avait été sûr, aux bruits des casseroles et à celui d'une bûche dans le feu de la cuisine, qu'elle était bien en bas, il serait sorti de son lit, plein d'inquiétude. Là, son agacement croissait de minute en minute.

– Caroline !

Il cria assez fort pour s'en irriter la gorge. Toussant, il jeta un regard furieux sur la porte ouverte, certain cette fois qu'elle allait apparaître. Il attendit, attendit, mais elle ne vint pas.

– Caroline !

Son estomac lui rappela de nouveau qu'il était plus de midi et qu'il n'avait rien mangé de la journée. Mais il n'y pouvait rien, sinon crier après elle et attendre, furieux, qu'elle réponde. Son impuissance attisait encore son irritation. Au diable cette femme, ce n'était pas parce qu'il avait un instant perdu la tête qu'elle devait le laisser mourir de faim ! Certes, il l'avait trouvée séduisante et avait commis l'erreur de le lui laisser voir ! Elle avait réagi, elle aussi – il n'était pas assez novice pour ne pas le reconnaître – et elle n'avait donc pas à se comporter comme s'il l'avait insultée par une réaction physique qu'il n'aurait pu dominer. S'il avait pu se maîtriser, elle pouvait être certaine qu'elle était la dernière femme au monde avec laquelle il se serait permis quoi que ce soit. Elle faisait partie de cette maison, elle était sa parente par le mariage et, en outre, une impertinente petite peste !

Le diable l'emporte ! Où était-elle ?

– Caroline !

Il se sentait aussi épouvanté qu'elle par ce qui avait subitement jailli entre eux. Depuis la conception de Davey, dans un instant de faiblesse inspiré par le diable, il avait délibérément tourné le dos aux désirs de la chair. Sachant bien que la luxure était son péché dominant, ainsi que la cause de la plupart de ses ennuis terrestres, il s'était juré de ne plus succomber à la tentation.

Et jusque-là il y était parvenu. Il ne lui avait pas été difficile de résister à Elizabeth. Depuis des années il ne l'aimait plus ; seule une honteuse attirance physique pour un corps de femme consentante, même *son* corps, l'avait entraîné dans le lit d'Elizabeth où il avait conçu ses fils. Après quoi, quand il s'était pleinement rendu compte dans quel abîme l'avait fait tomber sa sensualité, il en avait été écœuré.

– Caroline !

Mais devant Dieu et devant les hommes, Elizabeth avait été son épouse, ce qui l'avait empêché de coucher avec une autre femme. Depuis six ans, se dit-il, avec un choc. Six ans sans avoir eu un corps de femme à étreindre ! Son épouse était morte depuis deux ans, il devrait en chercher une autre et satisfaire son seul vice qui, ainsi, ne le tourmenterait plus.

Solution évidente, mais son esprit se rebellait à la

pensée de s'imposer une autre épouse. Son expérience du mariage suffisait pour en dissuader tout homme sensé.

– Caroline !

Cependant, jamais il n'avait eu l'intention de demeurer chaste pour le reste de ses jours. Peut-être, au cours de l'hiver, quand il serait remis et qu'il y aurait moins de travail à la ferme, irait-il jusqu'à Boston. Dans cette grande ville, on trouvait des femmes pour quelques pièces, et il pourrait apaiser l'ignominie de sa nature.

Après tout, il était de nouveau célibataire. Le péché ne serait pas bien grand.

Et ses frères et Caroline pourraient parfaitement veiller sur John et Davey.

Depuis six ans il se refusait ce plaisir. Caroline était belle et très, très féminine. Rien de surprenant qu'elle l'eût aussi fortement attiré.

Mais il était plus âgé maintenant, beaucoup plus âgé et plus sage que lorsqu'il avait épousé Elizabeth, quinze ans plus tôt. Il n'était alors qu'un gamin tout émoustillé, chez qui la sexualité l'emportait sur le bon sens. Maintenant, il était devenu un homme, qui savait parfaitement que toute action, bonne ou mauvaise, devait être payée à son prix. S'il laissait son corps dominer son esprit en ce qui concernait Caroline, cela lui coûterait une excellente cuisinière, une femme infatigable aux tâches ménagères, une infirmière habile et un substitut de mère pour ses fils. La seule autre façon de s'attacher une telle perle serait de l'épouser. Et c'était hors de question.

– Caroline !

Mais le démon de la luxure, maintenant que le temps et les circonstances avaient conspiré pour réveiller la bête assoupie, ne s'apaiserait pas, craignait-il, tant qu'il n'aurait pas été satisfait. Il lui faudrait se tenir les rênes serrées jusqu'à ce qu'il puisse se rendre à Boston pour régler cette question.

Le diable voulait que dans son état présent d'invalidité il ne puisse échapper à Caroline. Jusqu'à ce qu'il guérisse, elle demeurerait en contact étroit avec lui. Pour qu'il puisse conserver tout son bon sens, il lui fallait la convaincre, et se convaincre lui-même également, que ce qui s'était manifesté entre eux n'était que le résultat d'une trop grande proximité physique, et rien d'autre.

Il la désirait simplement parce qu'elle était une femme et certainement pas parce qu'elle était Caroline.

Si seulement elle voulait bien condescendre à venir jusqu'à lui, il le lui dirait. Et ainsi il chasserait complètement de son esprit la douceur de sa peau, qu'il avait trouvée telle qu'il l'avait imaginée : pareille aux pétales d'une rose blanche.

– *Caroline !*

Elle apparut à la porte, soudain, le visage figé, froid, évitant soigneusement de le regarder. Sa peau, fine et blanche, ne portait plus la moindre trace de larmes. Ses traits reflétaient le calme et ses lèvres closes une solide détermination. Ses cheveux de jais, que sa crise de larmes avait laissés en plein désordre, étaient brossés de frais et serrés en un épais chignon sur la nuque. Mais si, comme il semblait, elle s'était donné beaucoup de mal pour paraître tout à fait ordinaire, elle n'avait guère réussi. En dépit de ses cheveux tirés et de ses lèvres délibérément pincées, elle demeurait adorable. Malgré lui, Matt réagit physiquement à sa présence.

Le Seigneur soit remercié pour la protection offerte par la couverture qui empêchait Caroline de s'en rendre compte ! Matt sentit une rougeur coupable lui empourprer les joues.

– Il vous en a fallu du temps ! grommela-t-il, son

esprit davantage préoccupé par son souci et l'origine de celui-ci que par ses paroles.

Ce qui lui valut un regard noir. Tandis qu'il la dévorait des yeux, il lui sembla qu'elle avait changé de robe comme de coiffure depuis le matin. La soie bleue, qui lui avait paru si douce sous les doigts, avait été remplacée par une robe de serge vert foncé. Bien que légèrement trop grande, elle demeurait seyante, comme tous ses vêtements malgré l'exotisme de leur couleur ou de leur coupe. Mais il imaginait que cette robe-là serait plus rugueuse au toucher. C'était sans doute la raison pour laquelle elle l'avait choisie.

Pourtant, il n'était pas nécessaire qu'elle change de robe pour le tenir à l'écart. Il ne la retoucherait plus. Mais elle l'ignorait et il fallait le lui dire.

– Je ne suis ni une bête ni un enfant pour que l'on me crie après ! lui dit-elle, avec autant d'hostilité dans la voix que dans le regard, les doigts si crispés sur le bord du plateau que ses articulations en étaient blanches.

– Je ne vous criais pas après. Je voulais simplement que vous montiez !

– Eh bien, vous avez réussi, répliqua Caroline, glaciale, le dos bien droit.

Matt la suivit des yeux tandis qu'elle venait poser le plateau sur la table de nuit. Même furieuse, elle demeurait belle et désirable. Ainsi l'avait-il vue dès le premier jour, ainsi la voyait-il toujours, avec une douleur presque physique. Jusqu'à ce qu'il la tienne dans ses bras, douce, tiède et en larmes, il ne s'était pas rendu compte à quel point ses sens étaient bouleversés par son air de « feu couvant sous la glace ». Il l'avait désirée ce matin – Dieu du ciel, combien il l'avait désirée ! – et, à sa grande consternation, il découvrait qu'il la désirait toujours autant. Il gardait gravés dans son cerveau son contact, la forme de son corps, son parfum, la pression de ses seins sur sa poitrine, de ses jambes contre les siennes, de ses mains sur sa peau. Ce souvenir, qui l'assaillit, lui fit serrer les dents.

En la regardant poser bruyamment la jatte et le gobelet, Matt dut se faire violence pour chasser de son esprit ces honteuses pensées. Il lui fallait se répéter sans cesse, jusqu'à en convaincre son corps tout autant que son esprit, que n'importe quelle femme ferait l'affaire. Il n'était pas utile que ce fût Caroline...

– Soulevez-vous.

Il n'y était cependant pas encore parvenu quand Caroline se pencha sur lui et lui glissa dans le dos un deuxième puis un troisième oreiller. Il se sentit envahi par son parfum, un parfum d'épices et de femme qui lui fit un instant tourner la tête. Il en avait les reins douloureux ; les poings serrés dans un effort désespéré pour se défendre, il se refusa à respirer. Pas alors qu'elle était si proche. Il n'allait pas se laisser aller à commettre la même bévue une deuxième fois, surtout quand les intentions de Caroline à son égard étaient si clairement innocentes. Avec toute sa meilleure volonté, il ne pouvait imputer son entorse à la vertu aux pièges d'une Jézabel. On ne pouvait reprocher à Caroline quoi que ce fût dans ses rapports avec lui, depuis le début. C'était lui qui portait toute la responsabilité du péché.

A voir son regard tandis qu'elle remettait en forme l'oreiller de ses poings, il apparaissait manifeste qu'elle aurait préféré le bourrer lui-même de ses coups. Il semblait douteux – non, impossible – qu'elle veuille entendre un seul mot de ce qu'il avait à lui dire. Mais s'il ne pouvait se convaincre lui-même de l'innocence de ses sentiments envers elle, il était impératif de la convaincre, elle. La vie serait beaucoup plus simple si elle continuait à le traiter avec la même aisance qu'avant l'idiotie de ce matin.

Conscient qu'il commettait probablement une erreur en la touchant, et conscient aussi que s'il ne saisissait pas l'occasion de s'assurer de son attention elle allait probablement poser le plateau sur ses genoux et filer de la chambre pour ne pas y revenir avant le soir, il lui prit le poignet.

Un instant, elle se débattit, furieuse, pour se libérer, mais il ne la lâcha pas. Les yeux de Caroline étaient aussi jaunes que ceux de son maudit chat.

– Lâchez-moi.

– Caroline...

– Je vous ai dit de me lâcher !

– Voulez-vous m'écouter, s'il vous plaît ? dit-il, ses mots se bousculant de désespoir. Ce qui s'est passé ce matin n'était pas plus ma faute que la vôtre. Ce... ce que nous avons ressenti... n'était nullement prémédité, c'était plutôt un désir naturel, et réciproque, entre un homme et une femme.

Sa tentative de l'apaiser rata manifestement son objectif, et de beaucoup. Ses yeux lançaient des éclairs ; elle tira de nouveau pour se libérer.

– Vous désirer... moi ? Je vous assure que je... que je ne... que jamais je n'ai eu une telle pensée, dit-elle, la voix tremblante sous l'outrage.

– Puisque vous le prenez ainsi, convint-il, ne voulant pas attiser encore sa colère, je ne dirai pas le contraire.

– C'est vous qui... qui...

Elle tira encore pour libérer son poignet. Matt serra davantage. Le visage de Caroline était empourpré de colère, son regard furieux. Ses sourcils noirs, soyeux et rectilignes, formaient maintenant un V au-dessus de l'arête du nez. Tandis qu'elle protestait, il pouvait voir ses dents blanches et régulières, et sa langue, du rose profond des framboises. Il se sentit envahi par une bouffée de chaleur en songeant à son goût. Il s'agita, mal à l'aise, et détourna son regard de la bouche de Caroline.

– Vous désirer ? reprit-il, se disant que la seule défense sur laquelle il pouvait compter était la sincérité. Oui, je l'admets. Pourquoi pas ? Vous êtes belle, et faite comme Dieu a souhaité que fussent faites les femmes. Quand vous vous êtes jetée sur mon lit...

– Je n'en ai rien fait ! coupa-t-elle, toujours aussi furieuse. C'est votre monstre de chien qui m'a renversée !

– D'accord. Quand Raleigh vous a renversée sur mon lit et que vous vous êtes mise à pleurer...

– Je ne pleure jamais !

– Voulez-vous, s'il vous plaît, cesser de m'interrompre ? Quand, pour quelque raison, vous vous êtes retrouvée dans mes bras, il était tout naturel...

– Si vous le dites encore... commença Caroline, immobile, soudain. Je vous frapperai. Je jure que je vous frapperai !

– Que je redise quoi ?

– Que ce qui s'est passé entre nous était « naturel » ! dit-elle, et il y avait du dégoût dans son ton.

– Mais ça l'était !

– Non ! C'était honteux, et répugnant, et...

– Assez, Caroline ! coupa-t-il d'une voix telle qu'elle s'arrêta à l'instant où il craignait qu'elle ne tourne à l'hystérie.

Elle tenta encore de se libérer, mais sans succès car il resserra son étreinte. Consterné, il la vit grimacer ; il ne s'était pas rendu compte qu'il serrait si fort. Aussitôt, il relâcha un peu sa prise, mais pas assez pour lui permettre de se libérer. Il ne voulait pas lui faire de mal, mais il le pourrait si facilement tant le poignet de la jeune femme était fragile. Il lui vint à l'esprit que, pour être aussi grande, elle était très finement bâtie. Même la peau de son poignet avait la douceur de la soie.

De nouveau, cette bouffée de chaleur l'envahit, à un point tel qu'il faillit la lâcher. Mais ses yeux se plissèrent, il serra les dents et tint bon. Si jamais la paix devait régner entre eux, il fallait régler cela une fois pour toutes. S'il la lâchait, il savait qu'elle s'enfuirait.

Il essaya de l'apaiser avec le calme de la raison.

– Que s'est-il passé exactement entre nous ce matin ? Rien, sauf que vous avez découvert que j'étais un homme tout à fait normal et que vous n'aviez pas autant horreur des hommes que vous l'aviez cru.

– *Si*, j'ai horreur des hommes ! Je déteste les hommes – et vous tout particulièrement ! répliqua-t-elle, tirant de nouveau sur son poignet.

– Voulez-vous, s'il vous plaît, rester un peu tranquille et écouter ? dit-il, et, exaspéré par son incapacité à se montrer raisonnable, il serra davantage son poignet sans s'en rendre compte.

Elle poussa un cri. Fâché contre lui-même, il la lâcha. Aussitôt elle se dégagea et se mit hors d'atteinte.

– Je suis désolé, je ne voulais pas vous faire de mal, s'excusa-t-il, plus irrité contre lui-même que contre elle.

– Les hommes sont tous les mêmes. Des bêtes mauvaises, violentes...

– C'était un accident.

– Je vous souhaite de perdre vos jambes ! Je souhaite que vous ne puissiez plus jamais marcher, répliqua-t-elle d'une voix aiguë, presque hystérique.

Matt comprit qu'au lieu d'arranger les choses, sa tentative de la raisonner n'avait fait que les rendre pires encore. Il aurait mieux fait de se taire et de la laisser avec sa fureur. Mais, bien sûr, il s'en rendait compte trop tard.

– Caroline ! Caroline, écoutez ! Je...

– Je vous souhaite de mourir de faim, coupa-t-elle

avant de quitter la pièce dans un ample mouvement de jupes.

– Revenez ici ! hurla Matt, à la fois furieux et anxieux après ce qu'il avait lu sur le visage de Caroline.

Mais elle n'en fit rien, évidemment. Il demeura planté là avec sa fureur et sa crainte, tandis que l'odeur appétissante du ragoût de venaison venait lui chatouiller les narines.

23

– Bonjour, madame Wetherby. J'espère que nous ne vous dérangeons pas ?

Caroline, à genoux, frottait furieusement avec du sable les pierres désespérément noires du foyer. La veille, jour du sabbat, seules les tâches essentielles avaient été permises. Aussi avait-elle pris du retard et s'employait-elle à le rattraper. La voix douce la fit sursauter, au point qu'elle heurta le seau posé à côté d'elle, dont l'eau sale vint éclabousser sa jupe.

– Oh, je vous ai fait sursauter. Je suis navrée ! dit Mary.

Elle se tenait sur le pas de la porte et faisait le tour de la cuisine du regard. Elle portait, sur sa hanche, un bébé gazouillant, et derrière elle se profilaient deux autres femmes, aussi jeunes que Mary mais presque maigres, alors que Mary était plutôt pulpeuse. L'une et l'autre tenaient un plat recouvert d'un linge.

– C'est sans importance. Entrez, je vous prie, dit Caroline en se relevant.

Elle passa sa main sur sa jupe mouillée et adressa à ses visiteuses un sourire un peu las. Elle s'était prise de sympathie pour Mary le jour de la visite du pasteur, quand elle s'était débarrassée avec beaucoup de tact de MM. Miller et Williams, sans cesser de se montrer polie et agréable avec elle. Mais si le sourire de Mary était avenant et le bébé adorable, les deux autres femmes semblaient plutôt méfiantes.

– Je vous présente Hannah Forrester et sa sœur Patience Smith. Et voici Hope, dit Mary, faisant sauter le bébé.

– Bonjour, Hope.

L'heureuse innocence de l'enfant aux yeux grands ouverts eut pour effet de renverser les barrières que Caroline dressait d'ordinaire quand elle rencontrait des inconnus, et elle leur sourit. Sa réaction à l'égard des deux autres femmes fut plus réservée. Tout comme Mary, elles étaient vêtues avec la sobriété de règle chez les puritains. La sœur aînée, Hannah, était jolie avec sa peau pâle et lisse, ses cheveux blonds simplement coiffés et ses yeux noisette auxquels le bleu foncé de sa robe donnait des reflets verts. Patience ressemblait à sa sœur bien que ses traits fussent un peu moins délicats et ses yeux bleus. A la différence d'Hannah, occupée à détailler Caroline, Patience paraissait timide. Caroline la préféra immédiatement à sa sœur.

– Très heureuse, madame Forrester, madame Smith.

– Mme *veuve* Forrester, malheureusement, précisa Hannah. Très heureuse, madame Wetherby.

– Elles ont apporté une tarte aux pommes pour Matt, l'informa Mary.

– Deux, en fait, dit Patience avec un sourire. Avec tous ces hommes et leur solide appétit, une seule tarte ne ferait pas long feu, n'est-ce pas ?

– Et M. Matt Mathieson aime tout particulièrement la tarte aux pommes, annonça Hannah du ton d'une femme qui sait parfaitement de quoi elle parle.

– Comme c'est gentil à vous, dit Caroline qui, malgré tous ses efforts, ne parvint pas à cacher une certaine froideur dans la voix. Voulez-vous les poser sur la table ? Les hommes ne manqueront certainement pas de les apprécier, j'en suis sûre.

Les femmes posèrent les tartes qui, Caroline dut l'admettre, dégageaient un parfum savoureux.

– Je crois que je vais faire un saut en haut pour dire bonjour à M. Mathieson pendant que je suis ici, dit Hannah avec un grand sourire à l'adresse des trois autres femmes.

– Mais, Hannah, crois-tu que ce soit bien convenable ? demanda Patience avec un froncement de sourcils.

– Mais oui. Je suis tout à fait convaincue que c'est mon devoir de chrétienne. Il doit brûler d'avoir un peu de compagnie, répondit Hannah tout en traversant la cuisine pour gagner les escaliers.

Patience regarda Caroline et Mary d'un air résigné puis murmura, suivant sa sœur :

– Je vais peut-être monter avec elle.

– Comme c'est gentil à vous d'être venue, dit Caroline, restée seule avec Mary et se sentant dans l'obligation de faire la conversation sans toutefois savoir quoi dire.

Au cours de sa vie, jamais elle n'avait eu l'occasion de se faire des amies. En outre, son attention était pour l'instant tout entière braquée sur ce qui se passait à l'étage. Daniel avait dit de la veuve Forrester qu'elle avait jeté son dévolu sur Matt, et Caroline s'en souvenait parfaitement. Elle se sentit envahie d'un désagréable sentiment mais décida résolument de l'ignorer pour se tourner vers l'enfant que Mary berçait sur sa hanche.

– Elle est délicieuse.

– N'est-ce pas ? dit Mary, souriante, tout en chatouillant la joue du bébé dont le visage rond s'éclaira d'un grand sourire édenté. J'espère que cela ne vous gêne pas que je sois venue avec Patience et Hannah. Ce sont de chères et grandes amies de la famille. En outre, je me suis dit que la compagnie d'autres femmes vous manquait peut-être. Vous n'êtes pas allée en ville depuis votre arrivée, je crois ?

– J'ai connu une période quelque peu agitée, ici, expliqua Caroline, et sa réponse lui parut plus qu'un euphémisme.

Elle se demanda si cette visite était agréable à Matt et invita Mary à s'asseoir.

– Je n'en doute pas, dit Mary avec un rire auquel le bébé fit écho.

Mary n'avait aucune mauvaise intention, Caroline en était convaincue. Elle s'assit en face de son hôte et s'efforça d'afficher un sourire. Mais tout en offrant à Mary une tasse de thé, elle ne pouvait détacher son esprit de la scène de tendres retrouvailles qui pouvait – ou pas – se dérouler dans la chambre de Matt à cet instant même. La veuve Forrester était très jolie et, d'après ce qu'en avait pu voir Caroline, pas du genre à se décourager facilement. A condition que Matt ait le moins du monde la volonté de la décourager, bien sûr. Peut-être son intention affichée de ne pas se remarier n'était-elle qu'un masque pour dissimuler ses véritables sentiments.

Mary avala une gorgée de thé et arbora un grand sourire.

– Je suis heureuse que ce soit vous et pas moi qui doive s'occuper d'un Matt cloué au lit. J'ai toujours nourri pour le frère aîné de James une sainte frayeur, je dois dire, et la pensée d'avoir affaire à lui alors qu'il était cloué sur son lit de douleur m'inquiétait.

– Ce n'est pas un malade facile, confirma Caroline, tout en écoutant le murmure des voix que l'on percevait à peine, à l'étage.

Elle eut bien du mal à cesser d'essayer de comprendre ce qui se disait et à revenir à Mary.

– Peut-être Hannah va-t-elle s'en rendre compte et renoncer à son idée de faire de Matt son second mari. Je lui ai bien dit que, selon moi, il n'était pas du meilleur bois pour cela, mais elle est tellement séduite par son physique qu'elle en est aveuglée. Je la comprends, bien sûr, car il ressemble tellement à mon cher James qui est l'homme le plus séduisant que l'on puisse imaginer, mais... je crains que ne puissent s'effacer en lui les peines de son mariage.

– Quelles peines ? demanda Caroline qui n'eut plus aucun mal à s'intéresser à ce que lui racontait Mary.

– Il n'a rien à faire d'une femme, voyez-vous. Son union a été un vrai désastre. Oh, mais son épouse était votre sœur, non ? Excusez-moi, je ne dois donc pas en dire plus.

– Si, je vous en prie, insista Caroline, se penchant davantage vers Mary pour la convaincre et oubliant provisoirement ce qui se déroulait au-dessus d'elle. J'avais déjà compris qu'il s'était passé quelque chose ici. Il serait tellement plus facile pour moi de savoir quoi. Ne me le direz-vous pas ? Je vous assure que cela me rendrait grand service.

Mary parut troublée. Hope s'agita et se mit à ruer pour descendre, distrayant un instant son attention. Elle posa l'enfant par terre à ses pieds, tira de la poche de son tablier une poupée de chiffon et l'offrit au bébé. Très vite, Hope la porta à sa bouche et se mit à mâchonner joyeusement le jouet.

– Vous pouvez être certaine que vous allez l'entendre de la bouche de quelqu'un, et il se pourrait bien que cela soit déformé, dit enfin Mary avec un regard plein de franchise. Ce n'est pas que je n'aimais pas Elizabeth, comprenez-moi bien – en fait je n'ai guère eu l'occasion de bien la connaître –, mais c'était une... personne difficile. Si je dois vous en parler, ajouta-t-elle après une hésitation, il me faut vous dire la vérité. Vous ne vous en offenserez pas ?

– Bien au contraire, je vous serai reconnaissante de votre franchise.

– Très bien. J'ai seulement fait la connaissance de votre sœur après son arrivée et elle était plus âgée que moi. Mon premier sentiment fut donc celui d'une jeune fille à l'égard d'une femme mariée. Jamais elle ne fut très populaire parmi la communauté, et elle se repliait beaucoup sur elle-même, ce qui, je crois, fut la cause de la plupart des rumeurs la concernant. Ce n'est que lorsque j'ai épousé James que je me suis aperçue que ces rumeurs étaient fondées sur une réalité.

Mary se tut, son regard troublé quand il croisa celui de Caroline.

– Quelles rumeurs ? demanda celle-ci.

– Qu'elle était une disciple de l'Homme noir.

– L'Homme noir ? Qu'est-ce que c'est ou qui est-ce ?

– Vous ne connaissez pas l'Homme noir ? demanda Mary, quelque peu scandalisée. C'est le diable, bien sûr. On disait, en ville, que la femme Mathieson avait passé un pacte avec lui. Au cours des dernières années, après la naissance de Davey, on la vit, débraillée et échevelée, errant dans les bois en murmurant, à toute heure du jour et de la nuit. Sur la fin, Matt dut la tenir bouclée dans sa chambre. Il craignait qu'elle n'attente à sa vie, ce qu'elle finit par faire.

– Quoi ? fit Caroline qui avait du mal à croire ce qu'elle entendait.

– Ô mon Dieu. Vous l'ignoriez. Si je m'en étais le moins du monde doutée...

– On m'a seulement dit qu'elle s'était noyée, dit Caroline d'une voix calme. Je vous en prie, dites-moi la vérité. Je... il faut que je sache.

– Il est exact qu'elle s'est noyée, mais... commença Mary, troublée. Peut-être ne devrais-je pas vous raconter tout cela. Puisqu'elle était votre sœur, vous avez dû beaucoup l'aimer. Je crains de vous causer bien du chagrin.

– Nous étions sœurs, demi-sœurs, en fait, mais je ne l'avais pas revue depuis quinze ans, et nous n'avions pas grandi ensemble. Je la voyais peut-être deux fois par an jusqu'à ce qu'elle quitte l'Angleterre. Je l'aimais telle que je me souvenais d'elle, bien sûr, mais je ne la connaissais guère mieux qu'une étrangère. Je pourrai tout à fait supporter ce que vous me direz. Et si je dois m'installer ici comme chez moi, cela m'aidera de savoir.

– Oui, dit Mary, paraissant accepter mais hésitant toujours. (Elle poursuivit tout de même, comme à regret :) D'après ce que James m'en a dit, je crois qu'elle se prenait pour une sorcière. Ce n'était pas le cas, évidemment, sans quoi elle n'aurait pas fini aussi misérablement. Car, bien sûr, tout le monde sait que les sorcières flottent. En fait, elle était folle. Elle... oh, je ne peux pas vous le dire !

– Je vous en prie !

Mary rougit et baissa le regard sur le bébé qui jouait sur le sol, tout heureux. Quand ses yeux marron revinrent sur Caroline, celle-ci y lut de la gêne mais aussi de la détermination.

– Elle courait après... les hommes. N'importe quel homme. Tous les hommes. Elle était insatiable, m'a-t-on dit. James... elle a essayé de séduire James, ce qui l'a conduit à quitter cette maison et, plus tard, à m'épouser. Et Daniel aussi, je crois. Il était parti quand... quand elle est morte, et il n'aurait pas laissé Matt sans une bonne raison. Tous les frères sont très dévoués à Matt, vous savez. Je ne serais pas surprise qu'elle ait essayé ses artifices sur eux. Elle en a sans aucun doute joué sur plus d'un en ville, jusqu'à ce que Matt la tienne bouclée. Voyez-vous, il y avait naguère une serrure à l'extérieur de la porte de la chambre où couche maintenant Matt. C'était la chambre d'Elizabeth, alors, et Matt l'y enfermait, pour sa propre sécurité et pour celle de tous.

– Il l'enfermait ? s'étonna Caroline dans ce qui était à peine plus qu'un murmure et abasourdie par ce qu'elle entendait.

– Après qu'elle eut tenté de se tuer, pour qu'elle ne puisse recommencer. Cette fois, il l'avait sauvée, voyez-vous, bien que cela finît par lui coûter très cher.

– A Matt ?

– Oui. C'était une nuit, alors que Davey n'était qu'un bébé. Elle s'est échappée de sa chambre, on ne sait comment, et a filé à l'écurie où elle a fermé les portes de l'intérieur. Après quoi elle a mis le feu, voulant s'immoler avec les animaux qui étaient là pour la nuit. Ce furent ces animaux, en fin de compte, qui lui sauvèrent la vie. Matt les entendit qui criaient pour se libérer et, avec les autres, il s'est précipité pour éteindre ce qui, pour lui, n'était qu'un incendie accidentel. En découvrant la porte fermée, ils l'enfoncèrent, mais les flammes avaient eu le temps de gagner partout. Robert annonça à James qu'Elizabeth se trouvait au milieu de l'échelle montant au grenier quand ils pénétrèrent dans l'écurie. Elle se mit à jurer affreusement contre eux tout en continuant à grimper, avec des mots si horribles que Robert se refusa à les répéter à James. Matt la suivit pendant que les autres tentaient de sauver les animaux. Il réussit à la tirer de là, à la projeter à l'extérieur à l'instant où le toit s'abattait.

– Mon Dieu !

– Si ses frères n'avaient pas été là, Matt aurait péri cette nuit-là. Une poutre lui est tombée dessus et l'a immobilisé. Le feu était après lui quand ils sont arrivés et ils ont risqué leur vie pour le tirer de là.

– Rien de surprenant qu'il ait peur du feu !

– Ainsi, vous savez au moins cela, hein ? C'est aussi bien. Tout à fait innocemment, une fois qu'il était venu déjeuner chez nous, je lui ai demandé d'allumer le feu dans la cuisine, et il m'a jeté un regard mauvais avant de quitter la maison. C'est alors seulement que James m'a raconté ce qui s'était passé et combien il avait souffert. J'en ai été mortifiée, mais James m'a interdit d'en parler à Matt, pas même pour m'excuser, et personne n'en a plus jamais parlé. Peut-être le fait de savoir vous a-t-il préservée d'une pareille bourde.

– Oui, répondit seulement Caroline, stupéfaite, tandis qu'elle essayait de comprendre tout ce que venait de lui apprendre Mary.

Tant de choses commençaient à s'éclairer maintenant – la méfiance que lui témoignaient les Mathieson, celle des enfants, la tension dans leurs voix quand ils évoquaient Elizabeth. Pourquoi ne lui en avait-on rien dit ?

– Vous vous sentez bien ?

– Oui, très bien, répondit Caroline, se demandant si c'était vrai.

Il lui était impossible d'imaginer sa sœur devenue folle. Caroline se rappela cette jeune femme vive, aux cheveux auburn, dont elle gardait une image assez vague. Son souvenir le plus net était celui d'une Elizabeth qui lui tapotait la tête et riait, alors qu'elle-même était bien jeune. Mais sa mémoire s'arrêtait là.

Soudain, l'odeur des tartes aux pommes lui donna la nausée.

– Je n'aurais pas dû vous raconter cela, dit Mary qui avait remarqué son changement d'expression et regrettait d'avoir parlé.

– Non. Non, il fallait que je sache, dit Caroline, se reprenant. Je comprends mieux maintenant. Ils – Matt et ses frères – faisaient bien attention à ce qu'ils disaient d'Elizabeth devant moi. Mais je savais qu'il s'était passé quelque chose.

Hope, qui avait perdu sa poupée, se mit à pleurer. Mary se pencha et prit l'enfant dans ses bras.

– Peut-être devrais-je aller chercher Hannah et Patience pour que nous nous mettions en route.

– Attendez ! lança Caroline qui fut elle-même surprise par la vivacité de son ton. (Elle continua, plus calmement :) Pouvez-vous me dire... ce qu'il est advenu d'elle ? De... de son corps, je veux dire.

Elle irait sur sa tombe porter des fleurs, essayer de comprendre ce qui avait conduit sa sœur à perdre la raison. Peut-être que si elle, Caroline, était arrivée plus tôt, la vie d'Elizabeth en eût été changée. Et puis elle eut une pensée coupable : si Elizabeth avait vécu, elle aurait toujours Matt.

– Inutile de vous inquiéter. Elle a eu une sépulture chrétienne, lui dit Mary d'une voix douce et pleine de compassion. Certes, Matt a dû s'opposer violemment au pasteur à ce propos, et c'est la raison de leurs mauvais rapports. Le révérend Miller avait refusé qu'Elizabeth repose au cimetière jouxtant l'église, arguant que c'était une sorcière. Matt s'y est donc rendu et a lui-même creusé la tombe, avec l'aide de ses frères, et personne n'a osé l'arrêter. Les Mathieson sont très riches et puissants, vous savez. Cette ferme est la plus belle à des milles alentour ! Et puis toute la famille a dit des prières et, plus tard, la tombe a été bénie par un pasteur itinérant qui se moquait bien d'encourir la colère du pasteur local. Longtemps, j'ai craint que quelque partisan du pasteur ne tente de la déterrer, mais on n'a pas touché à la tombe. Le bon sens a peut-être fini par prévaloir :

après tout, elle s'est noyée. Ou peut-être ont-ils eu peur de Matt. Quoi qu'il en soit, elle repose maintenant en paix.

Caroline demeura muette tandis que Mary se levait, rangeait la poupée dans sa poche et hissait de nouveau le bébé sur sa hanche.

– J'espère ne pas vous avoir fait trop de peine. Mais je suis d'accord avec vous, il était préférable que vous sachiez.

– Oui, dit Caroline, se levant aussi. Je vous remercie de m'en avoir parlé.

– Si vous désirez savoir autre chose, ou si je puis vous aider à comprendre le comportement parfois incompréhensible de ces Mathieson, n'hésitez pas à faire appel à moi. J'aimerais être votre amie.

– Eh bien, merci. J'aimerais beaucoup être votre amie moi aussi.

– Et maintenant il me faut aller chercher Hannah et Patience. Je crains que James ne se fâche si je ne rentre pas à temps pour que le dîner soit sur la table quand il arrivera. Ils ont au moins ceci de commun : ils aiment bien avoir l'estomac plein, comme vous devez le savoir. Robert a parlé avec enthousiasme de votre cuisine à James.

– Vraiment ? Comme c'est gentil à lui, dit machinalement Caroline.

Mary monta les escaliers, suivie de Caroline, toujours en état de choc. Elle songeait à bien des choses tout en grimpant les marches et elle ne fut tirée de ses pensées qu'en entrant dans la chambre de Matt.

Le spectacle de Matt, avec ses larges épaules musclées sur le drap qu'*elle* avait eu tant de mal à rendre blanc, ses boucles noires sur l'oreiller qu'*elle* avait fait sécher au soleil, la mit en rage : souriant, il échangeait des plaisanteries avec Hannah Forrester qui minaudait, et qui, assise au bord du lit, lui faisait avaler des cuillérées du bouillon qu'*elle* avait préparé et lui avait apporté quelques minutes à peine avant l'arrivée de ces dames !

Le diable emporte ce scélérat ! Il ne l'aurait pas volé s'il s'étouffait avec ce fichu bouillon !

24

– Tiens, bonjour, Mary. Vous êtes venue avec ma nièce et vous avez négligé de l'amener jusqu'ici ?

Matt leva les yeux pour les regarder arriver, guère gêné, semblait-il, qu'on le surprenne en train de se faire nourrir à la cuillère par une de ces dames.

Si l'on considérait que dès le premier jour il avait bien dit à Caroline que, malgré ses blessures, il était tout à fait capable de s'alimenter tout seul, on pouvait trouver surprenant son absence de vergogne.

– Je suis heureuse de vous voir, Matt. Encore que je sois surtout venue faire plus ample connaissance avec Mme Wetherby et que je ne puisse rester plus longtemps avec Hope. James sera affamé ce soir, comme d'habitude, je le crains, et je dois donc me hâter de rentrer. Mesdames, il est l'heure de partir. L'après-midi est bien avancé.

C'était probablement aussi bien, décida Caroline, que cet échange entre Mary et Matt se déroule sans même un regard pour elle. Elle se mordait la lèvre, gardant sa langue avec beaucoup de mal. Si Matt s'était adressé à elle et qu'elle eût dû répondre, on n'aurait pu lui tenir rigueur de ce qu'elle aurait répliqué. Encore qu'elle ne comprît pas pourquoi elle se sentait si outragée par la scène que Mary et elle avaient interrompue. Elle n'avait certainement pas le moindre droit sur Matt ! Pas plus qu'elle n'avait le moindre désir d'en avoir ! se dit-elle, véhémente.

– Oh ! fit Hannah avec un petit rire, en se retournant. Je ne m'étais pas rendu compte de la fuite du temps. Quand j'ai vu que M. Mathieson ne mangeait pas, j'ai essayé d'obtenir de lui qu'il avale quelques cuillerées. Il lui faut conserver ses forces, savez-vous, s'il veut guérir.

– M. Mathieson a déclaré que le bouillon avait bien meilleur goût quand ma sœur le lui faisait prendre, déclara Patience en quittant la chaise à haut dossier où elle s'était installée, près du lit.

– Je n'en doute pas, répondit Caroline d'un ton plein de douceur, car la remarque lui était directement adressée.

Elle se retint de lancer un regard noir à Matt, qui tourna enfin les yeux vers elle. Il fronça les sourcils en lisant apparemment quelque chose sur son visage, et ouvrit la bouche comme pour dire quelque chose. Mais, avant qu'il puisse prononcer un mot, Hannah lui glissa avec dextérité une cuillérée de bouillon entre les lèvres.

– Hannah ? Si vous êtes prête... ? dit Mary avec un haussement de sourcils à l'adresse de son amie tandis que Matt avalait son bouillon.

– Oh, oui. Je ne crois pas que même avec mon aide il puisse en avaler davantage. On l'a laissé refroidir. Mais il en a pas mal pris – et il pourra avoir de ma tarte aux pommes pour dessert, conclut Hannah en se levant avec un sourire à l'adresse de Matt.

Elle remit la cuillère dans le bol, le posa sur la table de nuit et se tourna pour regarder Matt avec un air de propriétaire qui irrita Caroline au point qu'elle eut envie de lui marcher sur les pieds, ou de la pincer, tant cette femme l'agaçait.

– Il me tarde d'y goûter, dit Matt d'un ton peu convaincu.

Mais Caroline nota que c'en était plus qu'il lui en avait jamais dit, *à elle*, par galanterie. Elle s'efforça de conserver une expression souriante tandis que les deux sœurs gagnaient la porte et qu'elle reculait pour leur laisser le passage.

– Peut-être devrais-je vous donner la recette de mon bouillon ? Je suis sûre que celui que vous avez préparé est très nourrissant, mais le mien est, en outre, particulièrement savoureux. Ce ne serait certainement pas une corvée pour M. Mathieson de l'avaler, dit Hannah, pleine d'une condescendance qui amena une flamme dans les yeux de Caroline. Mais avant qu'elle ne puisse répliquer, Mary la devança :

– Ce n'est certainement pas une corvée que d'avaler le bouillon de Mme Wetherby, observa-t-elle gentiment alors que les deux sœurs la rejoignaient dans le couloir.

– Oh, ce n'est pas ce que je voulais dire, vous le savez bien, dit Hannah avec un rire coupable. Je suis si inquiète pour la santé de M. Mathieson – bien que je sois convaincue que vous faites de votre mieux.

Cela s'adressant à elle, du ton supérieur qu'on adopte à l'égard d'une domestique, Caroline se demanda ce qu'on pouvait bien raconter en ville concernant sa position chez les Mathieson. Serrant les dents en silence, elle conclut que, grâce au capitaine Rowse et à Dieu savait qui encore, on devait la tenir pour une espèce d'esclave non officielle. La fureur qu'éveilla cette pensée lui empourpra les joues. Elle sentit le regard de Matt dans son dos et se dit qu'il était également capable de voir son profil. Elle réussit, malgré tout, à grimacer ce qui pouvait passer pour un sourire.

– Je serais très heureuse d'avoir cette recette, dit-elle. Mais une autre fois, si vous le voulez bien, car Mme Mathieson est pressée de rentrer.

– Oh, oui, il nous faut vraiment vous laisser. Et, je

vous en prie, appelez-moi Mary, dit celle-ci avec un sourire à l'adresse de Caroline.

La femme de James, du moins, semblait vouloir la considérer comme un membre de la famille. Encore que, tout compte fait, Caroline se dit que c'était là un bien douteux privilège !

– Merci. Et appelez-moi Caroline, dit-elle avec un nouveau sourire contraint qui lui donna le sentiment que ses joues allaient se crevasser.

– Inutile de nous raccompagner. Je connais le chemin, dit Mary, qui, Hope sur la hanche, précéda Hannah et Patience.

Un instant plus tard, elles quittaient la maison avec un geste de la main. Caroline, refrénant ce qu'elle avait envie de dire à Matt, retourna le geste, sortit dans le couloir, pensa au bol et à la cuillère sur la table de nuit et retourna les chercher. Elle n'aurait plus aucune raison, après cela, de revenir dans la chambre de Matt pour le reste de la journée. Daniel pourrait monter le dîner de son frère, comme il l'avait déjà fait la veille. Depuis leur désastreuse entrevue, Caroline avait évité Matt autant que faire se pouvait. Le jour du sabbat – la veille, donc –, les frères de Matt et ses fils étaient allés assister à l'office religieux. Caroline avait été surprise d'apprendre que l'office se tenait en deux fois, l'une le matin et l'autre l'après-midi. Ainsi, les dévotions, que les Têtes rondes des colonies semblaient prendre encore plus sérieusement que leurs frères anglais, occupaient-elles la plus grande partie de la journée. Chacun se devait d'y assister s'il n'en était empêché. Matt n'était excusé que parce qu'il se trouvait cloué au lit, de même que Caroline puisque quelqu'un devait rester avec Matt. Comme elle n'avait pu faire autrement que lui monter ses repas et s'occuper de diverses autres choses jusqu'au retour de ses frères, l'un et l'autre avaient tacitement respecté une trêve glaciale. Et

Caroline allait continuer ainsi, jusqu'à ce qu'il gèle en enfer ! Il faudrait peut-être même plus longtemps encore avant qu'il n'entende un mot gentil de sa bouche !

– Si cela ne vous dérange pas trop, je prendrais bien un morceau de la tarte aux pommes de Mme Forrester. C'est une excellente cuisinière. Vous devriez goûter à cette tarte vous-même.

Cette remarque, arrivant à l'instant où Caroline traversait la chambre pour venir prendre le bol et la cuillère, la fit se raidir. Mais pas un seul mot, pas un seul regard ne trahirait son irritation.

– Certainement, je vais vous en monter. Mais, personnellement, je n'ai aucun goût pour les douceurs.

– Vraiment ? C'est aussi bien. Même deux tartes suffiront à peine. Davey, John et mes frères sont fous des tartes de Mme Forrester.

– Pourquoi ne pas l'épouser, alors, cela vous permettrait d'en avoir tous les jours, ne put s'empêcher de lancer Caroline en sortant, résistant à l'envie de lui briser le bol sur le crâne.

– Une bonne cuisinière vaut pas mal de sacrifices, mais pas celui-là, lança Matt, d'excellente humeur.

Bien sûr, il avait remarqué l'irritation de Caroline et s'en amusait.

Dans la cuisine, Caroline laissa tomber bol et cuillère dans le seau de vaisselle, puis elle alla couper la tarte. Le parfum de la cannelle et des pommes lui chatouilla les narines, la poussant à en goûter un petit morceau. Elle dut admettre que cette tarte était excellente. Matt allait se régaler.

Cette pensée l'ulcéra. A ses pieds, Millicent miaulait, et Caroline coupa un gros morceau de la précieuse tarte qu'elle posa par terre dans une assiette. La chatte, dont elle avait espéré qu'elle aurait meilleur goût, renifla le contenu de l'assiette, y mit le bout des dents puis l'attaqua allégrement.

– Traîtresse, murmura Caroline, amère.

Et ce fut à cet instant que germa l'idée.

Eût-elle été puritaine qu'elle aurait dit qu'elle avait été soudain possédée par le démon. Mais, étant royaliste, elle ne put qu'invoquer une irrésistible envie de réagir. Avant de réfléchir davantage, elle glissait la lame d'un couteau entre pâte et fruits, soulevait la croûte du dessus et aspergeait littéralement de sel les appétissantes pommes qui se trouvaient dessous. Après quoi, toujours possédée par le démon ou Dieu sait quel méchant esprit qui s'était glissé en elle, elle y ajouta joyeusement une généreuse portion d'amer, quelques tranches d'oignons finement coupés, un peu de suif de mouton à chandelle et deux noyaux de cerises. Elle mangea elle-même les fruits, souriant tout en suçant les noyaux avant de les glisser sous la pâte. Elle replaça la croûte, posa le morceau de tarte dans une assiette propre et le monta à l'étage avec une bonne tasse de thé.

– Et voilà, annonça-t-elle à Matt, à qui elle n'avait rien dit d'aussi aimable depuis des jours.

– Merci.

Il était toujours assis dans son lit. Caroline n'avait plus qu'à lui passer l'assiette et la tasse, ce qu'elle fit. Elle essaya de dissimuler son impatience de le voir attaquer la tarte en le regardant poser l'assiette sur son ventre et avaler une gorgée de thé.

– Très bon, dit-il, semblant beaucoup goûter le breuvage et tout en l'observant de son regard bleu et curieux par-dessus le bord de la tasse.

Il devait sans doute se demander pour quelle raison elle restait dans la chambre après s'être donné tant de mal pour l'éviter au cours de ces deux derniers jours. Pour détourner les soupçons, elle se mit à essuyer la poussière de la table de nuit avec le bas de son tablier.

Il but son thé tout en la regardant faire. La tarte demeurait sur ses genoux, intacte.

– Voulez-vous que je vous passe la tarte ? demanda-t-elle enfin, incapable de résister plus longtemps, d'un ton plus acide sans doute qu'elle ne l'aurait souhaité – elle le revoyait toujours en train d'avaler son bouillon à la cuillère qu'Hannah Forrester portait à ses lèvres.

– Je peux parfaitement me débrouiller seul, ainsi que vous le savez.

– C'est effectivement ce que je croyais, mais vous paraissiez tellement apprécier l'assistance de la veuve Forrester.

Les yeux de Matt brillèrent soudain, et Caroline remarqua, gênée, la lueur d'amusement dans son regard. Elle aurait mieux fait de se mordre la langue plutôt que de dire cela.

– Oh, mais Hannah Forrester et vous n'êtes pas faites du même bois.

– Ce qui signifie ? demanda-t-elle, se tournant vers lui, les mains aux hanches, considérant qu'il s'agissait d'une insulte.

Mais il leva à peine un sourcil, hocha la tête et garda son regard amusé tout en buvant son thé sans daigner répondre. Après un instant, Caroline se détourna, froissée.

– C'est gentil de la part de Mary de vouloir être votre amie. C'est une femme très bien.

Caroline, qui époussetait maintenant le paravent en attendant que Matt morde dans la tarte, se raidit.

– Et pourquoi ne serions-nous pas amies, je vous prie ? Quelque chose s'y opposerait-il ? demanda-t-elle, une lueur telle dans le regard que Matt, s'il avait été prudent, n'aurait pas insisté.

– Vous avez si peu de choses en commun, je crois. Mary a mené une vie bien rangée et c'est une femme très vertueuse.

– Voulez-vous insinuer que ce n'est pas mon cas ? demanda Caroline, la voix tremblante de colère.

Matt leva les yeux de sa tasse, l'air à la fois surpris et feignant l'innocence.

– Je ne fais aucune comparaison. Mais vous ne pourriez avoir un passé plus différent.

– Vraiment !

– En fait, votre passé est différent de celui de toutes les femmes de la communauté. Prenez Hannah Forrester, par exemple. Pour autant que je le sache, elle n'a jamais fait le moindre faux pas. C'est une femme exemplaire.

Caroline commença à se dire qu'il était en train de se payer sa tête. Il avait, semblait-il, un petit sourire satisfait, et ses yeux bleus brillaient d'un éclat plus vif sous ses paupières délibérément baissées.

– Ajoutez à cela que c'est une excellente cuisinière et vous aurez parfaitement chanté ses louanges.

Maintenant qu'elle se doutait bien qu'il voulait l'agacer, elle pouvait s'empêcher de mordre à l'hameçon. Elle se contenta de lui sourire et de lui dire :

– Mangez votre tarte.

– C'est ce que je vais faire, dit-il, lui tendant sa tasse vide – et Caroline tremblait tellement qu'elle faillit la lâcher.

Il prit sa fourchette et attaqua la tarte, dont il porta à sa bouche un énorme morceau. Impatiente, Caroline l'observait.

Pendant un bref instant encore, il continua à paraître exagérément heureux. Puis ses yeux s'arrondirent, il grimaça – et cracha la bouchée de tarte dans l'assiette.

Des yeux bleus choqués croisèrent des yeux d'ambre pleins d'innocence.

– Quelque chose ne va pas ? s'enquit Caroline, feignant l'inquiétude.

– Espèce de petite garce ! Vous avez délibérément rendu immangeable une excellente tarte !

– Moi ? fit-elle, les yeux ronds, riant tellement en elle-même qu'elle en avait la gorge douloureuse sous l'effort pour se retenir.

– Oui, vous ! Vous y avez ajouté du sel et Dieu sait quoi d'autre !

– C'est ridicule ! C'est Mme Forrester qui l'a faite, pas moi !

– Par pure méchanceté.

– Méchanceté ?

– Et jalousie !

– Jalousie !

Leurs regards se croisèrent, se rivèrent l'un à l'autre. Caroline redressa la tête et s'apprêta à quitter la pièce. Matt, les bras croisés sur sa poitrine, la suivit d'un œil noir – et puis son visage prit une curieuse expression. Tandis que Caroline le regardait, ses yeux se révulsèrent et il devint tout flasque, sa tête roulant sur les oreillers.

– Matt !

Il ne bougea pas, les yeux clos, sans le moindre souffle. Est-ce qu'il était en train de la prendre pour une idiote ? Ou, par Dieu, peut-être s'était-il étouffé avec un noyau de cerise ou empoisonné avec quelque mélange des ingrédients ajoutés à la tarte ?

– Matt !

Elle se pencha sur lui, lui saisit le bras et le secoua tout en criant son nom.

Alors il ouvrit les yeux, ses mains se refermèrent sur les poignets de Caroline qui trébucha et se retrouva dans ses bras. Elle poussa des cris, se débattit, mais avant qu'elle ne puisse se libérer, il parvint à se retourner et à la clouer sur le lit. Elle se retrouva sur le dos, prise sous son poids, ses mains sur ses bras. Il la regarda avec une satisfaction manifeste et elle se raidit, furieuse.

– Lâchez-moi immédiatement !

– Oh, non. Vous vous êtes bien amusée avec moi. C'est mon tour maintenant, madame Jalousie.

– Je ne suis pas jalouse !

– Vraiment ? Je pourrais croire que vous avez un faible pour moi, si je n'étais certain du contraire, Caroline.

– Espèce de prétentieux...

Elle lutta mais ne parvint pas à se libérer des deux mains qui emprisonnaient ses poignets de part et d'autre de sa tête.

– Si vous ne me lâchez pas immédiatement, vous mangerez du gruau froid à tous les repas jusqu'à ce que vous puissiez marcher !

– Ah, ah, des menaces ! Cela ne m'intimide guère, et je vous avertis, je ne vous lâcherai que lorsque vous aurez avoué avoir mis du sel dans cette tarte parce que vous êtes jalouse !

– Ce n'était pas de la jalousie ! répliqua-t-elle avec le regard féroce d'une lionne acculée.

Quand il lui sourit, manifestement sceptique, la fureur l'emporta. Elle tourna la tête si vite qu'il ne put l'éviter et elle lui mordit le poignet.

– Aïe ! cria-t-il, lâchant une main tout en gardant l'autre prisonnière.

Bien qu'elle se débattît frénétiquement, Caroline se rendit compte qu'elle ne pouvait se libérer – mais elle pouvait toujours le gifler.

Une claque retentissante s'abattit alors sur la joue de Matt.

25

Ils se regardèrent pendant un long moment tandis que s'estompait l'écho de la claque.

– Qu'est-ce que vous méritez pour cela, je vous le demande ? dit-il avec une douceur méritoire, compte tenu des circonstances.

Aussi choquée qu'elle fût par ce qu'elle venait de faire, Caroline était bien décidée à ne pas le montrer. Elle releva le menton, ce qui n'était pas chose facile quand on était étendue à plat dos, emprisonnée sous le poids d'un homme.

– Vous l'avez bien mérité !

– Oui, probablement, reconnut-il, ce qui surprit Caroline presque autant que le ton qu'il employa.

Il la regardait gravement. Cette expression sérieuse lui allait aussi bien que le rire, se dit-elle. Sa bouche, qui ne souriait plus, était d'un dessin parfait, ses yeux bleus plus sombres que d'habitude, bleu marine presque, étonnants sur le teint mat de son visage. Du fait qu'il ne s'était pas rasé depuis une quinzaine de jours, la barbe, sur sa mâchoire et son menton, s'était faite dense. Mais au lieu d'estomper ses traits, cette barbe bleu-noir ne faisait que les souligner. La beauté classique des pommettes hautes, le long nez droit, le front large formaient un contraste surprenant avec la rude virilité de cette barbe nouvelle. Avec toutes ses boucles noires qui cascadaient sur son front – il avait besoin d'une nouvelle coupe, remarqua-t-elle, et elle ressentit un curieux pincement au cœur au souvenir de ses mains dans les cheveux de Matt –, il était beau comme un ange. Un ange au visage buriné, tanné par le soleil et les travaux des champs, et Caroline frissonna en le détaillant. L'ange Gabriel sans sa lance, se dit-elle.

Il se raidit alors, et le regard de Caroline vint croiser le sien. Elle fut saisie d'un brusque sentiment de culpabilité : contre sa hanche elle pouvait sentir l'évidente montée de sa passion de mâle, malgré la couverture et ses vêtements. Manifestement, il se rendait également compte de ce qui arrivait. Tandis que leurs regards se mêlaient, il sentit ses joues s'empourprer. Ses yeux devinrent plus sombres encore.

Ainsi donc, Gabriel avait bien sa lance, après tout. Caroline en eut le souffle coupé, et entrouvrit les lèvres pour mieux respirer.

D'épais sourcils noirs se froncèrent devant ses yeux. Matt eut une soudaine grimace.

– Le diable vous emporte, Caroline ! murmura-t-il, comme piqué, et il baissa la tête.

Caroline sut ce qui arrivait, elle sut qu'il allait l'embrasser, mais au lieu de tourner la tête et de dire non, ou de faire bien d'autres choses qui, elle le savait, la libéreraient, elle se contenta de regarder, fascinée, la bouche qui descendait sur la sienne.

Elle se dit qu'elle mourrait si quelque chose empêchait ce baiser.

La bouche de Matt, tiède et attirante, effleura à peine ses lèvres. Elle ferma les yeux, frissonnante. Tout son corps, spontanément, se colla à celui de Matt pour en trouver la chaleur, la fermeté, avec une avidité instinctive. Ses mains, libres maintenant, remontèrent pour se nouer autour du cou de l'homme.

Elle pencha légèrement la tête pour davantage encore offrir sa bouche.

Mais il continuait à se maîtriser, ses lèvres effleurant à peine celles de Caroline. De son bras, appuyé sur le matelas, il se soulevait pour ne pas l'écraser de son poids. A la rigidité de ses muscles sous ses mains, Caroline se rendait compte qu'il se dominait à grand-peine. Chavirée par la promesse que les lèvres de Matt avaient fait naître, Caroline ouvrit les yeux sur ceux de l'homme, tout proches, brûlants comme les feux de mille diamants, bleus comme le ciel. Leurs lèvres se touchaient à peine. Elle pouvait sentir, tout le long de son corps, celui de Matt, aussi dur que l'acier. Mais son baiser demeurait doux comme la caresse d'une aile de papillon.

– Matt ? fit-elle en un souffle, tandis que les épaules nues de celui-ci se contractaient sous ses mains.

Elle souleva la tête pour que, quand il lui répondrait, elle sente son souffle contre sa bouche.

– Jamais je ne vous contraindrai, Caroline.

Elle dut lutter pour retrouver son souffle, ses mains se crispant sur les épaules de Matt, ses ongles s'enfonçant dans sa chair. Elle sentait son cœur cogner à ses oreilles.

– Non, dit-elle.

– Non ? répéta-t-il, plus tendu encore, et Caroline se dit que ce simple mot pouvait être interprété comme un refus alors qu'il n'en était rien.

– Je ne me sens pas du tout... contrainte, dit-elle, sa main remontant sur la nuque de Matt, au milieu de ses cheveux fous. Vous... pouvez m'embrasser, Matt.

Il esquissa un sourire qui disparut rapidement.

– Eh bien, avec votre permission, alors, dit-il, et sa bouche redescendit sur celle de Caroline, pour un baiser doux, bref, mais qui suffit à la faire frissonner.

Elle ferma les yeux, ouvrit les lèvres pour retrouver son souffle – mais il ne se retira pas, comme elle l'avait cru. Il l'embrassa de nouveau, avidement cette fois.

Il ouvrit davantage encore les lèvres de Caroline de sa langue, prit possession de sa bouche. Le bras qui avait soigneusement évité un contact plus étroit des corps se noua à elle. Il la serrait tout entière contre lui, elle était sa prisonnière et cette sensation était délicieuse. Elle sentait la chaleur de sa peau, la force de ses muscles qui disaient une passion qu'il ne pouvait plus nier.

Alors même qu'elle le sentait, le goûtait, absorbait sa chaleur et son odeur, un souvenir jaillit. Il n'était pas le premier homme à glisser ainsi sa langue dans sa bouche. Simon Denker l'avait également embrassée ainsi, plusieurs fois, en paiement d'un acompte, disait-il, pour sa prétendue générosité, parce qu'il permettait à son père et à elle de ne pas payer de loyer. Il l'avait plaquée contre le mur et s'était collé à elle pour qu'elle ne puisse bouger, et il avait glissé sa langue dans sa bouche. Elle s'était sentie bâillonnée, avait eu envie de crier, de lutter, de vomir pour s'en débarrasser. Mais il lui avait fallu supporter cela car, si elle l'avait repoussé comme elle en brûlait d'envie, il les aurait jetés à la rue sans la moindre hésitation. Ainsi avait-elle été contrainte d'accepter l'indignité de ces répugnants contacts, contrainte de le laisser l'embrasser, la caresser, tout en cherchant un moyen d'échapper à la honte suprême. En vain.

– Non ! hurla-t-elle alors que la main de Matt glissait vers ses seins. Non, non, non !

Tel un animal devenu fou, elle se débattait, le frappant de ses poings, ruant et griffant sans égards pour le mal qu'elle pourrait lui faire. Pour elle, il avait cessé d'être Matt, cessé d'être le seul homme dont elle avait cru que la caresse pourrait la guérir.

Au lieu de quoi, elle revivait l'horreur de son expérience avec Simon Denker...

– Ouille ! Caroline ! Assez !

Il ne l'embrassait plus, maintenant, ne la tenait plus comme un amant, mais tentait de la repousser alors qu'elle l'attaquait en sanglotant, furieuse. Elle ouvrit les yeux à l'instant où, de ses ongles, elle lui lacérait la joue. La vue du sang lui fit recouvrer un semblant de bon sens.

– Qu'est-ce qui vous prend, bon Dieu ! hurla-t-il, la clouant de nouveau sur le lit.

– Je suis désolée, dit-elle d'une toute petite voix, fermant les yeux pour ne pas voir le mélange de stupéfaction et de fureur sur ce cher visage qu'elle venait de blesser.

– Désolée ! répéta-t-il, son étreinte se faisant plus rude un instant avant de se relâcher. Caroline, regardez-moi !

Elle s'y refusa d'abord, puis ouvrit les yeux, à regret.

Rembruni, les sourcils froncés, il fouillait son regard de ses yeux bleus. Trois griffes parallèles marquaient sa joue, trois traces sanglantes qu'il n'avait pas méritées.

– Je suis désolée, répéta-t-elle, désespérée.

Le regard de Matt se voila et sa bouche se déforma sous une grimace.

– C'est moi qui devrais m'excuser. Je n'aurais pas dû laisser dégénérer ce qui se passait entre nous.

– Ce n'était pas votre faute... commença-t-elle, et sa voix se brisa.

Et il lui demandait pardon, après cela ! Elle eut la gorge serrée devant l'énormité de la chose.

– Non ? fit-il d'une voix plus douce. Qu'était-ce donc, Caroline ? Ou qui était-ce donc, devrais-je plutôt dire ? L'homme dont vous m'avez parlé, celui qui vous voulait en paiement du loyer ?

26

Elle rougit, d'un rouge écarlate, douloureux. Après cela, toute réponse devenait inutile. Pour Matt, c'était évident.

– Il vous a forcée, n'est-ce pas ? Contrainte de coucher avec lui. C'est pour cela.

Caroline ferma les yeux, frissonnante. Les souvenirs revenaient en foule, horribles, dégoûtants. Et elle ne pouvait pas plus les contenir qu'elle ne pouvait refouler ses larmes.

– J'ai... tellement honte, murmura-t-elle, détournant son visage en sentant ses yeux s'embuer, déborder.

Les larmes glissèrent sous ses cils, sur ses joues. Au-dessus d'elle – elle ne pouvait, ne voulait regarder –, elle crut l'entendre pousser un soupir rauque.

– Pourquoi avoir honte ? dit-il, la reprenant dans ses bras, tendrement cette fois. (Elle se blottit dans leur force et leur tiédeur, tout en glissant sur le dos, l'attirant avec elle pour se pelotonner contre sa poitrine.) Ne pleurez pas, mon chou, ajouta-t-il. Vous n'êtes en rien à blâmer.

– Vous... je... je ne peux supporter qu'on me touche, dit-elle, le visage contre la poitrine de Matt, accrochée à lui comme si elle risquait de se noyer. (Elle ne sanglotait pas mais pleurait en silence, les yeux étroitement fermés, le visage ruisselant de larmes. Elle précisa :) Que les hommes me touchent. Mais vous... vous pouvez me toucher sans que j'en sois malade...

– Hystérique seulement, murmura-t-il, et elle ouvrit les yeux.

– Ce n'est pas drôle ! lança-t-elle, le repoussant pour se redresser.

Il lui saisit la main juste à temps pour l'empêcher de fuir.

– Croyez-moi, je ne ris pas, dit-il, et elle vit, à sa grimace, qu'il disait vrai.

Elle tenta, sans conviction, de se libérer. Comme il refusait de la lâcher, elle ne lutta pas mais s'assit à côté de lui, les jambes repliées sous elle, la main dans la sienne. En vérité, elle ne savait plus si elle voulait le fuir ou pas. Elle souhaitait le réconfort qu'il lui apportait mais craignait de découvrir qu'à la suite de son aveu il ne fût pris de dégoût pour elle. Et même s'il ne la méprisait pas, elle se méprisait assez pour deux.

Elle sentit peser sur sa poitrine un lourd désespoir en se rendant compte que même avec Matt elle ne pouvait sortir de ce cauchemar que Simon Denker avait fait naître.

– Il vaut mieux que je m'en aille – il me faut préparer le dîner et...

– Au diable le dîner. Pouvez-vous me dire ce qui s'est passé ? Je crois que cela nous aiderait, l'un et l'autre.

– Oh, non ! Je... je ne peux en parler, dit-elle, son estomac se nouant à cette pensée.

– Peut-être avez-vous besoin d'en parler, pour ne plus avoir mal.

Caroline le regarda. Il l'observait, ses doigts noués aux siens, nu jusqu'à la taille, mais ni ce spectacle ni le contact de sa main ne lui faisaient horreur. Bien au contraire, elle avait envie de se blottir dans ses bras, d'y trouver refuge. Là, elle en était certaine, elle serait en sécurité.

– J'ai un intérêt dans cette affaire moi aussi, vous savez, lui dit-il, et alors que ces mots prenaient un sens pour elle, elle sentit son cœur cogner presque douloureusement dans sa poitrine.

– Vraiment ?

Il eut un petit sourire triste.

– Vous ne croyez tout de même pas que je vais embrasser toutes les femmes qui se trouvent sur ma route, non ? Racontez-moi, Caroline.

Elle lui raconta donc, malgré le mal que cela lui faisait. Elle lui parla de son père gisant sur une paillasse devant un maigre feu, elle lui parla de la pauvre pitance avec laquelle elle avait tenté de lui redonner des forces, mangeant elle-même aussi peu que possible pour lui réserver le meilleur, elle lui dit comment elle avait vu son père mourir lentement sous ses yeux alors qu'elle se savait impuissante à le sauver – elle lui dit, enfin, pour Simon Denker, d'une voix vide de toute émotion.

Après l'avoir repoussé pendant des semaines, elle s'était crue libre à la mort de son père. Malgré toute sa peine, elle s'était sentie soulagée à la pensée qu'elle n'aurait plus à supporter ses attouchements de plus en plus intimes. Il lui suffirait d'aller récupérer Millicent, ses affaires et celles de son père.

Mais Denker l'attendait dans l'appartement, et quand il vit qu'elle avait l'intention de filer, il la jeta à terre et se plaqua sur elle. Elle lutta, mais c'était inutile. Rapidement, brutalement, il finit par la prendre. Et, grimaçant, il se leva, la laissant étendue, déchirée et sanglante. Horrifiée, elle entendit la clé tourner dans la serrure. Alors qu'elle cognait à la porte, lui criant de la laisser sortir, il lui répondit qu'il lui faudrait soulever ses jupes plus d'une fois pour lui payer les semaines de loyer perdu. Il la garderait là jusqu'à ce qu'il se lasse d'elle, après quoi elle serait libre de partir.

L'appartement, minuscule et situé au troisième étage, était doté d'une unique fenêtre, trop petite pour qu'on puisse y passer pour s'enfuir. Elle aurait pu crier tout son soûl, personne ne s'en serait ému tant c'était monnaie courante dans ce quartier de taudis.

Elle avait donc attendu derrière la porte et l'avait assommé avec un pot de chambre. Après quoi elle avait pris Millicent et ses affaires, et avait bouclé Denker avant de prendre la fuite. Un fiacre l'avait conduite jusqu'aux quais où *La Colombe* s'apprêtait à appareiller à la marée du matin.

Son récit terminé, Caroline resta là, étendue à côté de Matt, la tête sur son épaule, la main sur sa poitrine. Quand elle leva les yeux sur lui, appréhendant ce qu'elle allait lire sur son visage, elle vit des mâchoires contractées, un regard dur. Mais ce regard menaçant, elle le sut tout de suite, ne lui était pas destiné.

– Vous voyez donc pourquoi j'ai dû offrir ma broche, finit-elle, malheureuse. Je n'avais pas d'argent et il ne serait pas venu me chercher là.

– Vous avez fait exactement ce qu'il convenait. Si j'avais su tout cela, j'aurais applaudi à votre courage au lieu de vous attraper comme je l'ai fait.

– Mon courage ? répéta-t-elle, surprise.

– Oui, votre courage. N'importe qui peut être battu par un ennemi plus puissant. Regardez comme je l'ai été par un satané arbre ! Mais au lieu de vous laisser abattre, vous avez lutté, et gagné. Le salopard méritait bien davantage qu'un coup de pot de chambre sur la tête, mais cela a dû le calmer pendant quelques jours.

– Je l'espère bien, dit-elle avec un grand frisson.

(Puis consciente, soudain, de se sentir si bien contre lui, elle se leva et ajouta, d'une voix un peu trop forte :) Il faut que je mette un baume sur ces égratignures. Ensuite, je dois faire à dîner. Il faut aux hommes davantage que les tartes de vos amies...

– Caroline, lui dit-il sans lâcher sa main. Ce qui s'est passé a été terrible, brutal – mais c'est terminé. Il ne faut plus y penser pour pouvoir guérir.

– Mais je me sens si... souillée, souffla-t-elle, baissant la tête, refusant de le regarder, alors même que sa main serrait inconsciemment celle de Matt.

– Ainsi, vous vous sentez souillée ? dit-il avec une telle dureté dans le ton qu'elle leva les yeux, surprise. Parce qu'on vous a contrainte et que vous n'y pouviez rien, c'est *vous* qui vous sentez souillée. Si vous voulez savoir ce qu'est une souillure, mon chou, je vais vous le dire.

27

Elle était charmante, assise là au bord du lit, sa main serrant celle de Matt, pleine de confiance. Ses cheveux aile-de-corbeau s'étaient de nouveau libérés de leurs épingles pour tomber en cascadant sur ses épaules et dans son dos. Quelques larmes tremblaient encore à ses cils et laissaient des traînées humides sur ses joues pâles. Sa bouche était douce, vulnérable, ses yeux hantés par les souvenirs et la honte qu'ils faisaient naître. Sa langue – qui n'avait pas le goût de framboise, après tout, mais de quelque chose d'infiniment plus doux – était à peine visible entre ses lèvres, entrouvertes de surprise.

Matt avait montré toute sa fureur contre l'homme qui avait osé la violer. S'il avait eu le salopard à portée de main, lui, le puritain qui vivait dans la crainte de Dieu, l'aurait étranglé sans hésitation. Mais il ne pouvait que tenter de réparer ce qu'il avait fait à Caroline.

Caroline. Belle, intrépide Caroline. Il fut pris d'une envie de rire à l'image de la jeune femme assommant son agresseur avec un pot de chambre, mais aussi de hurler et de pleurer. Pour l'instant, elle le regardait, attendant qu'il parle, la tête légèrement inclinée sur son cou mince, comme une fleur alourdie par une grosse pluie.

Il ne pouvait revenir sur ce qu'on lui avait fait. Il ne pouvait l'aider qu'en se montrant aussi sincère qu'elle l'avait été avec lui. Il partagerait avec elle les amers secrets dont il avait cru ne jamais parler.

– Quels souvenirs avez-vous d'Elizabeth, exactement ? demanda-t-il après un instant, ne voulant pas lui faire davantage de mal par d'inutiles révélations sur sa sœur.

Cependant, se dit-il, cela aiderait Caroline à comprendre.

– Pas grand-chose. Encore que Mary m'en ait beaucoup parlé.

– Des ragots, hein ? dit-il, surpris, les yeux brillants. Je n'aurais pas cru cela de Mary.

– Non. Il s'agissait davantage de me dire quelque chose qu'il fallait que je sache.

– Elle vous a dit qu'Elizabeth... n'avait pas tout son bon sens ?

– Oui.

– Vous a-t-elle dit que l'un des symptômes de sa maladie était... son appétit pour les hommes ?

– Oui.

Alors qu'il avait été tout d'abord fâché à la pensée que l'épouse de James pouvait colporter des ragots, Matt lui en était maintenant reconnaissant. Cela lui rendrait la tâche plus facile.

– Très bien. Je ne me doutais guère qu'elle n'était pas l'innocente jeune fille qu'elle semblait être quand je l'avais rencontrée. Elle vivait avec une tante dans une petite maisonnette située sur une terre dont nous avions été propriétaires, et si la guerre civile n'avait plongé notre famille dans la pauvreté, jamais, sans doute, je n'aurais rencontré Elizabeth. Votre bon roi Charles est donc responsable de ce qui est arrivé.

Sa taquinerie fut accueillie par un petit sourire. Il poursuivit :

– Mais, par nécessité, nous avons dû nous mettre à

la terre et l'un de nos champs était voisin de sa maison. Presque chaque jour, elle venait nous regarder travailler. Jamais, alors, il ne m'est venu à l'esprit que c'était par... intérêt malsain pour les hommes. Elle était plus âgée que moi, mais je l'ignorais, à l'époque. Elle était jolie, espiègle et mutine. Et elle s'intéressait beaucoup à moi. Comme un idiot, j'ai laissé tout cela me monter à la tête et... (il s'arrêta, cherchant ses mots) ... elle a fini par m'avouer qu'elle était enceinte. Comme un idiot, là encore, je l'ai épousée, expliqua-t-il avec un petit sourire d'écœurement pour lui-même. Je suis même allé demander sa main à votre père, et c'est ainsi que j'ai fait la connaissance de Marcellus Wetherby. J'ignore où vous étiez, mais je ne me souviens pas de vous avoir vue.

Il s'en serait souvenu, se dit-il. Comment imaginer avoir pu oublier Caroline après l'avoir vue ?

– Je vivais avec ma mère, alors, lui dit-elle. Elle avait épousé mon père peu après la mort de la mère d'Elizabeth, mais ma mère s'est vite lassée d'être riche un jour et pauvre le lendemain, et elle est retournée chez elle en m'emmenant. Ce n'est qu'à sa mort que mon père est venu me chercher.

– Ceci explique cela – et également pourquoi vous êtes si différente d'Elizabeth, ce dont je remercie Dieu de tout cœur. Mais, pour continuer, j'ai bien vite découvert que l'enfant qu'attendait Elizabeth n'était pas le mien. Elle avait profité de ma naïveté pour cacher sa faute.

– Vous voulez dire que John... ?

– Non. John est mon fils, j'ai de bonnes raisons de le croire. Tout comme Davey. L'époque de leur conception – et leur ressemblance avec moi. Mais seule la grâce de Dieu m'a évité d'avoir des bâtards. Je la surveillais étroitement, mais je sais qu'il y en eut d'autres. Le... elle a même essayé de séduire mes frères.

– C'est ce que m'a dit Mary.

– Dieu du ciel, y a-t-il quelque chose qu'elle ne vous ait pas dit ? Et je suppose qu'elle tenait cela de James. Jamais je ne l'aurais cru aussi bavard, dit Matt, contrarié à l'idée de savoir que l'on racontait ses déboires à des étrangers.

Mais Mary, il en était convaincu, n'en aurait pas parlé à d'autres que Caroline. Et Caroline n'était pas une étrangère.

– Mais si John n'est pas... qu'est-il arrivé à l'enfant ?

– Elizabeth l'a perdu peu après notre mariage. J'aurais continué à le croire mien si elle n'avait pas avoué, non par repentir mais pour me railler lors d'un accès de fureur. Elle n'a pas tardé à regretter sa franchise, mais il était trop tard : j'avais commencé à découvrir ce qu'elle était vraiment.

– C'est-à-dire ?

Il hésita puis hocha la tête.

– Je ne veux pas le dire. Elle était mon épouse, après tout, et la mère de mes enfants. J'ai cru, quand je suis venu m'installer ici avec mes frères, que nous pourrions prendre un nouveau départ. Mais les choses ne firent qu'empirer.

– Et pourquoi vous sentez-vous souillé ? Je pense que vous vous êtes conduit très noblement étant donné les circonstances.

Matt garda le silence un instant, luttant soudain contre une lâcheté qui n'était pas dans sa nature. Elle paraissait si jeune et si naïve, avec sa tête légèrement penchée, ses larmes oubliées tandis qu'elle l'écoutait avec intérêt. Il fut tenté de garder le reste pour lui. Inutile de révéler sa honte – mais il se rendit compte qu'il était important qu'elle connaisse aussi en lui le pécheur. Elle verrait alors combien il était méprisable, tandis qu'elle-même, davantage victime que coupable, était innocente.

– Vous n'avez pas encore entendu le pire, mon chou, lui dit-il doucement, serrant davantage sa main.

Il craignait le changement qu'il allait découvrir dans son regard – mais il voulait qu'elle sache.

– Eh bien, dites-moi.

Matt déglutit pour lutter contre la soudaine sécheresse de sa gorge.

– J'ai bien conçu mes fils avec elle. Bien que sachant que c'était une garce et une folle. Alors que son esprit me faisait autant horreur que son corps m'attirait, plus d'une fois j'ai partagé sa couche – et plus souvent que les deux fois où j'ai engendré mes fils. Elle raillait ma faiblesse, me jetait sa féminité à la tête, et j'étais incapable de résister. Ce ne fut qu'à mon réveil, en la découvrant ivre et riant de moi, après la conception de Davey, que je suis parvenu à l'éviter. Et même ainsi, je n'en tire pas grand mérite. Je me suis gardé d'elle surtout parce que, physiquement, son corps me faisait horreur après cela.

Les yeux de Caroline s'arrondirent, s'assombrirent au cours de ce récit, mais Matt ne put dire ce qu'elle pensait vraiment. Il la regardait maintenant, plein d'une crainte qu'il espérait ne pas trahir. Ce ne fut que lorsqu'il sentit la main de la jeune femme s'agiter dans la sienne qu'il se rendit compte que ses doigts la serraient comme un étau.

– Eh bien ? demanda-t-il d'une voix dure, plus dure qu'il ne l'aurait souhaité, mais elle restait là à le regarder, sans rien dire, et il eut peur.

Elle battit des cils et passa sa langue sur ses lèvres.

– Elizabeth était votre épouse, dit-elle enfin, nouant ses doigts aux siens alors qu'il était prêt à la libérer. Vous aviez bien le droit d'en user comme vous l'avez fait.

– Oui, je sais. Mais il s'agissait d'un droit légal, pas moral. Ce souvenir me rend malade.

– Tout comme le souvenir de Simon Denker me rend malade.

– C'était donc là le nom de ce maudit salopard ? Désormais, il prendra place dans mes prières pour qu'il aille rôtir éternellement en enfer.

– En bon Tête ronde que vous êtes, lui dit-elle avec l'esquisse d'un sourire, vous ne devriez pas parler ainsi.

– Je considère qu'il y a provocation. Et le terme est « puritain », si vous le voulez bien.

Ils se sourirent et Matt se sentit soulagé d'un grand poids. Caroline ne semblait pas le mépriser pour sa faiblesse, et peut-être pourrait-il cesser de se mépriser lui-même.

– Il ne subsiste désormais plus de secrets entre nous, dit-il après un instant passé à contempler les doigts minces de Caroline.

– Non, convint-elle, se levant. Il faut que je mette un baume sur ces égratignures et que je retourne au travail, ajouta-t-elle en se tournant vers la table de nuit pour chercher parmi ses médecines.

– Et comment vais-je les expliquer, si l'on me pose la question ?

– Vous direz que c'est Millicent, répondit-elle, se retournant, souriante, avant de lui passer doucement du baume sur la joue.

Matt se laissa faire, sans permettre à ses sens d'être troublés par sa proximité, son contact, son odeur. Pour oublier, il lui faudrait du temps. L'abcès de sa honte avait été percé, le poison évacué. Si l'on se montrait doux avec elle, peut-être guérirait-elle complètement. En attendant, il lui faudrait se maîtriser. Malgré tout le désir qu'il avait de son corps, il ne tenterait plus rien. Pas avant qu'elle ne lui montre qu'elle était prête et pleinement consentante.

Elle en finit avec sa joue, rangea le minuscule pot sur la table de nuit et ramassa le morceau de tarte.

– Je dois aller m'occuper du dîner, dit-elle, gagnant la porte. (Une fois sur le seuil, elle hésita, jeta un regard par-dessus son épaule.) Et merci, Matt, lui dit-elle, rougissante.

Longtemps, bien longtemps après qu'elle fut sortie, il continuait à fixer l'endroit où elle s'était tenue.

28

Le printemps céda la place à l'été, et l'été déploya toute sa beauté avant de décliner. Caroline s'habituait à sa nouvelle situation dans ce monde et trouva même le temps de se fabriquer quelques robes dans le sobre style puritain. La simplicité des vêtements soulignait sa beauté, plus éclatante encore grâce à une nourriture abondante et un bonheur qui étoffa sa silhouette et rosit ses joues. Malgré, ou peut-être même à cause de son statut douteux au sein de la communauté, bien des têtes masculines se retournaient sur elle les rares fois où elle s'aventurait en ville sans être accompagnée. Quand Matt ou l'un de ses frères se trouvait avec elle, on ne se permettait guère plus qu'un rapide coup d'œil admiratif. On ne plaisantait pas avec les Mathieson.

La jambe de Matt guérit, bien qu'il dût passer une partie de l'été d'abord à sautiller avec des béquilles fabriquées par Robert, puis à marcher avec l'aide d'une canne. Il ne tenta rien de plus envers Caroline qui lui en fut reconnaissante. L'échange de confidences avait renforcé leurs affinités. Elle aimait à penser qu'ils goûtaient une intimité, non pas du corps mais de l'âme.

Ses rapports avec les frères de Matt s'améliorèrent, notamment grâce au fait qu'ils appréciaient beaucoup sa cuisine. Quand elle n'eut plus à s'occuper constamment de Matt, elle put pleinement s'employer à faire mieux qu'Hannah Forrester en matière culinaire. Elle y parvint, bien qu'on continuât d'accepter de grand cœur les pâtisseries d'Hannah. Tout comme celles de Patience Smith (qui visait Robert), d'Abigail Fulsom et Joy Hendrick (qui voulaient séduire Thomas) et de Lissie Peters (qui avait l'œil sur Daniel). En fait, alors que faisait rage la bataille pour la conquête des estomacs des Mathieson, Caroline eut le sentiment que les hommes en étaient de plus en plus amusés. Ils avalaient toutes les douceurs qui leur arrivaient, sans préjugés ni préférence particulière, semblait-il, ce qui laissait à ces dames une certaine amertume. Quant à Robert et à Thomas, respectivement âgés de vingt-trois et vingt et un ans, le fait d'être assidûment courtisés par de jolies filles constituait une expérience nouvelle et guère désagréable. S'ils n'étaient pas totalement guéris de leur misogynie, leur état semblait s'améliorer.

Daniel, qui, pour sa part, ne s'était jamais montré aussi méfiant que ses frères envers les femmes, laissait un minimum d'espoir à Lissie Peters. Il sembla à Caroline qu'il pouvait bien nourrir à son égard un tendre sentiment, mais elle se refusa à prendre la chose au sérieux. Elle ne voulait pas troubler la paix intérieure qu'elle avait enfin trouvée. Elle était trop heureuse de se sentir de nouveau bien dans sa peau.

John et Davey, bien que toujours un peu hésitants, semblaient tenir sa présence dans la famille pour acquise. Il leur plaisait, sans aucun doute, d'avoir des vêtements lavés et repassés, de trouver des repas prêts, une maison bien tenue et des draps propres dans leur lit. Caroline comprit qu'ils se sentaient davantage comme les autres enfants qui retrouvaient chez eux une mère aimante, et elle était heureuse de pouvoir leur offrir au moins cela, même s'ils n'étaient pas prêts à accepter d'autres témoignages d'affection de sa part. Cela, espérait-elle, viendrait en son temps.

Un chaud après-midi d'août, alors qu'elle étendait du linge au soleil, elle fut surprise de voir Davey, en vacances comme les autres élèves, blotti derrière un gros lilas à l'angle ouest du jardin, serrant très fort Millicent dans ses bras. La chatte se montrait étonnamment tolérante à l'égard de la juvénile rudesse de Davey, et l'enfant s'était pris d'une grande tendresse pour l'animal. Il passait beaucoup de temps avec Millicent quand, pensait-il, personne ne pouvait le voir. Caroline hésita un instant, se demandant si elle devait lui poser des questions. Davey la tolérait, mais elle n'était pas sa favorite dans la famille, et elle le savait. Cependant, une telle attitude, de la part d'un garçon d'ordinaire si assuré, indiquait sans doute que quelque chose n'allait pas. Abandonnant le reste de son linge, elle s'approcha et s'accroupit devant lui.

– Davey ?

Il se raidit mais ne leva pas la tête.

– Fiche le camp !

– Es-tu malade ?

Pas de réponse.

– T'es-tu fait mal ?

Pas de réponse.

– Veux-tu que j'aille chercher ton papa ?

– Non ! fit-il, levant les yeux.

Des larmes mouillaient ses joues et des poils de chat y étaient collés, mais ce fut la lèvre inférieure de l'enfant que remarqua surtout Caroline. Elle était enflée, tuméfiée, avec un peu de sang séché au coin gauche.

– Que s'est-il passé ? demanda-t-elle, pensant qu'il avait pu être piqué, ou qu'il était tombé, ou s'était blessé.

– Rien. (Puis il baissa les yeux sur Millicent, prit un air féroce et ajouta :) Idiot de vieux chat !

Et il rejeta la chatte plus violemment que ne l'eût souhaité Caroline, mais Millicent ne parut pas s'en offenser. Elle regarda sa maîtresse, comme pour lui demander de prendre en pitié ce petit bout d'homme, et alla frotter sa tête contre l'enfant en ronronnant.

– Fiche le camp ! dit-il, la repoussant, avec un regard noir pour Caroline afin qu'elle comprenne qu'il s'adressait à elle et pas au chat.

Cette fois Millicent s'éloigna, agitant dignement la queue comme pour montrer que c'était elle qui décidait.

– Davey, si tu ne me dis pas ce qui s'est passé, je serai contrainte d'aller chercher ton père.

– Je me suis battu, murmura-t-il enfin, l'air furieux.

– Tu t'es battu ! Pourquoi ?

– Parce qu'ils disaient de vilaines choses sur ma maman. Les enfants de la ville.

– Quelle sorte de vilaines choses ?

Il hésita et la lèvre blessée trembla. Mais le besoin de se confier l'emporta.

– Ils disaient que c'était une sorcière.

– Une sorcière ! souffla Caroline qui lut sur le visage de l'enfant qu'il souhaitait une dénégation. (Elle n'hésita pas et ajouta, d'un ton léger :) Quelle stupidité !

Il voulait la croire, c'était visible. Mais il ne pouvait se laisser réconforter par elle aussi facilement.

– Comment le sais-tu ? demanda-t-il rudement.

– Je le sais, affirma Caroline avec conviction. (Malgré ce que lui en avait dit Mary, elle savait que quelle que fût la vérité il était important de convaincre Davey que sa mère était innocente. Elle ajouta :) Ta mère était ma sœur, et je l'ai connue alors que j'étais une toute petite fille. Elle me chantait des chansons, de très jolies chansons.

– Vraiment ? fit Davey, manifestement fasciné. Quelles chansons ?

Caroline se mit à fredonner une mélodie. Elizabeth lui avait-elle jamais chanté cette chanson, elle l'ignorait et c'était sans importance. L'important était que Davey se fasse une idée de sa mère dont il puisse être fier.

– Que faisait-elle d'autre ? demanda-t-il, le regard brillant, tout ressentiment oublié dans son exaltation.

– Elle riait beaucoup et racontait de merveilleuses histoires, et elle était toujours belle. J'étais si fière qu'on me voie avec elle. Tu l'aurais été, toi aussi.

Mais, manifestement, ce n'était pas ce qu'il fallait dire. Il jeta à Caroline un regard noir.

– Non. Elle était vilaine, et méchante, et elle me détestait et je la détestais ! Tout comme je te déteste !

Avant que Caroline pût réagir, il bondissait sur ses pieds et s'enfuyait. Elle se releva, plus lentement, préférant ne pas lui courir après. Malgré son rejet, elle espérait que les mots qu'elle lui avait dits l'aideraient un peu à changer d'avis sur sa mère.

Quand la jambe de Matt lui permit de sortir et de se déplacer, il insista pour que Caroline accompagne le reste de la famille à l'office religieux, ce qu'elle fit, sans enthousiasme. Après sa discussion avec Davey, elle se fit un devoir de se rendre sur la tombe d'Elizabeth. Debout là, devant la simple plaque qui disait ÉLIZABETH, ÉPOUSE D'EPHRAÏM MATHIESON, DÉCÉDÉE À L'ÂGE DE TRENTE-TROIS ANS, EN MAI 1682, elle se sentit soulagée, libérée, et elle renonça finalement à l'image d'une sœur qu'elle avait chérie pendant toutes ces années. La femme dans cette tombe, bien que de son sang, était une étrangère et l'avait toujours été. Les Mathieson étaient davantage devenus sa famille qu'Elizabeth ne l'avait jamais été.

N'eût été sa longueur – deux réunions de deux

heures, une le matin et une autre l'après-midi, entrecoupées d'une courte pause pour un frugal déjeuner à midi –, le culte s'était révélé une corvée moins insupportable que Caroline ne l'avait craint. Le révérend Miller avait jeté quelques fulminants regards dans sa direction et avait évoqué plus d'une fois dans ses sermons les filles de Babylone, voleuses et menteuses, dénoncées du haut de la chaire. La présence de Matt à côté d'elle l'avait sans doute dissuadé d'aller plus loin, se dit-elle. Quant aux fidèles, certaines dames, influencées sans aucun doute par le pasteur et l'apothicaire, l'un et l'autre importants personnages de la ville, conservaient leurs distances, mais on ne lui lança pas à la tête le mot de « sorcière » comme elle l'avait un peu craint après la malheureuse expérience de Davey, et nombre de femmes lui témoignèrent une surprenante cordialité, sans doute due à la présence des frères Mathieson. Les dames qui se voulaient son amie étaient toutes jeunes et célibataires, et Caroline se dit qu'elle constituait sans doute pour elles le meilleur accès au Mathieson de leur choix. Naguère, Matt les avait découragées et, en outre, il n'était pas convenable pour une célibataire de se retrouver dans un milieu d'hommes également célibataires. Mais maintenant qu'il y avait une femme dans la famille, les visites n'étaient plus exceptionnelles. Si Caroline l'avait souhaité, elle aurait reçu des « amies » tous les jours de la semaine, mais elle montra bien qu'elle avait du travail et seules les plus acharnées venaient de temps à autre. Pour Mary, c'était différent. Caroline aimait beaucoup l'épouse de James, et la petite Hope était un ange. Caroline appréciait beaucoup leur compagnie, et allait les voir au moins une fois par semaine en ville, à moins qu'elles ne viennent passer une heure ou deux avec elle.

Au cours de cet été bien rempli, on avait connu une pendaison de crémaillère et un mariage, mais on se rencontrait surtout à l'office. Septembre était arrivé, on avait rentré le maïs, et une soirée-concours était organisée chez les Smith. A sa grande surprise, Caroline découvrit qu'il lui tardait d'assister à l'événement, auquel toute la famille était conviée. Après dîner, elle s'assura que les garçons étaient bien propres et bien coiffés avant d'aller passer une nouvelle robe. Elle en choisit une de gros-grain noire avec un corsage ajusté et un grand col de dentelle blanche. Comme elle était bonne couturière, sa robe était plutôt plus seyante que celles des autres femmes, et elle s'était permis le luxe de rajouter aux manches un double rang de rubans de velours noir bordés de broderies de soie noire. Elle avait laissé dépasser des manches de sa robe les manches de mousseline blanche de sa chemise, et elle portait à la taille un tablier de mousseline blanche retenu par un gros nœud dans le dos. Tout cela provenait des robes qu'elle avait portées en Angleterre, mais elle avait retaillé le tout pour que nul ne se doute que rien n'était neuf.

Elle avait coiffé ses cheveux en un chignon lâche au sommet de la tête. Quelques mèches (ajustées à la hâte au petit fer dans l'intimité de sa chambre, artifice qu'elle n'avouerait jamais pour ne pas être accusée de l'horrible péché de vanité) encadraient de façon seyante son front, ses joues et sa nuque. En se regardant dans le minuscule miroir, Caroline dut s'avouer que l'image qu'il lui renvoyait lui plaisait beaucoup.

On frappa à la porte et elle remit vivement le fer à friser dans la malle d'où elle l'avait tiré. Si l'objet était d'usage courant en Angleterre, tout ce qui pouvait contribuer à modifier artificiellement l'aspect des femmes était fort mal vu en cette terre puritaine. Caroline jugeait cela ridicule, mais elle n'avait nulle intention d'en débattre.

– Il est l'heure de partir, si vous êtes prête, dit la voix profonde de Matt de l'autre côté de la porte.

– Je suis prête, lança-t-elle, souriante, avant d'aller le rejoindre après un ultime coup d'œil au miroir.

Le regard admiratif de Matt justifia à ses yeux ce qui ne pouvait être qu'un péché bien véniel.

Pour l'occasion, ils devaient prendre le chariot qui servait d'ordinaire à se rendre au marché. Mais la route était plus longue en voiture qu'à pied car le sentier qu'ils suivaient d'habitude était trop étroit pour permettre le passage du chariot, ce qui nécessitait un détour d'un demi-mille. Chacun était déjà en train de s'installer quand arriva Caroline, mais elle fut touchée de voir qu'on lui avait réservé le siège à côté du conducteur. Ils commençaient à apprendre, après tout. Entre le bras solide de Matt d'un côté et celui de Daniel de l'autre, elle sentit à peine les secousses provoquées par les ornières de la route.

La nuit se mit à tomber alors qu'ils approchaient de leur destination. Tandis que Matt arrêtait le cheval et que Daniel l'aidait à descendre, des conversations animées et des rires arrivèrent jusqu'à elle. Déjà, les autres Mathieson se précipitaient vers la porte ouverte de l'écurie des Smith où, sous la lumière de nombreuses lanternes accrochées aux épaisses poutres de chêne, un grand nombre de personnes étaient déjà rassemblées. Au milieu s'élevaient deux énormes piles d'épis de maïs et les capitaines choisissaient leurs équipiers. L'objet de la soirée, comme le lui avait expliqué Matt, était de voir laquelle des deux équipes finirait la première d'égrener son tas. Des tables étaient chargées de douceurs au sirop d'érable et de pains d'épice, de tartes aux pommes et aux baies, ainsi que de diverses viandes et noix. Il y avait également de grands tonneaux de cidre et l'on avait posé un gobelet devant chacun, y compris les enfants. Leur arrivée fut saluée par des cris de bienvenue. On fit appel à leurs services et Caroline se retrouva dans une équipe avec Thomas, Robert et Davey tandis que Matt faisait partie de l'autre équipe – avec Patience Smith et Hannah Forrester.

La douce odeur du foin se mêlait à celle, plus âcre, des vaches et des chevaux que l'on avait chassés de leur logis habituel pour les festivités de la soirée. Caroline partageait une balle de foin avec Mary qui, ainsi que James, faisait également partie de la même équipe. Tout en retirant plutôt maladroitement les feuilles vertes et les pointes soyeuses des épis de maïs, elle écoutait, d'une oreille distraite, les plaisanteries et les rires qui fusaient. Elle reportait surtout son attention sur Matt, assis, riant, sur la même balle qu'Hannah Forrester.

Sans qu'elle en soit consciente, ses gestes se ralentirent. Matt souriait à quelque chose que lui disait Hannah, un regard amusé dans ses yeux bleus. La lumière des lanternes nimbait de bleu les noires ondulations de ses cheveux et faisait ressortir ses traits d'une grande beauté. Il était en manches de chemise, comme la plupart des hommes, pour ce travail qui contribuait à donner soif. La fine toile de Hollande qu'elle avait coupée, lavée et repassée avec tant de soin faisait ressortir les muscles de ses épaules et la largeur de son torse à un point tel que Caroline crut qu'Hannah Forrester allait en baver d'admiration. Sa jambe fracturée était guérie, et à part une cicatrice à l'endroit où l'os avait percé la chair, il ne s'en ressentait plus guère. Mais il gardait son autre jambe étendue devant lui car il savait que son genou devenait douloureux quand il le pliait. A travers sa culotte noire et ses bas gris, on se rendait compte de la puissance de cette jambe. Hannah n'avait pas manqué de le remarquer.

– Eh bien, Caroline, vous vous en tirez très bien ! dit Mary dont la voix la ramena à son travail.

Le tas d'épis de maïs à côté d'elle avait considérablement monté, vit-elle avec surprise. Elle en comprit la cause et rougit. Mais elle parvint à adresser un sourire à Mary et à se replonger dans son ouvrage. Et elle s'abstint délibérément de regarder de nouveau en direction de Matt, même en entendant le rire d'Hannah Forrester.

Patience était assise à côté de Robert, son joli minois devenant beau sous l'illumination de son sourire. Caroline fut heureuse de constater que Robert échangeait avec elle des propos aimables au lieu de se borner à répondre par des grognements comme il l'aurait fait trois mois plus tôt. Tout comme Matt, et comme tous les autres Mathieson, en fait, Robert portait une chemise et une culotte qu'elle avait fabriquées et elle tirait une certaine vanité de leur élégance. Thomas se partageait entre Abigail Fulsom et Joy Hendrick, qui l'encadraient, tandis que Daniel, qui bavardait avec James tout en travaillant, était l'objet des regards langoureux de la rousse Lissie Peters. Si ces deux-là devaient jamais se marier, à quelle bande de poil-de-carotte ils allaient probablement donner naissance ! se dit Caroline, amusée. Selon elle, Lissie et Daniel allaient se retrouver mariés avant un an. En fait, il était très possible que toute la bande des Mathieson se disperse, chacun partant fonder son propre foyer dans les deux années qui allaient suivre, idée que Caroline caressa avec un certain plaisir. Elle aimait bien Robert et Thomas, et plus encore Daniel, mais il était épuisant de s'occuper de quatre adultes et de deux gamins qui grandissaient. Ce serait avec soulagement qu'elle passerait une partie du fardeau à de jeunes épouses.

Mais le corollaire logique était que Matt pourrait bien se remarier lui aussi. Hannah Forrester paraissait tout aussi déterminée que Lissie Peters, mais à l'idée qu'Hannah – ou quelque autre femme – pût la remplacer auprès de Matt et des enfants, Caroline se leva d'un bond de sa balle de foin, les mains figées sur son épi de maïs. Il s'agissait de sa famille ! Elle n'allait pas les partager ! Elle jeta à Matt un regard qui, s'il l'avait remarqué, l'aurait convaincu qu'il l'avait mortellement offensée. Mais il s'était joint à la conversation entre James et Daniel, tandis qu'Hannah s'était tournée pour parler à la femme se trouvant à sa gauche, et il ne vit donc pas son regard. Certes, Matt avait juré de ne jamais se remarier et n'avait donné à Caroline aucune raison de douter de sa résolution.

– Regardez Hope qui essaie de grimper sur la jambe de James ! dit Mary en riant, et Caroline tourna la tête vers l'enfant.

Hope avait plus d'un an maintenant, et se montrait le plus charmant des bébés. Caroline observa en souriant James qui prenait sa fillette brune et l'installait sur son bras, en continuant sa conversation avec ses frères. Tout comme Matt, James était un père exemplaire. Et à en juger par la façon dont Daniel, Robert et Thomas se comportaient avec leurs neveux et nièce, ils feraient probablement de bons pères eux aussi.

– Regardez ! tonnèrent plusieurs voix.

Caroline vit Daniel, le rouge aux joues, fixant un épi à demi épluché. Les grains étaient d'un orange foncé et non jaune pâle comme d'ordinaire, ce qui provoqua de grands rires de la part de ses frères notamment.

– Qu'est-ce qui se passe ? souffla Caroline à Mary.

– Il est tombé sur un épi rouge ! Cela signifie que Daniel a le droit de demander un gage à la dame de son choix.

– Un gage ?

– Un baiser, sotte enfant ! expliqua Mary en riant tandis que tous fixaient Daniel qui levait les yeux de son épi pour faire lentement le tour de l'assemblée du regard.

29

– Vas-y ! Vas-y ! lancèrent les compagnons de Daniel, dont le visage était devenu aussi rouge que ses cheveux.

Caroline ne put s'empêcher de sourire devant sa gêne et le regarda avec intérêt s'avancer au milieu du cercle. Qui allait-il choisir ? Le regard de Caroline passa à Lissie Peters, les yeux modestement baissés. Et, à sa grande consternation, elle vit que Daniel arrivait droit sur *elle*.

Elle ne pouvait rien faire sinon rester assise là, rougissant douloureusement tandis que Daniel, plus écarlate que jamais mais l'air bien déterminé, se penchait et lui posait sur la joue un baiser rapide. Ses lèvres ne firent que l'effleurer, tièdes et fermes. Caroline ne ressentit aucune répulsion à son contact, mais elle se sentit toute mortifiée d'être ainsi choisie.

– Bravo !

On rit bruyamment, on applaudit. Daniel, avec un rapide sourire à Caroline, battit en retraite de l'autre côté. Pendant un instant, Caroline sentit que tous les regards étaient posés sur elle, certains rieurs, d'autres curieux, d'autres enfin franchement réprobateurs.

– Eh bien, dire que je n'avais jamais remarqué le

penchant de Daniel pour vous ! observa Mary à côté d'elle.

Caroline se tourna pour la faire taire, mais la jeune femme, les yeux brillants, n'allait pas lâcher le sujet aussi facilement.

– Heureusement que je vous aime bien, car il semble que nous serons bientôt sœurs, dit-elle pour taquiner Caroline, impliquant que Daniel pouvait bien nourrir des intentions sérieuses.

Mais Caroline la fit taire d'un froncement de sourcils. Et, tandis que ses mains se posaient sur un autre épi et reprenaient leur travail, ce qui lui permit de cacher sa confusion, elle ne put s'empêcher de jeter un coup d'œil vers Daniel, le visage toujours empourpré sous les plaisanteries de James. A côté de lui, Matt ne riait plus avec les autres. Il parlait de nouveau avec Hannah et paraissait très calme.

Etait-il vraiment si peu ennuyé de voir son frère donner un baiser à Caroline ? En face d'elle, Lissie Peters, tout en tirant sur la peau argentée d'un épi, faisait grise mine et lui adressait un regard mauvais. Et Caroline ne pouvait lui en vouloir. Elle réagirait de la même façon si l'objet de son affection montrait ouvertement qu'il en préférait une autre.

Si Matt avait donné un baiser à Hannah Forrester, elle aurait eu envie de les tuer l'un et l'autre !

Car celui qu'elle voulait, c'était Matt. Elle aurait dû s'en rendre compte depuis longtemps. Elle le chercha de nouveau du regard. Il bavardait toujours avec Hannah Forrester. Le baiser de Daniel, que Mary avait interprété comme quasiment une déclaration d'intention, ne l'avait apparemment pas perturbé le moins du monde !

Maintenant qu'elle y songeait, jamais au cours de tout l'été il n'avait posé la main sur elle autrement qu'en un geste poli, et jamais il ne lui avait manifesté le moindre témoignage d'attirance. L'attrait physique naguère ressenti s'était-il évanoui ? Ou, encore, avait-il conclu que sa passion l'entraînait sur un chemin qu'il se refusait à suivre et avait-il fait marche arrière ? Il avait déclaré n'avoir pas l'intention de se remarier, et il n'aurait guère été sage de faire d'elle sa maîtresse alors qu'elle vivait sous le même toit et s'occupait de toute la famille. Elle ne l'aurait d'ailleurs pas permis, bien sûr. Mais devenir sa femme ?

Caroline chassa la question de son esprit et se replongea dans ses épis de maïs jusqu'à ce que, alors qu'il lui en restait encore une demi-douzaine à écosser, l'autre camp fût déclaré vainqueur. Après quoi ils mangèrent et burent et vint l'heure de rentrer.

Comme à l'aller, elle s'installa entre Matt, qui conduisait, et Daniel. La nuit s'était rafraîchie et de minces traînées de nuages défilaient sous une lune orangée. Le vent s'était levé, agitant les branches au-dessus d'eux. Dans le lointain – espéra Caroline – un loup solitaire hurla.

Les deux enfants, fatigués et silencieux, dodelinaient de la tête contre l'épaule de leurs oncles, à l'arrière. Robert et Thomas bavardaient à voix basse. A côté d'elle, Matt gardait une immobilité de statue, le visage impénétrable, son bras ferme et rigide contre elle. De l'autre côté, Daniel était tout aussi silencieux. Disparue l'atmosphère enjouée de l'aller, remplacée par quelque chose de pesant, bien qu'inexprimé. Caroline jeta un regard sur l'un puis sur l'autre, songea à rompre cette morosité par quelque commentaire sur la soirée, puis s'abstint. Elle ne se sentait pas d'humeur plus joyeuse que ses compagnons.

Quand ils arrivèrent à la maison, Matt s'arrêta devant la porte pour permettre à Caroline et aux enfants de descendre, tandis que ses frères allaient l'accompagner à l'écurie pour dételer le cheval, ranger le chariot et terminer les diverses corvées. Caroline s'apprêta à protester contre le fait qu'ils aillent travailler dans leurs plus beaux habits, mais y renonça avec un soupir. Elle n'était pas d'humeur à discuter avec quiconque.

Le chariot avait à peine redémarré qu'elle entendit Thomas demander, depuis l'arrière :

– Tu es *amoureux*, Dan ?

– De *Ca-ro-line* ? précisa Robert, d'un ton tout aussi taquin.

Celle-ci comprit qu'ils avaient attendu de se trouver assez loin – croyaient-ils – pour qu'elle ne puisse entendre.

– La ferme, entendit-elle Daniel répondre avec davantage de bonne humeur qu'elle n'en aurait elle-même montrée dans les mêmes circonstances.

Et puis, comme ils s'éloignaient, elle n'entendit plus rien et entra dans la maison avec les enfants.

– Est-ce que tu vas épouser oncle Dan ? demanda Davey tandis qu'elle refermait la porte derrière elle.

L'enfant paraissait consterné.

Caroline se tourna vers lui, surprise qu'il eût compris tant de choses alors qu'il avait passé la soirée à jouer avec ses amis.

– Non, bien sûr, répondit-elle, plus vivement qu'elle ne l'aurait souhaité, et elle les conduisit vers leur chambre.

Dans les escaliers, John se retourna pour la regarder.

– Moi, ça ne me déplairait pas si tu l'épousais, lui dit-il, presque timidement.

Caroline le regarda, lui aussi, vêtu de ses plus beaux habits, ressemblant tellement à son père avec ses cheveux ébouriffés par le vent et ses joues rouges, et elle sentit une chaleur l'envahir. Elle eut un petit sourire qui s'évanouit quand Davey, arrivé en haut des marches, déclara :

– Eh bien moi ça ne me plairait pas du tout !

Et il fila dans le couloir et alla s'enfermer dans sa chambre. Désormais habituée à l'inflexible position de Davey contre ce qu'il considérait comme la moindre tentative de la part de Caroline de s'installer trop fermement dans la famille, elle suivit John avant de gagner sa chambre et de se demander si le baiser public de Daniel avait vraiment été une déclaration ou un simple geste d'affection. Elle espérait de tout son cœur qu'il ne s'agissait que d'un témoignage d'affection. Sans quoi, si Daniel se mettait à la courtiser, elle allait perdre sa tranquillité si difficilement acquise.

Mais au cours des jours qui suivirent, Daniel ne dit ni ne fit rien qui pût trahir des intentions sérieuses à son égard. En fait, il paraissait à cran, tout comme ses frères. Davey et John se querellaient sans cesse tandis que les autres gamins – comment les appeler des hommes alors qu'ils faisaient montre d'un comportement aussi puéril ? – se chamaillaient. Matt gardait surtout le silence et jetait des regards mauvais à tout ce qui croisait son chemin, n'ouvrant la bouche que pour enguirlander qui avait la malchance de susciter sa colère.

– Ce n'est tout de même pas ma faute si la lame a rouillé ! grogna Thomas un soir, en réaction contre une réflexion de Robert à propos de la houe qu'il aurait négligé de rentrer.

– Ah non ? Qui a été le dernier à s'en servir ? Tu ne te soucies guère des outils et tu devrais bien le reconnaître si tu étais honnête !

– Je ne vois pas pourquoi tu râles ! Ce n'est pas *toi* qui vas l'arranger, non ? demanda Daniel.

– Et sûrement pas *toi* ! répliqua Robert, tournant son regard noir vers Daniel.

– Pourquoi pas ? Je le fais toujours ! Si je n'étais pas là, nous n'aurions plus aucun outil ! Vous êtes toujours en train de les casser, vous deux, ou de les laisser dehors pour qu'ils s'abîment !

– C'est Thomas et pas moi ! se défendit Robert.

– C'est une blague ! Ha, ha, laisse-moi rire ! dit Thomas qui ne riait pas du tout.

– C'est l'oncle Thom qui a laissé le râteau dehors la semaine dernière. Je l'ai vu, déclara Davey.

– La ferme, sale gosse ! dit Thomas, reportant sa mauvaise humeur sur l'enfant.

– Non ! Je t'ai vu ! Je...

– Quel vilain petit rapporteur tu fais ! dit John à son frère.

– Je ne suis pas un rapporteur ! Je l'ai vu et...

– Oh, la ferme ! coupa John, lui tournant le dos, écœuré.

– Tu vois bien ! triompha Robert.

– De la bouche des enfants... grommela Daniel.

– Je te dis que ce n'est pas moi ! insista Thomas.

– Pour l'amour de Dieu, tenez vos fichues langues ! J'en ai assez entendu pour ce soir ! tonna Matt depuis le bout de la table, faisant sursauter Caroline.

John et Davey, effrayés, se plongèrent dans leur assiette. Thomas et Robert, leur animosité apparemment oubliée, échangèrent un regard éloquent et se replongèrent aussi dans leur dîner. Daniel mâcha lentement sa bouchée, et avala. Puis il regarda son frère aîné, les yeux sombres, la mâchoire serrée.

– Je ne sais pas ce qui te pique, mais j'aimerais que tu cesses de t'en prendre à nous ! Nous en avons plus qu'assez de marcher sur des œufs près de toi, de crainte de faire un pas de travers et de risquer notre tête pour cela.

Un silence plein de tension suivit cette déclaration. Caroline, la fourchette à mi-chemin des lèvres, les yeux ronds, regarda Daniel puis Matt. Robert et Thomas semblaient également surpris. Davey ouvrit de grands yeux devant l'audace de son oncle, tandis que John paraissait attendre une explosion.

– Qu'est-ce que tu as dit ?

– Tu m'as parfaitement entendu, répondit Daniel qui se refusa à céder et soutint le regard de son frère. Voilà trois jours que tu te montres aussi grincheux qu'un ours. Tout le monde en souffre et nous en sommes tous malheureux. Si tu as quelque chose sur le cœur, pour l'amour de Dieu, crache-le ! Ou garde-le pour toi si tu préfères, mais ne t'en prends pas à nous !

– Va te faire foutre ! dit Matt avec un regard féroce.

Il repoussa sa chaise, se leva et sortit de la pièce. Les autres restèrent là dans un silence stupéfait jusqu'à ce qu'ils entendent la porte claquer. Ils poussèrent un soupir général.

– Jamais encore je n'avais entendu pa jurer ! observa Davey qui, manifestement, n'en revenait pas.

Caroline, assise à côté de lui, lui tapota le genou d'un geste rassurant.

– Tu crois qu'il est malade ? demanda John, inquiet.

– Nous sommes des adultes. Il ne peut continuer à nous crier après et à nous donner des ordres selon son bon plaisir, dit Thomas, venant soutenir Daniel.

– Mais ça ne ressemble guère à Matt de s'emporter ainsi. Jamais il n'a fait cela, même quand... (Robert jeta un regard rapide sur Caroline et les enfants et poursuivit :) ... quand les choses allaient vraiment très mal ici.

Caroline comprit qu'il parlait de l'époque où Elizabeth était vivante.

– Matt n'est pas dans son assiette, et vous vous êtes conduits comme des enfants gâtés, conclut-elle.

– Pas dans son assiette ! railla Thomas, c'est vraiment peu dire.

– Mais qu'est-ce qui le tracasse, d'après toi ? demanda Robert.

– Je n'en sais rien, mais s'il continue je vais lui casser la figure ! assura Daniel.

– Je te défends de toucher à pa ! crièrent à l'unisson Davey et John.

– Il blague, dit Robert pour les rassurer, tout en regardant Daniel comme s'il n'était plus le même.

De fait, une telle menace n'était pas dans le caractère de Daniel.

– Il faut que quelqu'un aille lui parler pour voir ce qu'il a, dit Caroline.

Les adultes se regardèrent. *Qui* allait le faire ? se demandaient-ils.

– Allez-y, vous, Caroline, proposa soudain Robert. Vous êtes la seule à qui il ne montre pas les dents.

– Tu parles de lui comme d'un chien enragé. Il n'en est pas *à ce point*, dit Thomas à mi-voix.

– Tu crois ? répliqua vertement Daniel.

– Moi ? demanda Caroline comme si elle n'avait pas entendu ce dernier échange. D'accord, j'y vais, dit-elle, commençant à entrevoir la vérité.

Elle se décida brusquement et se leva. En quittant la pièce pour aller retrouver Matt, elle put sentir tous les regards sur elle.

30

Il était dans l'écurie. Dès qu'elle sortit, Caroline distingua la lumière qui filtrait par la porte ouverte. Elle ramassa ses jupes et s'y dirigea, ouvrant la barrière puis la refermant derrière elle avant d'entrer avec précaution dans l'écurie pour éviter toute mauvaise surprise. En arrivant à la porte ouverte, elle aperçut Matt, assis sur un seau retourné, sa jambe la plus faible étendue devant lui, le visage lugubre, en train de masser son genou marqué d'une cicatrice. Raleigh, accroupi à côté de lui, la regarda arriver et bondit en aboyant.

– Tais-toi, Raleigh, lui dit Caroline, gênée d'être ainsi annoncée alors qu'elle serait bien restée là à observer Matt quelques instants encore.

Sa jambe lui faisait-elle mal, et la douleur le rendait-elle particulièrement irascible ? A cette idée, un peu de sa confiance s'envola. Peut-être l'idée que Daniel pouvait l'épouser ne le gênait-elle pas.

– Qu'est-ce que vous voulez ? demanda-t-il, sans que rien indique qu'il était heureux de la voir.

Le chien monstrueux vint lui faire fête, saisissant le bas de sa robe dans une invitation à jouer.

– Va chercher dehors, lui dit-elle, et le chien bondit à la poursuite de quelque animal imaginaire tandis que Caroline tirait la porte derrière lui.

Quand elle se retourna, elle vit que Matt la regardait d'un regard noir, frottant toujours son genou mais d'un geste machinal, comme s'il n'y avait guère de place dans ses pensées pour sa douleur et la façon de l'apaiser.

– Voulez-vous que je le fasse ? proposa Caroline qui s'avança jusqu'à lui sur le sol jonché de paille.

– Non, se borna-t-il à répondre, mais elle n'y prêta pas attention.

Elle s'agenouilla et, d'un geste naturel, se mit à le masser. Elle l'avait déjà fait quand il avait commencé à se servir de béquilles, puis de la canne, car le poids supplémentaire sur son autre jambe lui provoquait des crampes douloureuses. Mais les massages les calmaient et elle avait paru avoir un don particulier. Alors même que les mots de Matt la repoussaient, il ôta ses mains en rechignant pour la laisser faire.

Pendant un moment, sans un mot, elle massa le genou et les muscles raidis de la cuisse, comme elle l'aurait fait pour une pâte à pain. Sous le rude tissu de la culotte, elle pouvait sentir la chaleur de sa peau. Il avait la cuisse dure et musclée, virile, et elle ressentit instinctivement tout cela.

– Que voulez-vous ? lui demanda-t-il de nouveau, d'un ton tout aussi hostile que la première fois.

Elle leva les yeux et vit qu'il serrait les dents.

– Que croyez-vous que je vienne faire à l'écurie à cette heure de la nuit ? Vous parler, bien sûr.

– Ce sont les autres qui vous envoient ?

Caroline eut un petit sourire et revint au genou de Matt.

– Evidemment. Aucun d'entre eux n'a osé venir vous affronter. Sauf Daniel, qui était prêt à vous taper dessus.

– Vraiment ! Par Dieu, j'aimerais voir cela ! dit Matt d'un ton si mauvais que les espoirs de Caroline remontèrent.

Elle le regarda, cherchant sur son visage quelque signe d'encouragement supplémentaire.

– Les frères ne doivent pas se battre, dit-elle, tout en l'observant.

A la lumière de l'unique lanterne suspendue à un crochet planté dans une poutre, il paraissait las, dur, et si beau qu'elle en eut le souffle coupé.

– Caïn et Abel se sont battus.

– Oui, et voyez ce qui en est résulté ! En outre, Daniel et vous êtes d'ordinaire les meilleurs amis du monde.

Matt grogna. Sous ses mains, Caroline pouvait sentir ses muscles qui se détendaient et elle descendit, massant le genou et le mollet revêtu de son bas.

– Davey a été choqué de vous entendre jurer contre votre frère. Jamais encore il ne vous avait entendu parler ainsi, a-t-il dit.

– Je n'aurais pas dû le faire, surtout devant les enfants. J'en ai honte et je vais expliquer cela à Davey et m'excuser.

– Mais on vous avait provoqué.

– En effet.

– Daniel vous avait provoqué.

– Oui.

Les mains de Caroline s'arrêtèrent et elle le regarda. Elle était maintenant agenouillée entre ses jambes, légèrement penchée sur sa cuisse la plus solide tandis que ses mains s'activaient sur l'autre. Elle ne s'en rendit pas compte, mais la lumière de la lanterne donnait à ses yeux, sous les sourcils soyeux, une teinte d'un jaune des plus profonds et soulignait la beauté de ses traits, de ses pommettes hautes à la rondeur de son menton. Ses cheveux, noirs comme la nuit, étaient simplement tirés en un chignon sur sa nuque. Sa robe noire et blanche aurait pu paraître triste sur quelqu'un d'autre, mais sur Caroline elle faisait merveille. Le tissu moulait naturellement son corps, toujours mince mais plus galbé. Elle paraissait outrageusement belle avec ses yeux levés sur Matt dont la bouche et les muscles se durcirent.

– Qu'est-ce qui vous prend ? demanda-t-elle, ressentant le raidissement de sa cuisse sous ses mains, et ses doigts se déplacèrent sur le muscle tendu.

La laine de la culotte de Matt était rude sous sa main. Sous le tissu, sa jambe était douce et dure.

– Que me demandez-vous là, Caroline ?

– Rien de bien mystérieux. Je vous demande simplement pourquoi, après toutes ces années vécues en harmonie avec votre frère, il vous provoque soudain ainsi.

Si les paroles et le ton semblaient innocents, l'intention ne l'était guère. Les doigts de Caroline lissèrent le tissu, remontèrent caresser la cuisse, redescendirent.

– Pourquoi ? Vous voulez savoir pourquoi ? demanda-t-il, farouche, et ses mains vinrent se poser sur celles de Caroline et arrêtèrent leur mouvement, les plaquant contre sa cuisse.

Sous le contact de ces mains, elle ressentit comme une chaleur dans son dos, ses reins. Après des mois de paix somnolente, son corps semblait s'ouvrir de nouveau au frisson de la vie.

Il s'apprêta à en dire davantage, hésita, se rembrunit.

– Si vous avez l'intention d'épouser Daniel, vous n'avez rien à faire ici avec moi. Je vous suggère de vous lever et de rentrer.

– J'aime beaucoup Daniel, répondit-elle, songeuse, son cœur bondissant sous l'éclat soudain des yeux bleus.

– Vraiment ?

– Et je crois qu'il m'aime bien lui aussi. Mais il ne m'a pas demandé de l'épouser.

– Il va le faire.

– Dans ce cas, il me faudra lui dire non, répondit-elle avec un petit sourire, tournant ses mains de sorte que ses doigts se mêlèrent à ceux de Matt. Ce n'est pas Daniel qui m'intéresse.

– Ah non ?

– Non.

Rendue plus audacieuse par ce qu'elle crut lire dans son regard, elle libéra ses mains, se redressa, de sorte que leurs visages se trouvent à la même hauteur. Ses mains se posèrent sur les larges épaules tandis que, machinalement crut-elle, il lui prenait la taille, le regard brillant, très bleu.

– C'est vous, finit-elle.

Il ferma les yeux et son étreinte se fit plus ferme sur la taille de Caroline. Fugitivement apparut sur ses lèvres quelque chose de trop intense pour être qualifié de sourire.

– Est-ce que vous me feriez une déclaration, par hasard ? demanda-t-il, et sous la légèreté délibérée du ton perçait une certaine inquiétude.

Avec cette chaleur qui s'installait entre eux, ils avaient de plus en plus de mal à parler, mais Caroline parvint à contraindre les mots à passer sa gorge serrée.

– Et si c'était le cas ? demanda-t-elle, retenant son souffle en attendant la réaction de Matt.

– Je dois vous prévenir que vous prenez des risques, dit-il, s'efforçant de conserver un ton léger alors que son regard bleu, intense, en disait bien davantage.

– Vraiment ? parvint-elle à souffler, ses mains remontant sur les épaules de Matt, goûtant le contact de ses muscles solides à travers la chemise qu'elle avait elle-même cousue. Et que voulez-vous dire par là exactement, je vous prie ?

Matt la regarda un long moment sans répondre, le

visage sombre, le regard nerveux. Puis il eut une espèce de rire rauque, dur, sans la moindre gaieté.

– Etes-vous sûre de vouloir savoir ce que cela signifie ? Mais je vais vous le dire puisque vous me le demandez, que vous souhaitiez l'entendre ou pas. Cela signifie que depuis des mois vous m'avez mis le sang en ébullition. Je suis incapable de réfléchir, de travailler, je reste éveillé des nuits entières, fou de désir. Cela suffit-il pour vous faire filer à la maison ou voulez-vous en entendre davantage ?

Caroline ne répondit pas et n'esquissa pas le moindre mouvement de fuite. Ses yeux fixèrent ceux de Matt et ce qu'elle y lut lui coupa le souffle.

– Je brûle pour vous, reprit-il, la voix toujours aussi rauque. Je souffre dans ma chair d'un tourment constant, des tortures de l'enfer. Je n'imagine pas comment apaiser cela sinon par votre chair – mais je ne voudrais ni vous faire mal ni vous faire peur. Alors, filez maintenant tandis que vous en avez l'occasion. Sans quoi, je vous le dis, vous pourriez bien le regretter amèrement.

– Je n'ai pas peur de vous, Matt, dit-elle en un souffle, et ce n'était pas tout à fait vrai.

Si elle n'avait pas peur de l'homme, elle craignait sa passion, son avidité qu'il avait du mal à maîtriser. Elle craignait ce qui pourrait arriver quand se briserait le lien fragile et ténu qui le retenait.

– Vraiment ? Eh bien, embrassez-moi, Caroline.

Il raillait. Le souffle court, Caroline hésita un instant. Mais il était sien maintenant, elle le savait. Il lui suffisait de relever le défi. Elle ne le quitta pas des yeux tandis qu'elle se penchait et lui passait les bras autour du cou. Ses paupières battirent et ne se fermèrent que lorsque leurs lèvres se joignirent.

Il avait les lèvres tièdes et d'une douceur surprenante. Durant un bref instant, il demeura immobile, la laissant ressentir toute la chaleur que faisait naître ce simple contact. Et les mains de Matt vinrent lui prendre la taille, l'attirant contre lui.

– Oh, Matt !

Elle murmura son nom tandis qu'il l'écrasait contre sa poitrine et ouvrait ses lèvres. Caroline avait instinctivement ouvert les siennes ; la langue de Matt s'y glissa. La dernière fois qu'il l'avait ainsi embrassée, il n'avait pu aller plus loin car elle avait été prise de panique. Mais cette fois, parce qu'il était Matt et qu'elle l'aimait, elle se contraignit à chasser de son esprit les images du passé qui se bousculaient et ne pensa plus qu'à lui : à Matt.

– Tu as si bon goût.

Il se retenait toujours, quittant sa bouche pour lui poser sur les lèvres des baisers légers, lui murmurant des paroles d'apaisement pour qu'elle n'ait pas peur. Caroline le sentit qui se maîtrisait ; il l'aimait assez pour y parvenir, et elle laissa tomber la dernière des barrières qu'elle avait dressée entre eux. Dans un épanouissement soudain de brûlante générosité, elle serra ses bras passés autour du cou de Matt, plaqua son corps contre le sien et glissa sa langue entre ses dents. Elle allait se donner à lui, sans aucune restriction, parce qu'elle l'aimait.

– Caroline, souffla-t-il, la repoussant, haletant comme s'il se noyait, le visage congestionné. (Elle se rendait bien compte des efforts qu'il devait déployer pour se maîtriser.) Si vous m'embrassez ainsi de nouveau, je sens que je vais perdre la tête.

– Je veux que vous perdiez la tête, murmura-t-elle contre sa bouche, inclinant son menton, plaquant de nouveau ses lèvres sur celles de Matt.

Cette fois, quand leurs langues se rencontrèrent, elle soupira. Et il la pressa davantage contre lui encore, son cœur battant contre ses seins.

Tandis que durait ce baiser avide, il tomba, roula du seau sur lequel il était assis, l'entraînant avec lui sur le sol où il l'enveloppa de ses bras, glissa ses jambes sur les siennes, lui faisant ressentir toute la rigidité de son corps. Elle referma ses bras autour de son cou et ferma les yeux, sans protester quand, de ses doigts tremblants, il vint trouver et caresser ses seins, malgré tous les horribles souvenirs qui resurgissaient. Mais elle les chassa, se répétant sans cesse : « C'est Matt. » Elle ne tenta pas davantage de l'arrêter quand ses mains se glissèrent sur ses jambes, remontant la jupe. Elle demeura accrochée à lui quand il souleva sa robe et son jupon sur sa taille et défit fébrilement sa culotte, dont il arracha les boutons dans sa hâte.

Quand, de son genou, il écarta ses jambes gainées de bas, elle serra les dents. Quand il trouva cette partie d'elle-même qui avait connu la douleur et qu'il allait de nouveau faire souffrir, elle lui enfonça les ongles dans les épaules avec une inflexible volonté d'accepter. Quand il entra en elle, l'emplissant au point qu'elle crut qu'il allait la déchirer, elle trembla sous l'horreur qui l'envahit et qu'elle ne pouvait plus maîtriser. Mais elle continua à le garder contre elle, les yeux clos, les dents serrées, sans un gémissement de protestation, alors que sans cesse il s'enfonçait en elle.

Contre ses reins nus, elle sentait les piqûres des brins de paille et le froid de la terre. Sur elle et en elle, un homme pesait, gémissait. Les mains accrochées à la chemise de Matt, dans son dos, les jambes raidies jusqu'aux orteils, elle résistait de toutes ses forces pour ne pas lutter contre ce qu'il lui faisait. Il était Matt, son Matt, et elle l'aimait. Par cet acte, il la faisait sienne. S'accrochant à cette pensée, elle endura.

Quand il en eut terminé, avec un grand cri et un dernier coup de reins qui la fit gémir avant qu'elle ne puisse s'en empêcher, elle le garda serré dans ses bras tandis qu'il s'affaissait sur elle, frissonnant. Elle lui caressait les cheveux, essayant de ne pas penser à son corps encore en elle, à sa douleur, à leur demi-nudité. Sans quoi, elle le savait, elle allait en frémir de dégoût. Elle lui caressait les épaules, le dos, se persuadant qu'elle lui avait donné le plus grand plaisir. Cette pensée, elle le savait, rendrait plus facile l'acceptation du viol de son corps.

Enfin, il se redressa sur les coudes pour regarder son visage. Elle leva les yeux sur lui, avec un sourire plein de tendresse, surprise par la dureté qu'elle lut sur son visage.

– Le diable t'emporte ! grinça-t-il, le corps raidi sur celui de Caroline. Pourquoi ne m'as-tu pas arrêté ?

31

– Pourquoi... pourquoi vous aurais-je arrêté ? demanda Caroline, confuse, choquée, lorsque ses yeux croisèrent ceux de Matt.

Il était manifestement fâché, avec son regard dur, sa bouche crispée. Jamais encore elle ne l'avait entendu parler ainsi. Même son corps, avec ses muscles tendus, laissait deviner son hostilité. Pour quelle raison il paraissait furieux contre elle, elle n'aurait su le dire, alors qu'elle venait de lui accorder ce qu'elle avait de plus précieux.

– Parce que malgré toutes vos petites manœuvres de séduction, vous n'étiez guère plus prête à faire l'amour qu'une vierge de douze ans !

– Mais... c'est parce que... vous savez bien, bégaya-t-elle de surprise.

– Oui, je sais, fit-il singeant amèrement son ton tout en se relevant, le visage empourpré, rajustant sa culotte sans la moindre pudeur. (Tout en continuant à la regarder, il poursuivit :) J'ai eu envie de soulever vos jupes depuis la première fois que je vous ai vue, assise sur votre délicieux petit derrière dans la poussière, avec votre robe à demi déchirée, vos cheveux tombant sur vos épaules, furieuse. Quand je vous ai embrassée, sur mon lit, savez-vous combien il m'a été pénible de vous laisser aller ? Non, bien sûr. Vous n'en avez pas la moindre idée. Mais je vous ai laissée aller. Et pourquoi ? Parce que j'avais de l'affection pour vous, Caroline, et que vous aviez de toute évidence besoin d'affection et de sécurité. Il y avait entre nous une confiance certaine, et c'est un sentiment que je respecte trop pour laisser mon désir le ternir. Avant de coucher avec vous – si cela arrivait jamais – je voulais vous laisser le temps de guérir. Et, par Dieu, j'ai fait ma part pour cela. Je ne vous ai pas touchée, non ? Avec tous les efforts que cela a exigé de moi, j'ai gagné ma place au paradis ! Mais maintenant, comment diable croyez-vous que nous allons pouvoir en revenir au passé ? C'est impossible parce que je vais devenir fou de vous désirer, tout en sachant parfaitement que si je vous prends vous serez malade de répulsion ! Croyez-vous que je sois un tel porc que je puisse prendre une femme qui ne me désire pas ? Surtout une femme que j'aime ?

– Mais... mais... commença-t-elle, les mots lui manquant.

Jamais elle n'aurait imaginé que son abnégation conduirait à cela. Elle ne parvenait pas à comprendre son raisonnement, même si elle l'avait clairement entendu dire qu'il l'aimait. Cela seul aurait suffi à la rendre heureuse s'il n'avait paru aussi fâché.

Plus décent, maintenant, il glissait les pans de sa chemise dans sa culotte. Elle songea un instant à son aspect à elle, nue de la taille au milieu des cuisses, là où arrivaient ses bas de coton blanc, les jambes impudiquement écartées, le triangle noir de sa féminité se détachant sur sa peau pâle, le nombril exposé. Le visage écarlate, elle baissa ses jupes et se leva.

– Je voulais que vous... fassiez ce que vous venez de faire. Mais je... je... je n'y peux rien si je n'aime pas cela ! Oh, Matt, ne pouvez-vous simplement accepter le fait que c'est un don et en être heureux ?

– En être heureux ! Je n'ai nul besoin de sacrifices humains, merci beaucoup !

– Ce n'était pas cela du tout ! protesta-t-elle, pleurant presque, mais déjà il se dirigeait vers la porte, passant ses doigts dans ses cheveux fous. Il n'avait pas l'intention d'en parler davantage.

– Matt !

Sans répondre, il tira la porte. Et se figea en tombant face à face avec Daniel.

Celui-ci s'immobilisa, lui aussi, et ils restèrent un instant à se regarder. Matt tournait le dos à Caroline, mais même ainsi elle pouvait se rendre compte de la crispation de son corps, menaçant. Daniel, face à elle, se trouvait davantage plongé dans l'obscurité malgré la flaque de lumière devant la porte de l'écurie, mais elle sentit la tension qui l'habitait aussi.

– Qu'est-ce que tu veux ? grogna Matt, son grand corps bien planté pour empêcher Daniel d'entrer et de voir à l'intérieur.

Celui-ci fit un pas de côté pour passer tout de même, et Matt se planta devant lui.

– Où est Caroline ?

– Ça ne te regarde pas, répondit Matt avec un méchant rire.

– Ça me regarde autant que toi ! Où est-elle ? Elle...

Il ne put en dire plus, découvrant Caroline par-dessus l'épaule de Matt. Elle s'était précipitée derrière lui pour s'arrêter à quelques pas. Elle avança pour que Daniel puisse la voir et lui adressa un signe pressant de la tête, comme pour l'inviter à ne rien faire. Ce qui ne calma nullement Daniel. Caroline ne s'en rendit pas compte, mais avec ses cheveux qui lui tombaient sur les épaules, ses joues roses devenues rouges sous l'irritation de la barbe de Matt, elle était l'image même d'une femme que l'on venait, pour le moins, d'embrasser furieusement.

– Espèce de... salopard ! cria Daniel, incrédule, à son frère à qui il lança un coup de poing au visage.

Le coup résonna dans l'écurie. Jacob, qui avait son propre box spacieux, s'en ébroua de peur, son corps énorme cognant contre le bois. Une vache, attachée à côté de la porte, gémit quand Matt s'étala de tout son long dans un bruit mou.

– Matt ! cria Caroline, se précipitant à son secours tandis qu'il se redressait, une main sur son œil. (Elle lui prit le bras et s'accroupit à côté de lui, avec pour Daniel le regard féroce d'une lionne défendant son petit.) Vous lui avez fait mal ! cria-t-elle de nouveau. Qu'est-ce qui vous prend ? C'est votre frère !

– Restez en dehors de cela, grogna Matt en la repoussant.

Puis il bondit et saisit son frère aux jambes, l'entraînant, titubant, à l'intérieur de l'écurie. Ils se battirent violemment, échangeant coups de poing, de pied et jurons, l'un et l'autre grands, forts et furieux. Matt devait faire un pouce de plus environ et il était plus musclé, mais sa jambe le handicapait et la lutte était plus ou moins égale. Caroline, en les voyant tourner et s'empoigner, pensa à deux ours en train de danser.

– Arrêtez ! Matt ! Daniel ! Vous m'entendez ? Arrêtez !

Elle saisit Matt par le bras, mais il l'envoya valser, prenant dans le même temps un autre coup au visage. Elle grimaça en entendant le poing de Daniel cogner la mâchoire de Matt, rejetant sa tête en arrière. Daniel suivit, lançant un coup au corps que Matt parvint à esquiver d'un pas de côté, touchant son frère d'un coup de pied au ventre et enchaînant d'une droite au visage. Cette fois, ce fut Daniel qui alla s'étaler.

– Arrêtez, je vous en prie ! Arrêtez !

Mais sa supplication fut inutile. Daniel se précipita de nouveau sur Matt. Caroline, qui dansait d'un pied sur l'autre, impuissante, se rappela le seau qu'elle alla ramasser à l'instant où Daniel réussissait une clé au cou de Matt. Elle ne s'arrêta que pour emplir le seau d'eau glacée à l'abreuvoir – et alla en asperger équitablement les deux adversaires.

– Que diable... ?

Ils se séparèrent, crachant et haletant sous le déluge glacial. Au clair de lune, malgré leur taille et leurs cheveux différents, ils se ressemblaient comme des jumeaux à cet instant. Après un regard à Caroline, ils se jetèrent de nouveau l'un sur l'autre.

Cette fois, elle n'hésita même pas. Elle lança le seau, serra les poings et se précipita vers la maison. Si ces deux idiots voulaient se tuer, elle ne pouvait qu'espérer qu'ils y parviendraient.

Elle fit irruption dans la cuisine, regarda les quatre hommes diversement occupés et entreprit de desservir la table avec beaucoup plus de bruits d'assiettes que nécessaire.

Quatre paires d'yeux la suivirent avec intérêt, remarquant ses cheveux en désordre, ses joues colorées, sa fureur manifeste.

– Eh bien ? demanda finalement Thomas quand Caroline parut décidée à parler.

– Deux idiots sont en train de se battre à mort dans l'écurie, leur jeta-t-elle par-dessus l'épaule, les dents serrées. Et le spectacle ne m'intéresse pas !

– Quoi !

Après un instant de stupéfaction, les quatre hommes se précipitèrent vers la porte. Quant à la suite, Caroline l'ignora car, lassée de tous les hommes de la terre, elle alla se coucher.

Elle se tourna et se retourna dans son lit, ne fermant pas l'œil de la nuit.

32

Le lendemain matin, l'atmosphère à la table du petit déjeuner était aussi lourde qu'un nuage d'orage. Davey et John, qui de toute évidence n'avaient jamais vu leur père se battre avec un de leurs oncles, gardaient un silence stupéfait et insolite. Ils avalèrent leur bouillie de maïs et leur mélasse sans même jeter un coup d'œil furtif et filèrent à l'école avec un unique regard rapide pour les adultes qu'ils laissaient derrière eux. Robert et Thomas, après de vaines tentatives d'entamer une conversation sur divers sujets, y renoncèrent et se plongèrent dans leur petit déjeuner. Matt et Daniel mangeaient avec le même air rembruni tandis que Caroline emplissait bruyamment des assiettes qu'elle posait non moins bruyamment sur la table dans un silence glacial.

Matt arborait un grotesque œil au beurre noir dont elle pensa qu'il était le résultat du premier coup de poing de Daniel, et il avait un coin de la bouche tuméfié et probablement douloureux si l'on en jugeait par la façon dont il grimaçait tout en mangeant et se passait la langue sur la région sensible. Daniel avait le nez tout rouge et enflé et un gros hématome sur le côté gauche de la mâchoire. A première vue, il semblait s'être mieux tiré de la bataille. Mais chaque mouvement le faisait grimacer et, même assis, il paraissait mal à l'aise, de sorte que Caroline n'en fut pas certaine. En tout état de cause, elle ne se sentait pas le moins du monde désolée pour l'un ou l'autre.

En fait, elle était très heureuse de se sentir si fâchée contre les deux hommes. Cela l'empêchait de penser à la honte ressentie à l'évocation de sa désastreuse tentative de faire l'amour avec Matt. C'était contre lui qu'elle était le plus furieuse, pour avoir fait d'un don désintéressé quelque chose de tout à fait autre, puis s'être battu avec son frère, ce qui était parfaitement ridicule. Mais elle était également furieuse contre Daniel pour avoir frappé Matt et pour s'être conduit comme si elle l'avait trahi.

Et elle était fâchée contre Robert et Thomas parce qu'ils étaient des Mathieson, et des hommes, et assez sagaces pour avoir compris la cause de la querelle de leurs frères. Ces deux-là avaient échangé des regards entendus depuis qu'ils étaient descendus tous les quatre pour trouver Caroline en train de manier bruyamment ses ustensiles dans la cuisine, mais aucun n'avait osé s'enquérir de la cause d'une telle atmosphère familiale.

Matt avait finalement repoussé sa chaise de la table, laissant la moitié de son déjeuner. Pour la première fois dans le souvenir de Caroline quelque chose avait coupé l'appétit d'un Mathieson, mais elle n'aurait su dire si cela était imputable à un sentiment blessé ou à une lèvre douloureuse. Robert et Thomas suivirent, mais Daniel ne bougea pas.

– Tu viens, Dan ? demanda Robert, s'arrêtant à la porte.

– Dans une minute. J'ai quelque chose à dire à Caroline d'abord.

Déclaration accompagnée d'un regard de défi pour Matt qui avait commencé à s'approcher de Caroline et qui s'arrêta en entendant les paroles de son frère. Robert et Thomas s'arrêtèrent aussi pour regarder

Daniel, curieux, tandis que les yeux de Matt étaient plus menaçants.

– C'est moi qui ai quelque chose à dire à Caroline et je voudrais que tu nous laisses seuls, dit-il avec un calme que démentait la lueur dans ses yeux.

Pour autant que Caroline le sût, c'étaient là les premières paroles qu'échangeaient les deux frères depuis leur querelle. Elle se demanda ce que Matt pouvait bien avoir à lui dire mais ne se sentait pas d'humeur à l'entendre. Daniel et lui s'étaient conduits de façon ridicule la veille, et s'ils étaient décidés à le reconnaître ils pouvaient attendre qu'elle soit d'humeur à les écouter ! Alors, ils auraient intérêt à lui présenter leurs plus plates excuses !

– Au diable ! Ce sera moi, répondit Daniel en se levant brutalement, manquant de renverser sa chaise qui alla cogner contre le mur.

– Tu n'en feras rien !

– Sans blague ? fit Daniel qui paraissait chercher de nouveau la bagarre.

Ils se défièrent du regard, avec la même animosité, et Robert, prévoyant une nouvelle querelle imminente, vint prendre Daniel et Matt chacun par un bras. Daniel le laissa faire, se bornant à l'ignorer, mais Matt se dégagea brutalement.

– Caroline n'a rien à te dire, gronda Matt entre ses dents.

– Qu'elle me le dise elle-même. Elle n'est pas ta propriété.

– Tu crois, petit frère ?

– Un instant ! intervint Caroline qui avait suivi cet échange avec une fureur croissante, tout en cognant violemment une assiette vide sur le buffet.

Les quatre hommes sursautèrent, comme s'ils avaient oublié sa présence, et se tournèrent vers elle. Son regard passa de Matt à Daniel, également furieux contre l'un et l'autre, peut-être un peu plus dirigé contre Matt qui, selon elle, était davantage responsable.

– Je me fiche que vous vous querelliez. Je me fiche que vous vous battiez. Je me fiche que vous vous transformiez en chair à pâté, mais pas dans ma cuisine ! Sortez ! ordonna-t-elle d'une voix qui s'enfla.

Alors qu'ils restaient là, bouche bée, elle saisit son balai et s'avança vers eux, menaçante.

– Caroline... commença maladroitement Daniel.

Matt lui lança un regard meurtrier et ouvrit la bouche pour le couper.

– Dehors ! Dehors ! cria de nouveau Caroline, faisant le tour de la table avec son balai.

Thomas et Robert battirent vivement en retraite vers la porte. Daniel, qui se trouvait être le plus proche et qui ignora l'ordre pour lancer un regard furieux à Matt, reçut le premier coup de balai sur les épaules. Il poussa un cri, bondit de côté, ce qui l'amena près de la porte.

– Hé là !

– Dehors !

– Mais... !

– Dehors !

De nouveau, le balai s'abattit, manquant sa cible qui l'esquiva. Les bras au ciel, protestant, Daniel se hâta de battre en retraite, heurtant l'encadrement de la porte au passage. Caroline reporta son attention sur Matt qui n'avait pas bougé.

– Sortez de cette maison ! lui jeta-t-elle, brandissant le balai.

– Je suis ici chez moi et...

Le balai s'abattit.

– Aïe !

Matt voulut se saisir du balai et rata son coup car Caroline recula. Elle savait bien que s'il parvenait à l'attraper il le lui arracherait facilement. L'idée de vouloir lutter avec lui était risible. Mais elle n'allait pas lui donner la satisfaction de se dérober. Elle leva le balai et fonça sur lui en hurlant.

– Je vous ai dit de sortir !

Et le balai s'abattit sur la table, les murs, les chaises, sur tout ce qui se trouvait sur son chemin, en fait. Matt recula, les bras levés pour se protéger, presque comique dans sa surprise. Elle réussit à le toucher au bras et à le repousser jusqu'à la porte qu'elle claqua sur lui et boucla.

Les bras croisés sur la poitrine, elle regarda la porte, satisfaite. Elle fit deux pas sur la gauche et considéra par la fenêtre, l'air martial, les vaincus en déroute.

Thomas et Robert encadraient Daniel. Celui-ci leur disait quelque chose qui les rembrunissait. Raleigh trottait sur leurs talons, ravi de ce nouveau jeu. Matt se frottait le bras qui avait reçu le coup de balai et jetait des regards noirs vers la porte. Un instant, elle craignit que, oubliant sa dignité, il ne vienne y frapper pour demander à entrer. Mais il lui faudrait enfoncer cette porte car elle ne lui ouvrirait pas ! Après un instant d'hésitation, il repartit, sans un mot à personne. Les trois autres suivirent, Thomas et Robert échangeant des regards sombres et Daniel grommelant.

Avec un petit sourire, Caroline quitta la fenêtre pour se mettre à son travail de la journée. Bien qu'au fond d'elle-même elle se demandât ce que Matt aurait voulu lui dire – lui avouer un tendre sentiment, peut-être, ou s'excuser de sa goujaterie ? Plus elle songeait à la façon dont il s'était conduit, à la fois dans son emportement injustifié devant un geste qui avait exigé beaucoup de courage de la part de Caroline, et dans son attitude de roquet à l'égard de Daniel, et plus elle enrageait. Elle se prépara un repas avec les restes des hommes – elle commençait à être lasse de manger les restes ! –, servit à Millicent son habituelle soucoupe de lait et mit de l'ordre dans la cuisine. Elle était en train de suspendre le balai à son crochet habituel quand elle jeta par hasard un coup d'œil vers la fenêtre.

Un visage se pressait contre la vitre, grotesque avec son nez écrasé. Il disparut avant même que Caroline ne puisse crier. Mais elle avait eu le temps de distinguer la peau couleur d'argile, striée de bandes rouges et jaunes, ainsi que les cheveux noirs et raides. Le sauvage ! Son apparition chassa de l'esprit de Caroline à la fois sa colère et la pensée de Matt. Elle recula, frissonnante, contente d'avoir bouclé la porte de derrière qu'elle laissait d'ordinaire ouverte. Mais celle de devant...

Elle fit rapidement demi-tour, alla prendre le mousquet qui se trouvait dans un coin de la pièce quand elle était seule et se précipita à la porte de devant. L'arme était chargée. Matt lui avait montré comment l'épauler, armer le chien et presser la détente pour faire feu. Mais même en cas d'urgence extrême elle n'avait envisagé de s'en servir que pour tirer en l'air afin que les hommes, alertés, rentrent. En revanche, elle ne pensait pas pouvoir être capable de tirer sur un être humain, fût-il un sauvage. Encore que, si elle se trouvait le dos au mur, elle y parviendrait peut-être.

Un homme était dans la pièce de devant. Du coin de l'œil, Caroline le vit qui se tapissait dans l'ombre et elle se tourna pour lui faire face. Mais, avant même qu'elle songe à tirer, la peur lui fit lâcher le mousquet. Tandis que l'homme bondissait hors de la trajectoire du coup qui aurait pu partir, elle poussa un hurlement à réveiller les morts.

– Par Gédéon, Caroline, ce n'est que moi !

C'était Daniel, qui sursauta de nouveau en l'entendant crier, son regard passant du visage de Caroline au mousquet dont, heureusement, le coup n'était pas parti. Le cœur battant, Caroline cessa de hurler et le regarda.

– Qu'est-ce que vous faites ici ? lui demanda-t-elle, furieuse, recouvrant ses esprits. Mais peu importe pour l'instant. Il y avait un sauvage à la fenêtre de la cuisine !

– Un sauvage ! répéta Daniel, ahuri. Vous devez faire erreur !

– Pas du tout ! Allez donc voir par vous-même !

Daniel se précipita vers la cuisine, suivi de Caroline qui avait ramassé le mousquet.

– Il n'y a personne, constata Daniel, regardant par la fenêtre et tout autour de lui.

– Il était dehors et il m'observait, dit-elle, lui collant le mousquet dans les bras et le poussant vers la porte.

Avec une grimace qui trahissait son scepticisme, Daniel gagna la porte, l'ouvrit et sortit. Millicent vint se frotter à ses chevilles en miaulant.

– File, le chat. S'il y avait un sauvage ici, il n'y est plus.

– Il y avait un sauvage, insista-t-elle, et Daniel leva une main apaisante.

– Je n'en doute pas, mais il est parti, et Matt avait raison de dire qu'ils étaient en général inoffensifs – et j'ai quelque chose d'important à vous dire.

Son attention ainsi distraite, Caroline chassa le sauvage de ses pensées et regarda Daniel, les sourcils froncés.

– Eh bien, moi, je n'ai rien à vous dire.

Elle lui tourna le dos et gagna la pièce de devant, bien décidée à ne pas s'arrêter, pour échapper à l'inquisition qu'elle sentait venir.

– Caroline, écoutez ! dit Daniel qui lui prit le bras et l'attira vers lui.

Fâchée, elle le frappa sur la main. Il la lâcha mais se planta résolument devant elle.

– Je vous ai dit... !

– Du calme ! Je voudrais vous faire une proposition ! coupa-t-il, d'une voix qui ressemblait tellement à celle de Matt que Caroline en demeura abasourdie et silencieuse.

– Une proposition ? répéta-t-elle quand elle put retrouver la parole, et pas certaine d'avoir bien compris.

Après ce qui s'était passé la veille, elle ne s'attendait pas à cela.

– Vous m'avez bien entendu, dit Daniel d'une voix plus calme mais l'air toujours aussi sérieux. Je voudrais vous épouser.

Il avança, lui prit les mains. Caroline fut trop surprise pour résister.

– Daniel...

– Ne dites pas non, coupa-t-il. Je sais – il m'aurait fallu être aveugle et idiot pour ne pas le voir – qu'il y a quelque chose entre vous et mon frère. C'était évident hier soir. Avant que cela n'aille trop loin avec lui, je voudrais vous offrir un autre choix. Il serait sage que vous m'épousiez, Caroline. Je vous traiterais avec tout le respect et...

– Daniel...

– Nous n'aurions pas besoin de continuer à vivre ici. J'ai de respectables économies, et nous pourrions avoir notre propre maison. C'est ce qui a toujours été entendu entre nous quand l'un de nous se marierait.

– Daniel !

Cette fois elle réussit à l'arrêter. Il la regarda et elle secoua doucement la tête.

– Vous me faites trop d'honneur, lui dit-elle d'une voix douce, fixant son visage grave et marqué par son récent combat avec Matt. (Elle se sentit pleine d'affection pour lui, son premier ami au milieu de cette tribu. Elle ajouta :) Mais je ne peux devenir votre femme, bien que je vous aime beaucoup. Cela ne marcherait pas.

– Vous l'aimez.

– Cela me regarde, répliqua Caroline, relevant le menton. Je ne veux plus en parler.

– Moi, je vous épouserai. Lui n'en fera rien, et vous le savez.

– Vous ne m'aimez pas, Daniel. Et si j'ai pour vous l'affection que j'aurais pour... un frère... je ne vous aime pas, dit-elle, parvenant enfin à se libérer de ses mains. Pas comme cela serait indispensable pour devenir votre femme.

– Pas comme vous aimez Matt, observa-t-il, plein de ressentiment.

– Cela, c'est entre lui et moi.

– Je lui ai dit, ce matin, que j'avais l'intention de vous demander de devenir ma femme.

– Et qu'a-t-il répondu ? s'enquit-elle assez calmement malgré la surprise.

– Il m'a dit d'y aller. Et ce n'est sûrement pas ce que j'aurais répondu à sa place.

– Je vous ai dit que ce qu'il y avait entre Matt et moi ne regardait que nous. Mais vous pouvez me croire quand je vous dis que cela est sans incidence sur ma décision. Même si Matt n'existait pas, ma réponse serait la même.

Ses paroles étaient peut-être plus vives qu'elle ne l'aurait souhaité, mais l'idée que Matt avait autorisé son frère à faire sa demande lui était douloureuse. Il aurait pu au moins se précipiter pour arriver le premier, mais il n'en avait rien fait. Il avait reconnu qu'il l'aimait bien – la tiédeur de l'expression la révulsait, maintenant –, mais il n'avait pas parlé de mariage, et il était fort improbable qu'il le fasse jamais.

– Votre refus est donc ferme. Très bien, je ne vais pas vous presser, dit Daniel, rembruni, se détournant.

Mais au lieu de quitter la maison, comme le pensait Caroline, il gagna les escaliers qu'il escalada deux à deux.

– Où allez-vous ?

– Faire mes bagages. Avec les sentiments que je vous porte – et Matt – mieux vaut que j'aille m'installer en ville pendant un temps. Je pourrai aller chez James. Je crois que cela ne dérangera pas Mary.

– Mais... commença Caroline alors que Daniel disparaissait.

Il était de retour un moment plus tard, avec un bagage d'où s'échappaient des morceaux de vêtements qu'il y avait fourrés à la hâte.

– C'est mieux ainsi, reprit-il. Sans cela Matt et moi nous battrons sans cesse. Parce que je... je vous aime, Caroline, malgré ce que vous en dites. Et il ne me serait pas facile de vous voir vous ridiculiser avec mon frère.

Et, sur cette ultime flèche, Daniel passa la porte.

33

Les hommes avaient dû apprendre le départ de Daniel et l'annoncer également à Davey et à John car on ne dit pas un mot, au dîner, de la place demeurée vide à table. Maintenant qu'elle était un peu calmée, Caroline ressentait un petit pincement au cœur chaque fois qu'elle jetait un coup d'œil vers Matt, espérant... espérant quoi ? Qu'il allait lui faire ses excuses ? Certainement pas ! Quoi qu'il ait souhaité lui dire, il semblait y avoir renoncé car il demeurait pratiquement silencieux. Son attitude renfrognée jetait un tel froid dans la famille qu'aussitôt après le dîner et une fois leurs devoirs faits, les enfants allèrent se coucher, tandis que Thomas et Robert allaient fumer une pipe dehors.

Seule avec Matt qui l'ignorait et qui grattait des chiffres sur un coin de table pas même débarrassé, Caroline décida de les abandonner, lui et le seau plein de vaisselle sale. Elle tourna le dos à Matt – qui, à en croire les apparences, ne le remarqua même pas –, prit Millicent, se retira dans sa chambre et referma résolument la porte derrière elle.

Mais il était plus tôt que d'habitude et elle n'allait pas laisser Matt Mathieson la contraindre à demeurer allongée sur son lit sans pouvoir dormir alors qu'elle n'en avait pas la moindre envie ! Elle décida donc de se pencher sur ses malles, toujours contre le mur, face au lit, depuis qu'elle avait déménagé dans le cellier. Elle n'avait guère eu le temps de se soucier de ses affaires jusque-là. Maintenant, elle allait passer une heure agréable à fouiller dans ces reliques du passé, et si les assiettes gelaient en attendant, eh bien tant pis ! Si Matt voulait de la vaisselle propre, qu'il la lave lui-même.

Tandis que Millicent s'installait, ronronnante, au milieu du lit, Caroline s'asseyait sur le sol, avec précaution à cause de la légère douleur qu'elle ressentait toujours entre ses cuisses. Bien qu'elle se fût débarrassée de toute trace de lui pouvant subsister, lavant même la robe qu'elle portait la veille, chaque mouvement un peu vif qu'elle faisait lui rappelait ce qui s'était passé. Elle n'était plus vierge, mais cependant guère plus habituée à ces expériences qu'une jeune épousée. Matt avait marqué son corps aussi sûrement que sa fureur, ensuite, avait marqué son cœur. Comprendrait-elle jamais les hommes ? Elle les chassa de son esprit, et notamment Matt.

L'une des malles contenait ce qu'il restait de ses robes anglaises, des robes aux tons vifs dont elle n'avait pas l'usage ici et qu'elle avait rangées pour se conformer aux coutumes des puritains. Et surtout pour être agréable à Matt, dut-elle s'avouer. Peut-être, se dit-elle avec un regard songeur, peut-être pourrait-elle revenir à son ancien style simplement pour l'irriter. Le diable l'emporte ! Voilà qu'elle pensait de nouveau à lui. Ne pouvait-elle s'en empêcher ? Mais un tel comportement serait puéril et ne ferait que provoquer des commentaires désagréables. Sa querelle avec Matt devait rester entre eux. Trop nombreux déjà, elle en était convaincue, étaient ceux qui ne manqueraient pas d'en parler à James, lequel en parlerait à sa femme.

Elle reporta délibérément son attention sur la

deuxième malle, renfermant ce qui restait de ses médecines, plusieurs livres et ses papiers personnels. Pas grand-chose d'intéressant, et elle se tourna vers la troisième malle, contenant ce qui avait appartenu à son père et quelques-uns de ses vieux vêtements.

Caroline demeura agenouillée longtemps à côté de la malle avant de trouver le courage de l'ouvrir. Le parfum qui l'assaillit aussitôt lui rappela son père comme s'il se tenait encore devant elle, mince et parfaitement habillé, comme toujours, sa tête brune légèrement penchée, une lueur amusée dans ses yeux fauves. Même alors qu'il était en train de mourir il était capable de rire. C'était elle, qui le soignait, qui avait perdu toute joie de vivre. Tandis que revenaient ces souvenirs, certains doux, d'autres amers, Caroline ferma les yeux. Il lui fallut un moment pour les ouvrir de nouveau et passer un doigt timide sur le revers de la veste se trouvant sur le dessus, de couleur vert bouteille – rien de discret pour Marcellus Wetherby – que son père avait si souvent portée devant les tables de jeu. Il avait aimé voir Caroline dans sa robe de soie bleu paon quand elle l'accompagnait, et elle l'avait conservée. Il jouait ce qu'il pouvait avoir comme argent – s'il en avait – ou la broche porte-bonheur s'il n'en avait pas (heureusement, comme l'avait dit Elizabeth à Matt, il gagnait presque toujours) et ils vivaient dans la meilleure auberge quand la chance était avec eux, ou dans la plus sordide dans le cas contraire, mais toujours avec les plus grands projets pour des lendemains florissants.

Caroline eut un petit sourire triste en se rappelant le nombre de fois où son père lui avait promis de lui offrir le monde sur un plateau. Promesse creuse, bien sûr, mais il y croyait, et avant de le mieux connaître, Caroline y croyait aussi.

Il avait été totalement différent de Matt, gai, plein d'entrain, bien décidé à vivre l'instant qui passait.

Le seul véritable aspect positif qu'elle lui eût connu était qu'à la mort de sa mère il était venu la chercher pour s'occuper d'elle, ne l'abandonnant jamais. Certes, sa beauté en avait fait un atout pour un homme de sa profession, mais il l'avait aimée à sa façon. Au cours des années ayant précédé sa mort, ils étaient devenus très proches. Maintenant comme jamais, il lui manquait terriblement.

Matt, au contraire, était aussi solide et fiable que le granit de la Nouvelle-Angleterre. Malgré tous ses défauts – et ils étaient nombreux –, il demeurait le roc où sa famille et elle-même s'accrochaient. Il devait être un vrai rempart dans les temps difficiles. Grincheux, il était aussi bon et fort.

Comment pouvait-elle aimer deux hommes aussi différents ?

Au fond de la malle, dans un coin, un éclat couleur de rubis capta la lumière de la chandelle et attira son regard... La broche porte-bonheur de son père. Caroline la prit, la garda dans sa main. C'était un très joli bijou, même quand on savait qu'il s'agissait d'un faux. Il avait été le talisman de son père – et lui avait permis de rencontrer Matt.

La main de Caroline se referma sur la broche, très fort. Et il lui sembla presque voir son père juste audelà de la lueur de la chandelle ; elle crut entendre sa voix qui lui demandait d'être heureuse. L'illusion disparut, mais la peine demeura tandis qu'elle gardait les yeux fermés sur son chagrin. Des larmes débordèrent de ses yeux, mais avec elles arriva aussi un sentiment de soulagement.

Depuis la mort de son père, elle laissait enfin le chagrin l'envahir. Bientôt, peut-être, pourrait-elle abandonner derrière elle les souvenirs amers de ce passé, qui venaient obscurcir sa nouvelle existence.

A cet instant, la porte de la chambre s'ouvrit. Elle leva les yeux, furieuse. Matt se tenait sur le seuil, une main sur le montant, l'autre sur la porte ouverte. Ainsi, il avait dit à Daniel de venir faire sa demande, hein ? Après tout ce qu'il avait déjà fait, c'était là la goutte qui faisait déborder le vase. Espérant que la lueur de la chandelle était insuffisante pour révéler ses larmes, elle lui lança un regard mauvais. Lui-même n'apparaissait que comme une grande ombre, seulement éclairée par le feu de la cuisine réduit à son minimum. Ses yeux bleus brillaient, même dans la pénombre, et son attitude laissait deviner qu'il ne venait nullement pour s'excuser.

– Je vous ai dit, quand je suis arrivée, que j'entendais être traitée avec respect, non ? Ce qui ne me semble pas être le cas quand on fait irruption dans ma chambre sans même frapper, lui fit-elle remarquer, glaciale.

– Du fait que je suis chez moi, je ne considère pas cela comme une intrusion. En fait, je pénétrerai ainsi dans la pièce que je voudrai, quand je le voudrai.

– Pas dans ma chambre sans ma permission.

– Vraiment ? Et comment allez-vous m'en empêcher ?

– Je quitterai cette maison, s'il le faut, dit-elle, et ce n'était que pure bravade car elle n'avait pas la moindre intention de partir, ce qu'il devait bien savoir.

– Et que deviendrez-vous ? Vous n'avez pas le sou si je me souviens bien, observa-t-il, le regard sur la broche qu'elle tenait. Si vous pensez vous servir de cette camelote pour leurrer quelque idiot et le persuader de vous aider, je vous conseille d'y renoncer. Tant que vous ne m'aurez pas entièrement réglé votre dette, je vous ferai rechercher partout où vous vous trouverez.

Déclaration qui chassa ses larmes et la fit bondir sur ses pieds. Elle s'était habillée pour aller au lit dès son arrivée dans la chambre, et elle ne portait même pas un peignoir mais simplement une légère chemise de nuit de batiste blanche. Ses cheveux tombaient sur ses épaules en une épaisse tresse à l'extrémité retenue par un ruban bleu. Ses pieds étaient également nus et ses seins libres sous le fin tissu qui révélait les aréoles noires autour des pointes et le triangle sombre en haut des cuisses. Le regard de Matt se déplaça sur tout le corps de Caroline, avec une lueur presque sauvage. Sa bouche se durcit en une ligne rigide.

– Sortez de ma chambre ! exigea-t-elle d'une voix basse mais furieuse, la main si crispée sur la broche qu'elle s'en coupa les doigts.

– Vous avez entendu ce que je vous ai dit ? Il ne vous servira à rien de tenter de fuir.

– Sortez de ma chambre ou je vais hurler !

– Vraiment ? railla-t-il, mais le risque qu'elle réveille ses fils et ses frères serait convaincant, Caroline le savait.

Matt répugnerait à les mêler – surtout les enfants – à ses querelles personnelles. La seule difficulté était qu'elle ne souhaitait pas, non plus, que tout le monde soit au courant et qu'il lui était donc difficile de hurler.

– Je le ferai.

Leurs regards se croisèrent, durs, Caroline le défiant, le menton levé. Matt était prêt à brutaliser n'importe qui dans la maison, mais pas elle.

– Vous n'étiez pas si pressée de vous débarrasser de moi hier soir, dit-il d'un ton moqueur qui fit monter le rouge aux joues de Caroline.

Comment osait-il lui rappeler cela ! Elle fut soudain farouchement heureuse que Daniel ait poché l'œil de Matt. Elle l'aurait bien fait elle-même !

– Hier soir, j'ignorais quel complet crétin vous étiez !

Sa mâchoire se figea, ses narines palpitèrent, mais

si elle était parvenue à l'enrager, ce furent là les seuls signes révélateurs.

– Je crois que vous êtes en train de perdre toute votre distinction, lui dit-il, et la colère de Caroline ne fit que croître.

Les dents serrées, le dos bien droit, elle lui lança un regard meurtrier de ses yeux dorés.

– Sortez ! répéta-t-elle, et comme il ne bougeait pas, sa main recula et elle lui projeta au visage, de toute sa force, le seul objet qu'elle tenait – la broche.

Elle aurait dû l'atteindre au visage, mais à l'ultime seconde il fit un écart, rattrapant l'objet d'une main. Il se trouvait à l'intérieur de la chambre maintenant, qui paraissait ridiculement petite, déjà encombrée qu'elle était par les affaires de Caroline, son petit lit, le lavabo et les réserves de la cuisine que l'on gardait ici, faute de pouvoir les mettre ailleurs. Comme il était grand ! se dit Caroline. Il tourna la broche dans sa main, la tenant entre le pouce et l'index pour l'examiner avec un air de dégoût. Tandis que la lueur de la chandelle faisait étinceler les fausses pierres, la queue du paon éclatait de couleurs rouge rubis, bleu saphir et vert émeraude.

– Quelle camelote ! observa Matt entre ses dents.

Et avant que Caroline ne se rende compte de ce qu'il avait l'intention de faire, il laissa tomber la broche sur le sol et l'écrasa du talon.

– Non ! cria Caroline, se précipitant pour le repousser, mais le mal était déjà fait.

Le bijou délicat n'était que de la verroterie dont les débris gisaient, broyés, à l'exception de la tête du paon, demeurée intacte. Caroline sentit sa gorge se nouer. Elle tomba à genoux et recueillit les morceaux au creux de sa main.

– Jamais je ne vous pardonnerai cela, lui dit-elle d'une voix où montaient les sanglots.

Elle leva la tête et le fixa d'un regard haineux.

Matt demeura apparemment impassible, mais un petit muscle tressauta une fois au coin de sa bouche.

– Je suis désolé, dit-il.

Il allait rajouter quelque chose mais se ravisa brutalement. Les lèvres pincées, les poings serrés, il tourna les talons et la laissa seule.

34

Le lendemain était jour de marché. Caroline se leva, prépara le petit déjeuner – et si ce n'avait été pour Davey et John, on aurait pu la faire bouillir dans l'huile avant qu'elle ne consente à servir quoi que ce fût – et se débarrassa des cinq Mathieson en se bornant à quelques mots indispensables, qui ne s'adressaient qu'aux enfants. A Robert et Thomas, elle ne dit rien, parce qu'ils étaient les frères de Matt. Quant à celui-ci, elle refusa absolument de lui parler.

Tout comme elle, il garda un silence pesant. L'animosité qui régnait entre eux était presque palpable. Suivant ses frères, Matt passa la porte et se retourna comme s'il voulait dire quelque chose à Caroline. Mais il lui suffit apparemment d'un seul regard pour l'en dissuader. Sagement, il partit pour son travail sans insister.

C'était l'été indien et il faisait chaud. Pendant toute la matinée, alors qu'elle terminait ses corvées avant de se rendre en ville, Caroline ressentit cette chaleur. Quand elle laissa tomber le repas des hommes dans le champ ouest – elle le laissa littéralement tomber après avoir fait savoir à Robert et Thomas qu'elle était là –, elle se demanda si elle allait se rendre au marché comme chaque semaine. Mais l'idée d'une visite à Mary lui était agréable – encore que celle-ci, sans aucun doute, allait se montrer impatiente de connaître les détails de ce qui s'était passé entre elle, Daniel et Matt – et, de toute façon, elle se sentait agitée.

Elle prit donc son panier, emporta le mousquet qu'elle n'oubliait jamais lorsqu'elle sortait depuis qu'elle avait aperçu le sauvage à la fenêtre, et partit pour Saybrook. Sur la route, elle croisa un troupeau de porcs, sans doute achetés au marché et conduits par deux jeunes garçons et un homme qui devait être leur père. Elle leur sourit, évitant soigneusement les animaux qui se bousculaient et soulevaient tellement de poussière qu'elle en toussa et s'étouffa. Quelques minutes plus tard, un jeune cavalier de la poste la dépassa. Lui aussi laissa un nuage de poussière derrière lui.

Le temps d'arriver en ville, elle était aussi couverte de poussière qu'une tarte de sucre en poudre. Elle se passa les mains dans les cheveux et secoua ses jupes vigoureusement avant de s'arrêter chez James. Mary l'accueillit avec une tasse de thé et un sourire entendu, et Caroline se retrouva assise dans la cuisine, face à son amie, en train de répondre à ses questions.

– Daniel vous a vraiment demandée en mariage ? Et vous avez refusé ? Et c'est ainsi qu'il est arrivé ici ?

Mary paraissait incrédule. Dans un coin, Hope jouait avec la poupée de chiffon que sa mère lui avait confectionnée, et les deux femmes lui jetaient de temps à autre des regards attendris.

– N'est-ce pas là ce qu'il vous a raconté ? demanda Caroline.

– Daniel ne m'a rien dit, bien qu'il ait peut-être raconté des choses à James. A peine avait-il passé la porte que l'on venait demander à James d'aller chercher le médecin à New London – vous savez que la femme de l'agent de police et trois autres personnes sont au lit avec une terrible maladie ? Non ? Eh bien, elles sont très malades et l'on pense que les qualités de M. Williams ne suffisent pas dans le cas présent – et Daniel s'est offert à aller avec lui. Je n'ai même pas eu le temps de poser la moindre question à James. Pourtant, je brûlais de savoir comment Daniel avait eu le visage ainsi marqué.

Mary s'arrêta et regarda Caroline, dans l'expectative. Celle-ci baissa les yeux sur sa tasse, puis les reporta sur Hope, et Mary soupira.

– Oh, c'est bon, soupira Caroline à son tour. Daniel... s'est disputé... avec Matt.

– Disputé ? Vous voulez dire battu ? Pour vous ?

Caroline confirma d'un signe de tête.

– Mais c'est merveilleux ! s'exclama Mary, souriante.

– Comment pouvez-vous dire une chose pareille ?

– Cela paraît affreux, hein ? Mais mon vœu le plus cher a toujours été de voir Matt faire un heureux mariage. Il a tellement souffert et c'est un homme si bon. James l'adore, et moi aussi. Il mérite un peu de bonheur après ce qu'il a connu. Et vous... vous feriez une épouse parfaite pour lui ! Pourquoi n'y ai-je pas songé plus tôt ? Mais je pensais à vous et à Daniel, ce qui m'a rendue aveugle.

– Matt n'a pas parlé de mariage.

– Ma chère, s'il en est arrivé à se battre avec son frère – ils sont très liés, tous les cinq, vous savez –, c'est bien ce qu'il a en tête. S'il hésite, pour l'instant, c'est qu'il se sent un peu perdu. Les hommes n'ont pas la même claire vision de ces choses que nous, les femmes.

Idée réconfortante qui réjouit un peu Caroline. Quand Mary eut obtenu de celle-ci tout ce qu'il était possible d'en savoir – Caroline ne lui avoua cependant pas qu'ils avaient fait l'amour –, la jeune femme put aller faire ses courses. A la condition, toutefois, qu'elle revienne ensuite pour bavarder de nouveau tranquillement. Il lui fallait repasser, de toute façon, pour récupérer le mousquet, laissé dans un coin de la cuisine car il lui était inutile en ville.

– Je savais bien que nous allions devenir sœurs, même si je me suis trompé de frère, dit Mary en la serrant dans ses bras.

Les jours de marché, la place habituellement paisible était méconnaissable. Nimbés d'un halo de chaleur, des vendeurs marchandaient avec des fermiers divers produits et du bétail, des colporteurs vendaient des ciseaux et des couteaux, des gens de la ville, plus entreprenants que d'autres, un étal dressé sur des tréteaux, offraient des pâtés à la viande et des gobelets de cidre, et on voyait même une paire d'Indiens vêtus de peaux qui voulaient troquer des fourrures contre diverses autres marchandises. Un groupe de jeunes gens en tablier de cuir – des apprentis, se dit Caroline – assis à l'ombre d'un orme échangèrent des plaisanteries sur son passage. Elle les ignora, tout comme elle ignora le pasteur et ses diacres qui, par leur seule présence, essayaient de calmer un peu cette foule. M. Miller lui lança un regard noir, mais quand Caroline lui retourna effrontément son regard il fit semblant de ne pas la voir. Des servantes-esclaves, en bleu, faisaient des courses pour leur maître. Caroline se prit à penser qu'elle aurait pu être l'une d'elles si Matt n'avait pas été là.

A cette heure de la journée, le marché, qui s'était vidé pour le repas de midi, retrouvait son animation avec l'arrivée de chalands qui avaient attendu de profiter de prix plus bas. Caroline salua Hannah Forrester et Patience Smith, puis Simon, le père de Lissie Peters. Employé de la régie municipale, il arborait une belle bedaine et une calvitie qui ne rappelait plus que vaguement les cheveux roux de Lissie. A la grande surprise de Caroline, il lui tourna le dos sans répondre.

Apparemment, on ignorait encore que Daniel s'était déclaré et avait été refusé, car M. Peters, avec les espoirs qu'il nourrissait pour Lissie, serait tombé aux genoux de Caroline.

Elle eut un petit sourire amer tout en continuant à marchander de la morue fraîche pour ajouter à la paire de lapins qu'elle avait l'intention de mitonner au cours de la semaine. Elle prit le poisson et se dit qu'elle compléterait ses achats la semaine suivante. Il faisait si chaud pour la saison que l'on sentait monter les vagues de chaleur du sol. Tout en s'éventant vainement avec son tablier, elle quitta la place pour revenir dans High Street.

Elle passa devant l'école, une petite bâtisse blanche avec toutes ses fenêtres ouvertes pour lutter contre la chaleur et d'où s'échappaient des voix d'enfants ânonnant leur leçon. Caroline sourit en reconnaissant les paroles répétées par Davey quelques jours plus tôt.

« Le jeune Obadias, David et Josias, étaient tous très pieux. »

« Zaccheus, lui, grimpa dans un arbre, pour voir le bon Dieu. »

Quelles tristes récitations, s'était-elle dit en les entendant pour la première fois, mais tout était triste dans ce pays de puritains.

Les quelques habitants qui ne vivaient pas comme les Têtes rondes étaient mal vus, et la plupart suivaient donc rigoureusement les préceptes. On crachait ou l'on sifflait à la seule évocation du nom du roi Charles. Caroline avait du mal à comprendre comment des croyants qui craignaient Dieu à ce point pouvaient se comporter ainsi à l'égard du droit divin de leur roi. Elle n'avait pas compris qu'ils se considéraient comme le peuple élu de Dieu, et que quiconque ne pensait pas comme eux devait être foulé aux pieds.

Elle tourna la tête en entendant des cris derrière elle. Sans doute des écoliers exubérants, se dit-elle, goûtant l'après-midi de liberté qu'on leur avait accordé du fait de la chaleur. Le maître suivit et se tint sur les escaliers, regardant vers la place. Il avait roulé les manches de sa chemise jusqu'aux coudes. Voûté et maigre, il paraissait épuisé. Les enfants se ressemblaient tous, de loin, mais Caroline crut reconnaître les têtes bien brunes de Davey et John.

A peine avait-elle repris sa marche qu'un cri de frayeur l'arrêta.

– Un chien enragé ! Un chien enragé ! entendit-elle alors qu'elle se retournait pour voir les enfants comme les adultes se disperser comme feuilles mortes sous le vent.

– Un chien enragé ! répéta-t-on tandis que des adultes, hommes et femmes, filaient devant la menace, entraînant des enfants.

Un groupe d'écoliers arriva vers Caroline, John en tête tandis que Davey et quelques autres fermaient la course, terrorisés.

– John ! Davey ! cria instinctivement Caroline, qui lâcha son panier et courut vers eux.

Mais déjà John et ses compagnons prenaient vivement à gauche, se dégageant de leur poursuivant. Seul Davey, entendant son cri, arriva vers elle, agitant bras et jambes de façon désordonnée, le visage écarlate, les yeux fous de terreur.

– Tante Caroline ! lança-t-il, et elle vit alors ce qui était après lui : un énorme chien – il ne faisait certainement pas la moitié de la taille de Raleigh, mais dans ces conditions il paraissait aussi gros que Jacob –, un corniaud solide, au poil ras, les yeux fous, la bave à la gueule. A une quinzaine de pieds derrière Davey, il se rapprochait rapidement.

Caroline, réagissant d'instinct, se précipita vers Davey dont les petites jambes ne pouvaient lutter avec la créature derrière lui, et le plaqua contre elle. Il lui passa les bras autour du cou, les jambes autour de la taille et elle se précipita vers la seule protection, un petit bouleau qui poussait dans un coin. Elle souleva l'enfant qui s'accrocha aux branches et se rendit compte qu'il ne lui restait plus le temps d'y grimper elle-même. Elle entendait le halètement de la bête sur ses talons.

Elle se retourna, s'aplatit contre le tronc mince de l'arbre car elle n'avait plus le temps de chercher un autre abri. Elle sentit la terreur la gagner en voyant arriver, à moins de trois pas, cette gueule aux mâchoires ouvertes, aux dents terribles et à la bave mortelle. Trop terrorisée même pour crier, Caroline étendit ses deux mains dans une vaine tentative de se garder du chien – et, soulagée et choquée, elle vit l'animal continuer son chemin.

Ses jambes cédèrent et elle s'écroula, telle une poupée de chiffon, assise au pied de l'arbre.

– Tante Caroline ! Tante Caroline !

Davey dégringolait de l'arbre, John arrivait d'un pas lourd de la véranda où il s'était réfugié, et les deux enfants tombèrent à genoux à côté d'elle, le visage blême tandis qu'ils regardaient si elle n'était pas blessée. Tout naturellement, Caroline les serra dans ses bras, chacun d'un côté. Pendant un long moment ils demeurèrent ainsi, encore choqués. Au loin, ils entendirent un coup de feu et un cri qui annonçait que l'on avait abattu le chien. Par-dessus la tête brune des enfants, elle croisa le regard glacial du pasteur qui se hâtait avec les autres pour aller voir le cadavre de l'animal. Sans un mot, il passa tout raide devant eux, sa robe laissant une traînée de poussière derrière lui.

– Tu as sauvé la vie de Davey, lui dit John, qui se reprit le premier, avec un regard plein d'admiration.

– J'ai eu si peur ! dit Davey, toujours blotti contre Caroline qui caressait ses cheveux soyeux.

Il ne se recula pas, pas plus que John ne se rembrunit à ce geste, et Caroline comprit que venait de tomber la dernière des barrières qui les séparait.

– J'ignorais que je pouvais courir si vite, avoua Caroline, et soudain ils se mirent à rire tous les trois comme s'ils étaient ivres.

– Tu m'as projeté dans l'arbre comme si j'étais une plume ! dit Davey.

– Et ce chien qui arrivait comme s'il voulait te mettre en pièces ! ajouta John.

– J'ai cru ta dernière heure arrivée, tante Caroline.

– Moi aussi, je dois le reconnaître, dit Caroline qui serra Davey contre elle, tapota l'épaule de John et les laissa l'aider à se relever comme si elle était une vieille femme.

Elle ne se sentait d'ailleurs guère plus vaillante. Ils se montrèrent pleins d'attentions pour elle, la raccompagnant à l'endroit où elle avait lâché son panier. La morue, tombée dans la poussière, était fichue, mais le reste était demeuré intact. Leur maître d'école rappela alors les enfants, et Caroline les assura qu'elle allait très bien. Puis elle retourna chez Mary où elle s'effondra sur le sol de la cuisine. Il fallut un certain temps, de nombreuses exclamations et deux tasses de thé fort pour qu'elle retrouve ses forces et puisse repartir.

Le soleil était bien descendu à l'horizon, boule rouge nimbée d'un halo de lumière fauve. Un soupçon de brise soufflait de la baie parsemée de moutons, couleur d'argent terni. Même l'eau paraissait tiède. Pour la première fois, Caroline s'enfonça dans le sentier qui conduisait à la forêt avec un certain plaisir. Là, sous les arbres, il ferait frais.

Encore nerveuse de sa rencontre avec le chien, elle serrait le mousquet sous son bras droit et tenait de l'autre main son panier lourd des provisions. Des grains de poussière dansaient dans la lumière devant elle. Au-dessus, le feuillage était tacheté d'écarlate et d'or. Sous ses pieds bruissaient déjà les feuilles sèches.

Elle remarqua des traces curieuses sur le tronc d'un arbre voisin du sentier – et presque aussitôt quelque chose ou quelqu'un s'abattit sur elle. Elle poussa un cri, tituba, lâcha le mousquet et le panier – et vit plusieurs autres créatures se joindre à la première. Après son premier cri, on lui enfonça dans la bouche un bâillon au goût horrible, et du moins eut-elle la conviction que ses agresseurs étaient humains. On lui lia les mains derrière le dos et on la releva sans ménagement.

A sa grande horreur, Caroline découvrit que ses ravisseurs étaient une bande de sauvages, le torse nu et peint, ne portant pour tout vêtement que de vagues culottes de peau et des mocassins. A leur odeur, on devinait qu'ils s'étaient littéralement enduits le corps de graisse d'ours. Ils étaient six.

Alors qu'elle reconnaissait ou croyait reconnaître les traits aquilins du sauvage qu'elle avait déjà aperçu deux fois, on l'entraînait dans la forêt, loin du sentier.

35

– Pa ! Pa ! Tu aurais dû voir ce qui est arrivé aujourd'hui en ville !

Les garçons, tout agités, accueillirent leur père avec des cris au moment où il passa la porte. Matt, qui avait recherché Caroline autour de la maison et dans les environs pour s'excuser, comme il en avait eu l'intention la veille avant que Daniel ne le devance, écouta le bavardage de ses fils d'une oreille distraite d'abord, puis plus attentive, et se prit à penser que ses pires craintes avaient bien pu se réaliser : Caroline avait peut-être quitté la maison. La veille, quand il l'avait entendue fouiller dans ses malles, il avait craint qu'elle ne projette de partir. Quand il avait ouvert la porte pour la trouver avec cette broche trois fois maudite dans la main, seulement vêtue d'une suggestive chemise de nuit qui avait failli le rendre fou, sa crainte s'était cristallisée. Il lui faudrait bien du temps pour qu'il se pardonne d'avoir écrasé un objet qui était si précieux pour Caroline, et bien plus de temps encore, il le craignait, pour qu'elle lui pardonne.

Tandis que ses fils lui racontaient leur aventure avec le chien enragé et lui disaient avec enthousiasme comment Caroline avait sauvé la vie de Davey, un fait au moins lui devint tout à fait clair : elle était allée en ville et n'était pas rentrée.

Lui-même était revenu depuis un quart d'heure environ, s'arrêtant de travailler plus tôt que d'habitude, pris d'une irrésistible envie d'aller faire amende honorable auprès de Caroline. Il s'était conduit de façon inexcusable en brisant la broche et il le savait. Après lui avoir fait l'amour, il ne s'était guère comporté comme il aurait dû. Il s'était montré brutal avec elle alors qu'il venait lui-même de prendre un plaisir exquis, et à cette idée il se sentait le plus méprisable des hommes.

Se montrerait-il éternellement incapable d'exorciser le démon de la luxure qui avait empoisonné toute sa vie ? Dans son état normal, il aurait préféré se couper une main plutôt que de faire le moindre mal à Caroline.

Mais il avait eu d'autant plus envie d'elle qu'il l'aimait. Même alors qu'il la prenait ainsi, la tendresse s'était mêlée au désir pour le porter à quelque chose qu'il n'avait encore jamais connu.

Et Daniel était venu perturber les choses davantage encore. Matt se refusait à reconnaître qu'il avait ressenti pour son frère bien-aimé une jalousie furieuse.

Le pire, c'était qu'il savait parfaitement que Caroline aurait été bien plus heureuse avec Daniel, dont le corps et l'âme restaient sans cicatrice, qui pourrait accepter l'amour de Caroline et le lui rendre sans qu'aucune ombre du passé ne vienne assombrir leur vie.

Tandis que lui, il n'était rien de plus ni rien de moins que ce que la vie avait fait de lui.

Mais il voulait Caroline, même s'il devait se traîner à genoux pour l'avoir – ou frapper de nouveau son frère.

Les garçons avaient faim et il sortit rapidement

pour eux du pain, du jambon, du fromage et du lait avant de gagner la porte. Pour avoir laissé les deux gosses livrés à eux-mêmes, elle devait être vraiment furieuse contre lui.

Peut-être n'avait-elle pas l'intention de revenir. A cette pensée, il sentit une douleur lui tordre le ventre. Au diable, se dit-il en sortant, manquant de renverser Rob et Thom qui rentraient.

– Où vas-tu ? demandèrent-ils, surpris.

– Ramener Caroline à la maison. Restez avec les enfants.

Ils le regardèrent, bouche bée, mais avant qu'ils puissent poser d'autres questions il avait disparu à grandes enjambées vers la forêt. Elle devait être chez James, bien sûr.

Il se sentait gêné d'aller frapper à la porte de James pour demander à Mary si Caroline se trouvait là, car il se dit que quelqu'un – Caroline elle-même, ou Daniel, ou James – avait certainement raconté à Mary une partie de ce qui s'était passé. Mais s'il crut voir un peu de taquinerie dans le sourire de celle-ci et un peu de malice dans son regard tandis qu'elle l'assurait que Caroline n'était pas là, sa gêne céda rapidement la place à l'inquiétude.

Si Caroline ne se trouvait ni chez Mary ni à la maison, où pouvait-elle bien être ?

Mary, presque aussi inquiète que lui, maintenant, l'assura qu'elle était partie quelques heures plus tôt. Et, non, elle n'aurait pu s'enfuir avec Daniel (idée détestable mais que Matt n'avait pu s'empêcher d'évoquer), car Daniel était parti pour New London la veille avec James.

Cette hypothèse chassée de son esprit, Matt fut assailli par la peur. Il connaissait, mieux que personne, les dangers de la forêt. Il pensa d'abord aux sorcières, mais elles ne se retrouvaient qu'aux heures les plus sombres de la nuit et à certaines phases de la lune. Caroline avait disparu en plein jour, semblait-il, et elle ne pouvait donc être tombée entre les mains de celles qui avaient essayé de faire de sa sœur une des leurs.

Il demanda une lanterne à Mary et retourna suivre la route puis le sentier de la forêt. Tout en tenant bien haut sa lanterne, contraint d'avancer avec une désespérante lenteur pour ne pas rater le plus petit indice, il songeait à tout ce qui avait pu lui arriver.

Peut-être gisait-elle inconsciente quelque part. Peut-être était-il passé tout près d'elle dans sa hâte d'arriver à la ville. Elle avait pu tomber sur un trappeur et la brute avait pu l'entraîner Dieu savait où. Un lion des montagnes l'avait peut-être attaquée, ou un loup...

Mais quand il finit par trouver le panier et le mousquet, abandonnés où ils étaient tombés, au bord du sentier et pas très loin dans les bois, il comprit ce qui lui était arrivé et à quoi il n'avait pas songé.

Caroline avait été enlevée par une bande d'Indiens ! Une peur glaciale lui enserra le cœur, et il se mit à courir vers la maison tout en priant qu'elle soit sauve.

36

Pendant toute la nuit et le jour suivant, Caroline se sentit tirée, traînée, poussée, contrainte de suivre l'allure de ses ravisseurs, apparemment infatigables. Ils ne s'arrêtèrent que très brièvement pour manger et pas du tout pour dormir, échangeant de temps à autre des sons sans signification pour elle. Quand elle trébucha pour la douzième fois probablement, et qu'ils semblèrent comprendre que c'était la longueur de sa jupe qui la rendait si maladroite, ils taillèrent sa robe à hauteur du genou. Caroline se sentit envahie par la terreur tandis que la lame coupait dans la jupe de coton gris et le jupon blanc dessous. D'horribles images de viol et de meurtre lui vinrent à l'esprit. Mais jamais le couteau ne toucha la chair, et, pour sauvages qu'ils fussent, elle ne semblait guère les intéresser en tant que femme. Ses jambes découvertes depuis le genou, sauf pour ce qui était de ses bas de coton blanc, ils lui retirèrent son bâillon, lui présentèrent un pain au goût particulier et le tinrent devant sa bouche, avec une certaine impatience, pour qu'elle mange. Ensuite on lui donna de l'eau tirée d'une outre, on lui remit son bâillon et l'on remonta la rivière Connecticut.

La rivière était large et belle, avec ses hautes rives herbeuses et son rapide courant bleu. La forêt arrivait jusque sur les rives et sous les arbres la chaleur n'était plus qu'un souvenir. L'air devenait même frais.

Traînant terriblement la jambe mais ne voulant pas s'effondrer, de peur qu'ils ne la tuent et n'abandonnent son cadavre aux loups, Caroline serra les dents, chassa toute pensée de son esprit et s'employa à suivre leur allure silencieuse. Quand enfin le petit groupe s'arrêta, au coucher du soleil, Caroline tomba à genoux avec soulagement. Si elle ne devait pas dormir cette nuit encore, elle ne pourrait pas repartir le lendemain. Et qu'adviendrait-il d'elle alors ? Elle en frissonna.

Des cris d'oiseaux retentirent à travers les arbres. Il fallut quelques instants à Caroline pour se rendre compte que le plus proche de ces cris émanait de la gorge du chef de la bande. Lorsqu'on répondit, pas très loin, l'un des hommes la tira sur ses pieds et la poussa, titubante, en direction du son.

Tels des soldats escortant un prisonnier, ses ravisseurs l'encadrèrent et c'est ainsi qu'ils firent leur entrée dans le camp indien, situé dans une luxuriante vallée bien gardée, à côté d'un petit lac bleu, encore que le terme d'étang eût mieux convenu. Deux douzaines de huttes peut-être, pyramides faites de grosses branches et de paille, composaient l'essentiel du village. Nombre de petits feux de camp brûlaient tout autour tandis qu'au centre un feu plus grand s'élevait. Des squaws, en guenilles informes, détournèrent un regard peu curieux de leurs marmites pour voir l'arrivée du petit groupe. Des enfants et des chiens observaient, un peu plus intéressés, les uns s'arrêtant même de jouer pour s'approcher, tandis que les autres faisaient entendre des aboiements de bienvenue.

Caroline fut entraînée jusqu'au feu central auprès duquel étaient accroupis quatre vieillards qui se passaient une pipe décorée de plumes. Ils levèrent sur elle des yeux aussi noirs que leurs cheveux cependant que les arrivants s'arrêtaient de l'autre côté du feu. Le chef, au visage en lame de couteau, s'approcha. L'un des hommes, qui paraissait le plus âgé, se leva et ils échangèrent des saluts. Et le chef, grand, musclé et sans doute très jeune selon Caroline, fit un geste et un autre brave la poussa devant le vieil homme enveloppé dans sa couverture.

Sa peau avait la couleur de l'acajou, son regard brillait, noir et vif tout au fond d'un nid de rides. Il était de petite taille, et paraissait avoir de la bedaine sous sa couverture. Il avait le nez fort, une bouche qui n'était qu'un trait et semblait cruelle. Caroline sentit sa frayeur revenir quand elle comprit que c'était là le chef et que son sort reposait vraisemblablement entre ses mains.

Il fit un geste. On retira le bâillon de la jeune femme et on lui délia les mains. Caroline se frotta les poignets, passa sa langue sur ses lèvres sèches et attendit.

Le vieil homme la regarda des pieds à la tête.

– Toi femme savante ? demanda-t-il en un anglais guttural mais compréhensible.

Caroline eut un battement de paupières. Elle ne s'attendait certainement pas à ce qu'on s'adresse à elle dans sa propre langue. Elle ouvrit la bouche pour répondre par la négative, se ravisa et hocha la tête. Et elle attendit, retenant son souffle, de voir si c'était bien là la réponse espérée.

– Parfait. C'est comme ont dit nos frères qui vont au village de l'homme blanc pour commerce. Ils disent que tu as chassé de ton homme le Grand Esprit de la Mort avec ta médecine. Nous avons la maladie ici. Toi venir.

Il se tourna et se dirigea vers l'une des huttes. Caroline fut poussée dans le dos et elle comprit qu'elle devait suivre.

En pénétrant dans la hutte, elle recula presque sous l'odeur de la maladie. Un petit feu brûlait au centre, dont la fumée s'élevait dans le ciel par une petite ouverture au sommet mais emplissait aussi la hutte d'une brume qui piquait les yeux. Divers détritus jonchaient le sol de terre. Une jeune femme, accroupie à côté d'une litière, se tourna pour les regarder. Sur la paillasse gisait une autre jeune femme, inerte, sous des couvertures tirées jusqu'au menton. Au premier regard on se rendait compte qu'elle était très malade.

– La fièvre a tué six de notre tribu. Notre médecine est impuissante. Nous penser finalement que c'est maladie de l'homme blanc. Il faut médecine de l'homme blanc. Tu vas guérir ma fille.

Soudain, la raison de sa présence devint claire à Caroline. Sa tête lui tourna un peu sous le soulagement. On ne lui voulait pas de mal. En regardant la jeune fille inconsciente, elle se dit que peut-être elle ne pourrait rien pour la fille du chef. Dans ce cas, si la jeune fille mourait, est-ce qu'on la tuerait ?

– Je vais essayer, répondit-elle prudemment, s'agenouillant à côté de la malade.

L'autre femme s'écarta pour lui faire place. La malade avait la peau brûlante et sèche. Elle paraissait inconsciente.

– Depuis combien de temps est-elle ainsi ? demanda Caroline au vieil homme par-dessus son épaule.

– Deux jours. Tous les autres sont morts en trois jours.

La jeune femme à genoux dit quelque chose au vieil homme qui traduisit :

– Elle a vomi, et perdu beaucoup de matière comme eau de riz. Mon autre fille, Ninaran, dire que sa sœur Talitah est très gravement malade.

– Je vais faire ce que je pourrai, promit Caroline.

Au cours des heures qui suivirent, elle s'employa, avec l'aide de Ninaran, à faire absorber à la malade beaucoup de liquide. Elle ne reconnut guère les médecines qu'utilisaient les Indiens, mais elle fit de son mieux et crut remarquer une légère amélioration. Finalement, quand la fièvre monta à un point tel que Caroline crut la fin venue, elle enveloppa la jeune fille, avec l'aide de Ninaran et de deux autres femmes de la tribu, dans des couvertures trempées, tout comme elle l'avait fait pour Matt. Et finalement, alors que se levait l'aube, on ne put douter que la jeune fille allait mieux. Caroline leur dit qu'il lui faudrait des soins attentifs pour qu'elle recouvre ses forces. Ce qu'elle ne dit pas, c'est qu'elle ne croyait pas que son intervention y fût pour grand-chose. Dieu avait décidé que celle-ci vivrait, ou le corps de la jeune fille avait refusé la mort. Car, au cours des heures avant que la fièvre cède, Caroline avait été convaincue que Talitah allait mourir.

Epuisée au point de ne plus pouvoir garder les yeux ouverts, Caroline fut enfin autorisée à se coucher sur une paillasse et à dormir. Quand elle s'éveilla, la journée était bien avancée. Une squaw, dans la hutte, la regardait de ses yeux curieux, mais elle ne fit rien pour empêcher Caroline de se sortir des couvertures et de marcher vers l'entrée de la hutte.

Il faisait gris et étonnamment froid après la chaleur de la veille. Personne ne l'arrêtant, Caroline quitta la hutte pour gagner celle où, pensait-elle, se trouvait Talitah. Elle ne s'était pas trompée. Elle passa quelques minutes à voir la patiente et, après un échange de signes avec Ninaran, sortit pour trouver de quoi manger.

Comme la veille, les trois vieillards accroupis et drapés dans leurs couvertures faisaient circuler entre eux leur unique pipe. Une squaw à la taille épaisse remuait quelque chose dans une marmite suspendue à un trépied d'où émanait une délicieuse odeur. Sa peur des Indiens largement dissipée, Caroline s'approcha.

C'est alors qu'un cavalier pénétra dans le camp, enveloppé jusqu'aux oreilles dans un manteau de castor, le visage presque dissimulé sous un grand chapeau noir. Caroline n'eut cependant aucun mal à le reconnaître.

– Matt ! lança-t-elle joyeusement, oubliant leur querelle dans son soulagement.

– Ah, observa le vieux chef en se levant tandis que des guerriers entouraient le cheval de Matt. Ton homme ?

Caroline confirma d'un signe de tête et, avec l'escorte du chef, se hâta vers l'endroit où les jeunes de la tribu interdisaient à Matt l'entrée du camp. Celui-ci semblait ne pas être armé et l'on ne tira aucune arme contre lui, mais si les choses tournaient mal, la situation pourrait très vite changer.

Les braves ouvrirent un passage à leur chef, et Matt descendit de cheval à leur approche, raide, manifestement sur ses gardes, la bouche pincée. Son regard passa rapidement sur Caroline, semblant s'assurer qu'elle n'avait pas de mal. Le sourire de la jeune femme parut le rassurer car ses mâchoires se décrispèrent un peu. Il avança cependant sa main droite, lui prit le bras et l'attira contre lui.

– Je suis Habocum, sachem des Corchaugs, annonça le vieux chef à Matt. Toi venir chercher ta femme.

C'était une constatation, pas une question, mais Matt hocha la tête.

– Oui.

– Elle faire beaucoup de bien ici. La plus jeune de mes filles était en train de mourir et ta femme lui a rendu le souffle de la vie. Nous voudrions lui donner beaucoup de présents, mais l'homme blanc nous a rendus pauvres. Mais nous donnons, à toi et à elle, notre reconnaissance.

– A votre service, dit Caroline, souriant au vieux chef.

Elle en aurait bien dit davantage, mais un regard dur de Matt l'en dissuada.

– Je vais la ramener chez moi, dit-il à Habocum qui acquiesça.

– Il te faudra de la nourriture pour ton voyage, et des couvertures. Le ciel promet de la neige.

Très rapidement on apporta nourriture et couvertures que l'on accrocha à la selle du cheval, à l'exception d'une couverture bariolée dans laquelle Matt enveloppa Caroline. Celle-ci donna ses ultimes instructions à Habocum qui hocha gravement la tête quant au traitement qu'il convenait de poursuivre pour Talitah. A peine en avait-elle terminé que Matt la soulevait et l'installait devant lui. Il répondit par un simple signe de tête au geste d'adieux que lui adressa Habocum de la main, fit faire demi-tour à son cheval et fila du camp où l'on éteignait les feux et rassemblait ce qui allait être emporté. Manifestement, la petite troupe se préparait à déménager.

– Vous vous êtes montré plutôt impoli, observa Caroline quand ils furent à l'abri des arbres.

– Impoli ? Nous avions affaire à Habocum, mon petit chou. Il y a cinq ou six ans, il nous a livré une guerre qui a décimé toute une colonie près de Wethersfield. Il a été contenu et sa tribu quasiment anéantie, mais jamais on ne l'a pris et il est en fuite depuis lors. Il est connu pour être un sanguinaire et pour sa haine des Blancs. Je pense que nous avons de la chance de nous en tirer ainsi et je me suis dit que nous n'avions aucune raison de nous attarder pour le cas où il changerait d'avis.

– Vous êtes venu seul ? demanda Caroline qui se rendait maintenant compte de la bravoure de Matt.

– Je n'ai pas voulu perdre de temps à essayer de recruter des volontaires en ville, et James et Dan n'étaient pas là. Rob et Thom, qui ont plutôt la tête près du bonnet, ne représentent pas l'idéal pour une telle expédition, et puis on avait besoin d'eux à la maison. En outre, depuis que je traite avec les Indiens, j'ai appris qu'ils réagissaient mieux aux discussions avec un homme seul et raisonnable qu'à l'intervention d'un groupe armé. Enfin, si l'on devait jamais vous récupérer, il fallait que cela se fasse vite. Je craignais ce qui risquait d'arriver si les choses traînaient trop longtemps.

Caroline sourit à l'idée que Matt avait nourri des craintes pour elle et elle posa sa tête contre la fourrure qui lui couvrait la poitrine. Il était vêtu d'un manteau qui lui descendait aux chevilles, chaussé de bottes montantes et coiffé d'un chapeau à large bord. Et il portait des gants de cuir. La fatigue cernait ses yeux et une barbe de deux jours bleuissait son menton et ses joues. Même ainsi il paraissait très beau et si viril que Caroline s'en sentit un peu émue. Bien qu'elle l'eût rarement vu à cheval, il paraissait tout à fait à l'aise en selle. Quoi que fasse Matt, il le faisait bien, semblait-il. Encore qu'en y réfléchissant, elle fit une restriction qui amena un nouveau sourire sur ses lèvres.

En selle devant Matt, dont les bras lui enserraient la taille, Caroline se sentait lasse mais heureuse. Malgré la couverture dans laquelle elle était enveloppée, elle pouvait sentir toute la force de ses bras musclés et de ses cuisses collées à ses reins. Elle se blottit davantage encore contre lui et regarda les choses en face : elle aimait cet homme impossible. C'était lui qu'elle voulait et aucun autre, et elle l'obtiendrait.

– J'ai été heureuse de vous retrouver, avoua-t-elle.

– Moi aussi. Notamment vivante et en un seul morceau, répondit-il sèchement.

– Je crois que je n'ai jamais été vraiment en danger.

– Si j'avais su cela, je n'aurais sans doute pas vieilli d'une dizaine d'années en un jour et demi.

– Qu'auriez-vous fait s'ils ne m'avaient pas laissée partir ? demanda-t-elle, frissonnant devant des images d'une sanglante bataille où Matt, tout magnifique qu'il fût, aurait certainement été vaincu.

Il était fermier, pas soldat, et seul. Qu'aurait-il pu faire contre toute une tribu ?

– J'aurais proposé un troc pour vous récupérer. Cheval, manteau, mousquet, je ne sais. J'avais même apporté quelques peaux avec moi. Et un quartier de lard fumé ainsi que deux cruchons de rhum. Je pensais bien conclure le marché, si l'on ne vous avait encore rien fait à mon arrivée. On ne vous a rien fait, n'est-ce pas ? demanda-t-il, inquiet.

– Non. Je suis très fatiguée, je meurs de faim, mais c'est tout. Avez-vous vraiment été inquiet quand vous avez découvert que j'avais disparu, Matt ?

– Un peu.

Elle lui donna un coup de coude de protestation et il grogna, mais elle se dit qu'il avait dû à peine le sentir à travers son épais manteau.

– Quand j'ai découvert le panier et le mousquet au bord du sentier, j'ai vécu des instants que j'espère ne plus jamais revivre.

Cet aveu bourru coupa le souffle de Caroline. Il y avait tant de choses qu'elle voulait lui dire – et plus encore qu'elle souhaitait lui entendre dire –, mais elle se sentait épuisée et le pas du cheval la berçait au point de l'endormir. On remettrait cette conversation à plus tard.

– Vous croyez que nous pouvons nous arrêter pour manger ? fut-elle seulement capable de dire.

– Ils ne vous ont rien donné à manger ?

Sans arrêter le cheval, il fouilla dans le sac attaché derrière lui et en tira une pomme qu'il lui tendit, ajoutant :

– Je préférerais que l'on soit le plus loin possible quand le mauvais temps va s'abattre.

Avec un grognement et un regard triste, Caroline accepta la pomme et mordit dans ce qui lui parut un nectar acidulé et juteux. Elle dévora le fruit jusqu'au trognon et se lécha les doigts. Quand elle se retourna vers Matt, pensant découvrir un sourire amusé sur son visage, elle le vit inquiet, qui regardait le ciel à travers la voûte de feuillage au-dessus d'eux.

– Quelque chose qui ne va pas ? demanda-t-elle, inquiète à son tour.

– Si je ne me trompe, nous allons avoir de la neige avant la nuit.

– Mais nous serons rentrés !

– Non.

– Qu'est-ce que nous allons faire ?

– Si c'est vraiment moche, trouver un refuge jusqu'à ce que ce soit terminé. Sans cela, continuer à chevaucher. Je l'ai déjà fait.

– Vraiment ?

– De nombreuses fois, les premiers temps que nous étions ici, avant l'établissement solide de la colonie et la construction de notre maison. Vous seriez surprise de savoir à quel point ce pays était sauvage.

Caroline imaginait mal qu'il pût être plus sauvage encore. Maintenant que le plus gros de sa faim était apaisé, le sommeil la gagnait. Elle se serra davantage encore dans sa couverture et posa la tête sur la poitrine de Matt, lui souriant quand il la regarda.

– Vous paraissez épuisée, mon petit chou, lui dit-il presque tendrement. Pourquoi ne pas vous laisser aller et dormir ? Vous pouvez me faire confiance pour vous ramener saine et sauve.

– Je le sais, mais je ne suis pas fatiguée à ce point.

– Non ?

– Non.

Il n'ajouta rien, se bornant à la serrer davantage contre lui, continuant sa route en se repérant à la rivière. Bercée par le pas du cheval, goûtant la chaleur de ce corps derrière elle et la certitude d'être en sécurité, Caroline ferma les yeux. Juste un instant pour reposer ses paupières lourdes.

Mais un instant plus tard, elle dormait. Et tandis qu'elle dormait commença à tomber la neige qui menaçait.

37

L'arrêt de leur course la réveilla. Elle ouvrit les yeux dans un tourbillon blanc et, désorientée, se rendit compte qu'elle se trouvait toujours en selle. Matt, derrière elle, lui criait quelque chose à l'oreille. Tout autour d'eux, le vent hurlait. Une neige lourde et cinglante fouettait leur visage.

– Quoi ? demanda-t-elle d'une voix trop faible pour percer le blizzard.

Mais Matt répétait déjà, la maintenant d'un bras ferme. Sa barbe naissante lui piquait l'oreille tandis qu'il criait.

– Nous n'y arriverons pas. Il va falloir trouver un abri.

– Où ?

Sa question se perdit dans le vent. Il mit pied à terre. Elle frissonna. La couverture dans laquelle il l'avait enroulée avait glissé. Des aiguilles glacées lui transpercèrent le visage. Elle serra les dents, s'accrochant au pommeau de la selle, se demandant comment la température avait pu chuter aussi brutalement.

Matt cria quelque chose qu'elle ne comprit pas, puis il leva les bras vers elle, et elle se laissa glisser de la selle. L'épais tapis de feuilles qui recouvraient le sol de la forêt disparaissait à présent sous une impressionnante couche de neige. Le monde était couleur d'étain. Le ciel avait disparu. Des flocons gros comme la paume de la main de Caroline venaient se fixer aux troncs des arbres, aux feuilles. Matt pointa le doigt vers un piton rocheux qui s'élevait devant eux. Sans comprendre ce qu'il disait, elle se laissa emmener. Ils abandonnèrent le cheval derrière eux.

Elle ne vit le trou dans la paroi rocheuse qu'au moment où il la poussait dedans. Ce n'était pas véritablement une grotte mais une excavation de trois ou quatre mètres de profondeur et deux de large. On aurait dit qu'un géant avait croqué cette colline comme une pomme. Ils y pénétrèrent. Elle fut réellement soulagée de ne plus être transpercée par les milliers d'aiguilles glacées.

– Nous allons devoir rester ici jusqu'à ce que cela s'arrête.

Matt examinait le sol et les parois de la caverne. Caroline, tremblante dans sa couverture, se tourna vers lui. Son chapeau était brillant de neige ainsi que le col en fourrure de son manteau. Ses yeux étaient très bleus dans l'ombre de la grotte.

– Nous allons geler, protesta-t-elle, mais il secoua la tête.

– Restez ici, à l'abri du vent. Je vais chercher tout ce dont nous aurons besoin, annonça-t-il avant de s'enfoncer à nouveau dans la forêt battue par la neige.

Il allait rassembler tout ce qui était nécessaire à leur campement et il comptait le faire seul, sans son aide. Serrant les dents, elle s'enroula du mieux qu'elle put dans sa couverture et le suivit dans le blizzard.

Leur cheval, et Matt qui venait de le rejoindre, se trouvaient à peine à quatre mètres d'elle, elle avait pourtant du mal à les distinguer. Matt ne se rendit compte de sa présence que quand elle arriva à ses côtés. Il lui lança un regard mauvais mais n'usa pas sa salive dans des remontrances inaudibles dans cette tempête. D'un geste vif, il délesta le cheval de quelques ballots qu'il lui déposa dans les bras et lui fit signe de regagner la caverne. Il la suivit de près, lourdement chargé de sacs, de cruches et de la selle. Il déposa sans ménagement son fardeau à l'entrée de la caverne avant de se tourner vers Caroline. La neige gelée accrochée à ses sourcils lui faisait comme une visière.

– Quand je vous ai dit de rester ici, à l'abri du vent, j'étais sérieux, déclara-t-il avec colère. Je suis habillé pour sortir par un temps pareil, pas vous. J'irai beaucoup plus vite si je ne dois pas vous surveiller constamment. Si vous cherchez quelque chose à faire, commencez donc par ranger nos affaires. Nous allons être bloqués ici pour un bon moment.

Là-dessus, il fit volte-face et s'enfonça dans le tourbillon blanc. Caroline le suivit des yeux. Il avait raison. Elle n'était pas habillée pour affronter les éléments déchaînés. Sa couverture était couverte de flocons de neige. Elle s'en débarrassa pour la secouer avant de commencer à dresser l'inventaire de leurs provisions.

Une heure plus tard, Matt avait obturé l'ouverture de la caverne avec de la broussaille. Il avait aussi rapporté un impressionnant tas de branches mortes qu'il avait empilées contre une des parois pour faire du feu. Il avait laissé une petite ouverture dans le mur de broussailles afin de laisser s'échapper la fumée.

Il s'agenouilla, arrangeant soigneusement bûches et brindilles. Puis il déversa un peu de poudre à fusil sur l'ensemble. Caroline ne put en supporter davantage. Le feu le terrifiait, elle le savait. Cela faisait un bon moment qu'elle l'observait à la dérobée, remarquant la crispation de ses mâchoires, le plissement déterminé de ses paupières. Mais ses doigts qui manipulaient la pierre à feu ne semblaient plus aussi sûrs.

– Laissez-moi m'en occuper, s'il vous plaît, dit-elle, hésitante, en venant à ses côtés.

De petits nuages de vapeur très blanche sortaient de sa bouche quand elle parlait. Même dans l'abri, il régnait un froid sibérien.

Matt leva un regard courroucé mais il était soulagé d'avoir trouvé une bonne excuse pour interrompre sa tâche, elle en était certaine.

– Vous occuper de quoi ?

– Du feu. Allez soigner ce malheureux cheval.

– Je l'ai lâché. Il se débrouillera bien mieux sans nous et trouvera facilement son chemin jusqu'à la maison. Mais pourquoi voulez-vous vous occuper du feu ?

– Je suis particulièrement douée avec les feux. Après tout, pourquoi seriez-vous le seul à faire étalage de vos compétences ?

Tout en parlant, elle tendit la main pour qu'il lui remette la pierre.

Il se dressa de toute sa hauteur – sa tête frôlant le plafond de la caverne – et la dévisagea d'un air suspicieux.

– Ainsi vous savez, n'est-ce pas ? s'enquit-il, visiblement contrarié. Mary a décidément la langue trop bien pendue.

Elle haussa les épaules.

– Vous vous trompez.

Profitant de sa distraction, elle lui enleva la pierre des mains et s'agenouilla. Il ne lui fallut que quelques essais avant de provoquer une étincelle. Bientôt, une belle flamme s'élevait.

Tandis que le feu crépitait vivement, Caroline se redressa. Matt avait reculé d'un pas. Ses joues étaient congestionnées, peut-être à cause du froid, peut-être à cause du feu. Il évitait de regarder les flammes.

La parole est d'argent mais le silence est d'or, se dit Caroline tandis qu'une bienfaisante chaleur se répandait dans la caverne. Autant ne pas insister sur ce sujet. Elle considéra le tas de provisions avec intérêt.

– Alors, c'était Daniel ? demanda Matt.

– Non.

Il ne serait sûrement pas ravi d'apprendre comment elle avait découvert sa crainte du feu. Mieux valait ne pas poursuivre cette discussion. Elle s'empara de quelques morceaux de viande séchée que les Corchaugs leur avaient donnés. Elle saliva tandis que l'arôme de viande fumée lui chatouillait les narines. A présent, décida-t-elle, ils devaient dîner.

– A votre avis, est-ce du lapin ou de la venaison ? demanda-t-elle.

Il avait la mine pensive et sombre mais une lueur d'amusement brilla dans ses yeux.

– Probablement du chien.

– Du chien ! s'exclama Caroline, horrifiée.

Même si elle n'éprouvait pas un amour débordant pour Raleigh, elle avait du mal à s'imaginer en train de le manger, lui ou l'un de ses congénères.

– Les Indiens considèrent le chien comme un mets d'une extrême délicatesse, annonça Matt en lui enlevant les bouts de viande pour les ranger parmi leurs provisions. Ne faites pas une tête pareille, nous risquons sous peu d'être très heureux de les avoir. Nous ne sommes pas encore rentrés chez nous.

– Quand croyez-vous que nous pourrons repartir ? s'enquit-elle en s'emparant d'une saucisse que Matt avait apportée.

Avec le pain indien et quelques pommes, cela ferait un repas substantiel.

– Quand la neige s'arrêtera.

Elle esquissa un pas vers le feu. Matt la retint.

Caroline leva un regard interrogateur. Elle était grande pour une femme, et pourtant, le sommet de son crâne atteignait à peine le menton de Matt. La main qui la retenait était assez puissante pour la briser en deux. Mais il ne serrait pas. Il semblait plutôt sur la défensive.

– Allez-vous enfin me dire comment vous avez découvert mon... aversion pour le feu ou bien va-t-il falloir que je passe la nuit à jouer aux devinettes ?

Caroline hésita, le contempla puis soupira.

– Laissez-moi en finir avec cela – je n'en ai que pour une minute et je suis trop affamée pour attendre davantage –, et je vous dirai tout. Mais je préfère vous prévenir que cela risque de ne pas vous plaire.

– Le contraire m'aurait étonné, maugréa-t-il.

Tandis qu'elle coupait rapidement la saucisse en tranches, il fabriqua une sorte de tapis de feuilles contre le mur – pas trop près du feu, nota Caroline qui le surveillait du coin de l'œil – avant d'étaler la couverture du cheval dessus. Puis il s'empara d'une cruche en terre et l'approcha des flammes.

– Pour le réchauffer, annonça-t-il tandis qu'elle le dévisageait d'un air inquisiteur.

– Du rhum ? demanda-t-elle d'un air désapprobateur qui le fit sourire.

– Oui.

– J'ignorais que les puritains buvaient du rhum.

– Les puritains ont de nombreux vices, mon cœur.

Caroline lui tendit son repas et ils s'installèrent tous les deux sur le lit de fortune. Adossés au mur, ils mangèrent un instant en silence, puis Matt se tourna vers elle.

– Alors ?

Caroline termina sa saucisse. Puis elle s'empara d'une pomme qu'elle croqua à belles dents. Elle prit le temps de mâcher et d'avaler avant de répondre :

– Quand la fièvre vous faisait délirer, vous... vous avez fait un mauvais rêve. C'est à cause de lui que j'ai deviné que vous aviez peur du feu.

Elle espérait que cela lui suffirait. Elle se trompait.

– Un mauvais rêve ? répéta-t-il. Je vous ai raconté ma vie dans mon sommeil ?

Caroline leva la pomme vers ses lèvres. Il lui enleva le fruit des mains. Elle suivit sa pitance des yeux avec regret, mais un regard vers Matt lui ôta l'envie de la réclamer. Le visage tel un masque de pierre, on aurait dit qu'il venait d'être transformé en statue.

– Daniel m'a raconté comment Elizabeth avait mis le feu à la grange et comment vous aviez été brûlé en lui portant secours, déclara-t-elle, le fixant droit dans les yeux.

Il tressaillit comme s'il recevait un coup.

– Il me l'a dit, reprit-elle, parce que j'avais fait allumer un feu dans votre chambre. Quand vous l'avez vu en vous réveillant, vous avez paniqué et vous vous êtes mis à hurler.

Les yeux de Matt revinrent sur elle. Leur couleur avait changé : ils étaient d'un bleu opaque, aussi impénétrable que le velours de la nuit. Ses joues s'empourprèrent. Elle savait qu'il avait honte de ce qu'il considérait comme une faiblesse de sa part.

– Et vous avez eu pitié de moi, fit-il, cinglant. Vous vouliez m'épargner en allumant ce feu à ma place.

Il cachait sa gêne derrière une telle dureté envers lui-même qu'elle en avait mal.

– Je n'ai pas eu pitié, Matt. J'ai compris.

Elle leva une main apaisante vers son visage mais il eut un geste de recul et bondit sur ses pieds.

– Je ne veux pas de votre compréhension, déclara-t-il, rageur, les lèvres si serrées qu'un cercle blanc apparut aux commissures.

– Matt... fit-elle en se levant à son tour, mais il farfouillait déjà dans les broussailles qui fermaient la caverne. Où allez-vous ?

Il quittait l'abri.

– Faire un tour.

Il lui jeta un regard par-dessus son épaule.

– Ne vous en faites pas, Caroline, je vais revenir.

Et là-dessus, il s'enfonça dans le blizzard.

38

Il ne s'absenta pas longtemps, même si pour Caroline, debout au milieu de la caverne, cela parut une éternité. Quand il revint, tapant des pieds sur le sol pour chasser la neige, elle fut soulagée. Bien sûr, elle savait que Matt n'était nullement suicidaire, qu'il était dur au mal et suffisamment mature pour affronter les vicissitudes de la vie. Mais elle était bien placée pour savoir que les blessures morales mettent du temps à cicatriser.

– Comment est-ce dehors ? demanda-t-elle en l'aidant à chasser les flocons de neige de son manteau.

– Epouvantable. C'est un blizzard, le premier de l'année, répondit-il en replaçant les branches pour boucher l'entrée de la grotte.

Le vent miaulait avec une rage obstinée. Matt se tourna vers Caroline. Il avait la mine sombre, ce regard voilé qui indiquait qu'il avait choisi de se retirer en lui-même.

– Vous pensez que cela va durer ? s'enquit-elle, consternée.

Pour elle, cette tempête de neige avait quelque chose d'accablant, comme si le mauvais sort s'acharnait sur elle.

– D'habitude, la neige arrive un peu plus tard dans

l'année. Ici, dans le Connecticut, il neige en général d'octobre à février.

– Et qu'est-ce qu'on fait pendant tout ce temps ?

Caroline n'avait jamais connu de climat aussi extrême.

– On se calfeutre chez soi et on ne sort que pour effectuer les tâches absolument nécessaires.

A l'idée de ces longs mois d'hiver qu'elle allait devoir passer enfermée, Caroline, qui ne s'était jamais fait une idée très exaltante du Nouveau Monde, se sentit déprimée.

– Vous avez froid, remarqua-t-il en la voyant frissonner.

Malgré le feu, il régnait un froid saisissant dans l'abri.

– Pas trop, mentit-elle en claquant des dents.

Maugréant un juron, Matt la força à se rallonger sur la couverture et enleva son manteau pour l'en couvrir.

– Mais vous allez geler, protesta Caroline en tentant de se redresser.

– Restez couchée. J'aurais dû vous le donner depuis longtemps. Croyez-moi, j'ai l'habitude d'un froid pareil.

Il portait une chemise, une culotte et un justaucorps de laine. Caroline comprit qu'il était inutile d'essayer de le faire changer d'avis, aussi céda-t-elle sans trop de remords. Effectivement, sous cette épaisse fourrure, elle avait beaucoup plus chaud.

Il l'installa confortablement, utilisant un sac comme coussin et jetant sur elle les peaux de bêtes qu'il avait amenées en vue de les troquer aux Indiens contre sa liberté. Il entreprit même d'enlever son gilet, mais là, Caroline protesta avec véhémence.

Il garda donc son gilet. Il semblait effectivement insensible au froid. Caroline, couchée, l'observait tandis qu'il s'activait dans la grotte. En dépit du fait qu'ils étaient bloqués loin de chez eux dans cet abri de fortune, en plein milieu d'une tempête, elle éprouvait un curieux sentiment de contentement. Le mur de branches arrêtait le vent glacial et le feu crépitait joyeusement. Elle avait l'impression d'être installée dans un cocon.

Elle avait dû s'assoupir. Quand elle rouvrit les yeux, ce fut pour découvrir Matt assis contre le mur à deux ou trois mètres d'elle. Il fixait la paroi opposée d'un air absent, une jambe étendue devant lui, l'autre repliée. Inconscient d'être observé, il souleva la cruche posée à ses côtés et avala une longue gorgée.

– Vous ne voulez pas vous coucher ?

Surpris, il avala son rhum de travers. Il toussa avant de lui répondre :

– Non.

– Vous allez rester assis toute la nuit ?

Elle se moquait gentiment de lui. Mais elle prit soudain conscience que la température dans la caverne avait encore baissé. Bien à l'abri sous ses couches de fourrure, elle n'en souffrait pas, mais lui, rhum ou pas, devait être frigorifié.

– Oui.

– Et pourquoi donc, s'il vous plaît ?

Ses réponses par monosyllabes commençaient à l'irriter prodigieusement. Il lui glissa un regard en coin. Il s'arrêta un instant sur les mèches de cheveux noirs qui s'étaient échappées de ses épingles et cascadaient autour de son visage.

– Pourquoi pas ? répliqua-t-il en prenant une nouvelle rasade de rhum.

– Etes-vous ivre ou simplement idiot ?

Caroline repoussa ses couvertures. La colère la réchauffait. Elle marcha jusqu'à lui et se tint là, les bras ballants, le dominant de toute sa hauteur.

– Je ne suis pas soûl. Retournez vous coucher, vous allez geler.

Mais démentant ses paroles, son regard remontait lentement le long des jambes de Caroline, s'attardait sur la courbe de ses hanches puis sur le doux renflement de ses seins sous la robe. Finalement, il parvint au visage, la pâle beauté de son cou et de ses joues égratignés par l'encre noire de sa chevelure. Il ferma les yeux un bref instant. Il les rouvrit pour s'emparer de la cruche de rhum et boire encore.

– C'est vous qui allez geler, espèce d'idiot borné ! Je vous dis de venir au lit et tout de suite !

Elle avait employé le ton qu'elle utilisait parfois avec John ou Davey.

Il reposa la cruche et la contempla.

– Et maintenant je dois dire « oui, tante Caroline » et vous obéir sans discuter ?

Il lisait dans ses pensées. Elle pinça les lèvres mais ne s'avoua pas vaincue.

– Exactement.

Il eut un rire sans joie.

– Dommage que je n'aie plus dix ans, non ?

Caroline le toisa. Il portait toujours son chapeau, ce qui l'obligeait à renverser la tête pour la regarder. Ses bottes étaient solidement plantées dans le sol et il semblait véritablement décidé à passer la nuit ainsi. Il était impensable d'envisager de le traîner de force, elle devait donc utiliser la ruse.

Elle prit place à ses côtés, singeant sa posture. Il lui jeta un regard noir.

– Et vous faites quoi là, exactement ?

Elle lui offrit son plus doux sourire.

– Je vous tiens compagnie.

– Je n'ai pas besoin de compagnie.

– Oh ! Comme c'est dommage.

Elle s'empara de la cruche en pierre et la porta à ses lèvres. Elle déglutit. L'alcool lui brûla la langue, glissa dans sa gorge telle une coulée de feu. Les larmes lui montèrent aux yeux. Voilà donc comment il se tenait chaud ! C'était efficace. Mais cette chaleur était plus illusoire que réelle.

– C'est très fort, ce truc, remarqua Matt en ne la quittant pas des yeux, attendant qu'elle s'étrangle.

Par un effort surhumain, Caroline parvint à rester impassible. Elle claqua même la langue d'un air appréciateur.

– Et maintenant, dit-elle, de quoi allons-nous parler ?

– Allez vous coucher, Caroline.

Il n'avait pas mordu à l'hameçon.

– Je ne vous laisserai pas geler sur place et remuer vos idées noires.

– Je ne gèle pas et je ne remue pas d'idées noires.

– Tant mieux.

Serrant les dents devant une telle obstination, Caroline décida de se taire. Elle s'absorba dans la contemplation du mur d'en face tandis qu'il buvait son rhum en lui lançant des regards en coin. Au bout d'un quart d'heure, elle commença à trembler.

– Vous avez froid ! l'accusa-t-il.

– Oui.

– Allez vous coucher.

– Pas sans vous. Rester assis ici toute la nuit est complètement stupide, cela confine à la débilité ! Si c'est cela qui vous dérange, je vous tournerai le dos en dormant. Nous aurons bien plus chaud ensemble que si nous dormons séparément.

– Je ne supporte pas les femmes têtues.

– Comme vous voulez ! Nous allons donc rester ici jusqu'à ce que nous soyons transformés en blocs de glace.

Caroline se fit une raison : la nuit s'annonçait longue et difficile.

Matt grogna, avala une nouvelle gorgée de rhum avant de se redresser.

– Allez, venez, dit-il en lui tendant la main.

Il avait une voix étrange, déformée par une soudaine résolution.

Réprimant un sourire de triomphe, Caroline lui confia sa main. Elle s'allongea sur la couverture tandis qu'une nouvelle fois il empilait les fourrures et les peaux de bêtes sur elle. Quand il eut terminé, elle retint son souffle, attendant. Il hésita à peine avant d'enlever son chapeau. Il la contourna, souleva la pile de couvertures et se glissa derrière elle.

Il s'installa, aussi loin d'elle que l'étroite couche le lui permettait. Caroline sentait la chaleur de son corps qui transperçait ses vêtements et venait la brûler. Il semblait décidé à maintenir un petit espace entre eux mais, dos au mur, il n'avait pas la place de manœuvrer. Petit à petit, Caroline se força à se détendre et bougea de façon à être complètement lovée contre lui, les fesses nichées dans le creux de son ventre, le dos contre sa poitrine et le crâne sous son menton. Il réussit à caser un bras sous lui mais, ne sachant que faire de l'autre, il fut forcé de le laisser posé sur Caroline, aussi raide qu'une bûche.

Elle se serra un peu plus contre lui. Il essaya de reculer mais son dos rencontra la paroi glacée. Il se raidit, du bout des chaussettes à la pointe des cheveux. Comme si elle sombrait dans le sommeil, Caroline poussa un petit soupir. Elle savait pertinemment l'effet qu'elle produisait sur lui. Un renflement dur contre sa hanche la renseignait. Il respirait avec difficulté. Gardant les yeux fermés, Caroline avait bien l'impression qu'il serrait les dents.

Dans un murmure endormi, elle nicha ses fesses contre son membre dressé et serra son bras contre elle.

Matt se redressa brutalement, rejetant leurs couvertures et avalant précipitamment plusieurs gorgées d'air glacé. Elle se retourna pour le contempler avec de grands yeux innocents.

– Je savais que c'était une erreur, marmonna-t-il en lui lançant un regard incendiaire.

Caroline décida alors d'abandonner tout faux-semblant. Pour le meilleur et pour le pire, il était l'homme de sa vie et elle comptait bien le lui montrer. Si son corps craignait leur intimité physique, son cœur chantait à l'idée de l'avoir tout à elle. Et elle avait décidé d'écouter son cœur.

– Ce n'est pas une erreur, murmura-t-elle en s'agenouillant devant lui pour passer les bras autour de son cou.

Il lui attrapa les poignets pour l'en empêcher mais leurs regards se croisèrent. Il se figea. Elle vit nettement les émotions successives qui s'inscrivaient sur ses traits : le désir suivi du refus puis le désir encore remplacé par le doute et finalement simplement le désir. Il la regardait avec des yeux brillants, affamés. Les yeux d'un prédateur. Son souffle s'accélérait. Caroline le contemplait avec la même avidité. Elle s'attarda sur ses cheveux dans lesquels le feu allumait des reflets bleus, sur ses traits si bien dessinés, sur la largeur de ses épaules.

Puis elle vint contre lui, écrasant ses seins sur sa poitrine tout en cherchant sa bouche de ses lèvres.

Il frissonna. Il serra convulsivement les mains avant de s'abandonner.

– Que Dieu me pardonne, murmura-t-il.

Alors, ses bras se refermèrent sur elle tels de tendres étaux. Il se pencha pour l'embrasser.

Il prit sa bouche, avide, comme s'il avait attendu ce moment depuis la nuit des temps. Il n'avait rien de tendre ou de gentil. Un besoin effarant s'était emparé de lui. Caroline ne pouvait pas lutter, elle pouvait simplement s'accrocher à lui et lui offrir ce qu'il désirait tant. Il était brûlant. Si brûlant qu'elle ne pouvait penser à rien d'autre qu'à cette chaleur qui la marquait à son tour. Il n'y avait plus de place en elle pour de mauvais souvenirs. Les mains de Matt cherchaient ses seins sous les plis de sa robe. Elle fut surprise de s'entendre gémir de plaisir quand ses doigts se refermèrent sur leur trouvaille.

Matt se raidit mais la fièvre qui le tenaillait était la plus forte. Il la renversa sur la couche, fouillant dans ses jupes, arrachant ses propres vêtements. Il s'enfonça en elle aussitôt, lui laissant à peine le temps d'écarter les jambes. Son besoin était urgent, impatient et ne procurait pas à Caroline une grande joie en dehors de celle d'offrir à l'homme qu'elle aimait ce qu'il cherchait avec tant de rage. Mais elle n'en conçut aucun regret non plus, aucune détresse. Elle le serrait contre elle et songeait au bonheur d'avoir cet homme avec elle pour la vie. Elle sourit même quand, après un dernier et violent coup de boutoir, il gémit et répandit sa semence. Alors, comme il gisait sur elle, haletant, elle obtint sa propre récompense : elle lui caressa longuement les cheveux, explorant avec une tendresse infinie les courbes de ses épaules et de son dos.

Finalement, il leva la tête pour chercher son regard. Caroline lui répondit avec un tendre sourire. Matt maugréa quelque chose qui ressemblait à un blasphème. Il ferma les yeux. Il roula sur le côté et resta figé ainsi quelques secondes. Puis il se retourna vers elle pour chercher à nouveau son regard.

39

– Je t'ai fait mal, n'est-ce pas ? demanda Matt.

Il avait combattu ses propres démons aussi longtemps et aussi vaillamment que possible, mais il avait dû finalement s'avouer vaincu. A présent, il devait affronter la réalité. A moins de ne plus jamais la revoir – et il se refusait à considérer une telle éventualité –, il admettait le fait qu'il lui était impossible de ne pas la toucher. Il lui ferait l'amour encore et encore et encore aussi sûrement que le soleil se levait chaque jour.

– Presque pas, convint Caroline avec tendresse.

Elle avait toujours la joue posée sur sa poitrine et jouait sans s'en rendre compte avec ses boucles de poils si doux.

Déjà, il la désirait à nouveau. Heureusement, les couvertures dissimulaient l'évidence de son besoin et il était capable, à présent, de se maîtriser. Il devait lui apprendre que l'amour n'était pas ce qu'elle avait connu jusque-là.

– Tant mieux.

Il espérait qu'elle ne percevrait pas l'ironie qu'il avait mis dans cette réponse. Elle gisait contre lui, aussi confiante qu'une enfant, inconsciente de ce dont elle était privée. Bien sûr, il en était le premier responsable. Mais il aurait bien aimé mettre la main sur le bâtard qui l'avait violée – que cette vermine pourrisse en enfer ! Il était à présent son unique professeur dans l'art délicat de l'amour.

Intérieurement, Matt grimaça. Pour l'instant, ses leçons laissaient beaucoup à désirer.

Il se redressa sur un coude pour la contempler. Elle lui souriait. Ses grands yeux dorés étaient soulignés par des cernes. Le pâle ovale de son visage était irrité par les piqûres de sa barbe. Matt prit note mentalement de se raser désormais matin et soir. Ses frères ne manqueraient pas de se moquer de lui mais il était bien décidé à affronter leurs sarcasmes.

– Tu es belle, murmura-t-il en déposant un baiser sur ses lèvres.

Elle le lui rendit avec douceur.

Avant de céder à nouveau à la tentation et d'oublier les résolutions qu'il venait de prendre, il se leva. Il reboutonna sa culotte. Elle l'observait avec un intérêt non dissimulé et rien dans son regard ne ressemblait à du dégoût.

Elle guérissait, c'était évident, et il en remerciait le Seigneur. Avec de la patience et de la tendresse, il pourrait sûrement lui montrer ce que l'union d'une femme et d'un homme avait de magnifique. A cette idée, une boule de chaleur lui noua le ventre.

Il faisait froid hors de leur couche mais il ne le sentait pas.

– Matt ?

Elle avait visiblement sommeil. Matt dissimula un sourire avant de l'aider à se lever.

– Quoi... ?

Battant des paupières, elle s'accrocha à ses épaules.

– Nous serons mieux si je refais le lit, annonça-t-il d'une voix apaisante.

Et il se mit en devoir de joindre le geste à la parole. Il remplaça la couverture par son manteau en fourrure qu'il posa sur le tapis de feuilles. Puis il se dirigea vers la pile de bois et, à bonne distance, enfourna de nouvelles bûches dans le feu. Il évita de regarder les flammes qui montaient. Ramassant la cruche de rhum, il rejoignit Caroline.

Elle était toujours debout à côté de la couche, la tête légèrement penchée pour mieux l'observer. Il posa la cruche et vint à elle pour la prendre dans ses bras. Il l'embrassa et ses mains trouvèrent les lacets qui nouaient sa pauvre robe dans le dos.

– Matt ?

Elle ne protestait pas mais s'étonnait seulement.

– Nous aurons plus chaud sous les couvertures si nous nous déshabillons.

La façon dont étaient lacés les vêtements de femme avait quelque chose d'infernal et il manquait sérieusement d'entraînement, mais il parvint tout de même à ses fins.

– Tu veux qu'on se mette nus tous les deux ?

Elle semblait choquée, comme si une telle décadence lui était inconcevable. Matt sourit devant tant d'innocence.

– C'est ce que j'avais en tête, confessa-t-il.

– Oh...

Et tandis qu'il faisait glisser sa robe sur ses épaules, il vit qu'elle fronçait les sourcils.

– Matt ?

– Hmmmm ?

Incapable de résister, il déposa un long baiser sur l'épaule crémeuse qu'il venait de dénuder.

– Est-ce... normal d'être nus ?

Elle était cramoisie et fixait le sol avec une attention formidable.

– Certains le préfèrent, lui dit-il gravement en faisant glisser la robe le long de ses bras.

Il constata avec plaisir qu'elle l'aidait en s'extirpant des longues manches étroites. Elle fit de même quand il descendit la robe sur ses hanches.

Dans son jupon blanc, tout chiffonné, elle était ensorcelante. A nouveau, il se mit à l'embrasser comme un fou. Il avait oublié le froid qui régnait dans la caverne : elle avait la chair de poule. Un jour, il aurait l'occasion de la déshabiller lentement et d'embrasser pendant des heures chaque millimètre de peau qu'il dénuderait. Mais ce soir, il n'en était pas question. Maîtrisant ses pulsions avec une volonté de fer, il finit de la dévêtir aussi rapidement que possible... même s'il était incapable de résister à la tentation de planter quelques baisers ici et là. Finalement, il s'agenouilla devant elle et lui enleva ses souliers puis, serrant les dents, il roula ses bas le long de ses jambes.

Il accomplit l'exploit le plus formidable de sa vie en refusant de s'allonger sur elle.

Son cœur battait à tout rompre. Il frôlait des cuisses merveilleuses, des jambes interminables. Il en avait le souffle coupé. Dans un effort surhumain, il se força à se relever. Elle était toujours aussi écarlate et gardait les yeux baissés.

Nue, elle était le plus joli bijou qu'il ait jamais vu. Ses seins étaient fermes, pleins et très blancs, avec de délicieux petits mamelons couleur framboise. Ils se dressaient d'un air provocant, délicatement féminins au-dessus d'une taille fine et de hanches arrondies. Son ventre était joliment rebondi, ses jambes longues et lisses, et la toison noire qui les couronnait semblait aussi douce que de la soie.

Haletant comme s'il venait de traverser la montagne en courant, il se pencha pour emprisonner entre ses lèvres un petit mamelon.

Il n'avait pas le goût des framboises. Il était infiniment meilleur.

Elle laissa échapper un petit gémissement et enfonça ses doigts dans la chevelure de Matt. Il caressait sa peau satinée tandis qu'elle s'agrippait à lui de toutes ses forces. Une vague de chaleur inonda son bas-ventre. Il sut qu'il ne pourrait y résister bien longtemps... et des tréfonds de son être, il puisa la force d'abandonner son sein.

Muette, elle leva les yeux vers lui tandis qu'il se redressait. Elle avait des yeux immenses dans lesquels étincelaient des paillettes d'ambre. En la voyant ainsi, perdue et pourtant frémissante d'espoir, Matt serra convulsivement les mains autour de sa taille. Il devait rester maître de lui.

Elle avait la chair de poule. Serrant les dents, il la souleva dans ses bras et la déposa sur le doux lit de fourrure, picorant tendrement son oreille tandis qu'elle s'accrochait à lui, refusant qu'il s'éloigne d'elle.

– C'est à ton tour maintenant de regarder, mon amour, murmura-t-il en se libérant gentiment de son étreinte.

Ce simple geste lui coûtait mais il se redressa. Il la recouvrit avec la couverture indienne afin qu'elle ne prenne pas froid.

Quand elle fut douillettement installée, il commença à se dévêtir. Il se débarrassa d'abord de son gilet puis de sa chemise et de ses bottes. Finalement, torse nu, il entreprit de déboutonner sa culotte, suppliant le ciel pour que la vue d'un homme en pleine érection ne la choque pas trop.

Jusque-là, elle l'avait observé en silence. A chaque pièce de vêtement qui tombait, ses yeux s'agrandissaient un peu plus. A présent, il éprouvait une vague gêne mais restait fermement décidé à lui montrer tout ce qu'il y avait à voir. Il se débarrassa de sa culotte d'un geste vif et se tint là devant elle, totalement et glorieusement nu.

Son regard était fixé sur son membre, énorme et

raide. Et, tandis qu'il attendait sa réaction, pour la première fois de sa vie d'adulte, Matt se sentit rougir.

Elle semblait si jeune, si virginale. Les yeux lui mangeaient le visage, sa peau était pâle comme de l'ivoire, la masse de ses cheveux noirs flottait autour d'elle, donnant à son visage un aspect plus enfantin encore. Etait-elle horrifiée ? Dégoûtée ? Effrayée ?

Et si elle ne pouvait supporter ce qu'elle voyait au point de refuser d'avoir des rapports avec lui, serait-il capable de respecter sa détresse ?

Oui, décida Matt, si c'était ce qu'elle voulait, il ne la toucherait pas. Même si cela devait le tuer. Il devait lui donner le temps de s'habituer.

Au comble de l'angoisse, tremblant, il attendait tandis qu'elle déglutissait et se forçait à le regarder dans les yeux.

– Et c'est tout ? demanda-t-elle.

Matt n'en croyait pas ses oreilles. Il manqua de s'étouffer. Finalement, il éclata d'un rire tonitruant. Il glissa à ses côtés sous la couverture en gloussant d'un air idiot avant de la serrer à nouveau dans ses bras.

40

– Ce n'est pas drôle ! Pourquoi ris-tu ?

Indignée qu'il puisse se tordre de rire dans un moment pareil, elle lui expédia un bon coup de poing dans l'épaule. Il grimaça, attrapa sa main et pressa ses lèvres contre les phalanges serrées. Mais il avait encore du mal à réprimer son fou rire.

– Je crois comprendre que tu t'attendais à quelque chose de différent ?

C'était une question polie. Trop polie. Caroline se rendait compte qu'il était encore hilare et elle ne comprenait pas pourquoi.

– Je croyais que c'était plus gros, dit-elle, lui en voulant un peu de rire à ses dépens.

Il s'esclaffa à nouveau jusqu'à s'en étrangler mais en la serrant dans ses bras comme s'il craignait qu'elle ne le quitte... Ce qu'elle aurait sans doute fait si elle n'avait été nue comme un ver.

Il se calma enfin.

– J'ai bien peur, fit-il sur un ton d'excuse, qu'il n'y ait rien de plus que cela.

Caroline savait qu'il se moquait encore d'elle. Pourtant, il était si beau, il semblait si heureux avec ses yeux brillants, son sourire qui illuminait son visage, qui lui donnait un air si jeune, si insouciant...

Que trouvait-il de si drôle dans leur situation, nom d'un chien ?

– Puisque tu continues à te moquer de moi, je préfère dormir, annonça-t-elle en se tortillant brusquement pour lui tourner le dos.

Immédiatement, il se pressa contre elle sous la pile de couvertures. Il était solide, puissant et doux. Elle avait l'impression d'être enveloppée dans son grand corps et elle sentait l'objet brûlant de leur discussion pressé contre ses fesses.

– Oh non, tu ne vas pas dormir, mon cœur. Pas tout de suite.

Son bras glissa, s'insinua autour de sa taille, sa main chercha et trouva un sein offert. Caroline éprouva un plaisir d'autant plus violent qu'elle ne s'y attendait pas. Un long frisson la parcourut. Sa main jouait avec elle, pétrissant, frôlant, caressant. Elle avait l'impression d'être une pâte brûlante qu'il façonnait à sa guise. Jamais elle ne se serait doutée que l'amour entre un homme et une femme puisse être aussi agréable, aussi merveilleusement agréable. Puis sa main glissa vers l'autre mont pour lui infliger le même traitement, avec des résultats tout aussi convaincants. Sans s'en rendre compte, Caroline se soulevait pour lui faciliter la tâche. Des spasmes incontrôlés la secouaient.

– J'aime toucher ta peau. Je me suis longtemps demandé si elle était vraiment aussi douce qu'elle le paraissait. Elle l'est.

Sa voix rauque était follement séduisante. Caroline frémissait sous l'assaut combiné de mots, de caresses et de baisers. Il repoussa la masse de ses cheveux pour taquiner la tendre peau sous son oreille avant de tracer un sillon brûlant le long de son épaule. Sa barbe, si masculine, la piquait délicieusement. L'une de ses mains continuait à titiller ses seins tandis que l'autre se frayait un chemin sur son ventre pour venir lui chatouiller le nombril. Puis elle descendit plus bas encore vers cette part d'elle-même qu'elle n'avait jamais osé nommer. Instinctivement, elle bafouilla une protestation, essayant de repousser sa main sur un endroit moins intime, mais il refusa de se laisser déloger.

– Fais-moi confiance, mon cœur, lui murmura-t-il dans le creux de l'oreille.

Caroline songea brièvement à Eve et au serpent qui avait dû lui murmurer des mots très semblables. Puis ses longs doigts bougèrent et vinrent la toucher là en bas si gentiment... Elle eut l'impression d'exploser. Soudain, elle était incapable de la moindre pensée rationnelle. C'était comme un torrent de flammes, de lave qui coulait en elle. Elle haletait. Son corps se tordait contre la main qui la caressait et contre ce grand corps qui l'entourait.

Elle avait les yeux fermés mais elle le voyait avec chacun des pores de sa peau. Lui aussi avait du mal à respirer normalement tandis qu'il continuait à l'embrasser avec une sauvagerie retenue. Il la serrait contre lui de façon qu'elle sente l'énormité de son désir. Il la frôlait, la pinçait comme un instrument de musique, extirpant d'elle des sensations inconnues. Une ensorcelante douceur la liquéfiait, elle gémissait et se tordait contre lui.

Puis il glissa ses doigts en elle, à l'intérieur de ce passage humide où elle n'aurait jamais imaginé qu'ils puissent pénétrer, et il entama un lent mouvement de va-et-vient, imitant avec douceur la façon dont il l'avait prise plus tôt.

Les yeux de Caroline s'ouvrirent d'un coup. C'était impossible ! Elle ne croyait pas ce qui lui arrivait. C'était merveilleux, douloureux, affolant. Elle s'étrangla et gigota pour essayer de se libérer de ce contact mais c'était impossible. Elle en était incapable. Elle laissa échapper comme un sanglot avant de

– Serais-tu en train de me faire une déclaration ?

Il souriait mais le ton rauque de sa voix démentait sa légèreté apparente.

– Et si c'était le cas ?

Elle aussi avait la voix rauque.

– Alors je te répondrai que moi aussi.

– Toi aussi ?

– Moi aussi, j'ai une déclaration à te faire. Mais réfléchis bien avant de répondre. C'est une vraie petite équipe dont tu auras la charge. Si tu m'acceptes, tu devras aussi accepter Davey et John, et James et Dan et Rob et Thom et même ce satané cabot. Et il faudra ajouter à tous ceux-là plein de nouveaux bébés parce que je serai incapable de te laisser en paix plus de quelques heures par jour et que la conséquence nécessaire de cela ce sont des bébés et tout le travail qui va avec. Même un domestique a droit à un moment de repos quand son travail est terminé. Toi, tu te donneras à moi à jamais.

Caroline ouvrit de grands yeux.

– Serais-tu en train de me demander ma main ?

– Je suppose que c'est ce que je viens de faire.

– Tu as une drôle de façon de t'y prendre. Et puis-je te demander ce qui te décide maintenant ?

Il haussa un sourcil. Il lui caressa le dos avec une ferveur explicite avant de venir pétrir ses fesses. Caroline ignora les délicieux frissons qui naquirent au creux de ses reins et fit la moue.

– Tu veux coucher avec moi !

– Oui.

Ses doigts se faisaient plus insistants, la pressaient contre lui afin qu'elle sente son désir qui se réveillait déjà.

– C'est la chose la plus insultante que j'aie jamais entendue !

Réprimant avec peine une envie de lui taper dessus, elle se débattit dans l'espoir de se redresser. Il ne lui en laissa pas l'occasion, l'emprisonnant fermement mais tendrement entre ses bras.

– Whoa, du calme, madame Crache-le-Feu ! Quel tempérament ! Tu préférerais que je nie l'évidence ? Je t'ai désirée dès le premier jour où je t'ai vue quand tu détalais à toute allure dans mon champ avec ton beau manteau rouge et Jacob qui te courait après. Une femme qui court comme cela, me suis-je dit, n'est pas une femme ordinaire.

Il plaisantait, elle le savait, mais l'expérience toute nouvelle qu'elle venait de vivre, les émotions inconnues qui déferlaient en elle ne lui donnaient pas vraiment envie de rire.

– Lâche-moi, espèce de pervers !

Matt dut percevoir son réel désarroi car son sourire disparut aussitôt. D'un coup de reins brutal, il se retourna, la clouant sur la couche.

– Non, ce n'est pas ce que je voulais dire, déclara-t-il avec calme. Ou plutôt, c'était exactement ce que je voulais dire mais c'est bien plus important que ça en a l'air. Et tu devrais le savoir. Je veux t'épouser parce que je t'aime, Caroline, plus que j'ai jamais aimé quiconque dans ma vie. Je t'aime tant que l'idée de te perdre ne me quitte pas un seul instant et cette idée me terrifie. Je t'aime tant que, si tu me refuses, je suis capable de passer le restant de ma vie à errer dans les bois en hurlant à la lune comme un vieux loup débile.

Le sourire qui accompagna cette dernière phrase ne dura qu'une fraction de seconde. Il n'y avait rien de drôle dans ses yeux. Fouillant son visage, Caroline comprit qu'il était sincère : il l'aimait. Mais, comme elle, la vie ne l'avait pas épargné et il cherchait toujours à protéger ses plus tendres émotions sous un voile d'humour.

Il ne la tenait plus. Elle lança les bras autour de son cou.

– Je serai fière et honorée d'être ta femme, dit-elle.

Leurs regards étaient rivés l'un à l'autre.

– Non, mon cœur, répondit-il d'une voix brisée, c'est moi qui suis honoré.

41

Cette nuit-là, une chorale d'anges aurait pu venir entonner une hymne céleste dans la tempête de neige devant leur grotte, ni Caroline, ni Matt ne s'en seraient souciés. Ils s'aimèrent, murmurèrent, rirent et s'aimèrent encore. Ce plaisir très humain qu'ils découvraient ensemble valait bien le paradis.

Ils dormirent à peine mais l'épuisement eut finalement raison d'eux. Caroline se réveilla aux premières lueurs de l'aube. Elle ouvrit difficilement les yeux, aveuglée par la luminosité qui régnait dans la caverne. La neige recouvrait la terre d'un tapis étincelant. Le feu brûlait toujours doucement – malgré son appréhension, Matt l'avait régulièrement nourri – mais ne pouvait réchauffer l'atmosphère glaciale. Enfouie dans son cocon de couvertures et de fourrures, Caroline avait délicieusement chaud.

Bien sûr, le fait d'avoir un homme grand et solide à ses côtés n'y était pas étranger.

Elle était nichée contre lui, aussi proche de lui qu'une pomme de sa peau, et ce fut presque à contrecœur qu'elle se retourna pour l'observer.

Endormi, il ressemblait à un ange sombre tombé du paradis. Ses cheveux noirs s'enroulaient en mèches rebelles sur son front, ses longs cils tranchaient sur sa peau bronzée. Ses traits avaient dû être ciselés par un divin sculpteur.

Plus prosaïquement, une barbe sombre envahissait ses joues et son amour dormait la bouche ouverte.

En fait, pour être tout à fait précis, il ronflait.

Pas très fort, mais les sons rauques qui s'échappaient de ses lèvres parfaites n'avaient rien d'une musique céleste.

Les yeux brillant d'une tendresse amusée, Caroline remercia le Seigneur, la Providence et le hasard car Matt, malgré sa mâle beauté et ses mœurs puritaines, n'avait rien d'un ange. Il était bien réel et tout à fait humain.

Et elle l'aimait tel qu'il était avec ses ronflements, ses cicatrices, sa barbe et tout le reste.

Au souvenir des choses qu'il lui avait faites au cours de cette folle nuit, elle rougit. Elle vira à l'écarlate en repensant à ce qu'il lui avait appris et qu'elle avait immédiatement mis en pratique avec une passion échevelée. Ils avaient bien dû faire l'amour une bonne demi-douzaine de fois.

La dernière, il l'avait saisie par les hanches et l'avait amenée sur lui. Elle l'avait alors chevauché avec une passion qu'elle n'était pas près d'oublier.

Tout à coup, la panique la saisit. Elle n'oserait jamais affronter son regard après cela. Il n'y avait plus aucun secret entre eux.

Sous sa conduite, elle s'était découvert une propension insoupçonnée à la luxure. A la fin, elle n'avait même plus besoin de ses encouragements murmurés. Elle était parfaitement capable de prendre toutes sortes d'initiatives.

Ce que Matt et elle venaient d'accomplir n'avait aucun point commun avec l'horreur qu'on lui avait fait subir. Matt lui avait fait l'amour, l'autre lui avait infligé une abomination. Après cette nuit, l'ombre de

Simon Denker ne la hanterait plus jamais. Elle pouvait vivre à nouveau. Matt l'avait libérée.

Allait-elle vraiment devenir sa femme ?

Tout à coup, elle fut prise d'une folle envie de se lever, de se laver et de s'habiller avant qu'il ne se réveille. D'ailleurs, un besoin pressant la tenaillait.

Il ne lui fut pas facile de se lever. Elle ne voulait surtout pas le réveiller. Elle se débrouilla pour ne pas le déranger et se glissa hors de la couche. Il ronflait avec la même régularité rassurante.

Nue dans la grotte, Caroline découvrit qu'il faisait effectivement horriblement froid. Elle attrapa vivement la chemise de Matt et l'enfila, amusée de découvrir que les manches étaient trop longues de trente bons centimètres et qu'elle lui tombait sous les genoux. Elle devait avoir l'air ridicule mais personne n'était là pour la voir et elle était bien décidée à se laver un peu malgré le froid de canard. Elle se glissa dans les bottes de Matt. Elles lui semblèrent si grandes qu'elle se dit qu'elle aurait presque pu dormir dans l'une d'entre elles en se serrant un peu. Ramassant la cruche qui avait contenu le rhum, elle déplaça quelques branches et sortit.

Elle ne fit pas plus d'un pas au-dehors, grimaçant contre le froid qui la saisit. C'était comme une immense main de glace qui la comprimait : des doigts gelés lui mordaient la chair, elle avait du mal à respirer. Le soleil se levait, boule grise et pourtant aveuglante. Le vent avait diminué mais la neige tombait toujours lourdement, recouvrant tout de sa blancheur muette. Elle fut contente d'avoir pris les bottes de Matt car elle s'enfonçait dans le tapis neigeux jusqu'aux genoux. Mais le blizzard était terminé. Sinon aujourd'hui, du moins le lendemain, ils pourraient sûrement se remettre en route.

Ayant rapidement satisfait aux exigences de la nature, Caroline remplit la cruche de neige avant de rentrer dans l'abri, tremblante et claquant des dents.

– Au nom du Ciel, qu'est-ce que tu fabriques ?

Matt était parfaitement réveillé à présent. Il se tenait debout devant la paillasse, magnifiquement nu et nullement gêné. Les poings plantés sur les hanches, il la contemplait d'un air furieux. Frigorifiée, elle avait du mal à parler mais elle pouvait regarder. Et elle ne se gênait pas.

Avec son visage d'ange, sa magnifique stature, il était réellement impressionnant. Caroline se régalait de ce spectacle, remarquant à peine avec quelle gourmandise lui aussi la détaillait.

– Espèce de petite idiote, qu'est-ce qui t'a pris de sortir avec trois fois rien sur le dos ?

L'air excédé, il extirpa son manteau de fourrure de la pile de couvertures et vint jusqu'à elle pour l'en recouvrir.

Caroline, qui avait déposé la cruche près du feu afin de faire fondre la neige, claquait encore des dents. Elle savait qu'elle n'était pas restée dehors assez longtemps pour risquer quoi que ce soit.

– Il f... fallait de... de l'eau pour se la... laver.

– Tu es sortie à moitié nue pour ça ?

Il en rugissait.

Caroline lui rendit son regard noir.

– Ne me crie pas après, Ephraïm Mathieson !

– Je crierai si je veux... et ne m'appelle pas Ephraïm.

– Si je veux ! D'ailleurs, j'aime bien Ephraïm.

– Ah oui ?

– Oui.

– Tu te sens bien sûre de toi, ce matin, à ce que je vois. Ne va pas t'imaginer que je ne saurai pas m'occuper d'une petite impertinente.

– Peuh... Tu ne me fais pas peur ! Tu as beau dire,

je ne t'ai jamais vu flanquer ne serait-ce qu'une petite fessée à l'un de tes fils !

– Ce sont de bons garçons qui n'ont pas besoin qu'on les corrige. Mais ne crois pas que ton postérieur est sacré ! Que je ne t'y reprenne plus ! Sortir à moitié nue dans la neige pour se laver !

Dit ainsi, cela paraissait effectivement plutôt imprudent.

– Je suis sortie aussi... pour autre chose, annonça-t-elle d'un ton penaud.

Son hésitation lui dit de quoi elle voulait parler. Il se fit moins sévère.

– La prochaine fois, habille-toi. Tu n'as jamais entendu parler des engelures ?

– Ça te va bien de me dire de m'habiller ! Regarde-toi, tu es nu comme un ver !

– Il se trouve que c'est toi qui portes mes affaires !

– Pas toutes.

– La plupart.

– Et ton pantalon, tes culottes et...

– Caroline, tu as vraiment envie de passer la matinée à te disputer avec moi ?

Elle réfléchit à peine.

– Non.

– Bien. C'est que j'ai pas mal d'idées sur la façon de passer le temps.

Un lent sourire pernicieux étira ses lèvres sensuelles. Une chaleur qu'elle commençait à bien connaître prit naissance au creux des reins de Caroline. Il vint jusqu'à elle, lui souleva le menton pour déposer un tendre baiser sur ses lèvres. C'était plus qu'elle ne pouvait en supporter. Elle jeta ses bras autour de son cou et l'embrassa goulûment.

– Voilà qui est mieux, murmura-t-il. Tu veux bien me rendre mes bottes ? J'ai moi aussi un petit besoin à satisfaire dehors.

– Oh...

– Oui, oh.

Etre confinés dans des quartiers aussi étroits se révélait bien embarrassant. Ecarlate, elle lui passa ses bottes et son manteau. Il les enfila et sortit ainsi : à moitié nu. Caroline s'enveloppa dans la couverture indienne. Elle retira la cruche du feu. La neige avait fondu. L'eau était juste assez tiède pour qu'elle puisse se laver. Elle déchira un morceau de son jupon déjà bien abîmé... et sursauta violemment quand Matt se glissa à nouveau à l'intérieur de la caverne.

– Tu n'as quand même pas honte devant moi ? demanda-t-il en remarquant son embarras.

– Je voudrais me laver.

– Eh bien, vas-y.

Il n'était pas parfait, cet homme qu'elle aimait. En fait, il était loin d'être parfait. La délicatesse lui semblait totalement inconnue. Mais puisqu'il lui enseignait l'art d'aimer, elle pouvait en retour lui apprendre quelques bonnes manières.

– Je voudrais que tu me laisses seule, dit-elle gentiment, nullement surprise par le regard impatient qu'il lui adressa.

– Y a-t-il un endroit de ta personne que je n'aie pas encore vu ?

Voilà exactement le genre de raisonnement qu'elle attendait de sa part.

– Tu ne pourrais pas te faire un tout petit peu plus discret ! s'exclama-t-elle, exaspérée.

Matt renifla d'un air de mépris comme si c'était bien là une lubie de femme et, en un minimum de temps, s'habilla de façon plus complète, prit son mousquet et sortit de la caverne.

Surveillant du coin de l'œil le mur de branchages, Caroline se débarbouilla aussi complètement qu'il lui était possible. De l'extérieur, lui parvint soudain la voix puissante de Matt qui entonnait une joyeuse chanson. Elle interrompit sa tâche et l'écouta, un tendre sourire aux lèvres. Quand il s'arrêta de chanter, elle retrouva ses esprits et se rhabilla prestement. Elle enfilait ses chaussures quand retentit la détonation. Elle se figea sur place.

Puis elle se précipita vers l'entrée de la grotte pour le voir revenant à grandes enjambées, le mousquet encore fumant dans une main et un lapin dans l'autre. En la voyant, il s'esclaffa et souleva sa proie.

– Le petit déjeuner ! annonça-t-il en sortant son couteau.

Avec une dextérité sidérante, il entreprit de dépecer l'animal et de le vider. Ce fut fait en quelques instants.

– Un vrai festin, commenta Caroline en lui prenant la carcasse des mains pour la mettre à rôtir sur le feu.

Matt épousseta son manteau, se lava les mains et le visage avec le reste de l'eau. Il vint s'asseoir derrière Caroline qui tournait la carcasse au-dessus des flammes. Elle sursauta en sentant ses mains se poser sur ses reins.

Instinctivement, elle se raidit puis, comme il pressait ses lèvres sur sa nuque, se détendit. Au bout d'un moment, elle se retourna dans ses bras et l'enlaça à son tour pour partager un baiser paresseux.

Pourtant, quand elle se rendit compte qu'il commençait à la déshabiller, elle s'écarta.

– Qu'est-ce que tu fais ?

– Je te déshabille.

– Mais je viens juste de m'habiller !

– Peut-être mais je te préfère toute nue.

Tout à coup, elle se souvint qu'il avait quelques idées sur la façon de passer le temps. Elle eut l'impression que le soleil se levait. Il avait déjà dégrafé sa robe jusqu'à la taille et commençait à la faire glisser sur ses épaules.

– Mais il fait grand jour !

Son désarroi sincère amusa Matt.

– Cela n'en sera que meilleur, lui dit-il en se débrouillant pour les déshabiller tous les deux en même temps.

Roulant sur lui-même, il l'amena jusqu'à leur nid douillet. Il étouffa ses protestations sous les baisers. Il ne lui fallut pas longtemps pour convaincre Caroline : ce genre d'activités était effectivement tout aussi agréable en plein jour.

Bien plus tard, elle émergea d'une douce somnolence en sentant l'odeur de viande brûlée. Le lapin !

– Il brûle ! gémit-elle en se portant au secours du malheureux animal qui menaçait d'être réduit en cendres.

– Pas grave. On grattera le brûlé et on mangera le reste.

Dans son empressement, Caroline était inconsciente de sa nudité. Elle extirpa la carcasse des flammes et la posa sur une pierre propre. Elle eut la désagréable surprise d'entendre Matt rire doucement, puis de plus en plus ouvertement. Il quitta les couvertures pour venir l'enlacer.

– Décidément, tu es une constante source de joie, mon cœur. Reviens au lit.

– Mais le lapin...

– Peu importe ce pauvre lapin. Tu es nue, il fait froid et nous n'avons rien d'autre à faire qu'à passer le temps de la façon la plus plaisante qui soit. Une telle occasion ne se représentera pas de sitôt.

– Oui, mais...

Elle n'eut pas le temps d'en dire plus : Matt la portait déjà au lit. Elle ne repensa plus à manger pendant un bon moment.

Mais finalement, alors qu'au-dehors les ombres des arbres s'allongeaient démesurément, elle eut enfin l'occasion de se nourrir. Assis côte à côte, ils dévorèrent les restes du lapin, quelques pommes et des saucisses. Puis ils s'étendirent, repus et satisfaits.

– Que vont dire les gens ? demanda-t-elle soudain.

Noyée de bonheur, seule cette question la tourmentait depuis quelque temps.

– A quel propos ?

Il parcourait du bout du doigt un mamelon rose.

– De nous. Si nous nous marions.

– Que veux-tu qu'ils disent ? Cela ne les regarde pas.

– Mais tu... Je... je ne fais pas vraiment l'unanimité au village.

– Tu n'épouses pas le village.

– C'est vrai. Mais...

– Holà ! dans la grotte ! Matt, c'est toi, là-dedans ?

L'appel qui brisa le silence de la neige les fit tous les deux sursauter. Caroline lâcha une exclamation affolée et se terra sous les couvertures tandis que Matt se redressait, l'air mauvais.

– Daniel ! Qu'il aille au diable !

Mais il cria une réponse.

42

– Habille-toi.

Matt, déjà debout, sautait dans son pantalon. Avant qu'elle n'ait eu le temps de l'imiter, il lui lançait ses dessous et sa robe. Parfaitement consciente de l'urgence de la situation, Caroline ne se fit pas prier.

– Matt ! Ohé !

Daniel se rapprochait rapidement.

– Que le diable t'emporte, petit frère, marmonna Matt en essayant de boutonner sa chemise et d'enfiler ses bottes en même temps.

Caroline se débattait frénétiquement avec les cordons de son jupon tandis que Matt, presque décent à présent, se dirigeait vers le mur de branches pour retenir Daniel.

– Oui, je suis là, déclara-t-il d'un ton nullement enthousiaste.

– Le Seigneur soit loué ! J'ai bien cru que les Indiens ou le blizzard avaient fini par avoir ta peau. Mais j'aurais dû m'en douter : tu es trop laid, la mort n'a pas voulu de toi.

Caroline n'entendit pas la réponse de Matt.

– Caroline est-elle avec toi ? demanda Robert.

Elle sursauta. Combien étaient-ils là-dehors ? L'idée de quitter leur nid d'amour pour affronter la curiosité d'une troupe d'hommes lancés à leur recherche la fit frissonner. En la voyant, ils ne pourraient manquer de tirer certaines conclusions. Caroline avait l'impression d'être une véritable Jézabel.

– Oui, répliqua Matt d'un ton qui n'admettait aucun commentaire. Vous nous avez bien vite retrouvés.

– Nous suivions la rivière quand nous avons vu ton feu. Pousse-toi, frère. Il fait horriblement froid dehors, un peu de chaleur nous fera du bien.

Après s'être assuré d'un regard par-dessus son épaule que Caroline était présentable, Matt recula à l'intérieur de la grotte. Daniel le suivit immédiatement ainsi que Robert. Les deux hommes portaient de longs manteaux de fourrure, des chapeaux au large bord et des bottes. Dès qu'ils furent entrés, ils battirent des pieds pour chasser la neige.

Caroline venait de s'envelopper dans la couverture indienne. Elle savait qu'elle était aussi couverte qu'à l'ordinaire, pourtant elle ne put s'empêcher de rougir tandis que Daniel et Robert détaillaient le minuscule abri d'un air inquisiteur. Ils hochèrent la tête en guise de salutations. Daniel ne soutint pas son regard tandis que Robert semblait amusé.

– Il est clair, déclara-t-il en surveillant du coin de l'œil la deuxième cruche de rhum que Matt réchauffait près du feu, que nous nous sommes inquiétés pour rien.

Il s'empara de la cruche et avala une longue rasade.

– Vous êtes installés comme à la maison, poursuivit Daniel en considérant l'unique paillasse.

Caroline n'aurait pas éprouvé une plus grande honte s'ils l'avaient accusée d'adultère.

– Caroline et moi allons nous marier, annonça soudain Matt.

– Marier ! s'écria Daniel au bord de l'apoplexie en fixant son frère puis la jeune femme.

– Marier ! Eh bien, si ce n'est pas merveilleux ! fit Robert, plus enthousiaste, en venant flanquer une grande claque sur l'épaule de son frère avant de lancer un clin d'œil à Caroline : Vous êtes certaine de vouloir épouser le grand frère ? Je connais des garçons moins abominables.

– Attention à ce que tu dis, Rob, gronda Matt tandis que Daniel s'avançait enfin pour lui offrir sa main.

– Je souhaite que tu sois heureux, Matt, dit-il avec calme mais le teint pâle.

Caroline, les regardant se serrer la main, éprouvait une étrange appréhension. Il y avait tant d'amour entre eux, en fait entre tous les Mathieson, qu'elle se demandait si elle ferait jamais vraiment partie de la famille.

– Merci, Dan, répondit Matt, tout sourires, en glissant un regard de côté vers Caroline. Est-ce que vous avez ramené le docteur de New London ?

Matt rassemblait déjà leurs affaires. Caroline comprit que leur séjour loin du monde prenait fin.

– Oui, il est venu et il semble vraiment compétent. Heureusement car, en revenant, nous avons appris que la fièvre avait touché une demi-douzaine de personnes... dont Mary.

– Mary !

Caroline n'avait pu retenir un cri. Matt se redressa. Daniel hocha la tête d'un air résigné.

– Oui. Elle n'est pas aussi atteinte que d'autres mais j'ai promis à James de lui amener Caroline aussi vite que possible. Le médecin l'a déjà vue mais il veut mettre toutes les chances de son côté.

– Dans ce cas, nous ferions bien d'y aller. Vous avez amené des chevaux ?

Matt enfonça son chapeau sur sa tête avant de

prendre son manteau qu'il posa sur les épaules de Caroline. Surprise, elle voulut protester.

– Garde-le, dit-elle. La couverture me suffit amplement.

– Femme, si tu continues à faire ta mauvaise tête, je peux te prédire un drôle de mariage, fit-il en la forçant à enfiler les manches. Je te prie de croire que j'ai bien l'intention d'être le maître chez moi. Tu m'obéiras, ou sinon gare aux conséquences !

– Pffut ! lâcha Caroline, insolente mais se laissant couvrir de la fourrure.

– Menez-lui la vie dure, Caroline. Ça lui fera du bien de se faire remettre à sa place de temps en temps, déclara Robert d'un air amusé.

– J'oserai dire que Caroline ne sera pas une épouse très arrangeante, fit Daniel.

Cette idée semblait lui procurer un certain réconfort.

Quatre chevaux les attendaient, enfoncés dans la neige jusqu'aux genoux. Les bêtes semblaient impatientes, tapant du pied et renâclant tandis que leur souffle se cristallisait dans l'air.

Caroline, à la différence des trois hommes, ne portait pas de bottes. A peine eut-elle posé un pied sur l'épais tapis blanc qu'elle s'y enfonça. Matt, prenant conscience de son problème, la souleva dans ses bras.

– Je peux très bien...

– Voilà que tu recommences.

Une lueur gentiment moqueuse dansait dans ses yeux. Derrière eux, Robert éclata de rire tandis que Daniel souriait comme à regret.

– Je t'aime, articula-t-elle en silence de façon que les autres ne s'aperçoivent de rien.

La lueur amusée se transforma en étincelle de joie et il la serra plus fort encore. Caroline eut envie de l'embrasser mais, consciente de la présence des autres, elle n'osa pas. Elle était encore trop timide.

Au dernier moment, Matt lui enfonça son chapeau sur le crâne et la déposa en selle avant qu'elle ne puisse protester. Puis il s'enroula dans la couverture. Les trois hommes répartirent les ballots sur les montures. Ils travaillaient en silence mais avec efficacité.

Leur progression fut lente. Les chevaux s'enfonçaient dans la neige. Il faisait un froid tel que Caroline n'en avait jamais connu de pareil. Le jour céda devant la nuit mais le petit croissant de lune se reflétant sur cet océan de blanc leur fournissait une clarté étonnante. Le vent se leva et, quelque part, retentirent des hurlements de loups. Ce devait être toute une meute. Caroline frissonna. Même avec le manteau de Matt, elle gelait et elle savait que ce devait être pire pour lui. Mais il n'y avait rien d'autre à faire que continuer. Si jamais ils s'arrêtaient, le froid serait encore pire. Ils marchèrent toute la nuit et toute la matinée, ne descendant même pas de selle pour manger.

Ce fut aux alentours de midi le lendemain que Robert aperçut enfin une colonne de fumée s'élevant paresseusement dans le ciel de plomb.

– Nous avons réussi ! s'écria-t-il.

Caroline éprouva un soulagement indicible. Elle avait envie d'éperonner sa monture pour la lancer au galop mais c'était impossible : ils devaient continuer à la même allure monotone.

Quand, enfin, ils aperçurent la maison à travers les arbres, elle faillit défaillir. Elle était si épuisée, elle avait si froid, si faim et...

– Pa ! (Davey et John jaillirent de la maison suivis par Thomas.) Pa !

Les enfants sautaient, insouciants, dans la neige. Raleigh se joignit à eux, bondissant de façon maladroite, s'enfonçant de plus belle à chaque saut dans la poudre épaisse. Caroline, attendrie par cette scène, sourit.

– Pa !

Matt sauta de selle et souleva ses gamins, chacun dans un bras, les étreignant chaleureusement.

– Pourquoi n'êtes-vous pas à l'école ? demanda-t-il, sévère, tandis que Raleigh les atteignait enfin.

– Il n'y a pas d'école à cause de la fièvre ! dit John.

– C'est génial, non ! s'exclama Davey, et Caroline ne put s'empêcher de rire.

– C'est ça, c'est génial. Maintenant rentrez vous abriter pendant que nous soignons les chevaux. Caroline, va avec eux.

Il vint jusqu'à elle et la souleva dans ses bras. Il la porta jusqu'à la véranda. C'est alors qu'elle aperçut l'étrange lueur qui brillait dans ses yeux. Elle n'eut pas le temps de se préparer à ce qui allait suivre. Il se pencha pour l'embrasser goulûment sur la bouche.

Puis il se détourna et prit les rênes de sa monture sans un mot, la laissant rouge comme une pivoine devant deux gamins roulant des yeux effarés, et leur oncle hébété.

43

– Pa t'a embrassée !

Davey l'accusait presque.

– Est-ce qu'il t'aime, tante Caroline ?

John roulait des yeux aussi ronds que son frère. Thomas, bien que muet, attendait sa réponse avec autant d'intérêt que les deux garçons.

Avec un regard exaspéré pour l'objet de son amour qui disparaissait dans la grange avec les chevaux et ses frères, Caroline les repoussa dans la maison et ferma la porte derrière elle.

Pendant un instant, elle resta là adossée, si fatiguée qu'elle avait du mal à bouger. La chaleur qui régnait dans la pièce était presque pénible et elle grimaça tandis que des picotements naissaient dans ses doigts frigorifiés. Elle était à bout, prête à supplier qu'on lui donne à manger et qu'on la laisse se reposer. Mais Davey et John la dévisageaient avec des yeux énormes.

– Tu portes le chapeau de pa ! s'exclama Davey tandis qu'elle l'enlevait.

– Et son manteau !

John semblait scandalisé.

– Il faisait froid et je n'avais rien à me mettre, se défendit-elle.

– Mais pourquoi t'a-t-il embrassée ? insista Davey.

Il n'embrasse que moi, ou John, et seulement quand on a mal ou qu'on est malade. Il n'embrasse jamais personne d'autre. Hein, John ?

John hocha la tête. Caroline soupira, ouvrit la bouche... et découvrit qu'elle n'avait pas le courage de le leur dire.

– Donnez-moi une minute et après nous en parlerons, promit-elle en se dirigeant vers la cuisine.

Allongée près du foyer, Millicent souleva vaguement un œil, s'étira et miaula une salutation paresseuse. Quelque chose bouillait sur le feu – de la bouillie de blé à en juger par l'odeur – et une crampe douloureuse lui tordit l'estomac. Les autres auraient faim, eux aussi, et elle devait penser à préparer un repas. Et puis, il y avait Mary. Elle devait se rendre au plus vite au chevet de son amie. Elle se débarrassa du manteau et se retourna pour voir trois mâles la contempler comme si elle détenait le secret de l'existence.

Caroline leva les yeux au ciel et se précipita dans sa chambre.

– Mais, tante Caroline... ! protesta Davey tandis que la porte se refermait devant son nez.

– Je reviens tout de suite, assura-t-elle. Il faut vraiment que je me change d'abord.

Il ne lui fallut qu'une quinzaine de minutes pour se débarbouiller, passer des vêtements propres et se brosser les cheveux. A l'instant où elle émergeait de sa chambre, les hommes revinrent de l'écurie, claquant des pieds et chassant la neige agglutinée sur leurs habits.

– Thom, tu as fait la cuisine ! s'exclama Robert, agréablement surpris.

Thomas lui lança un regard noir et continua à remuer la bouillie.

– On devait bien manger, les gosses et moi, non ?

Vous avez de la chance que je me sois trompé sur les quantités et que j'en aie préparé autant.

Il était sur la défensive comme s'il craignait qu'on ne se moque de lui. Depuis qu'elle vivait avec eux, ils avaient tendance à considérer certaines tâches essentielles, la cuisine par exemple, comme indignes de leur condition masculine.

– Pa, pourquoi as-tu embrassé tante Caroline ?

Davey plongeait droit au cœur du problème. Matt prit le temps de s'asseoir.

– Viens ici, John, et aide-moi ! ordonna-t-il.

John avait apparemment l'habitude de lui enlever ses bottes. Il enfourcha sa jambe tendue, lui tournant le dos, s'empara d'un de ses pieds bottés tandis que son père poussait de l'autre sur son postérieur.

– Pa ! Tu ne m'écoutes pas ! gémit Davey.

John répétait l'exercice sur la deuxième botte tandis que Robert et Daniel en faisaient autant. Caroline remplaça Thomas d'autorité devant le chaudron. La bouillie, négligée depuis trop longtemps, menaçait de se solidifier.

– Oui, je t'écoute, Davey.

– Alors, pourquoi l'as-tu embrassée ?

– Parce que je vais l'épouser, demi-portion.

Matt plaisantait mais l'effet sur les garçons fut dramatique. John se figea sur place pour dévisager son père, bouche bée, tandis que Davey était pris de tremblements incoercibles.

– Cela veut dire qu'elle va être notre mère ?

John était horrifié.

– Je ne veux pas de mère !

Davey éclata en sanglots.

Leur réaction était pire que tout ce que Caroline avait imaginé. Elle refoula la peine qui l'assaillait devant un rejet aussi impitoyable, essayant de considérer les choses suivant leur point de vue. Après tout, leur expérience avec leur mère avait été désastreuse et ils étaient très attachés à leur père. Ils n'avaient aucune envie de le partager avec quiconque. Ils n'avaient jamais dû envisager qu'il puisse prendre une nouvelle épouse.

– Je ne pourrai jamais être votre mère, intervint-elle, apaisante. Même après avoir épousé votre père, je resterai tante Caroline.

– Non !

Davey courut en pleurant vers sa chambre. John, plus âgé, possédait un meilleur contrôle de soi. Il se contenta de serrer les lèvres d'un air accablé.

– Je ferais mieux d'aller avec lui, annonça-t-il.

Il fit preuve de stoïcisme jusqu'à ce qu'il ait quitté la pièce mais il se lança à corps perdu dans les escaliers. Caroline grimaça en entendant ses pas cogner sur les marches.

– Ah, tu es vraiment doué, fit Daniel en lançant un regard courroucé à Matt.

– Tu aurais dû leur annoncer plus gentiment, renchérit Robert.

– Les pauvres petits, murmura Thomas.

Matt, les yeux mi-clos, considéra ses trois frères.

– Ils s'y feront, dit-il, avant de se lever pour rejoindre ses fils.

– Ne les force pas à m'accepter, s'il te plaît, le supplia Caroline, mais il lui tournait le dos et, s'il l'entendit, il n'en donna aucun signe.

Moins de dix minutes plus tard, alors que la bouillie était prête, ils réapparurent tous les trois, le père poussant ses deux fils devant lui.

– Nous sommes heureux que tu épouses pa, tante Caroline, annonça John d'un air sombre.

Il semblait étonnamment adulte, malgré son jeune âge, tandis qu'il la considérait avec une colère à peine masquée.

– Merci, John, répondit-elle aussi gentiment qu'elle le put, la gorge serrée.

Elle mourait d'envie de les prendre dans ses bras, de leur assurer que rien ne changerait, que tout allait bien se passer ! Mais son intuition féminine lui disait de n'en rien faire. Il fallait leur donner le temps de s'habituer. Leur opposition résultait plus du choc, pensait-elle, que d'une véritable animosité envers elle. Cependant, elle avait l'impression que le fossé qui les séparait, et qu'elle avait patiemment tenté de combler, était plus béant que jamais.

Matt poussa Davey dans le dos.

– Moi aussi, annonça celui-ci, les lèvres tremblantes.

Caroline lui sourit.

– La bouillie est prête, dit-elle, préférant changer de sujet. Passez à table.

Les garçons, visiblement soulagés d'être dispensés d'une pénible corvée, se précipitèrent immédiatement vers leur place. Robert, Thomas et Daniel les rejoignirent tandis que Matt souriait à Caroline d'un air mi-figue, mi-raisin.

– Ils s'y feront, ne te fais pas de souci, promit-il à voix basse.

Elle secoua la tête.

– Tu ne peux pas les obliger à accepter l'idée de ton remariage, le prévint-elle.

Mais il se contenta de sourire, lui chatouilla le menton et gagna sa place à table.

Le repas terminé, Caroline voulut partir aussitôt chez Mary mais Matt insista pour qu'elle se repose un peu d'abord. Elle avait les traits tirés, pâles, et il ne voulait pas qu'elle tombe malade à son tour.

– Une heure de plus ou de moins ne changera pas grand-chose et tu es incapable de tenir sur tes jambes. D'ailleurs, James a dû faire venir le médecin depuis longtemps.

Il n'avait pas tort. Elle était si épuisée qu'elle avait du mal à garder les yeux ouverts. A peine se fut-elle allongée qu'elle s'endormit, et Matt refusa de la réveiller. Ce fut donc seulement à la tombée de la nuit qu'ils partirent pour la maison de James.

Matt la conduisit dans le traîneau, l'enveloppant dans d'épaisses fourrures et plaçant même une brique chaude sous ses pieds. Rasé de près, il n'avait pas dormi et des cernes sombres soulignaient ses yeux. Caroline se blottit contre lui pendant tout le trajet et aurait même apprécié ce moment sans les craintes qu'elle éprouvait pour la pauvre Mary.

Mais celle-ci devait sûrement être en train de se rétablir à présent, elle s'inquiétait pour rien.

Le village semblait abandonné. Caroline attribua cette inactivité à la neige. Le soleil couchant baignait le paysage d'une lueur rose et froide. Quelques lumières brillaient à l'intérieur des maisons mais il n'y avait pas âme qui vive dehors.

Quand Matt immobilisa son cheval devant la maison de son frère, la porte s'ouvrit et la silhouette de James se découpa dans l'entrée. Matt leva la main en guise de salut et fit le tour du traîneau pour aider Caroline. Pendant tout ce temps, James ne broncha pas, les regardant, immobile, comme s'il avait gelé sur place.

Ce fut seulement quand elle arriva au bord de la véranda que Caroline aperçut enfin le visage de James. Hagard, les yeux rouges, il semblait en proie à un désarroi si profond que Caroline sentit un poing glacé se refermer sur son cœur.

Il l'ignora. Ses yeux étaient fixés droit devant lui comme un aveugle.

– Elle est morte. Mary est morte, annonça-t-il.

Sa voix se brisa. Il sanglota.

Caroline poussa un cri. Matt la dépassa pour prendre son frère dans ses bras.

44

La neige fondait. Des milliers de petits craquements résonnaient aux oreilles de Caroline. C'était atroce. Deux jours s'étaient écoulés et elle assistait aux obsèques de Mary. Debout dans une boue brunâtre, elle se tenait aux côtés de Matt. Tout en lui était sombre : son visage, son expression, ses vêtements et son chapeau noir, tandis qu'il baissait la tête en réponse aux exhortations du pasteur.

– *Notre Père qui êtes aux cieux...*

Les mots familiers de la belle prière tombèrent des lèvres de Caroline tandis qu'elle se joignait aux autres. De l'autre côté de Matt, James était plongé dans une profonde stupeur. Sa voix défaillit une bonne douzaine de fois durant la prière qu'il connaissait aussi bien que son propre nom. Matt ne cessa de le surveiller du coin de l'œil durant le service, qui fut plus bref qu'à l'ordinaire car il y avait encore deux victimes de la fièvre à enterrer ce jour-là. Il était presque aussi marqué que son frère. La souffrance de James était partagée par tous ses frères. Daniel se tenait aux côtés de James tandis que Robert et Thomas restaient juste derrière lui, tous malheureux pour leur frère et pour la femme qu'il avait perdue. Ils l'entouraient, espérant ainsi peut-être lui enlever un peu de sa douleur.

Et la pauvre petite Hope ! Les larmes glissèrent lentement sur les joues de Caroline tandis qu'elle contemplait le bébé privé de sa mère. Trop jeune pour comprendre sa tragédie, Hope s'accrochait à la poitrine de James et riait de contentement en levant ses petits doigts pour toucher le menton ou le nez de son père. Il la laissait faire comme s'il ne se rendait pas compte de ce qui se passait, mais il avait refusé de donner l'enfant à quelqu'un d'autre – Caroline avait offert de la prendre. Les grands yeux bleus de la petite fille brillaient. Elle était tout sourires parce qu'elle avait toujours adoré la compagnie et aujourd'hui il y avait beaucoup de monde autour d'elle. Son bonheur insouciant brisait le cœur.

Le cercueil reposait déjà dans le trou. On attendait simplement que James jette la première poignée de terre. Tout le monde attendait, mais James, les yeux rivés à la boîte en sapin, ne s'en rendait pas compte.

Serrant les dents, Matt s'agenouilla et ramassa un peu de boue qu'il fourra dans la main de son frère. Celui-ci regarda sa main souillée puis son frère comme s'il venait de lui brûler les doigts.

– Jette-la, murmura Matt.

Le visage de James se figea en un masque atroce. Malgré lui, sa main s'éleva et lâcha la terre.

La boue heurta le cercueil avec un bruit sourd. Caroline frissonna.

– *Que Ta volonté soit faite, Seigneur, sur la terre comme au ciel. Amen.*

Comme le pasteur prononçait ces derniers mots, Caroline rencontra son regard. Il était si rempli de haine à son égard qu'elle en resta hébétée. Il plissa les lèvres dans une moue écœurante. Elle écarquilla les yeux et eut un geste instinctif de recul. Mais le service était terminé et Matt et Daniel entraînaient déjà leur frère. Davey et John les suivaient, tous deux tristes et solennels, mais Caroline ne pensait pas que Davey comprenait qu'ils venaient de mettre Mary en terre à jamais, qu'ils ne la reverraient plus. Ce qui était aussi bien, se dit-elle, en emboîtant le pas à Robert et à Thomas qui veillaient discrètement sur les garçons. Une aussi terrible réalité s'accommodait mal avec l'éternel optimisme de la jeunesse.

La petite foule des amis de Mary s'écarta pour laisser passer les Mathieson, murmurant consolations et mots de réconfort. Mais tandis que Caroline les suivait, elle eut la surprise de voir les regards se durcir sur son passage. Les hommes la contemplaient d'un air méprisant tandis que des femmes qu'elle n'avait jamais vues se détournaient.

Hannah Forrester se tenait là, larmoyante, avec sa sœur Patience. Quand Caroline hocha la tête vers elle en signe de salut, Hannah lui tourna délibérément le dos, aussitôt singée par sa sœur.

Tout le village la frappait d'ostracisme ! Caroline n'osait y croire. Avaient-ils déjà appris ce qui s'était passé entre Matt et elle ?

– C'est elle... C'est la sorcière ! Veillez à ce qu'elle ne vous regarde pas... C'est ses yeux... Vous avez vu leur couleur ? Si elle vous regarde vous attraperez la fièvre vous aussi et vous en mourrez, exactement comme la pauvre Mme Mathieson qui a témoigné de la sympathie pour la créature.

Malgré elle, Caroline se tourna vers la femme qu'elle venait d'entendre murmurer ces paroles à l'oreille d'une autre. Les deux femmes gémirent et levèrent la main devant elles comme pour la conjurer.

Croyaient-elles vraiment qu'elle était une sorcière ? Effrayée, mortifiée, Caroline se précipita à la poursuite des hommes. Derrière elle, elle entendit le murmure enfler.

– Elle est une créature du diable, bonnes gens, fit une voix qu'elle crut reconnaître comme étant celle du pasteur. Elle a ensorcelé Ephraïm Mathieson avec ses dons d'alchimiste. Ce n'est peut-être même pas la sœur de sa première femme mais cette créature elle-même qui a quitté la tombe sous une nouvelle apparence afin d'assouvir sa vengeance sur nous qui l'avons condamnée au bûcher. Elle a maudit notre ville, a amené la mort parmi nous, les enfants de Dieu, avec ses sortilèges ! Mais nous ne nous laisserons pas faire ! Non, elle ne nous envoûtera pas !

Il y eut un murmure général d'approbation et quelque chose de mou frappa Caroline entre les omoplates. Une boule de neige ! Elle fit volte-face et surprit nombre de ces bons fidèles en train de rire ouvertement tandis que d'autres se cachaient les yeux pour éviter son regard.

Elle ne prononça pas un mot, ne protesta pas, se contentant de faire à nouveau demi-tour pour rejoindre les hommes qui, raccompagnant James chez lui, ignoraient tout de ce qui se passait.

Devant la douleur de celui-ci, elle se refusa à mentionner l'incident. Elle leur prépara un repas. Les frères de James montaient l'un après l'autre lui tenir compagnie dans la chambre qu'il partageait encore deux jours plus tôt avec Mary.

– Il file un mauvais coton, lui annonça Matt peu après alors que James s'était enfin endormi et qu'ils se préparaient à partir.

Daniel restait avec lui, tandis que la mère de Mary, arrivée de Wethersfield la veille, veillait sur la petite Hope. Mais Mary était sa fille aînée et elle avait encore des enfants en bas âge dont elle devait s'occuper. Dès son réveil, James devrait donc prendre Hope en charge. Caroline était prête à lui apporter toute l'aide qu'il demanderait. Elle adorait ce beau bébé au visage si doux.

Sur le chemin du retour, les deux garçons restèrent anormalement silencieux. Ce fut Davey qui rompit le silence au bout de quelques kilomètres.

– Pa, oncle James trouvera-t-il une nouvelle épouse, lui aussi ? demanda-t-il.

– Un jour, peut-être. Ce n'est pas une chose facile de trouver une nouvelle épouse, répondit Matt après une brève hésitation et en ébouriffant la tignasse de son fils.

Davey ne dit rien mais il se laissa aller contre son père et Caroline comprit qu'il comparait la situation de la petite Hope avec la sienne et celle de John... et qu'il en venait sinon à accepter, du moins à considérer l'idée qu'elle allait être la nouvelle femme de son père.

Plus tard cette nuit-là, alors que tout le monde était au lit et que la maison était silencieuse, Caroline resta assise près du feu dans la cuisine. Elle ne pourrait pas trouver le sommeil : penser à la pauvre Mary, à Hope et à James lui mettait les larmes aux yeux. Ce monde était bien cruel.

Un craquement derrière elle la fit sursauter. Matt se tenait sur le seuil de la porte, le visage sombre, les yeux creusés par l'épuisement – il n'avait pratiquement pas dormi depuis leur retour de la grotte – et le chagrin. C'était la première fois qu'il avait l'occasion de se reposer un peu.

– Que fais-tu debout ? lui reprocha-t-elle avec gentillesse.

– J'ai entendu du bruit en bas et j'espérais que c'était toi.

Il quitta la porte et vint jusqu'à elle. Il était pieds nus et torse nu. Il semblait immense dans les ombres mouvantes qui dansaient dans la cuisine.

– Tu as besoin de sommeil.

Mais elle s'empara de ses doigts et les porta à ses lèvres.

– Toi aussi.

Avec une expression indéchiffrable, il l'attira contre lui et glissa ses bras autour de sa taille. Caroline l'enlaça, heureuse soudain qu'il soit venu partager son chagrin avec elle. Elle se dressa sur la pointe des pieds pour déposer un baiser sur ses lèvres.

Il la serra plus fort, lui retournant son baiser avec ardeur. Caroline ferma les yeux. Ses pensées dérivèrent. La main de Matt glissait vers le bas de son dos.

– Pa ! Pa ! (C'était John qui se ruait dans les escaliers. Au pied des marches, il les vit étroitement enlacés mais cela ne le freina pas.) Pa ! Tante Caroline ! C'est Davey ! Il a la fièvre !

45

Pendant les deux jours qui suivirent, tandis que la vie de Davey ne tenait plus qu'à un fil, Matt ne quitta pas le chevet de l'enfant. John, terrifié à l'idée que son frère puisse mourir, resta à ses côtés jusqu'à ce que son père, craignant qu'il ne tombe malade à son tour, ne lui interdise la chambre. Les autres restèrent dehors eux aussi suivant les ordres de Matt, à l'exception de Caroline qui soigna Davey avec la dévotion d'une mère pour son fils.

Le médecin, un homme instruit nommé Samuel Smith, vint rendre visite au garçon. Il fit ce qu'il put mais, visiblement, il était sceptique. La guérison dans de tels cas, annonça-t-il à Matt et à Caroline, dépendait de la volonté du Seigneur. Matt tenait la main de son fils tout en priant ou en feuilletant la Bible, puisant dans le livre sacré les forces qui menaçaient de lui manquer. Caroline avait le cœur brisé en songeant aux conséquences de la perte de son fils.

Une part de Matt mourrait avec Davey, elle en était certaine.

– Tante Caroline, tu ne laisseras pas mourir Davey, n'est-ce pas ? Tu as sauvé pa.

Sans école pour l'occuper et banni de la chambre du malade, John passait son temps à se morfondre. Caroline était venue chercher de l'eau pour Davey qui vomissait presque sans discontinuer. John essayait de s'intéresser à une partie de dames avec Thomas. En général, de tels passe-temps étaient méprisés par les puritains. Mais pour éviter à leur neveu de trop penser à son frère, ses oncles étaient prêts à tout.

– Je ferai de mon mieux, lui dit Caroline, incapable de résister à la tentation de passer une main dans ses cheveux.

A sa grande surprise, John bondit sur ses pieds et se jeta dans ses bras.

– Davey et moi... on t'aime, tante Caroline, dit-il en enfouissant son visage dans sa poitrine. Il n'y a vraiment pas de problèmes si tu épouses pa.

– Oh, John, je vous aime aussi, Davey et toi. Tous les quatre, nous serons très heureux, tu verras.

Même si elle avait peu d'espoir de voir Davey survivre, elle se refusait à l'avouer à son frère. Elle préférait évoquer un tableau idyllique.

– Si Davey ne meurt pas, dit John sombrement en levant un visage défait vers elle avant de regagner sa chaise.

– Nous devons tous prier pour qu'il vive, affirma Caroline avec toute son énergie, échangeant un regard avec Thomas au-dessus du visage de John.

Thomas haussa les sourcils dans une demande muette sur l'état de Davey. Elle secoua la tête.

Dans la chambre, Matt priait. Caroline, ayant épuisé tout son arsenal de guérisseuse depuis les draps mouillés jusqu'aux dernières potions encore en sa possession, était impuissante. Elle se résignait à forcer le garçon à avaler du liquide et à baigner son corps brûlant. Son sort résidait réellement entre les mains de Dieu... et cela faisait deux jours qu'il était malade.

La plupart des victimes mouraient au bout de trois.

Tandis que l'aiguille de l'horloge rampait vers minuit, Davey fut si calme à plusieurs reprises qu'elle craignit qu'il ne se fût éteint. Matt était assis au bord du lit, tenant toujours la main de son fils. Elle n'échangea que quelques mots avec lui alors qu'elle se trouvait de l'autre côté du lit.

Elle redoutait que l'aube n'emporte la vie de Davey.

– Le Seigneur est mon berger...

Serrant la main de son fils avec une infinie tendresse, Matt récitait la vieille prière. En face de lui, Caroline saisit l'autre main du garçon et entonna la prière à son tour.

– Oui, en traversant la vallée de l'ombre de la mort, je ne craindrai pas le mal...

Les mots la réconfortaient et elle espérait qu'il en allait de même pour Matt. Davey, lui, n'entendait plus rien.

Alors, à sa grande stupéfaction, les paupières de l'enfant battirent puis se soulevèrent, et il les regarda, elle d'abord, puis Matt.

– Pa, dit-il comme s'il était soulagé de se trouver là. Pa, je suis mort de faim.

Puis ses yeux se fermèrent et les petites mains devinrent toutes molles.

– Davey, oh non, ô Seigneur, je t'en prie...

Des larmes jaillirent dans les yeux de Matt tandis qu'il se jetait sur son fils. Caroline se pencha elle aussi vers l'enfant. Sa main vola jusqu'à son front.

– Non, Matt, il n'est pas mort ! s'écria-t-elle avec joie quand son examen confirma son premier fol espoir. Il ne va pas mourir ! La fièvre est tombée... et il a faim ! Quand ils ont faim, ils ne meurent plus !

Matt se redressa en fermant les yeux.

– Mon Dieu ! murmura-t-il. Mon Dieu !

Une grosse larme roula lentement sur sa joue.

– Matt ! Matt, mon amour, ne m'as-tu pas entendue ? Davey ne va pas mourir !

Bouleversée de le voir pleurer, Caroline contourna le lit et le serra contre elle.

– Je t'ai entendue.

Il se laissa aller contre elle, enfonçant son visage entre ses seins de la même manière que John quelques heures plus tôt, avec la même innocence.

Elle lissa les longs cheveux noirs, l'embrassant, lui murmurant des paroles apaisantes, des paroles que toutes les femmes avaient dû prononcer pour l'homme qu'elles aimaient.

– Ô Seigneur, comme je t'aime, dit-il d'une voix tremblante, brisée.

Maintenant que la crise était passée, il perdait ses forces. Caroline sentait l'épuisement l'envahir, sentait son corps se faire lourd contre elle. Dans un moment, il s'endormirait sur sa chaise et elle devrait soit rester là toute la nuit, soit le laisser s'effondrer sur le sol. Il serait bien mieux dans son lit. Le soulevant à moitié, l'exhortant, elle l'obligea à se lever. Il avait insisté pour qu'elle se repose mais, depuis le début de la maladie de Davey, il n'avait pas fermé l'œil une seule seconde.

– Davey va guérir et tu as besoin de dormir, lui dit-elle avec fermeté alors qu'il rechignait à regagner sa chambre.

– Je ne veux pas qu'il reste seul.

Matt était fatigué mais têtu.

– Il ne le sera pas. Je retournerai auprès de lui dès que je t'aurai installé.

– Je ne suis pas malade et je ne suis pas un bébé non plus.

– Je sais. Mais cela me fera plaisir de te border. Et je vais demander à Daniel de rester auprès de lui jusqu'à mon retour.

Comme ils passaient devant la porte de Daniel, elle frappa. Daniel les considéra une seconde, vit son frère à bout de forces soutenu par Caroline. Une expression de résignation passa dans ses yeux comme s'il comprenait enfin que ces deux-là s'appartenaient.

– Bien sûr, je vais rester avec Davey.

Il se dirigeait déjà vers la chambre de l'enfant tandis que Caroline guidait Matt vers la sienne. Elle le déshabilla méthodiquement et complètement et le glissa sous les couvertures. Tandis qu'elle le bordait, exactement comme elle l'avait annoncé, il lui saisit le bras.

– Reste un peu.

Ses yeux et ses mains cherchaient ses seins.

Alors elle comprit que, malgré son épuisement, il avait besoin d'elle, besoin de cet acte d'amour et de vie comme d'un antidote à la mort qui les avait frôlés. Sans un mot, elle enleva ses vêtements et le rejoignit dans le lit.

– J'ai tant besoin de toi, murmura-t-il.

46

Ce fut juste après le crépuscule le lendemain qu'ils vinrent la chercher. Caroline était au chevet de Davey qui se remettait lentement quand un coup violent ébranla la porte d'entrée. Elle trouva bizarre qu'un visiteur cogne de façon aussi féroce chez son hôte, mais en descendant ouvrir elle n'avait aucune idée du désastre qui l'attendait. Le dîner mijotait dans la cuisine et les hommes qui, pour la première fois depuis longtemps, avaient estimé qu'ils pouvaient s'absenter de la maison, se trouvaient dans le champ à débiter en bois de chauffage l'arbre qui avait brisé la jambe de Matt.

Elle les attendait d'une minute à l'autre. Ils prendraient place autour de la table. Malgré la peine persistante causée par la mort de Mary, le rétablissement de Davey leur donnait matière à se réjouir. Elle avait préparé tous les plats favoris de ses hommes et avait même cuit un petit gâteau.

C'est donc en toute innocence qu'elle ouvrit la porte pour se retrouver face à une foule composée de deux douzaines d'hommes et de quelques femmes, portant des torches et grondant d'un air menaçant.

– Eh bien, bonsoir tout le monde. Que puis-je faire pour vous ?

Même surprise, elle restait polie. Elle n'avait pas

idée de ce qu'ils venaient fabriquer ici à une heure pareille.

A son apparition, le silence se fit dans la foule. Millicent, attirée par la porte ouverte, quitta son coin favori près de la cheminée pour venir se fourrer entre les jambes de Caroline.

– C'est elle ! C'est la sorcière ! couina une voix à l'arrière de la foule.

Scrutant les ténèbres, à moitié aveuglée par les torches, Caroline était incapable de repérer celui ou celle qui avait parlé. D'ailleurs, elle avait du mal à voir les visages même si elle crut reconnaître la robe du pasteur et le crâne chauve de M. Williams.

– La sorcière ? répéta-t-elle, confuse.

– Regardez, elle a son animal maudit avec elle ! Attention au chat !

– Prenez-la ! Mon bébé est en train de mourir et c'est sa faute !

La voix de la femme était hystérique.

– Prenez la sorcière !

Soudain terrorisée, Caroline recula et voulut claquer la porte. Elle trébucha sur Millicent qui miaula et s'enfuit dans les ténèbres. Quelqu'un dans la foule hurla et d'autres se dispersèrent. Mais son mouvement de recul les avait rendus audacieux. Les hommes se jetèrent sur elle et la traînèrent dehors.

Elle cria.

– Tante Caroline !

John, qui faisait des additions dans la cuisine, se précipita pour voir ce qui se passait. Les yeux écarquillés, le visage blême, il serra les poings. Caroline comprit que, malgré sa taille, il était bien décidé à voler à son secours contre la multitude.

– John, non ! hurla-t-elle. Cours ! Va chercher de l'aide !

Elle fut réduite au silence par une main calleuse qui manqua de l'étouffer.

– Attrapez le garçon ! Ne le laissez pas s'enfuir !

Une détonation retentit. Le sang de Caroline se glaça dans ses veines.

– Le diable t'emporte, Will, tu m'as fait manquer mon coup !

– Heureusement, idiot ! Nous ne voulons aucun mal au garçon. Il ne nous a rien fait !

– Mais il va aller chercher son maudit père et toute la bande et on va se retrouver avec une vraie guerre sur les bras !

– Quand ils arriveront, on aura terminé ce qu'on est venus faire. Dépêchez-vous, maintenant, qu'on en finisse.

Ils la traînaient avec eux tout en discutant. On lui noua un linge sur les yeux. Elle se débattit. En pure perte. Plusieurs mains la soulevèrent et elle fut portée vers la forêt. Elle sentait les branches lui égratigner le visage, elle entendait les cris des animaux nocturnes dérangés dans leurs habitudes.

Caroline commençait à se faire une idée assez précise du châtiment qu'ils voulaient lui infliger. Et cela la terrifiait.

– Oh, je vous en prie, supplia-t-elle. Je vous en prie, je ne suis pas une sorcière ! S'il vous plaît, ne me faites pas de mal !

Elle croyait avoir reconnu la voix de l'un de ses ravisseurs : il s'agissait de M. Peters, le père de Lissie, qu'elle avait toujours considéré comme un homme juste.

– Monsieur Peters, s'il vous plaît...

– Il n'y a personne de ce nom ici. Silence, femme ! Qu'on la bâillonne !

Quelqu'un glissa une grossière écharpe de laine dans sa bouche. Elle s'étouffa.

– Nous ferions bien de nous dépêcher... !

– Oui.

– Lève un peu ta torche. C'est bien l'arbre ?

– Oui, c'est lui, celui dans lequel elle a gravé ses inscriptions diaboliques ! Attention, ne touchez pas ces écritures !

– Peuh, ça ne peut pas faire de mal !

– Qu'en sais-tu ? Moi, je crois qu'elles font le mal. En tout cas, mieux vaut ne courir aucun risque.

– Posez-la ici, alors.

Caroline se retrouva adossée au tronc dur d'un arbre. Elle essaya de se débattre mais ils la maîtrisèrent brutalement. En quelques secondes, ils l'avaient ligotée.

Ils empilaient des choses autour d'elle.

– Dépêchez-vous !

– Vite, maintenant !

– C'est bien, la voilà attachée à jamais à l'arbre qu'elle a marqué de ses sortilèges. Elle les emportera en enfer avec elle !

– On pourrait lui enlever son bâillon de façon qu'elle puisse prier ?

– Les sorcières ne prient pas !

– Peut-être que le feu purifiera son esprit avant que le diable n'en prenne possession ! Si cela pouvait arriver, il ne faut pas lui refuser cette chance !

Le feu ! Caroline se pétrifia. Ils avaient l'intention de la brûler au bûcher !

– Souhaites-tu faire une dernière prière, femme ?

Elle hocha misérablement la tête. On lui enleva l'écharpe de laine. Elle toussa.

– Pourquoi me faites-vous cela ? demanda-t-elle faiblement.

Les liens qui la maintenaient lui mordaient cruellement la chair. Elle se débattait encore et ne réussit qu'à s'infliger de nouvelles écorchures. Ses efforts étaient vains, elle s'en rendait compte. Elle se mit à pleurer. Les larmes ruisselèrent sous le morceau de tissu qui l'aveuglait. Ce n'était pas possible ! Elle n'allait pas mourir ainsi ! Le souper était en train de cuire dans la cuisine, ses hommes n'allaient pas tarder à revenir et...

– Je vous avais bien dit qu'elle ne prierait pas !

– Tu ne nous attendriras pas avec tes larmes !

– C'est un tour du diable, pour nous faire douter ! Les preuves contre elle sont incontestables !

– Arrêtez les parlotes et allumez les fagots ! Nous n'allons pas y passer la nuit !

– Je ne suis pas une sorcière ! Je vous en prie, vous devez me croire !

Caroline sanglotait de terreur.

– Ne l'écoutez pas ! C'est le diable qui parle par sa bouche ! Nous savons tous qu'elle pratique l'alchimie et ses sortilèges sont encore gravés dans cet arbre !

– Elle a fait fuir un chien enragé avec un seul de ses regards !

– Elle a posé les yeux sur ma petite Faith et le lendemain ma pauvre fille avait attrapé la fièvre !

– La nuit, elle envoie son esprit dans celui de ce chat et il hante les bois en semant le mal !

– Allumez le feu !

– Le chat est son âme damnée ! Il lui ressemble !

– Allumez le feu !

– C'est une sorcière et la sœur d'une sorcière !

– Allumez le feu !

– Non, s'il vous plaît, écoutez-moi... !

– Ahhh !

Une exclamation de satisfaction parcourut la foule.

– S'il vous plaît... !

Caroline était au bord de l'hystérie. Elle entendit un craquement. Une odeur de pin brûlé s'éleva. Une vague de chaleur lui mordit les pieds et elle comprit que le feu avait été allumé.

Combien de temps s'écoulerait-il avant que les flammes n'atteignent sa jupe ? Quand cela arriverait, c'en serait fini d'elle et...

Caroline poussa un hurlement. C'était un cri long, désespéré, déchirant. Dans la foule qui ne perdait rien du spectacle, une voix s'éleva, chantante, puis une autre et une autre. Bientôt, ils chantaient tous une mélopée lancinante :

– Brûle, sorcière, brûle !

– *Notre Père qui êtes aux cieux...*

Caroline se tordit contre ses liens, contre la chaleur qui augmentait rapidement, contre l'agonie qu'elle endurait, contre la mort qui venait la chercher.

– Brûle, sorcière, brûle !

– *Que Ton nom soit sanctifié...*

Elle avait rejeté la tête en arrière. L'écharpe qui l'aveuglait s'accrocha à l'arbre et tomba. Elle voyait les flammes à présent qui dansaient devant elle, craquant avec fureur.

La foule semblait joyeuse. Ils chantaient tous, les yeux brillants telles des bêtes féroces devant leur proie réduite à leur merci. Ils ne perdaient pas une miette du spectacle.

Ils se régalaient de la voir brûler vive.

Les flammes atteignirent le bord de sa robe qui, telle une torche, s'enflamma aussitôt. Une fumée noire lui déchira les poumons, des langues de feu s'élevaient devant ses yeux. Caroline poussa un dernier cri d'horreur.

Des détonations retentirent dans l'obscurité. Des hommes crièrent, les femmes hurlèrent, la foule se dispersa. Perdue dans les flammes, Caroline ne vit rien de ce qui se passait jusqu'à ce qu'une forme sombre se jette à travers l'écran de feu. Une main munie d'un couteau apparut devant ses yeux. Le couteau trancha ses liens, la libérant. La jupe en feu, elle manqua de s'effondrer. On la saisit sans ménagement. Elle fut jetée sur le sol humide et roulée dans la boue jusqu'à ce que les flammes qui la mordaient s'éteignent.

Durant tout ce temps, elle ne cessa de hurler.

– Caroline !

Elle reconnut enfin la voix de Matt, le visage de Matt penché sur elle. Elle sentit ses bras qui la serraient.

– Matt !

Elle prononça son nom d'une voix méconnaissable avant de se laisser aller dans ses bras, tremblante et sanglotante.

– Tout va bien, mon cœur, tu es sauvée.

Il la rassurait. Il la portait et continuait à lui adresser des paroles apaisantes tout en rejoignant Daniel, Robert, Thomas et John. Les trois premiers portaient des mousquets et tous les quatre formaient une garde de fer, les entourant et surveillant les alentours. Les tueurs avaient disparu, s'étaient évanouis comme des spectres parmi les arbres, et Caroline se dit qu'elle ne connaîtrait jamais l'identité de ceux qui avaient voulu sa mort.

Puis elle réalisa ce que Matt avait dû accomplir pour la sauver.

– Le feu, murmura-t-elle, la voix cassée par la fumée, tu as traversé le feu.

Il avait bravé la chose qu'il craignait le plus pour elle.

ÉPILOGUE

Un mois plus tard, Caroline et Matt étaient mariés par un prêtre itinérant. La cérémonie eut lieu dans la maison de James. Elle portait une de ses robes anglaises, celle en soie bleue que Matt préférait, tandis qu'il était habillé de noir à la façon des puritains. Un délicat voile de dentelle qui avait appartenu à la mère des Mathieson ornait la coiffure de Caroline et elle avait le livre de prières de Mary à la main.

James le lui avait donné, disant que Mary aurait été heureuse qu'il lui revienne.

James, Daniel, Robert, Thomas, John et Davey les assistèrent alors qu'ils prononçaient leurs vœux. Quand Matt glissa l'anneau au doigt de sa nouvelle épouse, et qu'elle lui offrit ses lèvres, des applaudissements retentirent.

– Voilà, c'est fait, murmura Matt tandis que ses frères l'étreignaient et que le pasteur, dûment payé par Daniel, s'esquivait.

Caroline, qui avait de bonnes raisons de croire à la profondeur de son amour, lui offrit un tendre sourire.

– Tu es notre m'man maintenant, tante Caroline ? demanda Davey, l'air soucieux.

– Seulement si vous le désirez, lui répondit-elle.

– Oui, nous le désirons, annonça John en se serrant contre elle.

Caroline s'agenouilla et le prit dans ses bras tandis que Davey, ne voulant pas être en reste, les rejoignait. Ils restèrent quelques secondes ainsi, unis et silencieux.

– Je vous aime tous les deux, chuchota-t-elle, et bien qu'ils fussent tous les deux trop timides pour l'avouer, ils apprécièrent grandement le baiser qu'elle leur donna.

Les garçons décampèrent pour aller jouer avec Hope. Les hommes se mirent à taquiner leur jeune époux de frère et la mariée n'eut rien d'autre à faire qu'à contempler sa nouvelle famille. Considérant les cinq grands gaillards – même si son mari était le plus grand et le plus beau – qui la composaient, Caroline éprouva un bonheur intense.

Elle était aimée et elle le savait. Cette nuit-là, quand Matt avait bravé sa plus grande terreur pour venir à son secours, il avait prouvé son amour sans l'ombre d'un doute. Après ce sauvetage, il avait veillé sur elle tandis que le docteur était venu la soigner, annonçant que ses brûlures étaient superficielles. En fait, elle avait guéri très vite et sa peau était aussi douce et blanche qu'auparavant.

Mais les flammes avaient gravé à jamais dans son cœur un dégoût pour Saybrook.

Matt lui parla des sorcières qui avaient pris possession des bois et de la façon dont elles avaient essayé de faire venir à elles la pauvre Elizabeth. Il avait examiné les mots gravés dans l'arbre, ces mots qu'elle avait remarqués juste avant que les Indiens ne l'enlèvent. C'étaient les caractères d'une vieille langue celtique, des runes. L'alphabet des sorcières.

Il y avait bien des sorcières à Saybrook mais la foule assoiffée de sang qui était venue la chercher s'était trompée de cible.

A présent, ils savaient qu'ils ne dormiraient jamais tranquilles, redoutant qu'une telle horreur ne se reproduise. Ils avaient donc décidé de partir. Non seulement Matt, John, Davey et elle mais aussi tous les autres : James, Hope, Daniel, Robert et Thomas. Par une ironie du sort, la ferme avait été vendue à M. Peters pour une somme considérable. Trois chariots suffirent pour transporter toutes leurs possessions. Raleigh fut attaché au dernier chariot tandis que Millicent prenait place aux côtés de Caroline.

Ils iraient vers le Sud, peut-être au Maryland, peut-être plus loin. Ils iraient quelque part où ils pourraient tous vivre ensemble sans crainte du passé.

– Bien, puisqu'il faut y aller, autant partir tout de suite, déclara James.

Extérieurement, il semblait avoir surmonté la mort de Mary, mais Caroline voyait qu'il souffrait atrocement. Elle savait d'expérience combien ces blessures cicatrisent lentement.

Avec un cri de joie, les garçons se ruèrent au-dehors, tout excités par l'aventure qui les attendait. Les hommes suivirent plus calmement mais Caroline avait le sentiment qu'ils n'étaient pas moins enthousiastes. Seul Matt resta en arrière, la retenant gentiment par le bras.

– J'ai un cadeau de mariage pour toi, annonça-t-il d'un ton presque gêné en sortant de sa poche une petite boîte qu'il lui tendit.

Pendant un instant, Caroline l'observa, oubliant son présent. Elle était agréablement surprise et son sourire en témoignait.

– Eh bien, ouvre-la.

Elle lui obéit. Quand elle vit le contenu, elle écarquilla les yeux. C'était une broche, l'exacte réplique du paon porte-bonheur de son père. Mais les pierres de celle-ci n'étaient pas fausses.

– Elles sont vraies, confirma-t-il tandis qu'elle restait muette. Tu vas rester là sans rien dire ?

Elle leva le magnifique bijou à la lumière. Les couleurs brillaient joyeusement, rubis, saphirs et émeraudes.

– Où l'as-tu trouvée et combien as-tu payé une telle merveille ? murmura-t-elle d'une voix étranglée.

Un bijou pareil n'avait pu être façonné à Saybrook.

– J'ai demandé à Tobias de me la faire faire à Boston, répondit-il. Quant au prix... C'est Jacob. Tobias était bien trop heureux de me l'échanger contre ta broche.

A l'idée de l'énorme taureau échangé pour un minuscule joyau, Caroline gloussa. Matt la considéra comme s'il venait de lui pousser un arbre sur le front puis se mit à rire lui aussi.

– Merci, dit Caroline tombant dans ses bras en s'esclaffant de plus belle.

– Il n'y a pas de quoi, murmura Matt.

Et d'un baiser, il l'empêcha de rire davantage.

Romans sentimentaux

La littérature sentimentale a pour auteur vedette chez J'ai lu la célèbre romancière anglaise Barbara Cartland, qui a écrit plus de 500 romans. A ses côtés, Anne et Serge Golon avec la série des Angélique, Juliette Benzoni et des écrivains anglo-saxons qui savent évoquer toute la force des sentiments (Janet Dailey, Theresa Charles, Victoria Holt...).

AMIEL Joseph — **Les droits du sang** 2966/**8**
BEARN Myriam et Gaston de — **L'or de Brice Bartrès** 2514/**4**
BENZONI Juliette — **Marianne, une étoile pour Napoléon** 2743/**7**
Marianne et l'inconnu de Toscane 2744/**5**
Marianne - Jason des quatre mers 2745/**5**
Toi, Marianne 2746/**5**
Marianne - Les lauriers de flammes 2747/**8**
BIALOT Joseph — **Elisabeth ou le vent du sud** 3088/**5**
Le vent du sud - 2 Judith 3098/**5**
BRISKIN Jacqueline — **Les vies mêlées** 2714/**6**
Le cœur à nu 2813/**6**
Paloverde 2831/**8**
BUSBEE Shirlee — **La rose d'Espagne** 2732/**4**
Le Lys et la Rose 2830/**4**
CASATI MODIGNANI Sveva — **Desespérement, Julia** 2871/**4**
CHARLES Theresa — **Le chirurgien de Saint-Chad** 873/**3**
Inez, infirmière de Saint-Chad 874/**3**
Un amour à Saint-Chad 945/**3**
Crise à Saint-Chad 994/**2**
Pour un seul week end 1080/**3**
Lune de miel à Saint-Chad 1112/**2**
Les rebelles de Saint-Chad 1495/**3**
Les mal-aimés de Fercombe 1146/**3**
Lake qui es tu ? 1168/**4**
Le château de la haine 1190/**2**
COOKSON Catherine — **L'orpheline** 1886/**5**
La fille sans nom 1992/**4**
L'homme qui pleurait 2048/**4**
Le mariage de Tilly 2219/**4**
Le destin de Tilly Trotter 2273/**3**
Le long corridor 2334/**3**
La passion de Christine Winter 2403/**3**
L'éveil à l'amour 2587/**4**
15e Rue 2846/**3**
La maison des flammes 2997/**5**
DAILEY Janet — *La saga des Calder :*
- La dynastie Calder 1659/**4**
- Le ranch Calder 2029/**4**
- Prisonniers du bonheur 2101/**4**
- Le dernier des Calder 2161/**4**
Le cavalier de l'aurore 1701/**4**
La Texane 1777/**4**
Le mal-aimé 1900/**4**
Les ailes d'argent 2258/**5**

	Pour l'honneur de Hannah Wade 2366/3
	Le triomphe de l'amour 2430/5
	Les grandes solitudes 2566/6
DALLAYRAC Dominique	Et le bonheur maman ? 1051/3
DAVENPORT Marcia	Le fleuve qui tout emporta 2775/4
	Paul et Mary 3197/5
DESMAREST Marie-Anne	Torrents 970/3
	Jan Yvarsen 1024/2
	Jan et Thérèse 1112/3
	Le fils de Jan 1148/3
	Le destin des Yvarsen 1230/2
EBERT Alan	Traditions 2947/8
FORSYTHE HAILEY Elizabeth	Le mari de Joanna et la femme de David 2855/5
FURSTENBERG et GARDNER	Miroir, miroir 3016/7
GOLON	
HEAVEN Constance	La maison Kouraguine 812/3
	Interroge le vent 869/3
	Comme un feu dévorant 3216/8
HEIM Peter	La clinique de la Forêt-Noire 2752/4
	Mariage à la clinique de la Forêt-Noire 3107/5
	Hommes et destins à la clinique de la Forêt-Noire 3177/5
HOLT Victoria	La maison aux mille lanternes 834/4
	La porte du rêve 899/4
	Le galop du Diable 1113/4
	La nuit de la septième lune 1160/4
	Le masque de l'enchanteresse 1643/4
	La légende de la septième vierge 1702/3
	Sables mouvants 1764/3
	Les sortilèges du tombeau égyptien 2778/3
HULL E.M.	Le Cheik 1135/2
	Le fils du Cheik 1216/2
IBBOTSON Eva	Une comtesse à l'office 1931/4
KEVERNE Gloria	Demeure mon âme à Suseshi 2546/6
LAKER Rosalind	Reflets d'amour 2129/4
	La femme de Brighton 2190/4
	Le sentier d'émeraudes 2351/5
	Splendeur dorée 2549/4
	Les neiges de Norvège 2687/4
	Le sceau d'argent 3032/5
LINDSEY Johanna	Le vent sauvage 2241/3
	Un si cher ennemi 2382/3
McBAIN Laurie	Les larmes d'or 1644/4
	Lune trouble 1673/4
	L'empreinte du désir 1716/4
	Le Dragon des mers 2569/4
	Les contrebandiers de l'ombre 2604/4
	Splendeur et décadence 2663/5
MICHAEL Judith	Prête-moi ta vie 1844/4 & 1845/4
MONSIGNY Jacqueline	L'amour dingue 1833/3
	Le palais du désert 1885/2
	Les nuits du Bengale 1375/3
MOTLEY Annette	Le pavillon des parfums verts 2810/8

CARTLAND Barbara (Sélection)

Les seigneurs de la côte 920/**2**
Le valet de cœur 1166/**3**
Seras tu lady Gardenia ? 1177/**3**
Printemps à Rome 1203/**2**
Le cavalier masqué 1238/**2**
Le baiser du diable 1250/**3**
Le port du bonheur 1522/**2**
La déesse et la danseuse 1581/**2**
Rêver aux étoiles 1593/**2**
Les vibrations de l'amour 1608/**2**
Un cri d'amour 1657/**2**
Le marquis et la gouvernante 1682/**2**
Un duc à vendre 1683/**2**
Piège pour un marquis 1699/**2**
Le talisman de jade 1713/**2**
Le fantôme amoureux 1731/**2**
Où vas-tu Melinda ? 1732/**2**
Les yeux de l'amour 2688/**2**
L'amour sans trêve 2689/**2**
Lilas blanc 2701/**2**
La malédiction de la sorcière 2702/**2**
Le jugement de l'amour 2733/**2**
Passions victorieuses 2757/**2**
Pour une princesse 2776/**2**
Un rêve espagnol 2795/**2**
L'amour victorieux 2796/**2**
Douce vengeance 2811/**2**
Juste un rêve 2812/**2**
Amour, argent et fantaisie 2832/**2**
L'explosion de l'amour 2833/**2**
Le temple de l'amour 2847/**2**
La princesse des Balkans 2856/**2**
Douce enchanteresse 2857/**2**
L'amour est un jeu 2872/**2**
Le château des effrois 2873/**2**
Un baiser de soie 2889/**2**
Aime-moi pour toujours 2890/**3**
La course à l'amour 2903/**3**
Un mal caché 2904/**2**
Danger sur le Nil 2916/**3**
Une femme trop fière 2917/**3**
Le duc infernal 2948/**4**
Une folle lune de miel 2949/**2**
Le parfum des dieux 2960/**2**
Un ange passe 2972/**2**
L'amour est invincible 2973/**2**
Le drame de Gilda 3001/**2**
La fuite en France 3002/**2**
Le voleur d'amour 3017/**3**
Musique miraculeuse 3033/**2**
Rêverie nocturne 3034/**2**
Danger pour le duc 3047/**2**
Ah, l'adorable menteuse ! 3048/**2**
Coup de foudre à Penang 3058/**2**
Idylle au Ritz 3068/**2**
Tendre Lydia 3069/**2**
Le caroussel de l'amour 3089/**2**
La découverte du bonheur 3090/**2**
Les ailes de l'amour 3108/**4**
La sérénité d'un amour 3109/**2**
Une fuite éperdue 3125/**3**
Le lien magique 3126/**2**

NOUVEAUTÉS 92

L'amour tombé du ciel 3140/**2**
Etranges amazones 3141/**2**
Qui êtes-vous, Alexander ? 3156/**3**
La tigresse apprivoisée 3157/**2**
L'espoir perdu 3178/**4**
Le baiser d'un étranger 3179/**2**
Trois jeunes filles à Londres 3198/**3**
Sincère ou tricheuse ? 3199/**2**
Je marcherai vers toi 3217/**4**
Rolfe et Zarina 3218/**2**
Lady Toria 3236/**4** (Juin)
Quand vient l'amour 3237/**2** (Juin)

GOLON Anne et Serge

Angélique, marquise des Anges 2488/**7**
Angélique. le chemin de Versailles 2489/**7**
Angélique et le Roy 2490/**7**
Indomptable Angélique 2491/**7**
Angélique se révolte 2492/**7**
Angélique et son amour 2493/**7**
Angélique et le Nouveau Monde 2494/**7**
La tentation d'Angélique 2495/**7**
Angélique et la Démone 2496/**7**
Le complot des ombres 2497/**5**
Angélique à Québec 2498/**5** & 2499/**5**
Angélique La route de l'espoir 2500/**7**
La victoire d'Angélique 2501/**7**

Aventures et Passions

Quand l'amour s'aventure très loin, il devient passion.
Quand les passions se libèrent, quand elles déchirent des êtres prêts à tout pour les vivre, au cœur d'aventures riches et multiples, elles sont dans la collection Aventures et Passions.

BLAKE Jennifer	**Sérénade en Louisiane** 3169/**5**
	Les chaînes de l'amour 3240/**6** (Juin 92)
BRANDEWYNE Rebecca	**La lande sauvage** 3018/**5**
	Duel sur la lande 3055/**4**
	Pour l'amour d'un comanchero 3159/**7**
BUSBEE Shirlee	**Le quiproquo de minuit** 2930/**5**
	Au-delà du pardon 2957/**5**
	L'appel de la passion 3056/**8**
	Lady Vixen 3143/**8**
DAILEY Janet	**Le solitaire** 1580/**4**
DEVERAUX Jude	*La saga des Montgomery :*
	- Les yeux de velours 2927/**5**
	- Un teint de velours 3003/**5**
	- Une mélodie de velours 3049/**4**
	- Un ange de velours 3127/**4**
	Les dames de Virginie :
	- Kidnappée par erreur 3180/**5**
	- La fiancée délaissée 3181/**4** (Juin 92)
GARWOOD Julie	**Sur ordre du roi** 3019/**5**
	Un ange diabolique 3092/**5**
	Un cadeau empoisonné 3219/**5**
HAGAN Patricia	**Violences et passions** 3201/**6**
JOYCE Brenda	**Le fier conquérant** 3222/**5**
LINDSEY Johanna	**Samantha** 2533/**3**
	Esclave et châtelaine 2925/**4**
	La révoltée du harem 2956/**6**
	La fiancée captive 3035/**4**
	Les feux du désir 3091/**5**
	La Viking insoumise 3115/**5**
	Un si doux orage 3200/**4**
MATTHEWS Patricia	**La maîtresse de Malvern** 1056/**4**
	L'écume des passions 2116/**4**
	La promesse sauvage 2987/**5**
	Les trois amours de Rachel 3160/**6**
McKINNEY Meagan	**L'enchanteresse perverse** 3239/**5** (Juin 92)
O'GREEN Jennifer	**Prisonnière du roi** 2981/**5**
REDD Joanne	**La fiancée du désert** 2926/**4**
	Le rêve chimère 2980/**5**
ROBARDS Karen	**Désirs fous** 2928/**5**
	La lune voilée 2979/**5**
	Mississippi belle 3070/**4**
	Le brigand aux yeux d'or 3142/**5**
	Promise au bûcher 3221/**5**

ROGERS Rosemary	***Le grand amour de Virginia*** *1457/***4**
	Le métis *2392/***5**
	Esclave du désir *2463/***5**
	La légende de l'amour *3247/***5**
RYAN Nan	***Esclave de soie*** *2929/***5**
	Le prince aztèque *3071/***5**
	Le désir et la haine *2577/***7**
WEYRICH Becky Lee	***Le vent brûlant de Bombay*** *3036/***5**
	La proie du pirate *3158/***5**
	Lune gitane *3202/***5**
	Le chardon et la rose *3110/***6**
WOODIWISS Kathleen E.	***Cendres dans le vent*** *2421/***7**
	Qui es-tu, belle captive ? *2998/***6**

Littérature

extrait du catalogue

Cette collection est d'abord marquée par sa diversité : classiques, grands romans contemporains ou même des livres d'auteurs réputés plus difficiles, comme Borges, Soupault. En fait, c'est tout le roman qui est proposé ici, Henri Troyat, Bernard Clavel, Guy des Cars, Frison-Roche, Djian mais aussi des écrivains étrangers tels que Colleen McCullough ou Konsalik.

Les classiques tels que Stendhal, Maupassant, Flaubert, Zola, Balzac, etc. sont publiés en texte intégral au prix le plus bas de toute l'édition. Chaque volume est complété par un cahier photos illustrant la biographie de l'auteur.

ADLER Philippe	***Bonjour la galère*** *1868/***2**
	Les amies de ma femme *2439/***3**
	Graine de tendresse *2911/***3**
	Qu'est-ce qu'elles me trouvent ? *3117/***3**
AGACINSKI Sophie	***La tête en l'air*** *3046/***5**
AMADOU Jean	***La belle anglaise*** *2684/***4**
AMADOU - COLLARO - ROUCAS	***Le Bêbête show*** *2824/***5** *& 2825/***5** Illustrés
AMIEL Joseph	***Le promoteur*** *3215/***9** *(Mai 92)*
ANDERSON Peggy	***Hôpital des enfants*** *3081/***7**
ANDREWS Virginia C.	*Fleurs captives :*
	- Fleurs captives *1165/***4**
	- Pétales au vent *1237/***4**
	- Bouquet d'épines *1350/***4**
	- Les racines du passé *1818/***4**
	- Le jardin des ombres *2526/***4**
	La saga de Heaven :
	- Les enfants des collines *2727/***5**
	- L'ange de la nuit *2870/***5**
	- Cœurs maudits *2971/***5**
	- Un visage du paradis *3119/***5**
	- Le labyrinthe des songes *3234/***6** *(Juin 92)*
APOLLINAIRE Guillaume	***Les onze mille verges*** *704/***1**
	Les exploits d'un jeune don Juan *875/***1**
ARCHER Jeffrey	***Le pouvoir et la gloire (Kane et Abel)*** *2109/***7**
	Faut-il le dire à la Présidente ? *2376/***4**
ARSAN Emmanuelle	***Les débuts dans la vie*** *2867/***3**
ARTUR José	***Parlons de moi, y a que ça qui m'intéresse*** *2542/***4**
ATWOOD Margaret	***La servante écarlate*** *2781/***4**
	Œil-de-chat *3063/***8**
AURIOL H. et NEVEU C.	***Une histoire d'hommes/Paris-Dakar*** *2423/***4**
AVRIL Nicole	***Monsieur de Lyon*** *1049/***3**
	La disgrâce *1344/***3**
	Jeanne *1879/***3**
	L'été de la Saint-Valentin *2038/***2**
	La première alliance *2168/***3**
	Sur la peau du Diable *2707/***4**
	Dans les jardins de mon père *3000/***3**
AZNAVOUR-GARVARENTZ	***Petit frère*** *2358/***3**
BACH Richard	***Jonathan Livingston le goéland*** *1562/***1** Illustré
	Illusions/Le Messie récalcitrant *2111/***2**

3221

Photocomposition-Assistance 44-Bouguenais
Achevé d'imprimer en Europe (France)
par Brodard et Taupin à la Flèche (Sarthe)
le 16 avril 1992. 1994F-5
Dépôt légal avril 1992. ISBN 2-277-23221-1

Éditions J'ai lu
27, rue Cassette, 75006 Paris
Diffusion France et étranger : Flammarion